A BELA ROSALINA

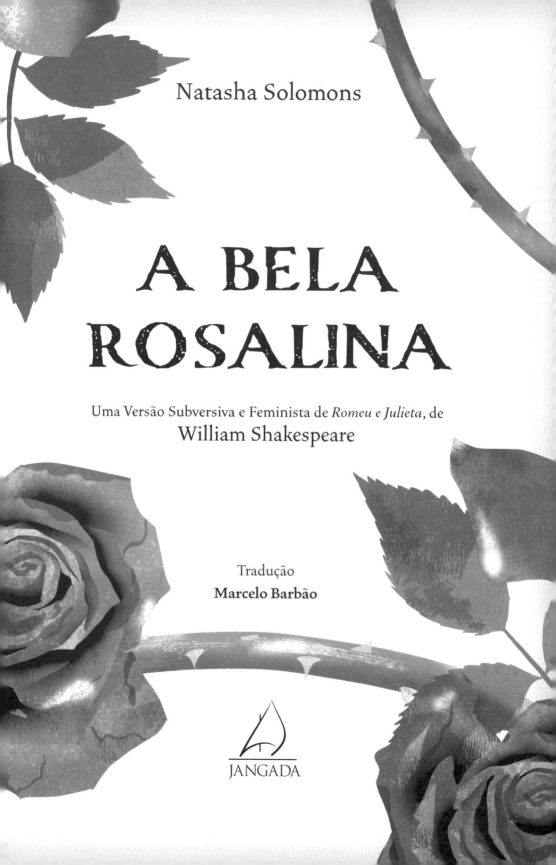

Natasha Solomons

A BELA ROSALINA

Uma Versão Subversiva e Feminista de *Romeu e Julieta*, de
William Shakespeare

Tradução
Marcelo Barbão

JANGADA

Título do original: *Fair Rosaline*.

Copyright © 2023 Natasha Solomons.

Publicado originalmente em inglês no Reino Unido por Manilla Press, um selo da Bonnier Books UK Limited.

Design da capa e ilustração © Holly Ovenden.

Foto da autora © David Solomons.

Obs.: Os direitos morais da autora foram preservados.

Copyright da edição brasileira © 2024 Editora Pensamento-Cultrix Ltda.

1ª edição 2024.

Todos os direitos reservados. Nenhuma parte desta obra pode ser reproduzida ou usada de qualquer forma ou por qualquer meio, eletrônico ou mecânico, inclusive fotocópias, gravações ou sistema de armazenamento em banco de dados, sem permissão por escrito, exceto nos casos de trechos curtos citados em resenhas críticas ou artigos de revistas.

A Editora Jangada não se responsabiliza por eventuais mudanças ocorridas nos endereços convencionais ou eletrônicos citados neste livro.

Esta é uma obra de ficção. Todos os personagens, organizações e acontecimentos retratados neste romance são produtos da imaginação do autor e usados de modo fictício.

Editor: Adilson Silva Ramachandra

Gerente editorial: Roseli de S. Ferraz

Preparação de originais: Marta Almeida de Sá

Gerente de produção editorial: Indiara Faria Kayo

Editoração eletrônica: Cauê Veroneze Rosa

Revisão: Vivian Miwa Matsushita

Dados Internacionais de Catalogação na Publicação (CIP)
(Câmara Brasileira do Livro, SP, Brasil)

Solomons, Natasha

A bela Rosalina : uma versão subversiva e feminista de Romeu e Julieta, de William Shakespeare / Natasha Solomons ; tradução Marcelo Barbão. -- São Paulo : Editora Jangada, 2024.

Título original: Fair Rosaline.

ISBN 978-65-5622-083-3

1. Ficção inglesa I. Título.

24-196492 CDD-823

Índices para catálogo sistemático:

1. Ficção : Literatura inglesa 823
Eliane de Freitas Leite - Bibliotecária - CRB 8/8415

Jangada é um selo editorial da Pensamento-Cultrix Ltda.

Direitos de tradução para o Brasil adquiridos com exclusividade pela EDITORA PENSAMENTO-CULTRIX LTDA., que se reserva a propriedade literária desta tradução.

Rua Dr. Mário Vicente, 368 — 04270-000 — São Paulo, SP — Fone: (11) 2066-9000

http://www.editorajangada.com.br

E-mail: atendimento@editorajangada.com.br

Foi feito o depósito legal.

Para minha irmã, Jo, e minha filha, Lara —
que possam estar a salvo dos Romeus.

"Rosalina?... Esqueci esse nome e o infortúnio que me causou."

Romeu e Julieta, Ato 2, Cena 3

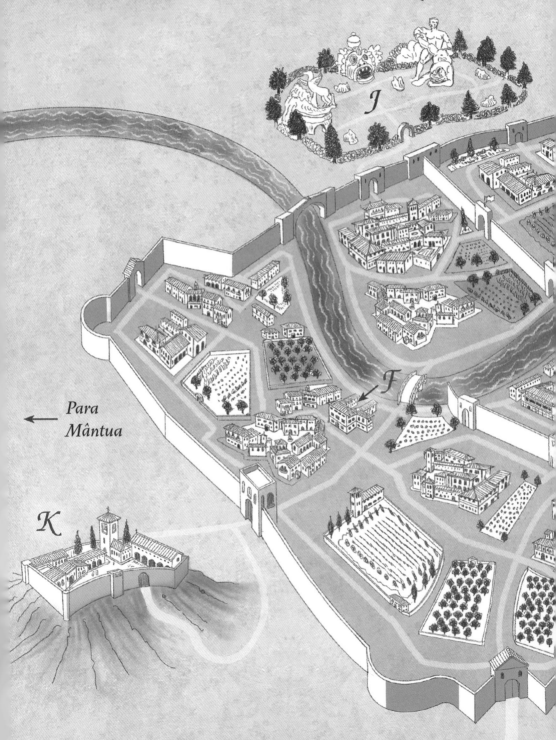

CAPÍTULO 1

Onde a pestilência infecciosa reinava

O funeral foi realizado de madrugada e, mais ou menos uma hora depois, *Madonna* Emília Capuleto se despediu deste mundo. Rosalina se arrastava atrás do caixão, desconsolada com a perda. Ela foi repreendida várias vezes pelo pai e pelo irmão, que ordenaram que ficasse distante, pois o cadáver — sua adorada mãe — tinha sido atacado pela peste.

Os únicos carregadores que encontraram dispostos a levar o caixão eram sujeitos imundos e fedorentos, pouco melhores que mendigos, e mesmo eles tiveram de ser muito bem pagos. Rosalina tinha sido proibida de lavar o corpo. Um padre tinha vindo, segurando um ramalhete de ervas na altura da boca, e jogou água benta sobre o rosto da falecida, antes de escapulir. Não houve tempo para encontrar uma mortalha dourada ou púrpura para envolvê-la. Ninguém veio lamentar sua morte. Nenhum parente veio até a casa e ninguém seguiu a família até o túmulo. O velório foi lamentável; os outros Capuletos e os vizinhos ficaram escondidos atrás de suas portas trancadas, inspirando infusões de ervas e laranjas com cravo para afastar a praga ou rezando de um modo frenético e murmurando confissões às pressas. Por isso, ali só estavam Rosalina, o pai, que chorava muito e se apoiava no braço de Rosalina fazendo peso, e o irmão, Valêncio.

— Você merecia mais — ela murmurou para a mãe.

Um dos carregadores parou de repente para coçar as pulgas em sua virilha, se atrapalhando e largando a alça do caixão.

— Seu idiota! Seu miserável! — berrou Masetto Capuleto, que o teria chutado se não temesse que o homem derrubasse o corpo.

Rosalina escondeu um sorriso. A mãe teria achado isso engraçado; ela adorava a perversidade. Dois vira-latas tinham começado a seguir essa tropa ridícula, talvez com a esperança de que houvesse alguma sobra. Ela os contara também. Tornava os números quase respeitáveis, ainda que os congregados fossem um pouco peculiares. Ela não se importava com os vizinhos ausentes; todos eram hipócritas e mentirosos. Mamãe tinha mandado presentes a eles, quando nasceram, enxugado suas lágrimas e limpado seus traseiros quando bebês, mas não os amava. *Ela me amava. E eu estou aqui.* Pensando nisso, Rosalina mordeu os lábios com força a fim de parar de chorar e sentiu o gosto de sangue.

A cerimônia no túmulo da família foi breve. O frei parecia apavorado, olhando toda hora para o caixão, então apressou as orações, tropeçando nas palavras por causa da pressa. Rosalina observou o suor entre a gordura de seu pescoço, apesar do frio do sepulcro. Não houve tempo para comprar velas de cera condizentes com o *status* da *Madonna* Emília Capuleto, e a câmara estava tomada pelas sombras. Uma cripta na parede tinha sido forçada para receber o caixão, e um odor cada vez mais forte de morte e podridão, decomposição e sujeira se uniu ao cheiro decadente de outros ossos que estavam ali dentro havia muito tempo. Na escuridão, o buraco à espera se abria negro, uma escada que levava para o submundo. Rosalina queria gritar, se agarrar à mãe, assim como havia agarrado as saias dela quando criança — como poderia deixar Emília Capuleto ser colocada naquela escuridão? Ela se afogaria, entre esses vapores venenosos, naquele poço negro que não conseguia enxergar. Sentiria medo. Ela devia ter uma vela, mas, quando rastejasse para a escuridão, o que aconteceria? Na verdade, Rosalina sabia que a mãe não podia mais sentir medo, nem dor, nem amor agora. Ela pertencia a este lugar, entre os fantasmas de outros Capuletos falecidos muito tempo atrás.

Rosalina percebeu que o pai estava chorando e que ele puxava seu braço, e teve uma pontada de ressentimento quando acariciou a cabeça dele para confortá-lo no instante em que ele se encostou em seu ombro. Ele não era gentil nem tinha bom coração, mas ainda assim teve de confortá-lo. O pai não se importava muito com ela, mas agora, nesse momento em que desejava ficar sozinha com sua tristeza, ele exigia seus cuidados.

Os pais tinham sido como um par de castiçais comprados juntos, usados em cada lado de uma toalha de mesa, perfeitos em sua elegante simetria. Agora, no entanto, o pai tinha ficado sozinho, e parecia errante, abatido e perdido. Rosalina agarrou a mão dele sentindo a fragilidade dos ossos por baixo de sua pele transparente como um pergaminho fino. Ele apertou os dedos dela e beijou as pontas. Tentou falar, mas saiu apenas um soluço.

— Calma... — disse Rosalina, acalmando-o como se ele fosse uma criança, consciente de que os papéis estavam invertidos, por ora.

Apesar dos defeitos dele — e pela primeira vez Rosalina não quis fazer uma lista —, o pai amava sua mãe. O casamento deles tinha sido abençoado com alegria, e sua dor era genuína e comovente. Por isso ela sentia pena dele.

O frei parecia pular de um pé para o outro como se precisasse urinar. A família olhou para ele perplexa e sem entender. Então, Valêncio enfiou a mão em sua bolsa e tirou dali algumas moedas. O frei guardou-as no bolso e murmurou uma bênção apressada.

— Desculpem-me. Tenho que enterrar outras almas infelizes.

Não almas, pensou Rosalina. *Apenas suas cascas quebradas e podres. Suas almas tinham fugido desse repositório de mortos.*

Quando o triste grupo voltou para casa, os oficiais estavam esperando por eles na porta da frente, a cruz vermelha da peste já tinha sido pintada na madeira. O chefe deles acenou para Masetto, mas ficou de longe, com o rosto atrás de um ramalhete, e declarou:

— Um membro desta casa foi infectado, então, vocês ficarão trancados por vinte dias. Há sentinelas aqui para evitar que desobedeçam a esse decreto. Que o Senhor tenha misericórdia de vocês.

Rosalina viu o pai dar de ombros, derrotado. Não valia a pena discutir. Eles só poderiam esperar e manter a fé. Quando se retirava para a entrada da casa, Rosalina ouviu um martelar de pregos como se um caixão estivesse sendo lacrado.

A cada dia, ela via da janela que as portas na sua rua estavam sendo marcadas com cruzes vermelhas; a peste estava se espalhando pela cidade. Nas tardes, uma procissão de relíquias sagradas era levada pelas ruas para expulsar a infecção, os freis cantavam orações e espalhavam a fumaça de incensos, os cidadãos abriam as janelas e se reuniam em suas varandas para acompanhar as orações, suplicando aos céus.

Rosalina via o pai andar pela casa com seu camisolão amarelado, um fantasma sob a luz do dia, enquanto murmurava orações para a esposa falecida. Ele tropeçava ao andar, e ela o via caminhando na escuridão pelos corredores segurando um porrete, sem conseguir dormir. No entanto, ela não encontrava nenhuma palavra de consolo. Se não fosse por ele, Emília não estaria morta. A simpatia de Rosalina se misturava com sua raiva e atravessava a própria dor.

Logo, ela sentia sua vida se contrair em seu pequeno quarto e ouvia os sinos da basílica tocando sem parar. Sete vezes por dia, durante vinte dias, eles tocaram, indicando o momento das orações. Ela não rezava.

No vigésimo dia, os oficiais voltaram, trazendo vigilantes para inspecionar todos os moradores da casa em busca de sinais da peste.

Uma mulher entrou no quarto de Rosalina e ordenou que se despisse.

— Sua pele é mais escura do que a do seu irmão e a do seu pai — disse a mulher.

— Sou filha da minha mãe — respondeu Rosalina, que estava cansada desses comentários.

— E uma linda flor, seja qual for sua compleição, mesmo escura, é bela do seu jeito.

Rosalina ficou irritada. A mãe nunca dava atenção a esse tipo de conversação.

— Não, não vou permitir isso — ela disse. — Nos velhos tempos, o escuro não era considerado bom. No entanto, a beleza da minha mãe tornava o dia mais bonito.

Rosalina tinha a mesma pele dourada da mãe, que no verão ficava bronzeada como uma rica terracota. O irmão era mais parecido com o pai: dois bezerros. Rosalina era feliz por ter puxado a Emília — isso era algo da mãe que nunca poderiam tirar dela.

A mulher se agachou e verificou suas partes mais privadas.

— Não vejo nada. Nem nas costas, nem na virilha, nem debaixo dos braços e dos seios. Não há nenhuma marca em seu pescoço, também. Você está livre do contágio.

— Catarina está saudável?

A mulher recuou.

— Você pergunta sobre a empregada antes de saber como está seu pai?!

Rosalina deu de ombros.

— Todos estão saudáveis — acrescentou a inspetora. — A casa pode ser reaberta.

Rosalina sorriu pela primeira vez em vinte dias.

— Não vamos ficar em Verona — disse Masetto Capuleto. — Não há nada aqui para nós agora. Vamos nos refugiar nas colinas acima da cidade até esse flagelo amaldiçoado acabar.

Uma pontada de raiva, brilhante e afiada como uma agulha, perfurou o coração de Rosalina. Emília havia implorado e tentado convencer o marido a deixar a cidade para que pudessem respirar um ar mais puro e fugir do inimigo que não conseguiam ver nem enfrentar. Todas as grandes mansões estavam vazias, exceto por um ou dois criados, e mesmo estes fugiam de seus postos todos os dias enquanto mais corpos eram carregados e abandonados nas ruas. No entanto, esse ramo da família Capuleto tinha continuado em Verona porque Masetto não queria abandonar os negócios.

Se tivessem partido antes, dois meses atrás, como a mãe havia pedido, agora, ela não estaria em seu túmulo.

— Sim — concordou Valêncio. — Você deveria partir. É uma excelente sugestão.

A própria família de Valêncio tinha fugido para se proteger nas colinas muitas semanas antes, enfiando-se em uma casa no meio dos campos de trigo, longe da calamidade. No entanto, ele não tinha defendido a mãe nem a irmã contra o pai, por mais que as duas tivessem implorado. Suas joias preciosas, os amores dele, estavam seguros. A raiva dentro de Rosalina era como um estopim; então, ela baixou o olhar, incapaz de encarar o pai ou o irmão.

Por algum motivo, Masetto confundiu isso com modéstia e viu como um sinal de concordância, traços poucos conhecidos na filha. Dando um suspiro, ele acariciou o ombro dela, mas Rosalina queria muito rejeitá-lo.

— Sim — disse Masetto, entusiasmado com a ideia. — Emília teria desejado isso. Vamos para o campo, e faremos o luto lá. Levem apenas o que for essencial. Vamos partir imediatamente.

Minha mãe era essencial, pensou Rosalina, com amargura. Ela entendia que havia órfãos muito mais jovens que ela, com menos de 16 anos. E se considerava uma órfã. Os ombros do pai estavam mais caídos com o peso desse novo manto da tristeza. Ele olhava ao redor sem enxergar, pensava apenas na esposa, e quando seus olhos pousavam em Rosalina, era com perplexidade e irritação.

Rosalina fechou os punhos, cravando as unhas na carne das palmas. A dor a fazia se lembrar de que ainda estava viva, que ela não havia desaparecido — mesmo que esse fosse o desejo do pai.

Rosalina se sentou em um canto de seu quarto com os joelhos dobrados sob o queixo. Havia colocado uma cópia de Dante no fundo do baú, outra de Petrarca e Boccaccio, e seu livro mais precioso, um volume esfarrapado de Ovídio, assim como seu alaúde; então, declarou que sua mala estava pronta.

Catarina não estava tão convencida disso.

— Onde estão suas meias? Seus vestidos? Não vai pegar um xale?

Rosalina deu de ombros.

— Se tenho livros e música, estou satisfeita — disse.

— Música? Nem pense em tocar. Não enquanto estiver de luto. Há limites, minha senhora, até para você.

Rosalina enfiou algumas cordas no baú, para o caso de as cordas de seu alaúde arrebentarem.

— Pode ter certeza de que ninguém vai me ouvir.

— Nossa... Sua herege.

Catarina continuou preocupada, resmungando enquanto colocava objetos no baú apressada. Rosalina pegou o Dante e se sentou no chão, revisitando as visões dele sobre a vida após a morte. Ela ficou tentando imaginar onde estaria a mãe e sentiu uma inquietação correr por sua pele, como se tivesse saído de um banho de rio em um dia de verão e descoberto que o sol havia sumido. Ela achava que as descrições de Dante sobre o Céu não eram fabulosas. Uma eternidade em tal companhia ameaçava ser um tédio. A alternativa era um fascinante tormento entre pecadores, ou o frio ou o abandono do purgatório.

— Você não deveria ler isso. Provoca febre nas mulheres. Todo mundo sabe disso.

Rosalina beijou a criada, beliscando seu rosto rechonchudo e adorado.

Elas se sentaram na carruagem que sacudia pela estrada, deixando a cidade para trás. Rosalina observava as ancas aveludadas dos dois cavalos balançando enquanto puxavam a carruagem, com cheiro de suor e feno; os arreios faziam um ruído quando se chocavam. Catarina ia atrás, com o rosto brilhando pelo esforço. Linhas de ciprestes apontavam para um céu brilhante e azul. No entanto, a peste tinha deixado suas marcas na terra: campos sem cultivo, tomados por ervas daninhas; um vinhedo sob o sol com pequenas uvas cinzentas. Rosalina avistou duas mulheres que tentavam consertar postes caídos e raspar ervas daninhas que estavam sufocando as videiras. Não havia homens para ajudar no trabalho pesado.

As rodas da carruagem amassavam as ervas e os pequenos arbustos quando passavam, fazendo emanar seu aroma no ar. *Todos desejavam fazer um cataplasma contra esta peste*, observou Rosalina. *Até a própria natureza.*

Valêncio ia conduzindo a carruagem, batendo com uma vara no lombo musculoso dos cavalos quando achava que estavam indo muito devagar. O pai estava sentado ao lado dela, com os ombros tremendo de vez em quando ao soltar um soluço.

Rosalina não chorava. A pedra de raiva, dura e seca, que estava alojada dentro dela havia queimado todas as suas lágrimas.

Valêncio manobrou a carruagem em torno de um boi magro que montava uma vaca com um ar de cansado no meio de um campo devastado, ainda ruminando o mato. Rosalina olhou com interesse para o casal. Depois de muitos pedidos e aborrecimentos, a mãe havia prometido conversar com ela sobre o ato físico entre um homem e sua esposa. Dois dias antes de ela ter ficado doente, as duas tinham visto dois cachorros no cio no meio da rua; o choro e o grunhido da fêmea, os movimentos frenéticos do macho e, depois, os animais acoplados, ganindo e travados no meio da sarjeta enquanto os transeuntes os chutavam. Rosalina queria saber se homens e mulheres terminavam a consumação de uma forma tão dolorosa e degradante. Emília garantiu que não, disse que as pessoas não ficavam travadas como animais e que, um dia, em breve, ela contaria a Rosalina o que precisava saber. Esse em breve, no entanto, nunca chegou, pois Emília ficou doente e morreu. Rosalina queria saber se alguém iria fornecer esses detalhes para ela.

Masetto enfiou a mão na jaqueta e tirou dali uma corrente de ouro, que estava quente devido ao contato com sua pele.

— Sua mãe gostaria que você ficasse com isto — ele disse.

Rosalina apanhou a corrente. Emília usava aquela corrente e o pingente todo dia. Parecia ser parte dela, como um dedo, como os olhos castanhos ou o dente da frente lascado. Uma gorda esmeralda verde, como a efervescência da asa de uma libélula, reluzente no centro, selada com ouro brilhante. Ela cheirou o pingente, esperando que ainda contivesse o perfume da mãe — rosa mosqueta, sálvia prensada —, mas só sentiu o cheiro da jaqueta de couro de Masetto e de sua pele suja e azeda. Ela colocou o pingente no pescoço.

— E ela também deixou uma carta — ele disse.

De novo, ele enfiou a mão na jaqueta e tirou, desta vez, um pedaço de papel dobrado.

Rosalina olhou para aquilo por um instante. A mãe não sabia ler nem escrever. A carta deve ter sido ditada para o pai. Ele já sabia o que dizia. Masetto lambeu os lábios com sua língua pontuda como a de uma serpente.

— O que diz? — ela perguntou.

— Você deveria ler.

Suas lágrimas haviam secado, e ele parecia furtivo como um cachorro ladrão de galinhas que não quisesse olhar para o dono.

Segurando a carta, ela a leu com horror.

— Ela diz que devo ir para um convento. Isso é mentira! Ela não desejava isso! Você é que quer. Quer economizar meu dote!

Uma dor ardente ressoou no ouvido de Rosalina e ela demorou um pouco para perceber que o pai tinha lhe dado um tapa.

— Esqueceu-se de que é minha e que posso fazer o que eu quiser com você. Mas, não. Esse era um desejo verdadeiro da sua mãe.

Rosalina olhou para Masetto sentindo o gosto de sangue na boca. Ele olhou de volta para ela, surpreso com sua súbita violência.

Estava claro para Rosalina que, mesmo que tivesse sido o desejo da mãe, a escolha de Emília não o desagradava. Dotes eram caros. Colocar filhas em conventos custava muito dinheiro — ainda mais se alguém quisesse que vivessem bem, com muita comida e uma cela com bons móveis —, mas era uma ninharia se comparado com o gasto de um dote.

Esfregando a orelha dolorida, Rosalina olhou para a carta. Estava repleta de manifestações de amor, mas tudo transcrito com a letra do pai. Quanto havia custado para ele registrar essas migalhas de ternura, os últimos restos da mesa de uma moribunda? Rosalina as consumia com voracidade — não haveria mais. *Ele tirou todos os seus pedaços*, pensou Rosalina. *Mesmo sua última mensagem só pode ser lida por intermédio dele.* Era como ter uma visão de Emelia através de uma fogueira apagada. Será que ele tinha apenas transcrito as mensagens de carinho para parecer que a ordem de entrar no convento tinha de fato vindo de sua mãe? Ainda assim, um pensamento mais sombrio cruzou a mente de Rosalina como uma maré fria de primavera.

E se Masetto Capuleto estivesse dizendo a verdade? E se sua adorada mãe quisesse que sua única filha fosse para um convento?

Sentia as lágrimas em seus olhos. Ela estava condenada, se não fosse para o inferno, ao menos para o purgatório.

Quando chegaram à *villa* nas colinas acima de Verona, Rosalina foi direto para seu quarto. Deitou-se em sua cama de madeira baixa e ficou olhando para as vigas prateadas do teto. Um rato passou correndo por uma das vigas e parou acima da cabeça dela, vigilante. O quarto tinha o mesmo cheiro de sempre, de umidade e lareira velha, e o vento movia os beirais, as vigas rangiam como um barco na água. No jardim, Catarina bombeava água do poço, emitindo um chiado de esguicho quando atingia o balde. Tudo era igual e tudo havia mudado.

Rosalina pensava no convento em Mântua que seria o seu destino. O castelo no topo da colina como um chapéu estranho, desvinculado da cidade. Suas paredes eram feitas com arenito cinza-púrpura dos Alpes, com 90 centímetros de espessura. Era uma fortaleza para a alma. À noite, nenhum cidadão se aventurava por perto. Sussurrava-se que em tempos distantes as freiras da ordem conseguiam voar e conjurar espíritos, nem sempre sagrados.

Ela se lembrava de que tinha sido levada, quando criança, para visitar as irmãs da mãe no convento. Rosalina foi obrigada a entrar no *parlatório*, aquela câmara de visitas com barras de ferro que mantinham as freiras isoladas dos perigos da carne e do mundo. Os visitantes pressionavam os rostos contra o metal frio, enfiando os dedos pela grade, desesperados por acariciar as filhas e irmãs amadas entregues a Deus.

Enquanto Rosalina chorava de tristeza e medo, a mãe a tinha enrolado em um cobertor e enfiado em um barril numa roda, que girava para que pudesse ser pega tranquilamente pelas freiras do outro lado, e ocultada no ventre do convento; as tias a levavam escondida para dentro, acalmando suas lágrimas com abraços, mimando-a com doces e guloseimas de todo tipo. A roda tinha sido projetada para produtos como ovos, bolos ou biscoitos em vez de sobrinhas, mas era sempre usada para cargas ilícitas, e depois daquela visita Rosalina tinha entrado várias vezes furtivamente no convento para ser mimada, exibindo as bochechas infantis que pareciam pães recém-saídos do forno, sempre prontas para serem cobertas de beijos.

Quando pensava nessas visitas, Rosalina não se lembrava das orações ou penitências — tudo isso ficava escondido dela. Em vez disso, as irmãs da mãe guardavam tudo o que imaginavam que poderia interessar a ela ou diverti-la: gatinhos recém-nascidos, com a pele ainda macia e os olhos fechadinhos; um pardal bebê que tinha caído do ninho no claustro, mantido em uma caixa cheia de minhocas até ter força para voar. A mãe repetia cada detalhe dessas visitas, exigindo que se repetisse muitas vezes até Rosalina se cansar da repetição, embora agora ela percebesse que o ensaio havia deixado tudo fixo em sua mente como as cores vívidas no vidro veneziano.

As visitas continuaram por muitos anos. Rosalina não sabia, a princípio, que todas arriscavam a alma e que poderiam ser excomungadas por deixá-la entrar escondida, violando a imaculada santidade do convento, embora tivesse certeza de que, se questionadas, as tias teriam respondido sem hesitar que qualquer preço, alma e todo o resto, teria valido a pena por aqueles cotovelos rechonchudos e os joelhos gordinhos e sujos.

Em sua última visita, ela já estava grande demais. Tinha se metido na roda e ficado presa na saída por meia hora até que conseguiram liberá-la. Ela nunca mais tocou nem abraçou as tias novamente.

Entendia por que o pai queria uma vida de convento para ela. Ele era um homem sem afeição. Nas reuniões, as pessoas sempre contavam que tinham se espantado quando ele se casou com a mãe dela, uma mulher que não seguia a moda e tinha um dote pequeno; ele se casara por amor. A surpresa causada pela união deles não havia diminuído mesmo depois de vinte anos.

Infelizmente para Rosalina, o estoque de carinho de Masetto havia secado com a esposa. Era grato pelo filho, mas ela era inútil para ele. A beleza que o encantava em Emília o irritava em Rosalina — ele brigava para que ela não permanecesse muito tempo sob o sol, pois seu rosto iria ficar ainda mais escuro, embora Rosalina não prestasse atenção no que ele falava.

Rosalina sabia que ele acreditava no ditado *"uma mulher deveria ter um marido ou uma parede de convento"*. Mas, até então, ela não sabia que a mãe também acreditava nisso. Por que não tinha conversado com ela? Foi covardia ou falta de tempo? Será que tinha a intenção de contar tudo para Rosalina, mas havia sido ludibriada pela rapidez da morte? Eles tinham se recusado a permitir a entrada de Rosalina no quarto da enferma, por medo dos vapores fétidos.

Suspirando, Rosalina percebeu que não importava que ignorasse os detalhes do leito conjugal, seus terrores e prazeres. Ela nunca iria experimentar nada disso.

Sentada na cama, viu que o sol estava se pondo, suspenso sobre o jardim, inchado e vermelho como um furúnculo pronto para ser perfurado. Sua garganta estava seca e dolorida. Ela pegou um galho de lavanda de uma jarra sobre a cômoda que fora colhido no ano anterior. Tinha o aroma de tempos mais felizes. Triste, ela o esfarelou entre os dedos.

Assim era a fúria com os mortos: desesperançada e desidratada. Rosalina pegou a jarra e a atirou na lareira, onde ela se estilhaçou entre as cinzas antigas. Pela primeira vez em semanas, cedeu à dor e chorou.

O rosto estava quente e as costelas doíam como se ela tivesse levado um chute. Mas nada melhorava com o choro, ela não sentiu nenhum conforto.

Quando se acalmou, ouviu os ratos arranhando as vigas e, do lado de fora, avistou uma coruja-das-torres que arrulhava para a lua. Rosalina foi até a janela que estava aberta. Todas as fazendas estavam banhadas pela escuridão agora, então, ela observou o céu coberto de estrelas e sentiu a brisa como um bálsamo em seu rosto. Fechou os olhos.

Quando os abriu de novo, percebeu que uma lâmpada estava acesa na casa dos Montéquios na colina. Se a luz amarela pertencesse a qualquer outra casa, poderia ter significado algum consolo; mas o pensamento sociável de que outra alma infeliz estava acordada naquela hora irreverente e macabra não lhe trazia nenhum alento. Enquanto ela olhava, a lâmpada piscou na escuridão.

Por um instante, Rosalina achou que a luz não fosse aparecer de novo. Sentiu uma corrente invisível apertando o peito e imaginou que isso seria muito parecido com a corda que a inquisição usou contra os hereges; então, achou que fosse morrer. Ela não queria terminar escondida atrás de uma parede. Queria o mundo, todas as suas glórias e tristezas, toda a sua podridão. Como ousavam tirar isso dela?

Ela não permitiria isso. Até o momento em que fosse trancada, aproveitaria para deliciar-se com todos os prazeres possíveis. Cuspiu no chão, selando um juramento para si mesma.

Ao amanhecer, o sol voltou a nascer e Rosalina com ele. O orvalho estava fresco sobre a grama, deixando-a limpa e brilhante e totalmente indiferente ao infortúnio dela. As abelhas voavam diligentes entre as folhas de jasmim em busca de pólen, e um pica-pau tomava seu café da manhã. Catarina trouxe uma bandeja para o quarto de Rosalina e a convenceu a comer um pouco de pão e beber um tanto de leite. Não disse nada sobre seu rosto inchado nem a respeito das pálpebras vermelhas e, depois que ela se vestiu, amarrou fitas pretas ao redor de seu pulso e colocou um manto de luto escuro sobre seus ombros.

Tampando os ouvidos para abafar as reclamações de Catarina por sair de casa, Rosalina cruzou os campos correndo para falar com Livia, a esposa do irmão, que estava grávida pela sétima vez.

Quando chegou, Livia estava na cama em um quarto do andar de cima, já brigando com uma ama de leite e os três filhos sobreviventes. Seu rosto brilhou ao ver Rosalina, mas, lembrando-se da tragédia, contorceu-se de tristeza.

Lutando para se sentar ereta, Livia segurou a mão dela.

— Oh, minha querida Rosalina. Que a alma de Emília descanse no céu com a Virgem e todos os santos e mil orações. Ela era boa demais para esta terra. E... — continuou — ela fazia a melhor torta de amêndoas.

Rosalina assentiu em silêncio, evitando falar para não chorar de novo.

Livia apertou sua mão. Sua pele parecia fina como um pergaminho de seda, quase não cobria os ossos, mas ela a apertava com muita força.

— Eu perdi minha mãe, todas as minhas irmãs e três filhos. A dor não vai diminuir, mas você vai se acostumar com esse fardo.

Rosalina passou os braços em volta do pescoço dela e beijou o pálido rosto, inalando um cheiro enjoativo de lençóis sujos e óleo de rosas. O inchaço causado pela próxima criança aparecia redondo e apertado debaixo da camisola de Livia. Os seios inchados já pareciam dolorosamente redondos, as veias azuis lembravam uma confluência de rios. Os olhos dela estavam muito fundos.

— Está comendo bem? — perguntou Rosalina, aliviada por pensar no sofrimento de outra pessoa.

Livia sorriu.

— Seu irmão me obriga a comer infinitas iguarias.

— Sim, mas você as come?

— Eu tento, eu tento.

Rosalina olhou para a ama de leite alimentando o filho mais novo de Livia, uma criança gordinha com quase 1 ano, que agarrava o mamilo enrugado com a boca.

— Ela parece útil e boa.

Livia assentiu.

— Sim, ela cuida deles sem fazer muito alvoroço. — Abaixou a voz, de forma conspiratória. — Antes, ela era uma inspetora.

Ao ouvi-las, a ama de leite se virou e olhou para elas.

— Isso é muito melhor. Lidar com a vida, e não com a morte.

A porta se abriu e *Madonna* Lauretta Capuleto entrou, examinando o quarto movimentado como se fosse a proprietária, como se todos os ocupantes fossem peças de seda que ela estivesse escolhendo para fazer um vestido. Não havia nenhum som a não ser a sucção molhada do bebê gordo no mamilo da ama de leite. Rosalina ficou rígida e viu Livia se mexer no cobertor. As duas eram cautelosas com Lauretta, como seriam se estivessem perto de uma vespa. Ela era casada com o irmão mais velho de Masetto, o velho Senhor Capuleto, chefe da família.

— Onde está Julieta? — perguntou *Madonna* Capuleto. — Pensei que estivesse aqui, brincando com os bebês.

— Não está mais, tia — disse Livia. — Ficou aqui por uma hora ou mais com sua ama. Brincaram muito. Mas foram embora.

Mesmo assim, *Madonna* Capuleto continuou a olhar pelo quarto como se Julieta pudesse estar escondida debaixo das cobertas ou atrás da cortina.

— Que pena que não vi minha prima Julieta — disse Rosalina. — Preciso ir vê-la.

A tia franziu a testa.

— Ela deveria estar aqui. Garota cansativa. — Então, lembrando-se, acrescentou: — Sinto muito por sua mãe. Emília era uma mulher *virtuosa*.

Que ela descanse com a Virgem em paz eterna. Você vai honrar sua memória quando entrar no convento.

Rosalina sentiu uma dor na barriga e percebeu que não conseguia falar.

Madonna Lauretta Capuleto a observou por um instante antes de chamar uma criada e pedir para que trouxesse vinho.

— Minha sobrinha não parece bem. É efeito do luto, e não da peste? — ela perguntou, virando-se para Rosalina, que de repente pareceu assustada.

— Você sabia que eu seria enviada para o convento? — perguntou Rosalina.

Madonna Capuleto se sentou de um jeito desconfortável na ponta da cama, com uma expressão intrigada.

— O que mais ela poderia ter desejado para você, querida sobrinha? Seu irmão não consegue parar de produzir herdeiros. Seus pais não precisam de mais filhos. Você não pode perpetuar o nome do seu pai. Ele não precisa que você dê crias. Que utilidade você teria para ele?

Rosalina passou a língua ressecada nos lábios.

— Mas você vai casar a Julieta — ela disse.

— Deus nos deu apenas uma filha. Todas as nossas esperanças estão com ela, agora. Por mais atrevida que ela seja.

Rosalina não disse nada. Ela era muito jovem para se lembrar da irmã de Julieta, que fora levada pela febre, ou dos irmãos natimortos. Ela se virou para olhar para a cunhada na cama, com sua barriga volumosa. Os bebês vinham a cada ano, e eram entregues à ama de leite para que Valêncio pudesse montá-la de novo e a engravidar mais rápido.

As crianças, porém, seriam úteis. Rosalina não tinha nenhum propósito.

— O que você esperava, Rosalina? Você só tem 15 anos. Desejava ter um marido? — perguntou *Madonna* Capuleto, inclinando-se para a frente, parecendo de fato interessada.

27

Rosalina não se sentiu obrigada a responder. Em vez disso, pensou nos pais. Ela não sabia se a mãe tinha amado Masetto de verdade, nem mesmo se considerava o amor algo necessário. Ele tinha amor suficiente por ambos. Às vezes, quando bebiam muito vinho no jantar, Emília o provocava de uma forma que mais ninguém ousaria. Rosalina tinha certeza de que a mãe vivia momentos de felicidade com ele, como contas de orvalho presas nas teias de uma aranha. Não eram menos importantes por serem frágeis e fugazes. Rosalina estava determinada a descobrir algo sobre o amor antes de ser enviada ao convento, com ou sem marido.

CAPÍTULO 2

O nome dele é Romeu

A peste recuou como as águas de uma inundação, deixando valas transbordando de mortos que depois foram enterrados às pressas. Plantações apodreceram nos campos e as pontes ficaram sem reparação, como se não houvesse homens para transformar as árvores em vigas nem carroceiros para transportar as tábuas até os rios, e como se também não houvesse carpinteiros para consertar as vigas podres.

Rosalina observou perplexa o pai se ajoelhar para agradecer ao Todo-Poderoso por sua salvação. Ela não agradeceria. Deus parecia ter tirado o que ela mais amava e lhe deixado um mundo despedaçado e deplorável.

Mesmo assim, várias vezes por semana, uma relutante Rosalina era obrigada a ir a uma pequena igreja repleta de penitentes e suplicantes agradecidos, todos expressando gratidão a todos os santos de que pudessem se lembrar por terem sido poupados. Ela notou que eram as pessoas com a mesma idade do pai que oravam com mais ardor. Os membros mais jovens da congregação bocejavam e estavam distraídos, ignorando até o frei que espargia seu cuspe enquanto pregava. Rosalina assistia a tudo isso fascinada, esperando ver quem seria atingido por aqueles coágulos de oração e zelo, arremessados diretamente do mensageiro de Deus. O coral costumava ser alegre, até que a harmonia na igreja foi banida por Roma por inspirar pensamentos profanos e lascivos. Rosalina achava que o cantochão era simples e tedioso. Ela pensou de novo em seu destino no convento. Enfrentaria uma vida inteira de orações e notas uníssonas. Como iria aguentar isso?

Depois da igreja, foi ver o pai no seu escritório, e o encontrou analisando as contas.

Só que ele não estava olhando para os livros. Em vez disso, olhava fixamente para um quadro em miniatura de Emília, acariciando com um dedo sua moldura envernizada.

Rosalina observou a cena por um instante.

— Se me conceder um ano, no final dele, entrarei no convento se não de bom grado, ao menos sem objeção.

Ele franziu a testa.

— Por que eu deveria negociar com você?

Rosalina apontou para o quadro da mãe.

— Ela não queria que eu fosse infeliz.

Ele olhou de novo para a pequena pintura entre os dedos.

— Nem eu, filha. Embora você não acredite nisso.

— Acredito — ela falou, tentando parecer que de fato acreditava e segurando a mão do pai; mas aquela intimidade era demais, então, ela soltou seus dedos.

— Um ano de alimentação e hospedagem não é barato.

O pai era um homem de posses e não se importava muito com as despesas. Ele só queria que ela fosse embora.

— Sua mãe queria que você fosse. Ainda que você não queira acreditar nisso.

— E eu irei. Mas me dê mais um ano do mundo. Deixe que me alimente disso antes de perdê-lo para sempre.

— É melhor se afastar dele logo. Selar a ferida com fogo. Vai ser mais fácil assim.

Ela se ajoelhou e cobriu a mão do pai com beijos.

— Eu imploro.

Ele ficou em silêncio por um momento, pensando. Parecia infeliz, hesitante.

— Gostaria que nos conhecêssemos um pouco melhor, filha.

Ela assentiu, ansiosa.

— E, quando você for admitida no convento, vai permitir que eu a visite? — ele perguntou, com uma nota de tristeza na voz. — Perdi uma esposa, não quero perder uma filha também...

— Você não vai me perder — ela respondeu.

— Você pode ter doze noites.

Ela levantou o rosto, perplexa.

— Tão pouco! Não é suficiente.

— É isso, ou pode partir imediatamente. Não se esqueça, apesar de toda a minha gentileza, você me pertence, então, eu posso fazer o que quiser.

Ela concordou, piscando em meio a uma enxurrada de lágrimas.

— Daqui a doze noites, você entrará no convento sem fazer apelos à família nem cenas dramáticas, aceitando com resignação o seu destino...?

Ela não conseguiu falar. Havia um nó, lágrimas e pânico fechando sua garganta.

— Sim — ela acabou dizendo.

— Jure, Rosalina.

— Eu juro.

Ela queria ouvir o súbito canto fúnebre de todos os sinos da Lombardia, ou uma cacofonia de gralhas anunciando a calamidade de seu infortúnio, mas não havia nada, apenas o distante bater nas pedras das ferraduras dos cascos dos cavalos conduzidos pelo pátio, e o alegre pit-pit de um tentilhão.

O pai não olhou mais para ela; voltou-se para seu ábaco e seu livro-caixa. Ela já estava dispensada. Correu para o seu quarto. Tinha apenas doze dias para fazer parte do mundo. Doze dias de cor, luz e música. Ela iria aproveitar cada minuto. Correu para a cozinha em busca de Catarina, como tinha feito desde que era criança sempre que estava com problemas e a mãe não estava por perto. Mas não se tratava de um joelho esfolado, e nenhum doce ou uma maçã cristalizada poderiam resolver a situação.

Catarina estava assando uma torta de enguia. Não a viu entrar, enquanto cantarolava, amassando a crosta. Rosalina ficou parada na soleira da porta, sem saber o que dizer, desorientada. Olhando Catarina, com os braços brancos cobertos de farinha como já tinha visto milhares de vezes, sentiu-se perdida, como se pudesse ser um momento qualquer que tivesse acontecido nos últimos quinze anos. Entretanto, assim que ela contou que iriam se separar e viu Catarina chorar, a ampulheta recomeçou a andar e o tempo voltou a correr. Ela não estava pronta, ainda não.

Rosalina esperou mais um segundo. Olhou para os pedaços pontudos de enguia sobre a mesa de madeira, seus corpos escorregadios, sentiu o cheiro ruim do rio. O brilho da lâmina da faca, coberto de sangue. A farinha caindo em espirais no chão. Ela comeria essa torta e talvez a próxima, mas na seguinte ela já não estaria mais ali. Rosalina pigarreou.

Catarina parou, abandonou a torta, ao ver o rosto pálido de Rosalina, seus olhos cheios de lágrimas.

— O que aconteceu? O que foi, minha joaninha?

Quando Rosalina contou, Catarina começou a chorar e lambuzou a testa dela com a lama do rio e as entranhas da enguia. As duas mulheres se abraçaram. Então, Catarina a empurrou, pegando um pano com as mãos para enxugar seus olhos.

— Sente-se aqui. Livia deu à luz ao bebê e está tudo bem. Um mensageiro chegou para seu pai. É um menino.

— Fico duplamente feliz. Porque é melhor ser um menino neste mundo.

— Ele já mama muito. Agora, com ele e o irmãozinho, talvez precisem contratar uma segunda ama de leite. Talvez você possa visitar Livia amanhã. — Catarina abriu a despensa, procurando guloseimas. Com um gritinho de satisfação, ela puxou um pacote de cerejas e ameixas cristalizadas.

— Pode comer isso. Não estrague o apetite — ela recomendou.

Rosalina pegou os doces, sentindo-se grata, engolindo o nó na garganta junto com a saliva e o açúcar. Catarina continuava a falar sobre o novo bebê para distraí-la.

Rosalina enfiou mais ameixas açucaradas na boca. Quando as crianças fossem grandes o bastante — mas não grandes demais —, talvez Livia pudesse levá-las para visitá-la no convento e enfiá-las uma por uma no barril da roda, e ela poderia ficar com elas por uma ou duas horas. Não poderia esperar mais que isso.

Catarina ainda estava tagarelando como um pardal.

— Não se pode fazer um batismo apropriado por causa da sua pobre mãe. Mas os vizinhos mandaram presentes e seu irmão foi cortejado pelo próprio Príncipe de Verona! Afinal, o nascimento de um menino deve ser comemorado. Todos mandaram algo. Bem, quase todos. Os Montéquios não mandaram nada, claro.

Os Montéquios. O próprio nome era como uma ilha estrangeira, distante e isolada. Poderoso e carregado de pecado. O epítome da maldade e do horror. Quando Rosalina se comportava mal, a ameaçavam dizendo-lhe que os Montéquios viriam pegá-la. Como seria isso... nunca tinha ficado muito claro. Ela seria enviada até eles embalada como carne? Eles iam aparecer no quarto dela, como demônios conjurados em um círculo mágico? Ela fez o sinal da cruz.

33

Mas, como o próprio Lúcifer, os Montéquios nem sempre tinham sido perversos, e os Capuletos nem sempre os detestaram. Houve um tempo em que as duas grandes casas de Verona tinham sido, se não amigas, pelo menos aliadas, e as famílias concordavam que o melhor era fazer uma aliança. Ocorreram casamentos entre as famílias. No entanto, muitos anos antes, durante a juventude do avô de Rosalina, houve uma promessa e um acordo de casamento; no entanto, depois, a noiva Capuleto foi abandonada. Parece que o noivo preferiu a Igreja e o amor de Deus em vez da noiva, ascendendo rapidamente ao posto cardeal.

O insulto nunca foi perdoado, e acabou se transformando e crescendo, até se calcificar e se converter em ódio, piorando a cada ano que passava. Ou era o que diziam. Rosalina tinha certeza de que havia mais coisas nessa disputa, mas ninguém quis contar nada para ela.

Catarina jogou um pouco de farinha sobre a mesa.

— Os Montéquios vão dar um baile de máscaras. Dá para acreditar? Todo mundo vai para a igreja receber bênçãos e agradecimentos, e eles organizam um baile! E os mortos pela peste ainda estão frescos em suas covas. Mas assim são os Montéquios. Pelo menos, não precisamos ir nem dar uma desculpa. Deus pode apenas se vingar deles como quiser.

Rosalina estava ouvindo sem prestar muita atenção. As festas dos Montéquios eram famosas em toda a Verona e na República de Veneza: engolidores de fogo, mágicos, malabaristas, os melhores músicos que o dinheiro poderia contratar (e os Montéquios tinham muito), banquetes de torta de pombo, carne de lombo de cervo sangrenta, pilhas de ostras alpinas, sorvete de laranja e limão, e o baile até o amanhecer. Mas tudo isso era nada. As festividades aconteciam nos jardins dos Montéquios, uma gruta labiríntica de monstros e maravilhas que nem ela nem nenhum outro Capuleto tinham visto ao vivo.

Diziam que os jardins tinham sido construídos havia cem anos por um Montéquio enlouquecido de tristeza depois da morte da esposa. Temendo que ela tivesse se perdido nas devastações do inferno, ele tinha mandado construir sete círculos na colina arborizada ao redor de sua casa para poder visitá-la em seus sonhos. Nas noites de carnaval, homens e mulheres festejavam em meio ao pesadelo de visões conjuradas por uma alma atormentada e davam formas a pedras e musgo em meio a imponentes florestas de cedro, plátanos e pinheiros.

Rosalina sabia de tudo isso por meio das descrições feitas por vizinhos e conhecidos. Antes de ter se casado com Valêncio, Livia havia ido a uma festa lá com a família, e Rosalina a tinha obrigado a descrever os detalhes dos jardins muitas vezes. Claro que, quando se tornou uma Capuleto, Livia foi banida e nunca mais pôde desfrutar daqueles perversos prazeres de novo. Nenhum Capuleto nem pensaria em ir.

A promessa relutante que o pai havia arrancado dela ecoava no coração de Rosalina: *doze dias e noites*. Se ela deveria abrir mão do mundo do pecado, então, primeiro, deveria se empanturrar com seus prazeres. Pensar nos Montéquios era assustador, mas ela tinha tão pouco tempo. Devia ser corajosa. Se o próprio demônio fosse o anfitrião, ela compareceria com fitas no cabelo.

Rosalina caminhava de um lado para o outro em seu quarto. Uma máscara era útil: esconderia seu rosto de Deus. Mas para quem era das redondezas, que a conhecia de Verona e poderia reconhecê-la, era preferível uma fantasia completa. Ela não deveria ser descoberta. O pai podia ter lhe concedido uma prorrogação de doze noites, mas ela sabia, com toda a certeza, que não era isso que ele imaginava que ela faria. Se ele descobrisse o que ela pretendia fazer, seria enviada para o convento de imediato. Não apenas por ir a um baile desacompanhada, mas por ser na casa dos

Montéquios, contra os quais seu rancor havia petrificado e se transformado em um ódio canceroso? Ainda assim, como ela poderia se disfarçar a essa altura? Nenhuma de suas roupas serviria.

Ela olhou para um baú de madeira que ficava ao pé da cama. Esse quarto já havia pertencido a Valêncio nos anos que antecederam ao seu casamento, quando ele não tinha sua própria *villa*. Rosalina teve uma ideia, e de repente seu coração disparou como as asas de um pássaro batendo freneticamente contra as "grades" de suas costelas. Ela abriu o baú. Tinha cheiro de mofo e uma fina poeira deixada pelos bichos-carpinteiros espalhada por todo o tecido.

Não havia muita coisa. As asas arrancadas de uma mariposa morta muito tempo atrás. Um lençol amarelado pelo tempo. Algumas roupas velhas pertencentes a Valêncio durante a juventude. Elas não tinham sido doadas a um criado, como era comum, mas foram enfiadas nesse baú, talvez na esperança de que fossem usadas por mais filhos que nunca vieram. Havia uma jaqueta preta de veludo com mangas meio rasgadas, carcomidas aqui e ali pelas traças. Uma meia-calça cinza, com bordas de brocado prateado, cujo tecido era macio entre os dedos. Sim, ela iria ao baile vestida como Valêncio. Ou melhor, como ele tinha sido na juventude.

Usando máscara e culotes, ninguém a reconheceria.

Com dedos ansiosos, Rosalina desabotoou o vestido e o descartou no chão. Mantendo a camisa de baixo, ela olhou para os seios. Não havia nada que valesse a pena amarrar. O pouco que ela tinha ficaria bem escondido debaixo do casaco que ela vestiu, junto com a meia-calça; então, ela fechou os botões de madrepérola polida e ficou lamentando a falta de um chapéu para esconder os longos cabelos negros que revelavam sua condição de garota. Ela estava os enrolando com um nó na nuca quando Catarina entrou e gritou como se tivesse batido o pé na porta.

— Achou que fosse o Valêncio? — perguntou Rosalina, satisfeita.

— Não. Você é muito mais bonita. Seu rosto é bem moreno e não tem barba.

Rosalina se desanimou. Parecia impossível.

— E por que você quer fingir ser seu irmão?

Rosalina balançou a cabeça, não queria contar.

— Diga-me, Rosalina. Sou sua amiga desde quando você mamava.

Rosalina hesitou. Não queria revelar suas intenções, menos por medo de traição do que pelas consequências para Catarina, se ela fosse descoberta. Mesmo assim, quando olhou para o culote cinza, viu seus pés nos elegantes chinelos rosa de botão e, tocando em seu cabelo, percebeu que não tinha removido o véu de donzela, ainda preso em sua cabeça.

Catarina gritou, entendendo tudo naquele segundo.

— Por favor, joaninha, você não pode ir àquele lugar sozinha! Está cheio de perigos para qualquer mulher, mas, para uma garota como você, uma Capuleto... desacompanhada, e que não conhece nada! — Suas mãos tremiam sobre a garganta, frenética com a consternação. — Você é uma criança.

— Não sou criança — disse Rosalina. — Não sei o que sou. Nunca serei uma mulher. Serei trancada para murchar lentamente, um pêssego nunca colhido, apodrecendo debaixo da árvore.

— As freiras no convento ainda são mulheres.

— São? São casadas com Deus? Entregaram a Ele toda a sua vontade, desejo e pensamentos. Não tenho o temperamento próprio para ser criada Dele. Não sou nem submissa nem obediente. Quero coisas demais.

Rosalina viu que Catarina não podia negar isso, então, apenas repetiu:

— Não vá. Não é seguro.

— Eu tenho que ir. Só me diga uma coisa: você vai me ajudar ou vai contar ao meu pai?

Mais tarde, quando as duas caminhavam pela estrada escura que atravessava os campos dos jardins dos Montéquios, *Signior* Rosalina tentou não pular assustada a cada farfalhar das folhas de plátano ou a cada rosnado de uma raposa. A noite estava tão densa e quente quanto leite aquecido, as cigarras ciciavam e as rãs coaxavam nos diques fétidos nas divisas dos campos. Tropeçando nas botas emprestadas, Rosalina tentava espantar os pernilongos que zumbiam próximo a seus ouvidos. Embora estivesse morrendo de medo, a excitação tomava conta de todo o seu corpo. O pai poderia trancá-la para sempre, mas, primeiro, ela iria viver. E quem sabe até houvesse a chance de fugir? Será que ela não poderia escapar das terríveis garras do destino?

Essa esperança era muito fraca — um vaga-lume confundido com uma estrela por um navegador em uma noite nublada —, então, ela a descartou.

— Esse truque não vai funcionar — murmurou Catarina. — Você será espancada e enviada de volta, e eu vou... — Ela não terminou a frase; estava assustada demais para falar em voz alta o que poderia acontecer com Rosalina se o seu truque fosse descoberto.

Rosalina parou, colocando as mãos sobre os ombros da mulher.

— Eles não vão saber que você me ajudou. Juro. Mesmo assim, deve voltar para a casa. Estarei segura a partir daqui.

Catarina balançou a cabeça.

— Vou acompanhá-la até os portões — ela disse. — Você é uma peste. Você foi o bebê mais doce de que já cuidei, e o mais sapeca.

— Você quer dizer... o garoto mais descarado.

— Se você fosse um menino, não estaria tropeçando em sua própria espada. — Catarina sorriu. — Vem cá, deixe-me ajustar seu cinto. Está muito baixo. E fique assim. Com os quadris firmes e as pernas afastadas, assim.

Rosalina tentou se manter ereta, com um pé sobre um montículo macio no chão, o outro se equilibrando na beira de uma vala.

— Muito melhor. Mas alguém poderia pensar que você nunca viu de fato um homem. Nunca lutou com seu irmão com uma espada de madeira?

— Valêncio me dava uma pancada na cabeça, se declarava vencedor, e era isso.

Catarina ajustou o ângulo do chapéu e a observou. Rosalina se mexeu, inquieta com o olhar dela.

— Fique parada. Homens não ficam se mexendo assim. Melhor. Mesmo no escuro, seu rosto é muito rosado para um garoto.

Catarina se abaixou, enfiou os dedos na terra de um montículo e passou um pouco de barro seco no rosto de Rosalina.

— Isso vai servir para simular uma barba. Deveria ter pensado em usar carvão. E você deve beber vinho, ou vai parecer estranho. Mas não muito. E não trema se os homens disserem palavrões perto de você.

— Credo! Não vou tremer.

— E não diga essa palavra! Vai acabar condenada ao inferno! — Catarina suspirou, derrotada. — Por que quer ir àquele lugar terrível dos Montéquios? Não consigo entender.

Rosalina sorriu.

— De lá, vêm sussurros de delícias obscuras — ela disse.

Elas já estavam quase no fim da trilha, onde a casa dos Montéquios e o caminho que levava aos jardins estavam iluminados por uma fileira de tochas que dissolviam a noite. Ouviam-se música e vozes nas sombras. A respiração de Rosalina ficou presa na garganta e ela agarrou a mão de Catarina, apertando-a com a luva muito grande que havia pegado emprestada.

— Se estiver com medo, ainda podemos voltar para casa — disse Catarina, esperançosa. — Ninguém vai saber que estivemos aqui.

— Não — falou Rosalina. — Ouça a música. Não há nada assustador nela!

Soltando a mão de Catarina, ela seguiu o som, atraída como um homem voraz farejando o aroma de um naco de carne em um espeto.

— Espere! Deixe-me amarrar sua máscara. — Catarina estava com a máscara na mão. Não era a linda máscara branca que Rosalina tinha usado no carnaval anterior, mas uma curvada e negra, típica da fantasia de um homem. Ela esperou impaciente enquanto Catarina a pressionava contra sua pele, batendo na terra com sua bota, cuja ponta estava cheia de papel, pois era vários números maior do que o que ela usava.

A máscara se encaixou ao redor de seus olhos, deixando suas bochechas, nariz e boca expostos.

— Me dá coceira.

— Droga.

Rosalina deixou Catarina amarrar as fitas e, então, despedindo-se ansiosa de sua companhia, andou rápido em direção à música.

Parou à beira do foco de luz e ficou ouvindo. O restante do jardim estava oculto; os ciprestes que margeavam a entrada eram como altos espinhos mergulhados na tinta espessa da noite. Ela chegara mais tarde do que a maioria dos convidados e havia percorrido o caminho sozinha. Uma enorme forma grotesca se materializou das sombras e bloqueou seu caminho. Sua respiração ficou presa na garganta. Um ogro gigante, com sua enorme boca aberta, as mandíbulas parecendo da altura de um homem, um par de tochas ardentes presas em suas garras. Olhava para ela com olhos vazios e cavernosos, e Rosalina controlou a vontade de se virar e sair correndo. No entanto, logo depois, percebeu que a música estava saindo pelo buraco negro da garganta daquilo. Apesar da cintilação das tochas, conseguiu ler as palavras inscritas na testa do ogro: *Lasciate ogni speranza* — "Abandone toda a esperança".

Se ela quisesse entrar na *festa*, deveria passar pela boca do inferno. Rosalina respirou fundo e entrou na boca do ogro.

Saiu em uma clareira onde deuses frenéticos saltitavam e duelavam. Hércules jogava Caco no chão de cabeça para baixo, enquanto uma esfinge voltava seu olhar para as Fúrias. Grandes dragões lutavam com leões uivantes e tentavam repelir as mandíbulas de cães desvairados. Uma tartaruga gigante com uma ninfa equilibrada em suas costas descansava perto de uma cachoeira onde se banhava uma deusa do rio. No entanto, todos tinham sido transformados em pedra, como se tivessem olhado para a Medusa. Seus rostos estavam cobertos de musgo preto e líquen prateado, e a hera espalhava seus longos dedos pelas bainhas dos roupões de granito.

Rosalina caminhou pela clareira, observando maravilhada as estátuas. Os jardins estavam repletos de foliões mascarados. Ninguém olhou para ela. Mais ogros de boca aberta sorriam das sombras nas bordas do bosque; as línguas de alguns deles eram mesas de pedra, onde repousavam comidas e bebidas. Ela não sentia nem fome nem sede quando percebeu que ali na clareira estava a fonte da música.

Olhou em volta procurando Pan ou Puck, pois quem mais poderia estar tocando em um mundo como esse? Os músicos, no entanto, eram mortais — pessoas robustas e suadas. Com suas flautas, violas e um par de alaúdes tocavam um lindo moteto, acompanhando uma cantora; uma mulher com voz grave e doce.

Rosalina ficou sem fôlego de tanto prazer. Enquanto ouvia a música, a noite se encheu de cores: ela observava as notas subirem e perfurarem o céu formando pontinhos brilhantes. Oh, enfim, podia ouvir música de verdade! Não tinha nada a ver com as rezas chatas da igreja. Como Deus poderia preferir aquilo em vez desse retábulo dourado de som? Essas eram as notas do céu, ainda que girassem ao redor de uma revelação selvagem do inferno. Ela se aproximou mais, abrindo caminho até a frente da plateia, como um cachorro farejando o ponto mais quente da lareira em uma noite de inverno.

A cantora, vendo *Signior* Rosalina tão arrebatada, achou aquilo divertido e fingiu fazer uma serenata para ela. Uma taça de vinho foi colocada nas mãos de Rosalina. Ela deu um gole e quase cuspiu de volta. O vinho era amargo, como uma torta de amoras ainda não maduras, e a fez estremecer. Em um instante, a taça voltou a ser preenchida. Trêmula, ela bebeu de novo. As tochas brilhavam e tremeluziam. A música continuava a ser tocada, e dançarinos mascarados entravam e saíam do meio das árvores e das estátuas, emitindo gritos de prazer.

O vinho fez acalmar seu nervosismo. Curiosa, Rosalina olhou ao redor procurando rostos conhecidos, mas a maioria das pessoas estava mascarada — com máscaras pretas, brancas, vermelhas, de arlequim e de alguns demônios com chifres. Alguns usavam máscaras com bico em forma de gancho e capas escuras, como aquelas que os médicos utilizavam durante os surtos das pragas. Ela não gostou de ver isso; assombravam a festa como fantasmas dos mortos, fazendo Rosalina se lembrar da fugacidade desse prazer.

Conforme a noite avançava, e a festa ia ficando mais selvagem e Rosalina, mais bêbada, as máscaras começaram a se soltar ou foram descartadas entre as árvores; ela avistou, entre a multidão, os rostos de *Signior* Martino e de Lucio, do outro lado da colina. Ficou pensando quem, entre eles, eram os infames Montéquios. Eram as figuras encapuçadas da Morte e seus companheiros, Desespero e Peste, que espreitavam entre os convidados? Ela não tinha como saber. Havia um sujeito alto usando uma máscara de diabo. Seria um Montéquio? Ou aquele outro? Ela observou um homem enquanto este beijava o longo pescoço de uma mulher, lambendo a borda de sua clavícula enquanto ela se debatia e suspirava, a mão dele estava debaixo da saia dela. Rosalina nunca tinha visto uma exibição tão carnal antes, então, ficou olhando horrorizada e fascinada. Eles estavam se exibindo de um modo descarado ao lado da piscina de Poseidon, enquanto o deus observava despudorado, com o tridente na mão.

As tochas soltavam cera, que atraíam as mariposas. Enfim, os músicos fizeram uma pausa para beber. A noite avançava. Rosalina avistou um alaúde sobre um banco. Parecia chamá-la. Ela tirou as luvas, pegou o instrumento e dedilhou suas cordas. Logo, uma tranquilidade a invadiu, e sua mente, que rodopiava com o efeito do vinho, ficou mais serena. O instrumento era excelente, sua garganta profunda e doce. Ela sabia que não deveria cantar, pois, descobririam seu segredo, então, apenas tocou, com os dedos hábeis e certeiros. Uma pequena multidão se reuniu para ouvi-la enquanto a música emanava de seus dedos como uma chuva fresca e revigorante no calor e na proximidade da noite.

Um homem se aproximou. Não usava máscara. Não era nem alto nem baixo, de altura mediana, e tinha músculos bem definidos. Ele inclinou a cabeça para ouvir melhor. Quando fez isso, Rosalina percebeu que seus olhos tinham uma expressão intensa, como se ele estivesse emocionado com a música. Por baixo do chapéu, seu cabelo era quase tão escuro quanto o dela. À medida que ela terminava cada canção, os gritos dele se tornavam mais altos, seus aplausos, mais sinceros e vigorosos.

Depois de tocar por meia hora, Rosalina começou a sentir calor e uma tontura; sua máscara estava muito apertada e escorregadia por causa do suor ao redor de seus olhos; ela queria tirá-la, mas sabia que não podia. Levantando a cabeça, para seu desespero, percebeu um amigo de Valêncio que a reconheceria e poderia traí-la, por isso sentiu o pânico subir por seu estômago, quente e ácido. Ela largou o alaúde e se perguntou onde poderia se esconder. No entanto, antes que pudesse se virar e ir embora, um braço do estranho estava ao redor de seus ombros, firme, mas não hostil. Ela sentiu o cheiro de pinho e couro.

— Venha, meu bom senhor. Por que não nos retiramos um pouco? Eu conheço um lugar... — ele falou, aparentemente sentindo o desconforto dela, afastando-a da multidão e levando-a para a parte mais silenciosa do jardim.

Ele a conduziu por um caminho ao lado de um riacho e dos deuses romanos menores, para um lugar onde Pã estava encostado, despido, debaixo dos plátanos. O estranho não tinha pressa e caminhava com uma tranquilidade ponderada. Mesmo em meio à sua agitação, Rosalina se pegou olhando para ele, observando que era magro e usava uma linda capa. Sua pele era mais branca do que a dela.

Ele notou o olhar dela e sorriu, mostrando seus dentes brancos e retos.

— Havia tanta perfeição na forma como você tocou hoje, tanta verdade, que poderia derreter um coração duro como uma pedra.

Rosalina riu; estava pouco habituada a ouvir elogios assim, pouco habituada a ser admirada.

— Quem é você, meu bom senhor? — ele perguntou.

— Um cavalheiro de Verona — ela gaguejou, incapaz de encará-lo, envergonhada e satisfeita por estar sendo observada por ele.

O estranho fez uma reverência.

— É um prazer conhecê-lo, então, cavalheiro de Verona. Nós somos dois cavalheiros de Verona, mas não reconheço seu rosto.

Ele olhava com intensidade para ela, e Rosalina sentiu que suas bochechas ficaram quentes sob o olhar dele. Ela se sentiu feliz por estarem cobertos pelo manto da escuridão.

— Como poderia me reconhecer? Meu rosto está escondido.

— Qual é seu nome, então?

Rosalina riu.

— De que serve uma máscara, se eu simplesmente entregar meu nome?

O homem inclinou a cabeça e sorriu.

Ela não tinha falado com muitos homens antes, e nunca com um homem como esse. Ele a fazia se lembrar de um quadro de São Sebastião que ela tinha visto na catedral de Pádua, um Sebastião perfeitamente simétrico e com lábios vermelhos, nu e perfurado com flechas que enchiam de sangue seu peito. Ela ficara hipnotizada pelo ícone, olhando para ele durante toda a missa, incapaz de se concentrar no sermão ou no padre. Agora, se forçava a desviar o olhar desse estranho como se tivesse medo de queimar os olhos por encarar o sol durante muito tempo. Era sua polidez, a doçura de sua língua e, oh, sua beleza que a encantavam. A própria Vênus não poderia tê-lo criado mais belo.

Rosalina estava consciente dos buracos de traça em sua meia e da sujeira espalhada por seu rosto. Sua língua não era lírica, mas gorda e lenta, presa por trás de seus dentes.

Ele enfiou a mão em sua jaqueta e tirou dali um frasco.

— Beba algo, meu amigo.

Rosalina balançou a cabeça.

— Obrigado, gentil senhor, mas infelizmente acho que já bebi demais.

Ele riu.

— Um pouco mais vai ajudar... — Ele pressionou o frasco nas mãos dela.

Ele era tão gentil, tão receptivo, que, apesar de sentir o estômago pesado, ela apanhou o frasco e bebeu. O vinho era forte e doce.

Ele pareceu satisfeito.

— Só mais um gole.

— Acho que não consigo. Não sem causar algum incidente.

— Então, você deve comer.

Ela sabia que balançava de um lado para o outro, como se estivesse em um navio. Tinha medo de comer e vomitar. Ela não queria fazer isso na frente desse cavalheiro. Esse cavalheiro especialmente atento com olhos firmes e brilhantes. E talvez, quando os homens se sentissem mal, eles fizessem algo diferente das mulheres, e isso poderia entregá-la.

Ele estendeu a mão e a ajudou a se firmar, segurando seu braço e obrigando-a a se sentar com cuidado aos pés de Ceres, sobre a grama já úmida do orvalho. Havia uma mesa preparada com comida debaixo das árvores, e ele reuniu algumas iguarias e trouxe para ela em um prato. Um pouco de pão. Um copo de hidromel. Tonta, ela se deitou e fechou os olhos.

— Coma — ele insistiu, sentado ao lado dela. — E a cerveja não é forte. Vai ajudar.

Ela pegou o prato e, enquanto mordiscava, sentiu-se de fato melhor. Ela sentia a proximidade do corpo dele, o seu calor. Os dois estavam quase se tocando.

Ele se deitou e se espreguiçou, totalmente à vontade.

Rosalina se perguntou qual seria a idade do estranho. Mais velho do que ela, com certeza. Vinte e cinco. Trinta? Não importava. O tempo em si já estava suspenso agora. A areia da ampulheta havia parado de correr.

Ela apontou para as estátuas meio escondidas entre o vale de pinheiros. Inalou seu perfume seco.

— Sinto como se estivesse preso em um sonho acordado, ou como se tivesse sido raptado pela Rainha Mab. É ao mesmo tempo horrível e, no entanto, não quero que amanheça — ela disse.

— Você é de Verona e nunca tinha visto este lugar antes? — disse o homem, surpreso.

Rosalina temia ter entregado que era uma Capuleto.

— Sim! Quero dizer, claro. Mas parece diferente a cada visita. Não é a mesma coisa cada vez que entramos aqui.

— Não, de fato. E não é apenas a razão que deve ser abandonada quando entramos. Vê o que está escrito aqui? — Ele apontou para outra inscrição perto da deusa da fertilidade. — *Solo per sfogar il core*.

— O coração deve estar leve — leu Rosalina, devagar.

— E o que deixa seu coração pesado, amigo? — ele perguntou, com a voz suave e dócil, com simpatia.

46

— Por que acha que estou infeliz?

— Ninguém tocaria uma música assim como você fez se a alma não estivesse pesada como chumbo.

Rosalina olhou para ele, surpresa. Era a primeira gentileza que um homem havia dirigido a ela, ainda que nesse momento ele não soubesse que ela era uma mulher. Achava que estava endurecida pela apatia do pai. Ela não tinha nenhuma importância para o irmão, que parecia mais interessado nos cães dele. Pega desprevenida pela atenção desse estranho, Rosalina teve o desejo de confessar sua infelicidade. Sua garganta doía em virtude de ela reter as lágrimas. Talvez fosse por ter bebido tanto vinho, mas ela percebia que ele a olhava de um modo muito delicado, com uma expressão aberta e sincera. Ela queria falar com ele sobre a morte da mãe, queria contar que seria enviada ao convento. Que, às vezes, sentia que ninguém a amava além de Catarina, que era paga para isso, e de Julieta, que era jovem demais para entender tudo o que acontecia. No entanto, ela não podia fazer isso, ou revelaria que era uma mulher, e mulheres não se sentavam no escuro, desacompanhadas, com homens que não conheciam. Ela tinha que ir embora. O princípio do alvorecer já dava o ar de sua graça no topo das árvores. Ela se levantou.

— Não queria ofender — disse o estranho, se levantando também. — Não vá embora.

— É tarde. Ou melhor, é cedo, e logo minha família vai se levantar, então, precisarei estar na cama.

— Por favor. Fique. Só mais um minuto.

Ela hesitou.

— Qual é o problema de ficar mais um minuto com um amigo? — ele perguntou.

— Estranhos podem ser amigos?

— Estranhos como nós, acho que sim. Dividimos o pão. Ouvimos música estranha. Deitamos lado a lado em uma noite de verão debaixo da lua clara. Espero que isso nos torne amigos.

Rosalina corou ao ouvi-lo falar que eles estiveram deitados juntos, mas sabia que ele havia dito isso de um modo inocente, pois como poderia não ser assim?

— Diga-me, então, meu senhor, onde aprendeu a tocar o alaúde? — ele perguntou.

Falar sobre o alaúde faria Rosalina lembrar-se da mãe, e ela não aguentaria isso.

— Nossa! Você faz muitas perguntas — disse ela.

— Muito bem. Pode me perguntar qualquer coisa. Apenas fique.

Rosalina pensou. Só havia uma coisa que ela de fato queria saber.

— Você vai me mostrar um Montéquio?

Ele não riu, apenas pareceu intrigado.

— Eu poderia fazer isso, mas por quê?

— Quero ver um.

— *Um*? Do jeito que você fala, parece que são animais, não homens.

— Se são homens, então, são todos perversos. Monstruosos. Como este jardim que construíram.

— É selvagem, talvez. Surpreendente. Mas perverso? Não.

Rosalina não falou nada por um instante, sentia-se insegura.

— Ouvi dizer que são homens devassos e perversos — ela disse, por fim.

— Como assim?

Rosalina franziu a testa.

— Não sei dizer, pois nunca conheci nenhum — ela respondeu.

Nesse momento, o estranho pareceu ter sido provocado. Ele se afastou dela, os dedos brincando com o punho de sua espada.

— Não sabe dizer? Não deve ter nenhum motivo?

Rosalina balançou a cabeça, relutando em contar a origem da rixa e se entregar como uma Capuleto; então, o homem a encarou de novo, avançando até onde ela estava, fazendo-a recuar.

— Você está fazendo insinuações e alusões e sugerindo a mim, um estranho, os rumores gastos, vis e cruéis que são repetidos por toda a Verona por nossos inimigos, os Capuletos. Mesmo assim, ainda vem aqui, à casa dos Montéquios, para comer a comida deles e beber o vinho deles e se divertir entre os convidados deles e proferir essas desonras.

Rosalina olhava para ele confusa, sem saber se ele estava brincando com ela. Se era um jogo, ela não entendia as regras.

Ele parou e permaneceu com a cabeça baixa.

— Você não me deixa escolha. Você desonrou a mim e ao nome da minha família.

Enquanto dizia isso, com sua voz grave e pesada de arrependimento, ele avançou contra ela, que se viu forçada a retroceder pelo caminho.

Rosalina não podia acreditar que realmente o tivesse ofendido; ele devia estar brincando. Ela não podia lutar. A ideia em si era absurda. Ela quase riu.

— Como eu o desonrei, meu senhor?

Os olhos deles se encontraram.

— Sou Romeu Montéquio. — Sua mão descansava sobre o punho de sua espada. — Recusa-se a lutar? Desonrará sua casa, jovem de Verona?

Ela balançou a cabeça, incapaz de falar. Então tocou sua espada; não tinha mais vontade de rir. Os dedos sentiam o punho pegajoso. Ela devia ter perdido as luvas. O coração rugia em seus ouvidos. Romeu agora parecia mais alto, parecia ter ombros mais largos do que ela havia percebido, e ele dançava na direção dela na ponta dos pés. Seu sorriso brilhava na luz do amanhecer.

Ela olhou para trás e percebeu que haviam chegado a uma pequena torre que parecia se inclinar para um lado, como uma peça de xadrez prestes a se render e cair. A princípio, Rosalina achou que o ângulo da torre era um efeito de todo o vinho que ela havia bebido, mas, com

Romeu a pressionando pela entrada escura, ela viu que estava realmente inclinada, meio arruinada.

— Vamos? — perguntou Romeu, gesticulando na direção da porta. — Aqui dentro é um bom lugar para um duelo.

Rosalina sentia-se realmente mal. Ela não sabia quais eram as regras de um duelo, mas tinha quase certeza de que tinha o direito a um segundo. Mas a quem ela poderia recorrer? Quem responderia por ela? Valêncio, não. Catarina?

Rosalina não revelaria que era uma mulher para evitar a luta, mesmo que isso significasse a morte entre aquelas aparições grotescas.

— Depois de você, meu senhor — disse Romeu.

Rosalina tropeçou ao entrar na torre inclinada e no mesmo instante percebeu que estava desorientada. Através da janela, o horizonte parecia inclinado e estar num ângulo estranho; o chão estava curvo. Ela cambaleou e quase caiu. O mundo estava de pernas para o ar, desvairado e desnivelado, então, de repente, ela pensou ter caído no submundo.

Olhou para Romeu e viu com horror que ele estava pronto para usar sua espada.

— Você deve desembainhar — ele falou, com uma voz gentil, sem raiva.

Fazendo o que ele mandou, Rosalina respirou fundo, se perguntando se seria a última vez. Em um segundo, ela sentiu a espada ser arrancada de suas mãos e cair no chão. Ela fechou os olhos e aguardou o golpe que se seguiria. Esperava que não doesse, ou que não doesse por muito tempo.

Em vez disso, ela sentiu apenas o puxão das fitas da máscara ao redor de sua nuca, o calor dos dedos dele, sua respiração. Ela tentou segurar a mão dele.

— Não, *signorina*, você perdeu.

Romeu removeu a máscara dele com habilidade e, puxando-a pela mão, obrigou-a a se aproximar da janela, onde começava a entrar a luz da manhã. Olhou para Rosalina e segurou seu rosto. Ele acariciou o rosto dela com delicadeza, com a ponta de seus polegares, então, tocou suas sobrancelhas; depois, foi descendo da ponta de seu nariz até seu lábio superior. Deu um leve suspiro.

— Na verdade, não a conheço, pois me lembraria de um rosto assim — ele falou. — Ah, a deusa Vênus está nos orbitando no céu.

Ele apontou para cima, onde as últimas estrelas estavam desaparecendo com a claridade; apenas Vênus ainda brilhava no céu iluminado.

— Está vendo? Ela é testemunha deste nosso encontro — ele disse.

Então, ele beijou a mão dela.

Nunca haviam falado com ela dessa maneira. Rosalina olhou para ele, confusa e agitada.

— Você sabia que eu não era um homem? — ela perguntou.

Ele riu.

— Seus lábios... dois botões de rosa... vi que não eram os lábios de um homem. Seu rosto... — Nesse momento, ele parou, franzindo a testa. — Minha senhora, parece haver algumas manchas de sujeira sobre a perfeição do seu rosto.

Rosalina engoliu em seco, consciente de que estava presa naquela torre peculiar com um estranho, e mesmo assim ela confiava em Romeu — ou pelo menos queria confiar. A luta tinha sido apenas um jogo. O coração dela ainda batia forte no peito.

Sorrindo, Romeu deu um passo, afastando-se dela, e se encostou na parede.

— No entanto, você disse que nós, Montéquios, somos diabólicos, depravados, e que nos deleitamos com o pecado. Tem certeza disso?

— Se eu disser "sim", você promete não querer lutar comigo de novo?

Romeu riu.

— Juro. Você me desarmou também, minha amada.

— Só posso dizer o que ouvi. Não vou mentir. Você é o primeiro Montéquio que conheço. Então, deve me mostrar qual é a verdade, meu senhor.

— Muito bem. Aqui estamos sozinhos, madame, mas você está segura. — Ele se aproximou e voltou a acariciar o rosto dela com o polegar. — Não quero nada para manter seu segredo. Não quero um beijo. Não quero nem saber seu nome. — Ele estendeu a mão e colocou a máscara dela de volta no lugar, amarrando-a com dedos ágeis.

— Devo confiar em você, então — disse Rosalina, levantando o rosto e encontrando seu olhar. — Não acredito que você me trairia, apesar de ser um Montéquio.

Rosalina caminhava em seu pequeno quarto, tirando a meia-calça e lutando com os botões da jaqueta. Pela primeira vez desde a doença e a morte de Emília, ela estava sentindo algo em seu peito que se parecia com felicidade. Era frágil como as asas de uma borboleta e poderia facilmente ser destruído pelo vento mais leve.

Ela se sentou na ponta do colchão em seu roupão de linho e tentou não pensar em Romeu. Ele a havia levado de volta ao monstro do jardim quando a manhã esticava seus dedos rosados pela copa das árvores. Os deuses e as gárgulas espiavam, controladores, os bêbados adormecidos, deitados debaixo deles. Romeu insistiu para ela não caminhar sozinha, pois apenas a escória dos convidados estava ali, e ele não confiava naquelas pessoas. Rosalina e Romeu passaram juntos pela boca do ogro, mas ali ela disse que deviam se separar — não podia deixá-lo ver o caminho que ela tomaria, senão, ele descobriria onde ela morava.

Ela não queria que ele soubesse que era uma Capuleto. Queria que pensasse bem dela, e não queria que a magia se desfizesse. Como não voltaria a vê-lo, queria que a ilusão permanecesse.

Agora, depois de entrar escondida na casa em que todos dormiam, Rosalina não conseguia se acalmar. Ela andava de um lado para outro como se tentasse medir o tamanho do quarto. Estava radiante. Ninguém tinha se importado com ela antes. Ou só a tinham visto como uma xícara de porcelana, que, se fosse lascada, terminaria estragada e não teria valor. Sua reputação e honra só eram valorizadas porque, se maculadas, trariam vergonha para o nome Capuleto. Era o nome que importava, não Rosalina. Mas Romeu demonstrou se importar com ela. Seus dedos. Seu rosto. Seus lábios. Ainda que ele fosse um Montéquio. Entretanto, não o veria de novo.

Mas e se ela voltasse a vê-lo? E se Romeu pudesse desviá-la do caminho que lhe foi traçado? Ele era o homem mais fino que já havia conhecido, e tinha sido gentil com ela, mas, acima de tudo, ele lhe proporcionava esperança.

Ela se deitou na cama, mas não fechou os olhos. Catarina viria logo para verificar se ela havia voltado em segurança. Não importava, ela não conseguiria dormir.

Do lado de fora, o vento batia nas venezianas; primeiro, com suavidade, depois, com mais persistência. Rosalina demorou um pouco para perceber que não era o vento, mas alguém batendo na janela.

Uma voz chamou:

— Rosalina!

Ela pulou da cama e correu até a janela. Não podia ser, não era possível! A janela do quarto e a pequena varanda estavam no alto da casa. Quem quer que fosse, havia escalado pelas macieiras e contornado a parede estreita. Seu coração parecia o estrondo de um tambor dentro de seu peito. Sua pele se arrepiava, ardendo com o medo e a ansiedade. Ela abriu as venezianas com cuidado.

— Rosalina! — chamou a voz de novo, urgente e suave.

— Quem é? — ela perguntou, com a voz baixa.

— Por que pergunta? Você não me conhece? Já se passou tanto tempo? — indagou ele.

Rosalina abriu as janelas e saiu para a varanda estreita. A princípio, não conseguia ver ninguém na luz suave, em meio às sombras grosseiras e misturadas com os troncos de glicínia e hera. Então, viu uma mão agarrando um grosso punhado de hera e quase gritou alarmada.

— Me ajude, prima. Seria um desperdício de juventude e beleza se eu caísse e quebrasse o pescoço nas pedras lá embaixo.

— Teobaldo!

Ela agarrou a mão dele e o puxou para a varanda. Ele se equilibrou com agilidade sobre os pés e sorriu. Rosalina se atirou em seus braços, derrubando-o sobre o parapeito e, então, recuando de repente, se afastou. Ela olhou para ele surpresa ao perceber quanto tempo havia se passado — estava mais alto, embora a carne não chegasse a preencher os ossos de seu corpo, uma barba se esforçava por nascer em seu queixo.

Teobaldo olhava para ela.

— Você não é mais uma criança — ele falou, parecendo meio admirado e meio assustado.

— Nem você.

Os dois se entreolharam boquiabertos, tomados por uma repentina reserva, como se percebessem que a velha intimidade deveria ser renovada. Estranhos tinham achado que os dois eram irmãos, por serem tão parecidos na cor da pele e nas travessuras, e agora um procurava a si mesmo no rosto do outro. Esse sorriso de Teobaldo era um eco do sorriso dela e do Teobaldo menino. A figura na frente dela era alta, com ombros masculinos. Ele era, ao mesmo tempo, familiar e estranho, com os mesmos movimentos inquietos e rápidos.

Rosalina sentia muito pelo longo tempo em que ficaram afastados, os anos perdidos que nunca poderiam ser recuperados. Ela se perguntou se ele ainda tinha uma cicatriz no joelho de quando os dois foram pescar carpas juntos e ele escorregou nas pedras molhadas fazendo um corte profundo. Ele chorou lágrimas amargas ao ver que estava sangrando tanto e a fez prometer que nunca iria contar a Valêncio, por medo de que o garoto mais velho o provocasse e ficasse rindo dele. Agora, Teobaldo estava parado do lado de fora do quarto dela coberto de lama e folhas, com o chapéu cobrindo um olho, incapaz de olhar direto para ela. Mas a cor daqueles olhos era do mesmo rico marrom de sempre. Como um rio depois da chuva.

Por que *ele* não era seu irmão, em vez de Valêncio? Se Teobaldo fosse seu irmão, nunca deixaria que o pai a mandasse para o convento. Mas não havia nada que pudesse fazer.

Enfim, ele pigarreou e olhou para ela.

— Sinto muito pelo que aconteceu com sua mãe. Mil bênçãos sobre a alma dela. Emília era minha tia favorita. Eu vim assim que fiquei sabendo. Mas a carta demorou semanas para chegar até minhas mãos em Pádua, e nesse momento ela já tinha sido enterrada.

— Estou feliz que tenha vindo agora — ela falou, descobrindo, ao falar, que era verdade. — Vai ficar por um tempo?

Teobaldo assentiu.

— Sim. Já terminei meus estudos. Voltei para Verona. Vou ficar com Valêncio.

— Vai encontrá-lo da mesma forma, embora ele esteja mais gordo. Sempre foi ambicioso. Só que agora ficou evidente.

Teobaldo tinha ficado órfão quando criança, e depois disso fora passado como um resfriado de um Capuleto para o outro, sem nunca pertencer a nenhum deles, mandado de uma casa para a outra com rapidez e entusiasmo.

Apenas Rosalina o queria por perto. Eles eram próximos em idade, disposição e aparência, separados só pelo gênero.

Rosalina suspirou. Gostaria que Teobaldo pudesse viver com eles, mas o pai não gostava de convidados, mesmo se fossem parte da família. Afinal de contas, ele estava tentando se livrar até mesmo dela.

— Oh, como senti sua falta, prima. Mas agora temos tempo — disse Teobaldo.

Não temos, pensou Rosalina. Mas como parecia que ele não sabia sobre o convento, não iria contar e estragar a alegria de seu retorno. Em vez disso, ela disse:

— Sim, primo, quase como nos velhos tempos. Mas, agora, você precisa ir embora. Olha, já está quase totalmente claro. Catarina vai entrar a qualquer momento. Ela não pode encontrá-lo comigo. Não somos mais crianças. Vai voltar de manhã? Da maneira mais normal? Através da porta.

Resmungando de bom humor, Teobaldo voltou para a borda da varanda. Com agilidade, ele pulou de volta para o corrimão e desceu pelas paredes, para as macieiras.

Rosalina voltou para a cama. Ela se deitou pensando nesse novo Teobaldo. Não era exatamente um estranho, mas tampouco era o companheiro de sua infância. Eles não podiam mais passar a noite juntos no mesmo beliche, lendo em voz alta as páginas de Ovídio ou Homero para se divertirem aterrorizando um ao outro. Ela tremeu e se sentiu ainda mais sozinha. Enroscando-se em si mesma, tentou se lembrar de como Teobaldo costumava sussurrar a *Metamorfose* de Ovídio para ela no escuro, mas isso tinha sido há tanto tempo e, quando tentou imaginar uma das histórias, só conseguia ver "Vênus e Adonis". E Adonis tinha o rosto de Romeu Montéquio.

Ela acordou com Catarina abrindo as venezianas. Ela deu um grito estridente e Rosalina enterrou o rosto no travesseiro: com certeza, a criada havia encontrado um rato outra vez.

— Eu voltei sã e salva. Falei que tudo ia ficar bem — disse Rosalina, esperando que a deixasse dormir, mas Catarina continuou a resmungar perplexa.

— Que loucura é essa?

Relutante e sonolenta, Rosalina foi da cama até a janela e olhou para a varanda. Um tapete de rosas tinha sido colocado no chão de madeira enquanto ela estava dormindo. Uma floresta de caules verde-escuros. Cem, duzentas coroas floridas de rosa, brancas e vermelho-sangue. Suas pétalas se estendiam sob a luz do sol, liberando uma fragrância doce e terrosa. O ar estava espesso de tantas abelhas.

— Quem subiu aqui e fez isso? — exigiu saber Catarina.

— Teobaldo — respondeu Rosalina. — Ele voltou de Pádua.

— Oh, o querido Teobaldo! Ora, ele é o garoto mais atrevido que já conheci e o mais doce. E sei que essa bagunça é típica dele. Uma doce bagunça cheirosa de seu antigo companheiro de brincadeiras.

— Isso. E agora, querida Catarina, vá embora. Deixe que eu apanho essas rosas.

— Você vai precisar de vinte jarras para elas. Isso se não estiverem esmagadas e estragadas.

Rosalina a enxotou do quarto, garantindo que tinha jarras suficientes.

Quando Catarina, enfim, foi embora, Rosalina saiu na varanda estreita, de camisola. Teobaldo não tinha feito aquilo, ela tinha certeza. Pois ali, no meio das flores, entre as folhas verdes, os caules com espinhos e as pétalas caídas sob o sol, estavam as luvas que ela havia usado na noite anterior na casa dos Montéquios e abandonado em algum lugar entre os monstros.

Ela andou nas pontas dos pés entre as grossas camadas de folhas verdes tentando não ferir os pés com os espinhos e pegou as luvas. Uma delas parecia dura quando a apanhou. Dentro de um dos dedos havia um bilhete enrolado.

Rosas para a bela Rosalina. Devolvo suas luvas não para declarar um duelo, mas para me retirar de um, quando você encontrar este bilhete. Gostaria de poder ser uma luva sobre esses dedos, como gostaria de poder ser esta carta, oculta entre suas mãos.

Rosalina ergueu os olhos, piscando por causa do brilho do sol. O céu estava muito azul, e o sol, dourado. Já havia brilhado tanto antes? Sentia seu rosto queimando. Ela se virou e voltou para o quarto, mas não olhou por onde estava andando e, em meio à sua distração, pisou em uma abelha. A dor foi imediata e aguda. Rosalina se sentiu tonta e respirou lenta e profundamente, inspirando o doce e inebriante perfume das rosas que emanava ao redor dela. Mas não se importava com essa dor. Pois Romeu Montéquio sabia que ela era uma Capuleto. E ainda assim gostava dela.

Capítulo 3

Eu o conjuro pelos olhos brilhantes de Rosalina

Quando desceu as escadas, com os braços repletos de caules de rosas partidos, através da porta aberta que levava ao corredor, Rosalina espiou os cavalariços preparando os cavalos e a carruagem no jardim. Ela colocou tudo no chão e saiu apressada, gemendo por causa de uma dor no pé.

O pai estava entre os criados, repreendendo-os por serem ociosos — as rédeas não estavam brilhando, a carruagem estava suja de lama e as crinas dos cavalos tinham sido malcuidadas. Ela esperou uma pausa na bronca.

— Aonde você vai, papai?

— Vou para Verona. Voltarei ao final do dia, se esses palhaços terminarem a tempo!

— Pode me levar com você? Por favor, papai. Queria orar no túmulo pela alma da mamãe.

Masetto hesitou, e Rosalina sabia que ele estava dividido entre o desejo de ficar sozinho com sua dor e o desejo de que a alma de Emília fizesse a passagem pelo purgatório de forma segura. Ele tinha pagado para que monges e freiras recitassem as missas essenciais, mas tantos tinham morrido em Verona que ainda havia centenas de missas esperando para serem recitadas. Rosalina sabia que ele se preocupava com as almas perdidas no purgatório, que ficavam circulando como nuvens negras de estorninhos presas entre os mundos.

— Prometo ficar quieta no caminho para Verona! — Ela o pressionou.

— Muito bem, filha. Sei que você também sente falta dela — ele falou, com bondade, e gesticulou para que o cavalariço a ajudasse.

Rosalina passou a viagem em um silêncio respeitoso, olhando para os bosques de oliveiras, as folhas prateadas enrolando-se no calor do meio-dia. Ela desceu a fim de colher um ramalhete de flores silvestres para deixar sobre o túmulo, mancando ao lado dos cavalos suados. De vez em quando, ela vislumbrava um cavaleiro em um cavalo negro, um pouco atrás deles. Quem quer que fosse, manteve uma distância cuidadosa; sempre que estava prestes a alcançá-los, o cavalo diminuía a velocidade.

Depois de um tempo, Rosalina avistou as torres das igrejas da cidade subindo imponentes até o céu, então, levantou-se na carruagem para vê-las melhor. Logo, estavam cruzando a ponte de pedra, as águas verdes corriam por baixo dela. Quando passaram pelos portões da cidade, Rosalina notou que as ruas estavam vazias — ela não sabia se era porque as pessoas estavam fugindo do sol do meio-dia ou se era um efeito colateral da peste.

Quando chegaram ao cemitério onde estava o túmulo da família, a carruagem parou e Rosalina saltou.

— Vou voltar em uma ou duas horas. Não se afaste da cripta — avisou o pai.

Rosalina assentiu, tomando essas migalhas de preocupação como a única ternura que provavelmente receberia dele.

Ela andava pelo caminho sinuoso; o calor tornava o ar úmido e denso como uma sopa. O túmulo da família ficava em um grande cemitério, lotado de sepulturas ao longo de montes de novas fossas. Os velhos ossos tinham sido tirados da terra para dar lugar aos mortos apodrecidos recém-chegados, e cada um deles tinha sido enterrado em uma cova mais rasa do que a anterior. No calor de julho, o odor era fétido e azedo, e ela conseguia senti-lo no fundo da língua, salgado e sujo. Sua pele estava oleosa em consequência do suor e do cheiro de morte. A terra tinha sido arrancada e estava rachada em toda parte, e sua superfície fora revolvida. Parecia se contorcer, transbordando, e, logo abaixo da superfície, estava lamacenta e escorregadia. Havia corvos empoleirados nas lápides ou circulando no céu, emitindo sua risada alta.

Rosalina estremeceu, apesar do calor, e acelerou o passo pelo cemitério, desesperada para fugir dali. Ela se refugiou aliviada no frescor da cripta. Pelo menos ali, o cheiro era melhor. Ali os mortos estavam trancados dentro de abóbadas de pedra.

Estava escuro, pois ela não havia trazido nem velas nem um candeeiro. Ela não quis perder tempo pegando uma vela, pois temera que Masetto mudasse de ideia a respeito de levá-la.

Ajoelhou-se para rezar, murmurando encantamentos a fim de que Emília fizesse uma passagem segura para a próxima vida.

Quando terminou, sentou-se sobre os calcanhares e olhou para a pedra que escondia os restos mortais da mãe. O coveiro ainda não tinha marcado o nome dela, e a efígie esculpida de Emília que Masetto havia encomendado demoraria ainda pelo menos doze meses para ficar pronta. Só havia um espaço vazio. Emília tinha sido apagada. Sem nome, sem retrato. Uma raiva subiu pelo peito de Rosalina como bílis enquanto ela colocava sobre o túmulo as poucas flores e as ervas que havia colhido — arruda, alecrim, erva-doce, talos de orquídeas e margaridas salpicadas de roxo. O ramalhete estava murchando e quase derretia em suas mãos, mas ela não se importava.

61

— Aqui está você. Teobaldo sempre chamou estas flores roxas de "dedos de morto". Que nome terrível para uma flor tão bonita. — Ela puxou as orquídeas e as colocou sobre a laje fria. — Sempre pensei que, um dia, você iria decorar meu quarto nupcial. Agora, estou decorando seu túmulo, e não haverá cama nupcial para mim. Serei sepultada em uma morte em vida. E não posso nem perguntar por quê!

A voz de Rosalina ficou mais alta e ecoou pela cripta. Então, de algum lugar, outro eco se uniu a ela. Por um instante, ela pensou que aquele som era de um fantasma triste — talvez até a mãe tivesse voltado para responder. Ela olhou ao redor, assustada.

— Não chore, doce Rosalina — a voz falou.

Rosalina viu Romeu parado na penumbra da entrada.

— Como você chegou aqui? — ela perguntou, confusa e ainda afetada pela sombra da dor.

Então, ela sentiu um calor, rápido como um raio, tomar seu coração. Olhou para ele, quase perdendo o fôlego. Ele sorriu para ela e, depois, entrou na cripta.

— Por favor, me perdoe. Fui até sua casa esta manhã com a esperança de falar com você e, quando vi que estava indo pela estrada até Verona, pensei que talvez pudesse ter a chance de conversar com você com mais liberdade aqui.

Rosalina repassou as palavras dele em sua mente. Ele tinha vindo de cavalo até a cidade só por causa dela.

— Por favor, querida Rosalina, fale alguma coisa. Não quis assustá-la.

— Não estou assustada.

Ela ficou em silêncio por um momento, então, ele se aproximou.

— Não fique triste. Sua mãe está no paraíso, não nesta cripta escura e fétida. — Ele falou de um modo tão sincero e olhou para ela tão preocupado que Rosalina ficou emocionada.

— Por que você foi até minha casa? Se minha família o encontrasse lá, eles iriam matá-lo.

Romeu deu de ombros.

— Eu me escondi, tentando vê-la. Não consegui esperar, bela Rosalina. Tenho mais medo da sua indiferença do que das espadas deles.

Rosalina balançou a cabeça e esfregou os olhos. Ela tinha dormido pouco, e o calor, somado ao forte odor da morte, fazia seu nariz pinicar e seus olhos coçarem. Por um instante, ela percebeu que não saberia dizer se ele era real ou alguma miragem. A luz sombria no lugar em que ele estava parado marcava o ângulo de seu queixo e de sua garganta tão bem que ela quase acreditou que ele fosse uma estátua, esculpida em homenagem aos mortos, na pedra para sempre.

No entanto, ele não era de mármore, era de carne e osso. Ele piscava. Sua língua, úmida e macia, pesava sobre seus lábios curvos.

— Por que você teve de ser um Montéquio? — ela sussurrou.

— Deixo de ser a partir deste minuto, se você quiser.

Ele foi se sentar ao lado dela. Estava tão perto que Rosalina podia sentir seu cheiro de pinho e couro, embora, desta vez, ele se misturasse com o odor quente e terroso do cavalo dele. Era um alívio ter algo que superasse o fedor de podridão e morte.

— Como você me encontrou? Como descobriu meu nome? — Rosalina quis saber.

— Foi o amor.

Rosalina riu.

— Isso não é uma resposta.

— É a resposta que vou dar.

Rosalina ficou perplexa pelo fato de alguém, ainda mais esse homem notável, ter feito tudo aquilo por ela. Apenas o estímulo de uma afeição verdadeira poderia tê-lo impelido a isso. Sua pulsação latejava na garganta, tão apertada sob a pele quanto as asas esvoaçantes de uma mariposa.

Ela queria tocar a mão dele, sentir as pontas ásperas dos dedos em virtude do couro do arreio do cavalo e os músculos sólidos de suas coxas. Esse impulso, essa necessidade de tocá-lo, seria isso o amor?

Nas horas em que estiveram separados, Rosalina tinha tentado se lembrar do rosto, do queixo, dos lábios dele, do contorno de sua perna, mas, apesar de saber que eram perfeitos, ela não conseguia se recordar de nada. Agora que ele estava à sua frente, ela percebia que suas lembranças eram imperfeitas. Ele era robusto, seus olhos, mais escuros. Na morte, os Capuletos que os circundavam tinham sido aperfeiçoados como estátuas, mas Romeu Montéquio não precisaria ser melhorado nem ornado. Tal beleza em um homem era perturbadora, então, ao lado dele, ela se sentia desajeitada e infantil. Mesmo na luz bruxuleante, ela conseguia ver que ele tinha a idade de Valêncio, ou podia ser mais velho. Comparado a Romeu, seu companheiro de brincadeiras Teobaldo era apenas um menino.

Impaciente, ela queria que ele saísse daquele lugar escuro para poder admirá-lo melhor sob a luz do sol. Quando ele sorriu, ela conseguiu ver o brilho de seus dentes.

— Quando estou com você, já me sinto no paraíso — ele murmurou. — Não está escuro aqui, pois você ilumina mais que a lua.

Rosalina o observou por um tempo, ficou ouvindo a rápida batida de seu coração. Ninguém falava com ela assim — em geral, ninguém falava com ela. Na maior parte do tempo, ela se sentia invisível, como se não tivesse corpo, e ali estava aquele homem da poderosa casa dos Montéquios falando sobre sua beleza. Era como se ela nunca houvesse tido forma até aquele momento e, com suas palavras, ele a conjurasse em um ser de carne sólida e beleza. Ela abandonou sua pele infantil e se sentiu metamorfoseada na mulher que ele descrevia.

Romeu sorriu, aproximando-se ainda mais. Sua respiração ficou presa na garganta. Ele apontou para uma estátua de anjo, que estava sobre um dos túmulos dos Capuletos no alto. Todos os Capuletos mortos, esculpidos ou fundidos em gesso pareciam estar olhando para eles, como se estivessem em uma audiência dos benevolentes mortos.

— O alabastro de seu rosto é mais puro do que o desse anjo que olha para nós e chora.

Ao ouvir isso, Rosalina levantou a mão para detê-lo. Ela queria acreditar em todas aquelas deliciosas palavras, mas, para isso, ele devia falar a verdade.

— Doce Romeu, sua língua afiada é adocicada demais por truques elegantes. O que você fala é verdade, mas a pele da... minha prima... a pele de Julieta... a dela, sim, pode parecer-se com alabastro talvez, mas não a minha. Sou mais escura do que a maioria das pessoas. Algumas até já me perguntaram se tenho sangue mouro.

— E você é perfeita por isso.

— Então, diga como sou de verdade, não como deveria ser. O amor é cego, não os amantes.

— Então somos amantes? — ele perguntou, sorrindo e colocando a mão no rosto dela.

Rosalina franziu a testa um pouco.

— Não posso pensar no amor ou na vida, cercada e ridicularizada pela morte por todos os lados. Isso me faz ver o final antes de termos começado — ela disse.

Ao ouvir isso, para seu espanto, Romeu se levantou de súbito e segurou a mão dela. O toque da mão dele sobre a de Rosalina fez seus dedos formigarem como a picada de uma urtiga.

— Vamos, então. Vamos deixar esse ar rançoso e fétido — ele falou, puxando-a.

Rosalina se deixou levar, murmurando:

— O fedor é pior do lado de fora.

— Ah, sim, daquele lado, de fato, é. Mas não deste.

Ele a conduziu para fora da cripta, mas, em vez de seguir para o cemitério, mostrou uma passagem para ela que saía direto para a rua e seguia em direção ao rio. Como por algum milagre abençoado, o ar estava limpo e fresco ali, refrescado pelas águas. Ele parou para puxar-lhe o véu e esconder o rosto dela e deu-lhe o braço, tocando e beijando, um por um, os dedos da mão dela.

Rosalina se deliciava com essa adoração. Seus dedos formigavam ao toque das mãos de Romeu, derretidos com tanta atenção. À luz do dia, ele era bonito, com seu cabelo negro como a asa de um corvo, os braços esguios e fortes, as mãos inquietas ao lado do corpo, dedos longos tamborilando sobre os músculos da coxa. Os lábios eram curvos, cheios, e, quando ele semicerrava os olhos por causa da luz do sol, finas rugas apareciam nos cantos de seus olhos.

— Ninguém que nos conhece virá a esta parte do rio — ele disse.

Ele a puxou um pouco mais para perto do rio, onde o ar estava ainda mais fresco e as ruas fervilhavam com pessoas de novo. Ela até se esqueceu da dor no pé. Sob a sombra, havia muitas pessoas vendendo rodelas de queijo embrulhadas em panos úmidos; laranjas redondas, enormes, furadas no meio; fileiras cinzentas de camarão; trutas brilhantes em montes sangrentos, com olhos turvos, barrigas abertas.

Rosalina inalou com força o prazer de tudo aquilo. Ali o mundo era nítido e vivo, e ela sentiu que seu mau humor começava a se dissipar.

— O que você gostaria de comer? — perguntou Romeu.

— Uma laranja.

Romeu entregou ao homem uma moeda e, depois, quando se afastaram das barracas e encontraram um lugar perto das águas, ele começou a descascá-la com sua faca. Rosalina levantou o véu e comeu os pedaços um a um. O suco, que era forte e doce, escorria por seu queixo e depois por sua garganta.

Romeu olhou para ela e então, com o dedo, segurou uma gota que escorria. Ele hesitou antes de se inclinar e beijar o pescoço nu de Rosalina..

A boca dele era quente, sua respiração, suave, delicada como uma pena. Por um instante, ela perdeu o fôlego. Ele a apertou mais, e a barba que ele não havia feito naquela manhã arranhou sua pele.

Ela inspirou de novo e sentiu o forte aroma das laranjas. Romeu se afastou, com os olhos meio cerrados.

— Está pegajoso. Não queria que atraísse moscas.

— Não — concordou Rosalina, chocada por ele ter lambido o suco de forma tão descarada; mais chocada ainda por ter permitido.

Ela comeu outro pedaço, permitindo que o suco escorresse de novo, desejando que ele a beijasse mais uma vez. E ele a beijou, emitindo um leve ruído com a garganta que a surpreendeu e a deixou intrigada.

Ela o observou enquanto ele se sentava. Romeu ainda parecia uma estátua quase perfeita à luz do dia, só que agora aparentava ter mais de 25 anos. Poderia ter mais de 30? Não tinha como saber. Talvez fosse o efeito da luz, mas ele parecia ter uns pontos grisalhos em seu cabelo negro ao redor das orelhas, como se fosse neve. Ela não o achava feio. Ele se moveu, e a neve pareceu derreter. Talvez fosse apenas a luz.

Ela se lembrou, tarde demais, que não deveria ter saído da cripta nem do cemitério.

— Preciso ir — ela falou, se levantando.

— Não. Você não pode... — ele disse, segurando a mão dela e tentando puxá-la de volta.

— Meu pai vai voltar, e ficará furioso se não me encontrar.

— Rosalina! Você não pode me deixar aqui. Não tão insatisfeito.

— Insatisfeito?

— Preciso saber quando a verei de novo.

Rosalina balançou a cabeça e fechou bem os olhos em virtude do brilho luminoso do sol. Por baixo do gosto da laranja, ela conseguia sentir o cheiro da truta e, quando inspirou de novo, voltou a sentir o fedor do túmulo. Ela seria tola se permitisse que Romeu a cortejasse.

Ele era um Montéquio. E, mesmo se não fosse, o pai dela já tinha decidido seu destino. Antes do final do verão, ela estaria trancada no convento. Rosalina já tinha sofrimento suficiente para aguentar; ela poderia passar horas em sua cela contando suas tristezas para seu rosário e falando das partes do mundo agitado que haveria de deixar saudades; não precisava acrescentar mais infelicidades, ao encorajar uma corte que sabia que seria impossível.

Ela se levantou e baixou o véu.

— Não me procure mais. — Ela começou a se afastar e, então, parou, virando-se para dizer: — Você não pode me salvar, Romeu Montéquio.

Masetto ficou indignado quando chegou e não encontrou Rosalina nem no cemitério nem na cripta. Quando ela voltou, ele estava dividido entre o horror de imaginar que ela poderia ter arriscado sua honra andando sozinha sem um acompanhante e a fúria por ter sido obrigado a esperar durante quinze minutos. Ele não parou de reclamar nem mesmo na carruagem, quando já estavam saindo da cidade; e embora o ar estivesse mais agradável, com um vento leve, nenhum dos encantos de Zéfiro foi suficiente para acalmar a cólera de Masetto.

— Eu andei de um lado para outro! Estava com calor! E se o convento ficasse sabendo dessa desgraça e se recusasse a recebê-la? E então?

E então?, pensou Rosalina. Era um benefício no qual ela não havia pensado.

— Você quebrou nosso acordo depois de um dia, filha. Você é um peso que não consigo controlar. Doze dias! Na verdade, você deve partir de imediato.

— Não, pai, por favor! Eu lhe imploro. Estava com calor. Aquele cheiro. Não consegui aguentar.

Entretanto, Masetto recusou seus apelos como se ela fosse um vira-lata, e não queria falar com ela nem prestar atenção no que ela dizia.

— Silêncio! Vou consultar seu irmão. Não chore, isso me irrita.

Quando chegaram em casa, Masetto conduziu as orações da tarde; toda a família foi reunida no salão. Ele se ajoelhou sobre uma almofada bordada estampada com romãs e pinhas que tinha sido feita por Emília. Havia um espaço vazio do seu lado direito, onde a própria Emília costumava se sentar; o retrato dela em miniatura estava apoiado sobre uma almofada. Rosalina se ajoelhou à esquerda dele sobre uma almofada de seda, enquanto Catarina e as criadas da cozinha, e os poucos criados homens, se prostraram atrás deles, sem almofadas para abrandar a dureza do chão de pedra.

— Oh, Divino e Sagrado Pai, imploramos por sua misericórdia e seu perdão! Devemos ter pecado para você ter mandado tal flagelo de peste entre nós — começou Masetto, com a voz baixa. — Por favor, nos afaste de tal desfavor divino e conceda-nos sua luz e sua misericórdia celestial.

Quando ele terminou, Rosalina e todos os empregados recitaram o catecismo, sem pensar, pois não tinham escolha. Depois, eles se levantaram, esfregando os membros que estavam formigando, a fim de retomar a vida. Neste momento, Masetto se dirigiu a todos eles.

— Devemos estar vigilantes. Ouvi notícias de que há uma doença no mosteiro de Santa Maria. Devemos orar com renovado vigor para que seja apenas uma febre, e não outra praga. A ordem deve ser restaurada neste mundo despedaçado.

Rosalina olhou ao redor e viu o medo estampado nos semblantes dos criados. Ela suspirou. Será que o pai achava que, por intermédio de atos de bondade cristã, ele poderia se proteger e proteger sua casa de uma peste transmitida pela epidemia? A oração seria outro encantamento contra a morte, apenas com menos ervas e menos cheiroso? Ela não acreditava no poder da oração, da mesma forma que não acreditava nos feitiços com cravo, pimenta e canela.

Ela voltou a si. O pai olhava para ela com indignação e desânimo, como se pudesse ler os pensamentos em seu rosto. Rosalina modificou suas feições no que imaginava ser uma demonstração de timidez adequada a uma moça. Ela não queria provocá-lo mais.

— Rosalina, você está doente?

— Não, pai.

— Quais atos de caridade cristã vai realizar esta noite? — perguntou Masetto.

— Vou ler a Bíblia com nossos arrendatários.

— Ler? — Ele proferiu a palavra como se uma chama estivesse queimando sua língua quando falava.

— Recitar orações com eles, então — tentou acalmar Rosalina.

— Sua mãe não sabia ler. E isso não causou nenhum mal a ela.

Nem lhe trouxe nada de bom, considerando que está morta, pensou Rosalina. Então, ela viu Teobaldo, parado entre a porta aberta, meio escondido. Quando criança, ele tinha medo de Masetto, que sempre fora rápido com a cinta. Mesmo agora, parecia que essa aversão continuava. Ela fez uma reverência para o tio e, antes que ele pudesse voltar a falar, ela correu, arrastando Teobaldo para o jardim.

— Você não pode se esconder aqui. Deve ir falar com meu pai e dizer que está triste pela morte de minha mãe.

— Não estou me escondendo! Não sou covarde! Já estive aqui de manhã, hoje cedo. Eu pensei em levá-la até a casa da Livia. Mas, se quiser brigar, eu vou embora.

Rosalina segurou o braço de Teobaldo quando ele se virou e lhe deu um cutucão. O temperamento dele era como fermento ao sol; crescia rápido, mas diminuía logo, quando cutucado.

— Não! Não quero brigar. Venha, segure minhas mãos. Eu não quero insultá-lo. — Ela sorriu.

Teobaldo emitiu um sorriso tenso. Ela o cutucou de novo nas costelas e ele cedeu. Rosalina já sabia como tranquilizá-lo, então, ficou satisfeita, pois o tempo não havia diminuído sua habilidade.

— Como Livia está hoje? — ela perguntou.

— Bem.

— Então, vamos agora — disse Rosalina, dando o braço para ele.

— Não precisa de uma capa? Melhores sapatos? — ele perguntou, olhando de esguelha para os chinelos de pele de carneiro que ela estava usando.

— Não, vamos logo — disse Rosalina, dando um olhar apressado para trás.

Ela não queria ler nem recitar orações aos arrendatários, e eles tampouco queriam ouvi-las.

O sol era uma moeda de ouro polida, suspensa bem acima das faixas de cevada, trigo e vinha. A cada quatro ou cinco faixas, havia uma abandonada, tomada por ervas daninhas. Um vento quente girava em torno deles, carregando ciscos de poeira de costas distantes, de modo que sua pele estava coberta de uma areia fina. Uma pipa voava em círculos enquanto Rosalina continuava mancando; a picada de abelha agora deixava seu pé dolorido e inchado. Ela parou, tirou os chinelos e continuou mancando, descalça, enquanto Teobaldo olhava para ela perplexo.

— Não olhe para mim — ela gritou. — Fui picada no pé por uma abelha.

— Se usasse sapatos com mais frequência, talvez isso não acontecesse.

Rosalina o encarou; entretanto, Teobaldo preferiu ficar em silêncio.

Ela tropeçou e ficou irritada, embora soubesse que não era culpa de Teobaldo.

— O mundo está perdido — disse Rosalina, depois de um momento. — Meu pai queria resolver tudo. Mas nada poderá voltar a ser como antes. Ela morreu. — A voz dela oscilou, seu humor se dissipava. — Esta terra foi desordenada pela morte e pela doença, e não acredito que voltará a ser restaurada por intermédio de desejos ou orações.

— Tudo vai se curar com o tempo.

— E também morrer.

Teobaldo deu um sorriso amargo.

— Você sempre foi mais inteligente do que eu, Ros.

— Sabe que a praga voltou na casa dos monges em Santa Maria? — ela perguntou.

— Pode ser a febre de verão.

Rosalina deu de ombros.

— Mas quando padres, frades e freiras adoecem e morrem, que esperança há para nós, pecadores? De que serve orar? O que mais fazem as freiras e os monges além de orar?

Teobaldo parecia preocupado.

— Nossa, pare! Você fala como uma herege.

— Falo? Falo como uma herege ou sou uma? Não me sinto uma herege, Teobaldo. Eu me sinto eu mesma.

— Fale como quiser quando estiver comigo, Ros. E só se preocupe se os outros a ouvirem falar. São eles que eu temo.

— Que outros? — perguntou Rosalina rindo, gesticulando para os campos abertos e vazios. — Se eu fosse uma herege, você ainda seria meu amigo?

— Sempre. E você teria argumentos tão fundamentados que eu acabaria concordando. Mas, Ros, pelo amor de Deus, fique quieta — pediu Teobaldo, esticando a mão para ela.

— Só há pássaros e fantasmas aqui — ela gritou, esquivando-se dele.

— Fantasmas podem falar, e os campos têm olhos.

Eles chegaram à faixa ampla de terra, inculta e repleta de dentes-de-leão brancos; as sementes se espalhavam como uma tempestade de neve no verão, seguindo a brisa amena e terminando nos cílios deles, deixando seus cabelos grisalhos e brancos.

Rosalina arrancou as sementes de dente-de-leão de suas sobrancelhas, afirmando:

— Olha, se você for embora de novo, quando voltar, é assim que estarei!

— Eu não queria ir, Ros — disse Teobaldo, com a voz suave. — Não tive escolha. Perdoe-me.

Rosalina ficou em silêncio. Só agora ela percebia como tinha ficado brava por ele a deixar. Ele havia sido o amigo mais verdadeiro dela, com quem ela compartilhava seus infortúnios. Então, ele foi para Pádua, a fim de aprender o que os meninos devem fazer.

Ela tocou no braço dele.

— Não há nada a ser perdoado — ela disse.

Virando-se, ela pegou as sementes entre seus dedos e entre os pés descalços, onde a penugem havia se acumulado em tufos sobre a terra nua. Apanhou um punhado macio como penugem de pato, enrolou-o, formando uma bola sobre a palma da mão, e o soprou na direção de Teobaldo, que o agarrou e tentou mantê-lo no ar com seu sopro como se fosse uma peteca. Rosalina bateu palmas de alegria, quase se esquecendo da picada de abelha, e por alguns instantes a dupla voltou a brincar como criança; o mal-estar e o constrangimento entre eles tinha sido soprado com os tufos de neve de dente-de-leão.

Quando terminaram de brincar, sentaram-se sobre o toco de uma árvore, suados e ofegantes. Rosalina descansou a cabeça no ombro de

Teobaldo, e ele puxou as tranças dela como se tivessem voltado a ter 10 anos e estivessem cansados depois de um dia caminhando pela floresta.

Ele se levantou para colher um ramo de centáureas, empoeiradas pelo calor; depois, voltou a se sentar ao lado dela.

— Eram as favoritas da minha mãe, foi o que me disseram. Não tenho certeza, não mais do que posso saber se ela me amava — ele disse.

— Pelas estrelas acima de nós, você pode ter certeza de que ela o amava — disse Rosalina, virando-se para olhar para ele.

— Por quê? Todas as mães devem amar seus bebês? Ela me amou apenas por um instante, em meio à dor no meio da morte. Todos os três filhos ao mesmo tempo. Mas você, Ros, você foi amada por Emília. Ela continuará com você, pelo tempo que viver. Ela não morrerá. Mas como poderei carregar minha mãe comigo, se não me lembro dela? Ela é uma completa estranha para mim.

Ele esmagou as centáureas entre os dedos, enfiando-as em seu cinto, dizendo:

— Eu junto flores para que murchem em seu túmulo. Elas apodrecem com ela.

Rosalina se virou para ele, seus olhos brilhavam de preocupação, mas ele sorriu.

— Minha ferida é antiga e há muito tempo foi cicatrizada. Só digo isso para lembrá-la de que você era amada e que Emília a conhecia.

A raiva de Rosalina voltou a crescer, quente e feroz.

— Se minha mãe me amava tanto, então, por que quis me mandar embora? Acabar com a minha vida? — Ela arrancou um pedaço de dente-de-leão de seu cílio. — Não pertenço ao meu pai para que ele me sacrifique para Deus. Não vou orar por ele. Mesmo no convento. Meu pai vai me mandar...

Ela parou ao ver a expressão de Teobaldo. Ele não disse nada, apenas olhou para ela sentindo-se triste e desamparado.

— Você já sabia do meu destino? — perguntou Rosalina.

Teobaldo não ousou olhar para ela.

— Seu irmão me contou esta manhã. — Ele fez uma pausa. — Não consigo imaginá-la como freira.

— Nem eu.

— E não acredito que sua mãe tenha desejado isso.

— Nunca vou ter certeza, pois os mortos não falam — ela suspirou. — Faltam onze dias, até ter minha própria morte em vida. Ou talvez menos. Desobedeci a meu pai, e ele ameaçou mudar de ideia e me mandar para o convento imediatamente.

— Oh, Rosalina...

— Quieto! Eu posso suportar qualquer coisa, menos sua piedade. Nem mesmo quando bati meu nariz ao cair do carvalho, aquela vez, e quando pensamos que estivesse quebrado, você teve pena de mim... Você apenas riu.

— Eu ri porque estava assustado, Rosalina. Você sangrou durante o caminho todo de volta para casa.

— Gostava mais de sua gargalhada. Ria agora.

— Não posso.

— Então, vamos falar de outras coisas. — Ela se levantou do toco da árvore e começou a caminhar, devagar agora. — Conte-me sobre Pádua. Não, conte-me uma história. Algo fantástico. Como costumava fazer.

Foi Teobaldo que ensinou Rosalina a ler, não com as tristes cartilhas como os garotos, mas com uma cópia de Ovídio roubada de Valêncio para isso. A jovem mente de Rosalina havia sido alimentada com mitos e monstros. Ela adorava Teobaldo por tê-la ensinado a aguentar a surra que tinha recebido; não se deve arriscar a mente das meninas com as façanhas dos gregos.

Rosalina tinha uma dívida de amor com Teobaldo por esse presente. Ela gostaria de retribuir lendo e recontando suas versões das histórias que havia descoberto, mas, nessa tarde, seu humor estava muito para baixo. Ela só queria ouvir.

Teobaldo pensou por um instante e, depois, concordou.

— Hoje, você visitou a tumba de sua mãe, mas, Ros, nem sempre uma tumba é o final. Uma tumba é uma porta. Orfeu segue Eurídice até o submundo para trazê-la de volta. Como eu faria com você — ele acrescentou, dando um sorriso.

Rosalina levantou uma sobrancelha

— Uma péssima escolha, primo — ela o repreendeu. — Orfeu fracassa. Ele cai sobre os próprios pés.

— Ele é enganado! Por um deus! Que chances teria um mortal?

— De qualquer modo, Eurídice acaba perdida. O túmulo é o final para eles.

Teobaldo pensou um pouco.

— Você sempre foi melhor em jogos. — Então, ele bateu palmas triunfante: — Píramo e Tisbe! Eles se conheceram no túmulo de Nino. Para eles, o túmulo significou não a morte, mas um começo...

Teobaldo continuou falando sobre amor, Rosalina não o ouvia. Ela pensava em Romeu no mausoléu dos Capuletos. Gostaria que, se o amor deles estivesse começando, não fosse ali, que os aromas de arruda, alecrim e erva-doce não estivessem misturados com a decadência. E quando, enfim, ela o ouviu, não tinha certeza de que Teobaldo se lembrava da história correta, mas o som da voz dele era agradável e familiar, e ela não quis o interromper. Ao redor deles, os raios luminosos do sol rompiam entre as folhas de plátano que delineavam o caminho.

Rosalina se sentou com o bebê mais novo de Livia bem acomodado sobre seus joelhos; as várias camadas de roupa que o envolviam o faziam ficar rígido. A criança a olhava com olhos furiosos, de um azul forte, como se ainda estivesse brava por ter nascido e sido colocada nesta terra miserável. Livia estava apoiada no meio de um ninho de travesseiros, com o rosto mais pálido e abatido do que antes, e Teobaldo permanecia encostado na parede, silencioso e imóvel, observando os primos brigarem. Rosalina sentiu-se aliviada de novo por ter seu velho aliado de volta enquanto implorava ao irmão que a escutasse.

— O pai prometeu — ela insistiu. — Ele não pode voltar atrás em sua palavra. Eu tenho doze dias. Não onze.

— Nosso pobre pai está abatido pela dor — reclamou Valêncio. — Ele não sabe o que fazer com uma filha. E muito menos em um momento como este! Para piorar, você desobedeceu a uma ordem dele.

— Por um momento. Estava quente e horrível no cemitério. E eu implorei o perdão dele — disse Rosalina.

— Você não deveria ter se aproveitado da boa vontade dele.

— Boa vontade?! Com você, talvez. Não comigo. Ele se interessa mais pelos animais da fazenda que empilham o estrume do que por mim. Pelo menos, a sujeira deles pode ser usada em seus campos.

— Rosalina — disse Valêncio, repreendendo-a com gentileza. — Suas palavras doem mais do que pernilongos.

Rosalina estava chateada demais para se desculpar.

— Como você terá que ir, de qualquer maneira, atrasar é inútil — acrescentou Valêncio.

— Só para você, que tem todo o tempo do mundo para desperdiçá-lo como quiser. Para mim, importam cada hora e cada minuto no mundo, antes de ser isolada e colocada atrás de um muro como se fosse uma joia preciosa. Quando eu estiver no convento e for vítima da lei monástica, não poderei abraçar seus filhos, nem tocar nem beijar alguém, a menos que seja através das grades. Não poderei segurar a mão de outra pessoa. Não terei permissão para tocar meu alaúde nem para ver um campo de girassóis desabrochando e se voltando para o sol. E mesmo assim, meu irmão, você deseja apressar e reduzir esses meus últimos dias.

— Você fala como se fosse uma execução.

— Para mim, é. Do meu eu.

O irmão esfregou a testa.

— Então, vamos pensar, irmã, no que pode ser feito.

Valêncio largou sua caneca contrariado, derramando seu conteúdo. Livia segurou a mão dele. Rosalina olhou para Teobaldo. Ele olhava para ela com desânimo.

— Fale em minha defesa, Teobaldo, mas não faça essa cara de piedade. Isso não me ajuda nem um pouco — ela disse.

— Vou falar quando for útil — ele respondeu.

Livia fez um comentário, virando-se para Valêncio.

— Ela é útil aqui comigo, meu marido. Ela é ótima com as crianças — Livia disse, em tom de súplica.

Valêncio bufou.

— Besteira. Ela segura o bebê como se ele fosse uma jarra de cerveja. Você deve pensar em outra coisa, Livia, se quiser adiar a partida dela.

Rosalina balançou o bebê, mas ele começou a se agitar e choramingar.

A ama de leite apareceu, tirou o bebê do colo dela e o colocou em seu berço.

Então, foi a vez de Teobaldo se adiantar e falar:

— Há uma dificuldade, até onde entendo, porque Masetto deseja se dedicar ao seu luto e às suas súplicas em memória da adorada *Madonna* Emília.

Rosalina tentou se opor. Ela tinha certeza que cuidar de sua filha seria a melhor maneira de o pai se dedicar à memória da esposa.

— Só dessa vez, Ros, eu imploro, fique quieta — disse Teobaldo, ainda de um jeito afetuoso.

Resmungando, ela mordeu a língua.

— Hoje, mais cedo, eu visitei *Madonna* Lauretta Capuleto. Vi a pequena Julieta também. E se Rosalina fosse passar estes últimos dias de liberdade com ela?

— Não! — gritou Rosalina. — Adoro a Julieta, mas ela é uma criança. Ela tem só 13 anos.

— Ela fará 14 no dia de Lammas — disse Livia, baixinho.

— Ela ainda tem uma ama — disse Rosalina.

— Ela tem — concordou Teobaldo. — Uma pessoa peculiar, muito velha. Lembro-me muito bem dela de quando era menino. Ela é bastante gentil e adora a Julieta, mas fala todo tipo de bobagem o tempo todo. Não pode ser uma grande companhia para Julieta.

— Acho que o pai concordaria com isso — disse Valêncio, depois de pensar um pouco.

— Então, tenho que escolher entre o convento e o berçário? — disse Rosalina, chorosa.

Ela olhou para todos os rostos e, então, correu para o seu quarto, enfiando a manga na boca para abafar os soluços. Ela não queria que nenhum deles a visse chorar. Ouviu os passos de Teobaldo na escada, que tentava segui-la e confortá-la, mas Livia o chamou de volta. Ela se sentiu grata por essa pequena gentileza.

Naquela noite, Rosalina não conseguiu dormir. Ela se deitou em sua cama ouvindo os barulhos dos ratos no sótão acima. Onde estaria Romeu? Ele estaria na cidade, ou teria ido cavalgar de volta para o campo? Até mesmo imaginar um Montéquio era um tipo de traição e, mesmo assim, ela estava ansiosa por cometê-la. Se ao menos ele pudesse entrar no quarto dela como uma sombra e levá-la dali... Ela enterrou no lençol o rosto avermelhado de tanto chorar e tentou esquecer-se do rosto dele, descartar sua esperança.

Rosalina e Julieta se sentaram no pomar em um banco debaixo dos bulbos de maçãs que estavam começando a crescer. Julieta estava balançando as pernas. Sua ama não tinha parado de falar por quase meia hora.

Sua papada balançava feliz enquanto ela tagarelava.

— Dois anjos em vez de um! Que maravilha! Você vai dormir aqui, Rosalina, e fazer o meu viveiro, meu galinheiro, ficar cheio de pintinhos? Já faz anos que ele não fica tão cheio.

Rosalina balançou a cabeça.

— Meu pai disse que posso ir para casa para dormir. Quero dormir minhas últimas noites em minha própria cama.

A ama apertou a mão dela, compreensiva, mas uma sombra de desapontamento cruzou o semblante de Julieta.

Rosalina sentiu uma pontada de culpa. Ela conhecia Julieta desde sempre. Às vezes, ela parecia uma criança que ainda era alimentada com leite, implorando que Rosalina brincasse com ela de amarelinha debaixo da sombra, mas ela também podia ter uma língua afiada e sagaz, porque passava muito tempo na companhia de adultos. Rosalina gostava mais de estar ali com ela do que imaginava. Embora Julieta fosse muito jovem, ela era divertida.

Na forte luz do sol de julho, o cabelo de Julieta ficava dourado, como as espigas de milho maduras. Despencava em cachos soltos ao redor de seu rosto, que era tão claro quanto o de Rosalina era escuro. Ela era franzina e pequena, uma das fadas donzelas de Titânia, e parecia ter menos do que 13 anos.

A doença no mosteiro não era uma praga, mas uma febre de verão, e, assim, Masetto e o pai de Julieta haviam decidido que poderiam voltar para Verona. Todos os outros Capuletos seguiram o exemplo, e Rosalina ficou feliz por poder passar seus últimos dias de liberdade na cidade entre o odor e o zumbido da vida.

Ela piscou olhando para o sol. Outro quarto de hora havia se passado, pelo menos, e a ama ainda estava falando.

— Oh, eu a vi correr e bambolear-se durante todos estes anos! Mesmo quando caía para trás por cima de seu bumbunzinho, ela não chorava. Onze anos se passaram desde que ela foi desmamada. Não queria parar de mamar. Não! Não a Jule. Tive de esfregar absinto nos meus seios para que ela parasse.

Diante disso, Julieta se cansou e se levantou de súbito.

— Rosalina, temos raquetes. Vamos jogar?

Rosalina a seguiu até um pedaço de grama, ressecado pelo calor e com marcas para o tênis. Julieta sorriu de esguelha para ela enquanto lhe atirava uma bola de couro.

— A menos que prefira ouvir mais histórias sobre como eu era enfaixada da esquerda para a direita e de novo para a esquerda e como os anjos desciam do firmamento para cantar até eu dormir?

— Oh, eu me lembro disso. Era um som de fato celestial.

Elas permaneceram jogando, apesar do calor, pois estavam loucas para fugir da tagarelice.

A pobre ama não sabia para quem torcer, então, se contentou em bater palmas para as duas, lastimando com agonia por cada bola perdida ou jogada errada, como se estivesse lamentando um homem caído em batalha. Rosalina viu que Julieta aguentava tudo com a prática da paciência, e ela se distraía tanto observando as duas que sempre perdia a partida, até que Julieta ficou irritada.

— Vamos, prima — ela reclamou quando viu que Rosalina havia perdido o terceiro passe fácil em seguida. — Você é mais velha, mas não tanto quanto uma velha. Vamos jogar melhor, por favor! A menos que queira escolher um jogo diferente!

— Você é tão rápida com os pés quanto é com a língua — disse Rosalina, parando para recuperar o fôlego.

Depois de um tempo, elas viram que a ama tinha se entregado ao calor e cochilado. Julieta cutucou Rosalina e largou sua raquete.

— Vem, aqui. Debaixo das árvores. Ela não vai nos encontrar nem quando acordar.

Julieta entrou em uma cavidade debaixo das macieiras e Rosalina a seguiu. Estava mais fresco lá, e a sombra era salpicada de verde. Elas se deitaram e ficaram olhando para a copa de flores brilhantes.

— Eu sempre invejei você e sua doce e sensível mãe — afirmou Julieta.

— Sua ama é gentil.

— Mas não é sensível. E minha mãe não é gentil.

Rosalina não achou sensato nem de bom-tom concordar, ainda que as duas observações fossem verdadeiras.

— Estou feliz por você estar aqui, prima — disse Julieta, virando-se para olhar para ela. Seu rosto estava corado pelo sol e por causa dos exercícios, seus olhos eram azul-claros. — Você não quer ser freira, eu sei. Mas o que você deseja, querida Rosalina? Se você fosse livre para escolher seu futuro, acha que poderia amar um homem de verdade?

— De verdade?

— Bom, eu não poderia amar alguém de verdade. Apenas de brincadeira ou por esporte. Os homens são criaturas estranhas. Não são em nada parecidos conosco.

Rosalina pensou por um instante antes de responder.

— Não sei se poderia amar. Só sei que não posso. Não devo.

Enquanto ela falava, a imagem de Romeu surgiu diante de seus olhos. Ela a afastou. Lembrou-se do calor de seus lábios em seu pescoço. Do forte aroma de laranja. Ela não podia pensar nele. Não podia.

— Como não posso escolher meu futuro, Julieta, só posso me entregar a meu destino.

Julieta sorriu.

— Nenhuma de nós pode de fato escolher o nosso destino — ela disse. — Apenas fingimos que podemos. Você é mais sábia que a maioria das pessoas, Rosalina, pois os homens e as mulheres que acham que podem controlar o destino como se este fosse um criado são tolos. O destino vai distorcer tudo o que fizermos.

— O destino é cego, e deveria distribuir suas dádivas de modo uniforme, mas não acredito que faça isso, pois ele não recompensa as mulheres de maneira equivalente — disse Rosalina baixinho, apanhando um bulbo de maçã e esmagando-o entre os dedos.

Julieta pensou naquilo.

— Não concordo com o que a família diz — afirmou ela.

— O que *eles* dizem?

— Que você será uma freira maravilhosa. Acho que você vai ser terrível.

— Obrigada — disse Rosalina, sentindo-se de fato grata.

Elas permaneceram deitadas sob as árvores em silêncio, olhando para o céu filtrado através do verde oscilante. Ficaram apreciando a pluma polida de um quero-quero, que se parecia com o capacete de um centurião, enquanto ele pulava para cima e para baixo na grama não ceifada em volta do pomar, procurando insetos para seus filhotes. Lentamente, o calor da tarde perdeu sua força e diminuiu no calor letárgico do início da noite. A ama acordou e começou a chamar por elas.

— Julieta! Rosalina! Venham.

Julieta piscou, respirou fundo e gritou:

— Daqui a pouco eu vou!

— Imediatamente, senhora!

Rosalina arrancou Julieta do esconderijo delas. Para sua surpresa, viu que Teobaldo estava parado ao lado da ama. Ele piscou para Rosalina e ela sorriu, feliz por ele ter vindo. Julieta bateu palmas de felicidade e ele abriu os braços para a garota mais nova enquanto ela se lançava na direção dele. Logo depois, a girou sobre o gramado, enquanto ela gritava exuberante e, por fim, caía tonta sobre um monte de folhas.

Sorrindo, Teobaldo se virou para Rosalina.

— Rosalina, sua vez?

— Não, muito obrigada.

— Ama? — ele perguntou, fazendo uma reverência.

— Não com esses meus ossos doloridos. Eu me arrebentaria em vinte pedaços.

Teobaldo riu e olhou para Rosalina.

— Vim levar minha prima de volta para a casa de seu pai.

Julieta mastigou a ponta de sua trança e parecia tão infeliz com essa perspectiva que Rosalina se agachou na grama ao lado dela, colocando as mãos sobre os finos ombros da garota.

— Julieta, querida, eu volto amanhã bem cedinho. E vou levá-la comigo em meu coração esta noite.

— Leve-me com você. Sou pequena. Poderia dormir ao seu lado na cama e você nem notaria.

Rosalina tentou não rir. Ela estava pouco acostumada a declarações de afeto. Então, ela lhe deu um abraço forte e sussurrou:

— Nos vemos amanhã, doce Julieta.

Deixando todos no jardim, Rosalina entrou na casa a fim de trocar de vestido e pegar os sapatos para caminhar ao ar livre que estavam no quarto de Julieta. Lá dentro estava fresco e silencioso, e havia o aroma de doces esfriando, saídos direto do forno. Ela subiu correndo as escadas. Seu vestido longo a esperava em cima da cama de Julieta. Ela se inclinou para pegá-lo e, ao se abaixar, viu uma família de bonecas escondida debaixo da cama em uma pequena caixa de pinho; as bonecas estavam lado a lado, como se compartilhassem um caixão e todas tivessem sido enterradas às pressas. Rosalina tirou-as da caixa. Elas tinham sido colocadas com cuidado em seu lugar de descanso. Rostos de pano bem gastos e olhos em ponto de cruz olhavam de um modo inexpressivo para ela. Não havia poeira. Não parecia que tinham sido guardadas havia muito tempo, mas elas tinham sido enfiadas bem embaixo da cama. Se tivesse que adivinhar, ela arriscaria dizer que aquilo tinha sido feito de manhã — Julieta havia escondido sua infância longe da vista, antes que a prima mais velha chegasse, para que não pensasse que ela era muito infantil. Rosalina foi tomada pela ternura. Devolveu a caixa para seu túmulo debaixo da cama como se nunca tivesse sido perturbada.

Julieta havia perguntado se ela poderia amar um homem. A verdade é que ela não sabia. Tudo o que sabia era que já amava Julieta.

— Este não é o caminho para casa — disse Rosalina, observando a rua desconhecida.

Aquele caminho não levava para a casa de seu pai, mas para fora de Verona, na direção do amplo anfiteatro que ficava no limite da cidade, e depois para o campo e além.

— Oh! Não é? — perguntou Teobaldo, parecendo satisfeito com a surpresa dela. Então, ele sorriu. — O príncipe decretou que os teatros podem voltar a abrir, agora que a peste diminuiu.

Rosalina apertou a mão de Teobaldo com prazer.

— Oh! Que peça vamos ver? Uma comédia? — Ela viu o rosto dele se fechar. — Então, é uma tragédia, não importa!

Teobaldo pareceu desanimado.

— Uma luta livre. Seu pai permitiu que eu a levasse à luta livre do príncipe. Ele tem um novo lutador, cuja reputação é ser o melhor em toda a Verona, e ele deseja reunir uma boa multidão nesta primeira luta.

Ele examinou o rosto dela, ansioso, e viu que Rosalina conseguiu sorrir. Ela tinha pouco interesse em luta livre, mas qualquer diversão a agradava.

— Devemos aproveitar cada instante até você ir para o convento, nos ocupando com deleites degenerados — disse Teobaldo. — Você vai ter toda uma vida para se arrepender de seus pecados.

Rosalina riu.

— Na verdade, serei a pior das freiras.

— Com certeza, a pior — ele concordou.

Ela olhou para Teobaldo. Ficou comovida com o fato de ele compreender como ela queria passar seus últimos dias. Os anos tinham separado os dois apenas em corpo, não em mente.

Quando se aproximavam do anfiteatro, ela conseguiu ouvir a multidão como se fosse o estrondo de uma tempestade que se aproximava. Sentiu o cheiro de porco assado e nozes torradas. Na pista, malabaristas vestidos com trajes romanos jogavam bastões para o alto, enquanto os espectadores atiravam moedas e aplaudiam e alguns palhaços batiam uns nos outros com pedaços de pau. Teobaldo parou para olhar e rir.

— Está vendo? Não está feliz por termos vindo? — ele perguntou.

— Na verdade, estou — ela respondeu, sentindo prazer na felicidade dele.

Um engolidor de fogo com olhos lívidos e injetados viu Rosalina e engoliu sua chama; depois, inclinando-se, olhou de soslaio para ela e soltou uma labareda tão perto dela que Rosalina se encolheu e gritou.

Teobaldo riu muito.

— Venha, vamos entrar — ele disse.

Os assentos deles ficavam perto da arena do espetáculo, entre os cidadãos mais prósperos e nobres da cidade, permitindo que tivessem uma excelente visão tanto do ringue quanto da multidão. O príncipe estava sentado em uma plataforma um pouco afastada, o estandarte real em azul e dourado farfalhava na brisa. As fileiras nas arquibancadas comuns estavam repletas de espectadores. A maioria, homens, mas aqui e ali as mulheres se destacavam no meio da multidão em seus vestidos em tons azulados; algumas damas, como Rosalina, eram mais distintas pelos seus vestidos de damasco e brocado de seda, tingidos de azul, esmeralda e açafrão, costurados com minúsculas pérolas, o que demonstrava de um modo sutil sua posição social. Mais intrigante ainda para Rosalina eram as prostitutas e cortesãs, que ignoravam as leis suntuárias e, em flagrante desrespeito ao decreto de Roma, imitavam as mulheres das castas mais elevadas usando vestidos espalhafatosos de veludo carmesim, com golas e babados e mangas de renda bufantes, e com joias brilhantes no peito. Essas mulheres riam alto e se reuniam sem estar acompanhadas de maridos, irmãos, pais ou primos. Bebiam vinho ou cerveja sem pudores. No entanto, Rosalina se perguntava se cada gole, cada risada, quando jogavam a cabeça para trás e expunham seus pescoços brancos, macios e flexíveis, eram um ato teatral ensaiado, como o dos lutadores que agora desfilavam em suas calças de couro, batendo no peito enquanto caminhavam pelo ringue. De vez em quando, algum homem se aproximava daquelas mulheres, e todas elas se juntavam ao redor, como dezenas de borboletas com as asas brilhantes, enquanto este fazia sua escolha.

— O que você está olhando com tanto interesse? — perguntou Teobaldo. — Os lutadores? São rapazes esplêndidos, não?

— Não — respondeu Rosalina, lentamente. — Estou olhando para aquelas damas.

Teobaldo seguiu o olhar dela.

— Não são damas! E uma dama como você não deveria olhar para elas. — Ele lambeu os lábios secos. — Mesmo assim, elas pertencem a um mundo do qual você deverá se afastar. Então, olhe, mas olhe com sutileza e de forma furtiva. Não serei seu juiz.

Em seguida, apareceu um enorme urso peludo e caolho, preso em uma corrente, circulando pelo ringue com seu cuidador; seu pelo estava sujo e embaraçado. Ele ficou de cócoras ao lado do grupo de cortesãs e emitiu um rosnado assustador. Uma das mulheres inclinou-se sobre o parapeito e rosnou de volta, gerando um coro de aplausos da multidão.

— O urso vai se apresentar na próxima semana. Podemos voltar, se você quiser — propôs Teobaldo.

— Acho que posso dispensar o urso. Ele parece triste.

— Ele só tem um olho, quase não consegue nos ver.

Ela não pôde deixar de observar que a serragem que cobria o ringue já estava bem encharcada de sangue: do que ou de quem, ela preferia não saber. Houve um pequeno tumulto ali perto de onde eles estavam quando um jovem abriu caminho na direção deles pisando em chinelos de couro e cutucando as barrigas redondas dos cidadãos mais proeminentes de Verona.

Teobaldo olhou admirado para ele.

— Petrúquio! Meu amigo! Venha, sente-se conosco. Ros, você se importa?

Petrúquio não esperou a resposta dela, então, Rosalina acabou sendo empurrada para o lado, a fim de dar espaço. O jovem usava um manto vermelho à moda alemã que tinha uma gola de veludo com quatro talhos compridos e botões dourados no pescoço e no peito. Ele beijou a mão dela fazendo um floreio e, depois, dando-lhe as costas, conversou apenas com Teobaldo, que deu um sorriso sem graça para Rosalina, como se quisesse se desculpar.

— Estou tão feliz por você ter voltado de Pádua — disse Petrúquio. — Estou me divertindo mais nestes últimos dias do que nos últimos três anos. Venha, vamos beber e brindar o seu retorno!

Eles ficaram bebendo e observando a arena com interesse. Não demorou muito para Rosalina começar a sentir calor e ficar entediada. Teobaldo tentou incluí-la várias vezes na conversa, mas Petrúquio não tinha nenhum jeito com as mulheres, então, ele se limitava a cobrir a mão dela com beijos molhados que ela enxugava discretamente em seu manto. Teobaldo olhou para ela e murmurou outro pedido de desculpas por sua negligência, mas dava para ver que ele já estava meio ébrio: suas bochechas estavam rosadas como as de uma donzela. O banco diante deles tinha várias jarras vazias de cerveja, e os dois jovens logo estavam brindando com as cortesãs do outro lado do ringue.

— Um brinde às Salientes Sobrancelhas! Que ela possa corar por mim esta noite — gritou Petrúquio.

— E se o amor é duro com você, seja duro com o amor! — bradou Teobaldo.

Rosalina se perguntou o que qualquer um dos dois sabia sobre o amor, mas suspeitava de que as prostitutas, avaliando que eram um alvo de dinheiro fácil, ficariam felizes por poder ensiná-los por um bom preço.

Petrúquio levantou sua caneca bem acima de sua cabeça e derramou cerveja na careca do senhor no assento em frente, que se virou e o repreendeu. Então, Petrúquio fez uma reverência de desculpas, tirando o chapéu.

— Oh, eles não são nada divertidos, esses velhos de origem nobre — murmurou.

— Não, e o cheiro deles é terrível — respondeu Teobaldo, e os dois jovens riram.

Rosalina se cansou das exibições e das disputas verbais deles e desejou ter uma companhia mais sensível. Ela não queria ser empurrada nem banhada com cerveja. Adorava muito o Teobaldo — ele era uma pessoa que tinha delicadeza e era gentil —, mas o amigo dele era grosseiro.

Então, ela se afastou um pouco dos dois e, nesse instante, avistou Romeu Montéquio do outro lado do anfiteatro. O coração dela começou a bater mais rápido; ela ficou encantada quando viu que ele estava ali. Será que, em algum momento, ele iria vê-la? Ela se esforçou para conseguir enxergá-lo melhor, mas ele estava muito longe e conversava atentamente com outro homem, e não a viu.

Como ele poderia estar ali? Então, ela se repreendeu: por que Romeu Montéquio não estaria no anfiteatro? Eles estavam em Verona, e todos eram bem-vindos para essa exibição do príncipe. Os Montéquios estavam entre amigos. Ela apenas não os conhecia antes porque não eram amigos dela. Rosalina olhou para Romeu de novo, observou a seriedade e a gentileza da expressão dele, e então percebeu o modo como ele ria, como se fosse o sol irrompendo por trás de uma nuvem.

Parecendo sentir os olhares dela, ele, enfim, ergueu o rosto e a viu. Ele não acenou nem sorriu. Rosalina olhou para trás e sentiu seu rosto ficar quente.

Então, Romeu se curvou para falar com seu companheiro e desapareceu.

Para onde ele tinha ido? Ela olhou por todo o teatro, mas não conseguiu mais vê-lo. Surpresa, percebeu que se sentia abandonada. Não tinha interesse nos lutadores que agora haviam entrado no ringue, prontos para lutar, lubrificados e arreganhando os dentes um para o outro, enquanto a multidão rugia e a arena parecia tremer e balançar. O príncipe estava em pé, gritando com o restante da multidão, com o rosto vermelho e inflamado de cólera.

Os gritos ecoaram no peito de Rosalina, a excitação coletiva foi passando por ela, mas ela não participava daquilo. Não importava quem ganharia ou quem seria jogado, ensanguentado, na sujeira e na serragem. Se não pudesse falar com Romeu, então, queria ir embora. Sentiu-se inquieta e desejou não ter ido.

De repente, percebeu uma mão deslizando sobre a dela. Lábios quentes pressionaram sua orelha. O coração de Rosalina latejava, e sua respiração ficou presa na garganta.

— Venha comigo — murmurou Romeu.

Sem pensar, ela o seguiu.

Ninguém viu quando saíram. Todos os olhos estavam fixos na luta sendo disputada na areia do ringue quando Romeu a afastou das fileiras de pessoas e a levou para trás dos arcos do anfiteatro. O barulho era brutal, e Rosalina vislumbrou como os dois homens lutavam, descalços e nus da cintura para cima, escorregando de suor enquanto tentavam estrangular um ao outro. A multidão cantava agora, desejando sangue e morte. Isso tinha acontecido muito naquela cidade, mas, desta vez, era por escolha deles.

— Um deles vai morrer? — perguntou Rosalina.

— Talvez.

Romeu não parecia nem agitado pela proximidade da morte alheia nem triste. Ele a puxou para mais longe e fora da vista de todos.

— O príncipe pode intervir e ordenar que o perdedor seja poupado, se não for tarde demais e o pescoço já não estiver quebrado.

— Seu amigo não virá procurá-lo? — ela perguntou, com o coração batendo ainda mais rápido no peito.

— Mercúcio? Não.

O crepitar da violência no ar era como uma faísca antes de uma tempestade de raios. Rosalina conseguia senti-la formigando em sua pele.

Então, Romeu se inclinou e a beijou.

Ela retribuiu ao beijo e, quando fez isso, através de suas pálpebras semicerradas, ela vislumbrou a sombra deles na parede oposta. A sombra de Romeu era longa e esguia, com dedos em formato de garra passando pelo cabelo de Rosalina e arranhando seu pescoço. Ela fechou os olhos, tonta e desorientada, tomada pelo calor. Ela o agarrou com força, até seus dedos ficarem brancos.

Romeu sussurrou em seu ouvido:

— Eu faço amor com sua sombra.

Ela observou como as sombras se aproximavam na parede, juntando-se.

— Na sombra, por ora, até eu poder ter seu eu perfeito — disse Romeu.

— Não — falou Rosalina. — Apenas me beije. Me conheça. Não adore as sombras.

— Muito bem — disse Romeu, afastando-a e voltando a beijá-la.

Ele recuou para olhar para ela mais uma vez, mas Rosalina desejou que ele não fizesse isso. Não queria as palavras dele, queria sua boca.

— Minha amada Rosalina, pela lua acima, eu juro...

— Que lua? — Rosalina franziu a testa. — Não há lua hoje.

Ela gesticulou para as nuvens no alto.

Romeu riu.

— Muito bem. Então, por que devo jurar meu amor?

Rosalina olhou para ele.

— Seu amor? Você me ama?

Romeu voltou a beijá-la.

— Pela minha palavra, amo, bela Rosalina.

Rosalina olhou para ele surpresa. Era possível que ele a amasse? Desde que tinham se conhecido, ela havia sonhado com pouca coisa além dele. Todas as possibilidades tinham se fechado para ela, então, o amor e a luz tinham aparecido. E ali estavam eles, com os dedos entrelaçados. A respiração quente em seu rosto. A perna pressionada firme contra a dela. Era maravilhoso ser amada. Ser vista.

— Como devo jurar meu amor? — ele perguntou de novo.

Rosalina balançou a cabeça.

— Não jure.

Romeu se afastou dela e se comportou como se estivesse ferido, tomado por um calor repentino.

— Então, você não me ama? Se não me ama, oh, então, sob o fardo pesado do amor, vou afundar e morrer.

Rosalina olhou para ele, confusa por essa repentina irritação, sem saber se as palavras dele tinham perdido o significado. Ele não poderia desejar morrer por amor a ela — a ideia em si era absurda. Ela, que não era nada para ninguém. E não queria que ele morresse por ela nem mesmo que desejasse morrer. No entanto, ela queria ser amada. Embora fosse um desejo inútil e infeliz. Ela correu para ele.

— Peço para não jurar porque é inútil. Vou ser trancada em um convento. Não pertenço a nenhum homem. Mesmo que você não fosse um Montéquio, não importaria.

Ele parou de caminhar e se virou para ela, olhando com tanta intensidade que ela piscou e precisou desviar o olhar.

— Rosalina Capuleto. Não vou deixar que a tirem de mim. — Ele agarrou as mãos dela, virando-as e beijando a carne tenra no interior do seu pulso.

Ela estremeceu quando um espectro de esperança cruzou seu corpo. Não. Aquilo não era nada bom. Romeu não conhecia seu pai nem o irmão. Eles estavam decididos e, se soubessem que ela estava falando com um Montéquio, seria enviada de imediato para o convento antes que o galo cantasse na manhã seguinte. Ela sabia que estava condenada, ainda que Romeu não soubesse.

— Oh, Romeu, você não pode derrotar o destino. Vai perder.

— Um homem apaixonado não conhece limites, minha querida Rosalina. Só me diga que também me ama.

Rosalina olhou para ele. Ele sorriu para ela com seus olhos escuros repletos de amor. O homem mais bonito que ela já tinha visto, e ele a desejava, a garota Capuleto que ninguém queria. A garota de quem a maioria das pessoas não se lembrava nem do nome. Ela queria ser a mulher que Romeu via, requintada e rara.

Além deles, o barulho da multidão havia mudado. Dez mil pés batendo ao mesmo tempo em tábuas de madeira, e o estrondo de vozes elevadas. A luta tinha sido vencida e perdida. *Um homem está morto*, ela percebeu, *e outro é campeão*. No entanto, ali estavam eles, só os dois, longe de tudo.

Romeu a observava, apenas ela, com calma determinação, esperando. Em meio à cacofonia do barulho, ela ouviu Teobaldo chamando por ela, a voz dele parecia cada vez mais urgente. Ela devia se apressar.

93

Sentiu-se parada na beira de um precipício, pronta para cair. Até esse momento, ela sempre acreditara que o amor era algo que acontecia sem que pudéssemos escolher; achava que fosse inconsciente e inevitável, como a mudança das estações ou da maré. Laura e Beatrice eram damas queridas, adoradas por Petrarca e Dante, mas ninguém descrevia o modo como elas se sentiam, nem diziam se amavam também. Romeu estava exigindo não apenas que ela permitisse ser amada, mas que o amasse. Ele exigia isso dela. Ela entendia agora que precisava decidir se deveria cruzar o limiar para este outro mundo e concordar em amar Romeu.

Rosalina olhou para ele, para os cachos escuros de seu cabelo desgrenhado pelos dedos dela. Ainda conseguia sentir a pele e o calor dele. Um músculo se movia em sua mandíbula — ela queria esticar o braço e tocá-lo.

Ele olhou para ela por baixo dos cílios grossos com olhos sorridentes.

— Sim ao amor — ela respondeu e, então, se virou e saiu correndo, enquanto a multidão esvaziava as arquibancadas e a engolia.

CAPÍTULO 4

Vocês me repreenderam muitas vezes
por amar Rosalina

Os dias eram tomados pelo calor, brancos e ressequidos, deixando Rosalina e Julieta letárgicas na sombra oscilante sob os salgueiros. A grama tinha perdido seu viçoso verde de junho e agora tinha a cor de palha de trigo, polida com um toque de Midas. Para Rosalina, parecia o fim dos dias. Agora ela tinha apenas dez noites restantes em Verona.

Se fugisse com Romeu ou fosse enviada para o convento, sua casa estaria perdida para ela.

Julieta ficou cutucando as crostas marrons em seus joelhos até aparecerem pequenas gotas de sangue. O pensamento de Romeu estava sempre invadindo a mente de Rosalina, que tornava a ler várias vezes as mesmas três linhas de Ovídio. Incapaz de aguentar o calor, as duas garotas se retiraram para o relativo frescor do quarto de Julieta a fim de jogar rodadas de dados.

Ali Julieta ficou deitada de bruços, com os dedos dos pés sujos balançando no ar, ganhando todos os lances, em parte, por sorte, e em parte, pela falta de atenção de Rosalina.

— Eu trapaceei três vezes e você não disse nada.
— Mas você rouba tão bonitinho.
— Jogue direito, ou não jogue.

Rosalina sabia que estava negligenciando Julieta, mas não conseguia pensar em nada mais exceto nas curvas das sobrancelhas de Romeu. Como a expressão dele era invariavelmente grave, depois transformava-se em brincadeira e alegria quando sorria para ela. Os olhos dele eram... Consternada, percebeu que não conseguia se lembrar da cor exata dos olhos dele. Eram escuros, mas eram cinza ou de um tom de azul como o do mar à noite? Era possível ser amante e não saber a cor dos olhos de seu amado?

— Você perdeu de novo. Deve pagar uma multa. Vou tirar esse colar de você.

Rosalina segurou a corrente de ouro ao redor do pescoço a protegendo, apalpando a pedra gorda e lisa.

— Não. Este não. Desculpe. Vou prestar mais atenção, Jule. O colar era da minha mãe.

Julieta se aproximou e examinou a esmeralda, brilhante como o olho de um gato, e deixou a corrente de ouro correr por seus dedos, fluida como a água.

— Muito bem. Pode ficar. Mas jogue direito. Você está tão dispersa quanto a ama hoje.

— Oh, assim você me machuca! — Rosalina caiu de costas sobre o chão de madeira, segurando uma ferida fingida de faca no peito.

Julieta riu e fez cócegas nela enquanto Rosalina gritava. A porta do quarto se abriu.

— Vocês duas estão falando muito alto — declarou *Madonna* Lauretta Capuleto, encostada na porta. — Minha cabeça está doendo. Este calor infernal... Tenho certeza de que julho nunca vai acabar.

— Me desculpe, tia — falou Rosalina, enquanto Julieta se levantava, a risada murchando.

Lauretta era a corrente de ar que sugava todo o calor de um aposento. Seus olhos se moveram pelo quarto com desaprovação.

— Onde está a ama? Ela não arrumou isso hoje — reclamou.

— Ela arrumou — falou Julieta. — Apenas desarrumamos um pouco. Eu queria brincar.

— E tudo ao mesmo tempo, ao que parece, pela bagunça.

— Tia, conte-me — interrompeu Rosalina, sentindo que ia dar em confusão. — Como você conheceu o pai de Julieta? Nunca ouvi essa história.

Lauretta examinou Rosalina com um interesse repentino.

— Eu era jovem. Fui obediente aos meus pais. Me apresentaram Francisco Capuleto como um homem de bom nome e posição decente, e eu, uma filha que era atenciosa, entendendo que devia trazer honra para a família, fiz o que meu pai me pediu.

Ela falou tudo isso olhando para Julieta, que continuava a jogar o dado entre a palma e o dorso da mão, fingindo não ouvir.

— E você o amava, tia?

Lauretta suspirou.

— Oh, vocês, garotas. O que é o amor? Vocês ouvem muitas histórias. Ele me deu uma casa, roupas e filhos, e Deus em sua misericórdia nos poupou Julieta. Nem todos os casais são como seus pais, Rosalina. É por isso que seu pai sofre tão terrivelmente por Emília. Com o amor vem a perda, quando ele termina.

Rosalina analisou a expressão da tia. Ela não conseguia definir se Lauretta sentia inveja ou se estava aliviada por ter sido poupada de tanta dor.

— Deixe de lado essas coisas infantis, Julieta — gritou Lauretta. — Um dia, daqui a não muito tempo, seu pai virá aqui informá-la de que tem um pretendente para você. Este lugar está cheio de jogos e brinquedos. O que pensará seu marido?

Julieta se sentou sobre os calcanhares.

97

— Não me importa, senhora, desde que ele possa jogar dados, entre outros jogos.

Lauretta saiu do quarto derrubando a pilha de jogos com sua saia, ao passar.

— Faça o que quiser — ela disse, ao sair —, pois eu já me cansei de você, Julieta.

Rosalina começou a recolher os jogos e as fichas, ordenando-as em pilhas. Julieta ficou sentada com os joelhos dobrados sob o queixo, mastigando uma unha. Rosalina colocou o braço ao redor do ombro dela, mas, sentindo muita raiva para ser consolada, Julieta a empurrou.

Depois do jantar, Masetto permaneceu na *loggia* bebendo vinho e observando as estrelas espalhadas pelo céu noturno. Sobre uma cobertura de vinhas no alto, um abibe cantava e a noite fervia em meio à velocidade de suas asas. A bomba de água no quintal gotejava como uma ampulheta, e as cigarras deram início à sua música vespertina.

— Fique aqui sentada comigo um pouco, Rosalina — disse o pai. — Vamos tentar ser amigos.

Então, em vez de fugir daquele momento, como era seu costume, Rosalina permaneceu à mesa com ele.

Seu pai parecia perdido: ele não sabia como começar.

— Eu o faço lembrar a minha mãe? — perguntou Rosalina.

Masetto se serviu de outra taça de vinho da jarra.

— Um pouco. Quando ri. Embora eu não ouça seu riso com muita frequência, Rosalina, pois eu não a divirto.

— Mas, pai, você não é divertido.

Masetto balançou a cabeça de um modo triste.

— Não, a única pessoa que eu fazia rir era a Emília. Viu? Isso é amor. Não sou divertido, mas ela achava que eu era. Eu era um homem melhor com ela. Ou acreditava que fosse. Talvez eu ainda fosse a mesma rosa, afinal, com o mesmo perfume azedo; só que, para ela, meu perfume era doce. E só me importava como eu era para ela, não para o resto. Oh, Rosalina, a surpresa do amor quando ela o dava para mim, a ferocidade. — Ele suspirou. — A luz desapareceu do mundo.

Uma coruja agitou-se na escuridão. Rosalina observou o semblante do pai. Ele havia murchado desde a morte da esposa, como se cada refeição que tivesse comido estivesse misturada com terra da sepultura.

Sua pele fora esticada por seu crânio, e o cabelo ralo em seu couro cabeludo estava manchado.

— Ela me amava também? — Rosalina perguntou com delicadeza.

Ela sempre acreditou que a mãe a amava, mas o vínculo de afeto entre os pais era tamanho, que agora se perguntava se havia existido espaço para ela; a conexão entre eles tinha sido tão forte, alguma luz poderia ter escapado por baixo dela?

— Sim, ela a amava. Mais do que amava seu irmão. E olha que, pelo que dizem, as mães amam mais os meninos.

Rosalina sentiu uma pressão estourar em seu peito, como um furo em um balão.

— Mas, pai, então, por que ela queria que eu fosse para o convento? Por que me trancar no convento?

— Nem todos os casamentos são felizes, Rosalina. A Livia é feliz, com todos os filhos? Sua mãe achava que não. Nem todos os homens e mulheres são como nós éramos. A maioria é infeliz. Ela queria que você fosse livre.

— Livre! Um convento não é liberdade!

— Lá você será livre para pensar no que quiser e não ter de administrar uma casa, e o dinheiro que vou fornecer vai garantir seu conforto e tranquilidade. Você estará ligada a Deus, não a um homem. Sim, sua mãe acreditava que isso era liberdade. A melhor que ela poderia lhe oferecer.

— Então, me permita escolher.

— Você é muito jovem para saber o que é melhor. É o ônus de um pai fazer a escolha para sua filha. Você acha que sou um tirano, mas eu não quero que seja infeliz. Ainda espero que você me permita visitá-la. Espero que não esteja cheia de ódio.

Ela parou e pensou por um instante.

— Não o odeio — ela falou. — Eu também poderia ter amado o senhor.

Masetto olhou para ela com seus olhos cansados, avermelhados.

— Não poderia tentar me amar um pouco agora?

— Não há tempo suficiente.

— Não, acho que não há — ele concordou, triste.

A chama da lamparina tremeluziu quando uma mariposa moveu suas asas. Eles ficaram no escuro, cada um perdido em seus próprios pensamentos, imaginando um amor entre eles que poderia ter criado raízes. Enfim, as horas se estenderam, e Rosalina se retirou.

Rosalina não conseguia dormir. Ainda estava muito quente em seu quarto, e a camisola grudava em sua pele. O ar estava úmido e denso. Ela ficou acordada, ouvindo o toque do sino da basílica de São Pedro informando as horas para os vivos e os mortos.

Quando, enfim, conseguiu dormir, seus sonhos foram inquietos e selvagens. Ela andava descalça pelo jardim dos Montéquios, procurando Romeu entre os ogros e os deuses caídos, mas ele havia se escondido.

Ela acordou de repente, tomada pelo terror, passando de um pesadelo para outro. Estava se afogando; engolia o ar, mas só havia fogo. Uma mão foi pressionada contra sua boca.

— Silêncio! Não grite! Bela Rosalina, sou eu, seu Romeu! — A voz dele falava em seu ouvido, e seu rosto pairava sobre o dela. Ele tirou a mão da boca dela. O coração de Rosalina rugia em seus ouvidos. Ele segurou sua mão e a pressionou em seus lábios. Os olhos dele eram escuros e belos.

— Não quis assustá-la. Amaldiçoo meu próprio nome. Homem odioso e miserável. — Ele observou Rosalina, seu semblante estava contorcido em virtude da preocupação. — Oh, como você está agora?

Ela se sentou, tentando afastar o sono e o medo, segurou o rosto dele e o beijou. A janela estava aberta e as persianas batiam, então, ela percebeu como ele havia entrado em seu quarto.

Tinha se arriscado, poderia ter se ferido ou até morrido apenas por uns instantes na companhia dela. O que mais poderia ser isso a não ser amor?

— Por que você está aqui? — ela perguntou, ainda sem saber se aquilo era um sonho.

— Precisava vê-la, minha amada. Eu conto as horas, não, os minutos, até poder tirá-la deste lugar.

Rosalina encontrou uma caixa de fósforos e acendeu uma vela, então, o observou assombrada, maravilhada com o fato de ele ser dela e desejá-la. Esse homem, esse Montéquio, tão belo que poderia escolher qualquer mulher — uma cujo nome não soletrasse morte, mas riqueza e prosperidade —, a tinha escolhido, ele a amava.

Romeu enfiou a mão no colete e tirou dali uma caixa meio amassada e entregou a ela.

Ela pegou, grata e confusa, pois estava pouco acostumada a receber presentes. Desamarrou a fita e abriu a tampa, e encontrou dentro da caixa uma rosa de marzipã, pintada de um forte vermelho-rubi e tão real que, a princípio, ela pensou que fosse uma flor de verdade.

— Outra rosa para minha Rosalina. E, por mais doce que possa ser, não há beijos tão doces quanto os da minha bela Rosalina.

— Obrigada.

— Cada rosa na natureza é única. Assim como você. Mandei fazer especialmente para você, e o confeiteiro me prometeu que nunca mais faria outra.

Rosalina olhou para a rosa. Jurou para si mesma que nunca iria comê-la, mas a guardaria, a preservaria para sempre como um símbolo cristalino do amor deles e da virgindade que ela agora desejava perder.

Ele se levantou e esquadrinhou o quarto, olhando para as coisas dela, e Rosalina sentiu que ele estava olhando para ela, para dentro dela. Sobre a mesa estava sua *trousse de toilette*, com um pente que a mãe lhe dera em seu décimo segundo aniversário. Uma vez por semana, antes de dormir, Emília dispensava Catarina, soltava o cabelo de Rosalina e o penteava ela mesma. O cabelo dela sempre foi mais enrolado, espesso e escuro do que o de Julieta ou das outras garotas, então, ela soltava os nós enquanto Rosalina ficava de olhos fechados, meio hipnotizada. Esse processo demorava muito tempo, então, Emília cantava enquanto fazia tranças, penteava e voltava a prender o cabelo dela. Romeu pegou o pente e passou seu dedo indicador sobre seus frágeis dentes. Por um instante, Rosalina quis gritar e pedir que ele soltasse o objeto. Era sagrado para ela. Ninguém deveria tocá-lo, exceto a mãe. Mas sua voz ficou presa na garganta. Não queria que ele tocasse no pente nem que penteasse o cabelo dela.

Ele se aproximou, com o pente de marfim entre seus dedos, e se inclinou, prendendo-a na cama. Ela segurou a respiração, sentindo um pouco de medo dele.

— É uma coisa bonita para uma pessoa bonita — ele sussurrou.

— O que está gravado nele? Vejo o cerco ao Castelo do Amor. Vou ganhar esse cerco?

Então, para alívio dela, ele largou o pente e recuou, rindo baixinho; depois, estendeu os dedos com delicadeza para tocar o rosto dela, colocando as tranças atrás de suas orelhas. Com absoluta ternura, roçou as pontas dos dedos no pescoço de Rosalina com as mãos quentes, beijando a pontinha de sua orelha de um jeito que a fez estremecer de prazer.

Então, ele enfiou a mão em sua jaqueta e tirou de lá uma garrafa de vinho, a abriu e a entregou a ela.

— Pegue, doce menina, beba.

Ela tomou um gole. Era forte, tinha um gosto de mel e de verões passados. Tentou devolvê-lo, mas Romeu o empurrou para ela de novo.

— Não, o vinho vai te dar coragem depois desse susto.

Ela bebeu para ser obediente, embora não estivesse mais assustada. Sob o olhar atento dele, deu um gole maior dessa vez e sentiu o vinho queimando e aquecendo a garganta. Ele sorriu ao vê-la engolir e, para que ele sorrisse de novo, ela bebeu mais uma vez.

— Vamos fazer um brinde — ele disse, erguendo a garrafa. — Ao nosso amor, mais doce que este vinho, à nossa paixão, mais forte do que seus vapores, e à minha amada, mais bela que sua tonalidade âmbar.

Eles se revezaram para beber de novo, levantando a garrafa a cada tributo e tomando outro gole até que, no final, Rosalina percebeu que a garrafa estava vazia.

Romeu se inclinou e a beijou de novo, com os lábios encharcados da doçura do vinho. Ela riu e se jogou para trás, sentindo que o vinho fazia o quarto girar. Ela estava repleta de afeto e impregnada de amor.

Será que era por isso que ele havia ido até o quarto dela, para enchê-la de vinho e beijos? O desapontamento de Rosalina foi acentuado com alívio. Mas, então, Romeu colocou a garrafa vazia de lado e se enfiou ao lado dela na cama baixa de madeira. Lentamente, ele passou os dedos pela pele nua do braço dela. Rosalina estremeceu de desejo. Ele sorriu e começou a brincar com a fita de seda de sua camisola de linho, puxando-a para baixo, revelando seu ombro e continuando a descer. Então, ele segurou uma longa mecha do cabelo dela e a enrolou em seu pulso.

— Está vendo? Sou um cativo do amor. E não vou deixar você ir para o convento. Vamos embora de Verona juntos. E viver livres. Não como Montéquios ou Capuletos, mas como homem e mulher.

— Marido e esposa? — ela perguntou.

Ele não respondeu, mas fechou a boca dela com outro beijo. Então, ele levantou a camisola dela e a deixou nua sob o lençol. Exposta e sentindo-se insegura, ela tentou se cobrir, mas Romeu deteve sua mão.

— Não, vergonha é para bebês. Oh, doce amante, sua beleza é como o sol. Não, não o sol. O brilho de seus olhos intimidaria as estrelas.

Rosalina riu, espantada ao ouvir como era descrita de forma tão maravilhosa. Ela não se cobriu de novo, pois não queria que ele pensasse que era um bebê, mas, sim, que soubesse que era uma mulher inteligente e bela, que merecia um homem como ele. Queria não ser tão magra nem ter seios tão pequenos — ela estava consciente de que suas costelas apareciam. Se ao menos tivesse a gordura madura de uma de suas primas Capuletos mais velhas... Antes de começar a procriar como uma das gatas da cozinha de Catarina, Livia tinha curvas invejáveis, como uma pera de popelina de outono.

Apesar do amor e da onda de desejo que Rosalina sentia por ele, ela teve de fechar os punhos para se impedir de puxar o lençol a fim de se cobrir de novo. Agora que o momento estava tão próximo, ela não tinha certeza de que queria mesmo, como achava que queria. Um nó de lágrimas ficou preso em sua garganta, como uma crosta de pão, mas ela não sabia por quê. Ela o engoliu antes que ele pudesse ver. Não devia pensar que era infantil ou taciturna. Ela desejava o amor dele. Devia ser como um girassol que vira sua face para o sol.

— Você acha que este é o seu pé — ele sussurrou, segurando-o. — Mas está equivocada, porque é meu. — Enquanto falava, cobriu o peito do pé dela com pequenos beijos, leves como cinzas voando. — E essa perna não é sua, porque é minha.

A boca dele, o calor de sua respiração, sua barba arranhando quando subia por sua coxa e mais alto ainda. O desejo voltou a se acender nela. Ele era experiente não apenas em palavras, mas nos mistérios da carne.

— Este não é o seu seio, nem este é o seu coração, pois são meus agora. Cada parte sua pertence a mim.

Ela não queria que ele parasse, mas, de repente, seus lábios não tocavam mais a pele dela. Ele olhava para ela.

— Prometa que você é minha.

— Sou sua.

— Jure.

Ela não sabia como jurar de uma forma que o satisfizesse, mas desejava que ele voltasse a tocá-la, que a amasse. Diria qualquer coisa para que isso acontecesse.

— Juro pela lua no alto do céu.

Para seu alívio, ele se inclinou e a beijou. Ela ficou olhando enquanto Romeu se despia de suas roupas como uma cobra descarta sua pele, tirando tudo até também ficar nu e se deitar ao lado dela. O sulco de seu quadril, o tufo de pelos em sua pélvis...

Ela tentou se sentar, mas ele pressionou seus ombros para baixo, com delicadeza, mas firme.

— Está tudo bem, meu amor — ele sussurrou.

— Vamos nos casar? — perguntou Rosalina.

A voz dela saiu tão fina que não parecia ser sua.

— Juro que não vou deixar que a tranquem em um convento. Não vão tirá-la de mim — ele disse e a beijou de novo.

Então, ele puxou os braços dela acima de sua cabeça e ela percebeu que não conseguiria se mover nem mesmo se quisesse. Ele se forçou para dentro dela. Doeu, e ela gritou pela surpresa e pela indignidade da invasão. Embora tivesse chorado, ele não diminuiu a velocidade nem esperou por um momento. Sua respiração era irregular e seus olhos estavam fechados enquanto ele a penetrava. Então, por fim, ele ficou imóvel. Não se afastou dela, ficou deitado sobre ela pegajoso e molhado, pesado como a morte.

Ela dormiu e não sonhou com nada. Ele a acordou, com delicadeza, sussurrando algo sobre sua beleza.

— Você é tudo. Eu não precisava de olhos antes de vê-la. Sua voz é música.

Ela sorriu, envaidecida pelo amor dele. Os dedos dele acariciavam seus cabelos enquanto ela continuava a cochilar, ouvindo o barulho da chuva.

— Com o tempo, você aprenderá a sentir prazer com o ato do amor — ele disse. Rosalina suspirou, aliviada por ele ter reconhecido a infelicidade dela. — Vou lhe ensinar pouco a pouco.

Os nós dos seus dedos esfregaram a base macia da coluna de Rosalina, mas dessa vez ele a tocou lentamente, apenas sussurrando frases de amor, até sentir que outro mundo estava se abrindo. Era algum lugar que ela nunca tinha visto antes, exceto talvez naquele espaço entre meio acordada e sonhando. A basílica na colina começou a tocar o sino mais uma vez, ao ritmo de sua respiração, e Rosalina percebeu que ela queria que esse novo mundo se abrisse para ela, que gostava de como se sentia ali e que desejava voltar a ele muitas vezes.

Depois, enquanto Romeu começou a se vestir, Rosalina se deitou de barriga para cima e ficou olhando para ele. A luz estava mudando, o tom de vermelho-sangue se espalhava pelo céu. Ela não queria que ele se vestisse, preferia que estivesse nu, pois, agora, ele pertencia apenas a ela e a esse quarto, a esse momento e a esse mundo que havia se reduzido apenas para os dois. Enquanto ele colocava a camisa, depois a meia-calça, o casaco, as meias e, por fim, as botas de couro, ela sentiu seu espírito diminuir.

Romeu se sentou ao seu lado e passou a ponta do dedo pela protuberância óssea de suas costelas, a pequena concha que era formada pelo umbigo e a ponta de sua clavícula.

— Você é perfeita. Em beleza e caráter. É delicada e tímida. Sei que está com medo, mas vou protegê-la de tudo.

Rosalina ouvia a maneira como ele a descrevia sentindo-se cada vez mais confusa. Ela não era delicada, nem tímida, e era sempre repreendida pelo pai e pelo irmão, e até mesmo por Catarina, por falar quando deveria segurar sua língua. Ela só tinha sentido medo esta noite porque Romeu havia aparecido como um espírito em seu quarto, como se tivesse sido conjurado das sombras.

— Não sou tímida. Nem perfeita nem delicada.

— Silêncio. Você é realmente perfeita. O fato de não reconhecer isso eleva ainda mais suas qualidades, minha bela Rosalina.

Rosalina franziu a testa. *Bela*. Ela preferia os outros afagos dele. Minha doce Rosalina. Querida Rosalina. Ele a chamava de bela por sua beleza, mas a beleza dela não era clara e pálida, era rica e profunda. Ela queria que Romeu a amasse e a adorasse como ela era, não como uma moldura de uma mulher na qual ela devia se encaixar.

Ele se sentou ao lado dela alisando seu cabelo de um lado e brincando com o lóbulo de sua orelha. Aproximando-se, sussurrou em seu ouvido.

— Minha Rosalina, você entende que não pode contar a ninguém sobre nosso amor? Significaria a minha morte. E seu banimento.

O nó de lágrimas subiu de novo por sua garganta e pareceu por um instante que iria sufocá-la. Embora soubesse que deveria ser assim, e que nem ela nem Romeu tinham escolha, ela não gostava de esconder as coisas de Julieta, nem de Teobaldo, nem mesmo de Catarina. Pela primeira vez desde que encontrara Romeu, em vez de sentir-se tomada por uma nova alegria, ela se sentiu sozinha.

Romeu pareceu sentir o desconforto dela e a abraçou, sussurrando:

— O mundo está contra nós, meu amor. Somos você e eu, minha querida dama. Nós dois estamos juntos neste mar cruel e revolto.

Rosalina sabia que o que ele dizia era verdade. Se o pai ou irmão descobrissem o amor deles, ela seria enviada de imediato para o convento antes que os dois pudessem fugir. Romeu poderia ser assassinado. Enquanto fossem amantes, a família e os amigos dela eram os inimigos. Depois do que ela havia feito esta noite, já era um cuco no ninho dos Capuletos.

Sentiu algo como se dedos a arranhassem por dentro. Ela poderia esquecer-se de Romeu e escolher o dever e a lealdade ao pai e à memória da mãe: fugir também significaria trair Emília. Ninguém nunca precisaria saber o que ela havia feito esta noite ou que havia se deitado com Romeu; ela poderia carregar seu amor por ele para o convento e deixar que morresse lá.

Mas, mesmo quando pensava nisso, sabia que era impossível. Sua escolha já tinha sido feita.

Romeu a cobriu com ainda mais beijos e depois, levantando-se, retirou-se para a varanda. Ali, ficou parado contra a janela, com a luz da manhã batendo em seu cabelo, o amor por ela refletindo de volta, deixando-a deslumbrada como o sol do meio-dia em um espelho d'água. Ela sentiu seu corpo mole e abriu a boca. Entendeu que não poderia tomar seus votos nem agora nem nunca. Ela o desejava, seu Romeu. Rosalina desejava esse novo mundo que ele dera a ela.

A onda de calor já subia a cada respiração, cheia de poeira. As fileiras de casas emanavam um calor constante como um fogão escurecido na cozinha. Os pernilongos importunavam os animais de rua na sombra sufocante. Masetto e o irmão, o velho Lorde Capuleto, tinham concluído que a cidade fétida era insuportável e correram juntos para a basílica de São Pedro, a fim de orar e se confessar. A violência da onda de calor depois da desgraça da praga só podia significar que o Todo-Poderoso ainda estava bravo e que eles deviam implorar o perdão e realizar uma grande penitência.

Contudo, enquanto a geração mais velha dirigia suas devoções aos céus, os Capuletos mais novos procuravam uma fuga mais terrena e rápida do calor. Por sugestão de Teobaldo, eles planejaram uma escapada para os bosques, desfrutando suas refeições à sombra das árvores, com a intenção de ficar ali até a chegada do frescor da noite. Se fossem condenados pela praga, pelo calor ou por alguma outra peste, então, curtiriam um carnaval primeiro.

Rosalina, no entanto, não quis ir com os outros para o bosque. Queria ficar em seu quarto, deitar-se sobre os lençóis e só pensar em Romeu. Estava inundada de amor. Sofria com isso.

Sua língua estalava na boca, pegajosa e salgada. Ainda sentia o gosto dele. A cabeça doía por causa do vinho que havia bebido com Romeu e, com o avanço da manhã, a dor por trás das têmporas aumentava. No começo, ela tentou convencer Catarina de que não queria ir, pois a cabeça estava doendo, porque estava doente. Catarina trouxe chá de menta para acalmar seu estômago. Em seguida, Rosalina tentou convencê-la e, enfim, fingiu um ataque de ressentimento e mau humor. Nada funcionou. Ninguém a ouviu. Ninguém a ouvia. Nunca a ouviam. Ela foi colocada na carruagem junto a um pedaço de presunto defumado, a uns melões, figos, garrafões de cerveja e vinho, e a uma jarra de mel e uma pilha de guardanapos de linho.

Passaram por último na casa de Julieta, que precisou se espremer ao lado dela.

— Não é emocionante sair da cidade, prima? — Julieta perguntou, cutucando Rosalina.

O rosto de Julieta estava rosado de felicidade, e Rosalina não pôde evitar um sorriso ao sentir o prazer na felicidade da pequena.

Rosalina tentou ouvir os próprios pensamentos enquanto a carruagem seguia pelas ruas entre respingos de papoula escarlate e enxames de moscas, mas Julieta parecia um pardal, excitada e tagarela. Ela quase não ouvia Julieta, só conseguia pensar em Romeu. Quando ele viria encontrá-la de novo? Quando ela o veria outra vez?

Entediada, a menina mais nova virou-se para atirar uvas apanhadas do cesto que estava aos seus pés em Teobaldo, que ia cavalgando ao lado delas e tentava pegá-las com a boca. Em geral, essas brincadeiras teriam divertido Rosalina, e ela teria jogado algumas uvas para Teobaldo com alegria, mas, nessa manhã, estava muito distraída.

— Rosalina! — chamou Teobaldo. — Eu a chamei três vezes, e você não respondeu. Está doente ou de mau humor?

— Por que precisa pensar que há algo errado com uma mulher quando ela não fica tagarelando ou não quer participar de brincadeiras infantis?

Para seu alívio, Teobaldo não falou mais com ela, apenas a observou em silêncio, com a testa franzida de preocupação. O ar fresco estava começando a acalmar seu estômago agitado e a dor de cabeça.

Quando chegaram ao bosque, as garotas pularam da carruagem, enquanto os criados desatrelavam os cavalos e começavam a descarregar a comida, arrastando tudo pelo resto do caminho. Os cavalos iam na frente pela estradinha sinuosa até dentro do bosque, espalhando folhas e sujeira com seus cascos, espantando as moscas com suas caudas. O ar estava úmido, e era forte o cheiro das samambaias exuberantes que se espalhavam de cada lado da trilha, formando uma cobertura para as criaturas que se escondiam debaixo delas.

Enquanto avançavam para esse outro mundo, Rosalina imaginou que havia entrado em uma capela de um claustro, onde a luz, filtrada pelos vitrais das folhas, tinha todos os tons de verde. O silêncio ali era sepulcral, interrompido apenas pela brisa. Ela foi avançando mais fundo entre as árvores, desejando se perder entre o verde oscilante. Até o canto dos pássaros parecia mudo e distante.

Depois de um tempo, os cavalos pararam em uma clareira e Rosalina observou que os criados estavam dispondo as cestas de pão, as garrafas e os nacos de presunto, prontos para preparar a primeira refeição. Julieta demorou-se para ajudar Catarina e os outros criados a desembrulhar os pacotes de comida, mas Rosalina não estava com fome. Ela só queria ficar sozinha; então, em vez de permanecer na clareira com os outros, continuou a caminhar em meio ao bosque. Pequenas flores brancas estavam florescendo, brilhando no chão como estrelas extraviadas. Serpentes de hera balançavam nas bétulas e nos carvalhos, seus colossais pescoços musculosos se contorciam subindo as árvores, buscando a luz. Amoras silvestres arranhavam seus tornozelos, e um grupo de borboletas avermelhadas do tamanho da unha dela entrava e saía de um azevinho, como se fossem frutas vivas, trazidas à vida pela magia de Oberon. Ela se apressou, pisando em galhos caídos que ocultavam o caminho, indo cada vez mais fundo na mata, até que, enfim, a trilha ficou distante, e ela não sabia mais de onde tinha vindo. Ofegante e sentindo muito calor, ela se sentou para descansar em um tronco caído, coberto de musgo.

Então, ouviu uma voz masculina chamando por ela e, por um instante, o sangue zuniu em seus ouvidos, ela vibrou de alegria — era Romeu! Ela se levantou, feliz e ansiosa, corada de contentamento, mas era Teobaldo que abria caminho através dos galhos emaranhados. Com o rosto avermelhado, ele veio se sentar ao lado dela, enxugando o suor da testa.

Sufocando sua decepção, Rosalina voltou a se sentar. Ela tentou ficar feliz ao ver seu amigo, mas, se não podia estar com Romeu, então, só queria ficar sozinha.

Teobaldo tirou uma garrafa de sua jaqueta e deu um longo gole; depois, ofereceu a ela, que bebeu um pouco, sentindo-se grata. Teobaldo sorriu para a prima; então, sua irritação por conta da invasão começou a se dissipar como os minúsculos mosquitos que Teobaldo afastava com a mão.

— Estou cansado de correr atrás de você. Você não anda pelas trilhas já abertas, Rosalina. Há carrapichos presos em suas anáguas.

— Eu posso sacudi-los. E os carrapatos em meu coração?

— Oh, eu tentaria arrancá-los, pois vejo que você está infeliz.

— Acredito em você, primo — disse Rosalina, segurando a mão dele.

Teobaldo não a soltou; ao invés disso, agarrou-a com força, e Rosalina descansou a cabeça em seu ombro por um instante. Ela se perguntou se ele perceberia que estava diferente. Que amava um homem e era amada, que já não era mais virgem. Ela vibrava de emoção.

— Você está tão quieta. Seu silêncio me diz o quanto está infeliz e assustada — ele falou.

Rosalina não respondeu.

— Eu a salvaria do convento, Rosalina. E se você se casasse comigo?

— Você, primo?

Espantada, ela se sentou e soltou a mão dele. Pensou, a princípio, que ele a estava provocando, mas, quando se virou a fim de olhar para o rosto juvenil ao lado dela, corado de tanto persegui-la pelo bosque, com uma camada de suor e a pele macia cobrindo o lábio superior, viu a doçura de sua expressão. Ele franziu a testa, parecendo muito preocupado com ela, com os olhos cerrados. Uma onda de ternura pelo amigo se remexeu no fundo de sua barriga.

Havia muito tempo, ela tinha soltado um pássaro de papel doura-do que ela mesma fizera, o pássaro voou por cima de uma cerca viva, e ela chorou quando percebeu que ele havia desaparecido. Teobaldo vasculhou aquela cerca por horas tentando achá-lo para ela, e foi arranhando os bra-ços, as pernas e o rosto com o azevinho e os espinhos. Ele não o encontrou, mas ficou lá até escurecer, procurando o pássaro de papel. Agora, ela era o pássaro dourado, e ele ainda estava tentando arrancá-la da escuridão.

Rosalina encostou o joelho dela no dele.

— Oh, Teobaldo. É impossível. Eles nunca deixariam. Você é po-bre. Deve se casar com uma garota rica que tenha um bom dote. E meu pai quer preservar o meu tal como está.

Teobaldo tentou afastar as preocupações dela com um aceno de cabeça.

— Quieta! Eu sobrevivi com muito menos do que isso. E você pa-rece feliz no bosque. Poderíamos fugir, caminhar por entre essas árvores sem parar e sair do outro lado. Vamos fugir.

Teobaldo tinha sido seu companheiro mais querido da infância; o que conhecia todos os seus segredos. Brigavam muito, e ela batia nele, o mordia, roubava seus brinquedos; ela tentou afogá-lo uma ou duas vezes, mas tudo o que ela possuía, compartilhava com ele, e Teobaldo fazia o mes-mo. Minhocas. Guloseimas. Livros. Alegrias e castigos. Agora, ele a obser-vava de um modo firme, enxugando o suor dentre seus olhos. Rosalina compreendia que o tempo e a distância não tinham diminuído sua amiza-de e sua afeição por ela. Teobaldo queria compartilhar isso também.

— Essa tragédia é só minha. Você não pode afastá-la de mim, Teobaldo.

Quando disse isso, Rosalina percebeu que, pela primeira vez du-rante todo o tempo que durava a amizade deles, ela estava mentindo para Teobaldo. A mentira fez seu estômago doer, contorcendo-se fun-do dentro dela, como se tivesse comido algo podre. Ela não podia dizer que desejava se casar com Romeu para fugir do sofrimento do convento. Nem poderia confessar que amava Romeu. Pois ele não era como o ninho de ovos de tordo no imenso canteiro de cardos, nem como Valêncio, que lhe dera uma surra quando suspeitou que Rosalina e Teobaldo haviam roubado seus livros. Romeu era um Montéquio, e se ela contasse a Teobaldo que o amava, ele iria matá-lo. Ou morrer tentando.

Ele desviou o rosto e não quis mais olhar para ela. Olhou para a abóbada verde acima dos dois.

— Se eles a trancarem, você vai murchar. E seu alaúde e suas canções? Você precisa de música e desse humor atrevido para alimentá-la. Eu a conheço. Você não é divina, Ros. Você é fogo e malícia.

Rosalina quase sorriu com essa análise de seu caráter. Tudo isso era verdade, embora não fosse muito lisonjeiro.

— Como posso viver sabendo que você sofre e é infeliz? — Ele continuou, com a voz embargada pelas emoções. — Compartilhamos tudo, sempre. Os dois Capuletos rejeitados.

— Sempre fomos os melhores amigos — ela disse.

— De fato. E por que os outros se importariam com o que fazemos? Não somos nada para eles. Venha, Ros, vamos nos casar. — Ele parou em pé diante dela, com o rosto brilhante de agonia e aparentando uma forte mágoa. — Por que você escolheria a vida no convento, em vez de se casar comigo?

Ele segurou a mão dela e, com delicadeza, ela a afastou de novo.

— Eu não te amo, Teobaldo, e você não me ama. Não seria justo. Você é meu irmão. Mais do que meu irmão. O irmão do meu coração. Mas sou grata — ela falou, repousando a cabeça no ombro dele de novo. — Você é o melhor dos homens.

Ela lhe deu um beijo carinhoso no rosto. Então, Teobaldo se levantou de súbito, e quando Rosalina estendeu a mão, ele a ignorou. Para desconcerto dela, ele não parecia tão aliviado quanto ela esperava. Ele havia cumprido seu dever ao se oferecer, e ela o havia liberado de qualquer obrigação; mesmo assim, ele não parecia um homem aliviado de seu fardo.

Teobaldo se manteve de costas para ela e não disse nada por um tempo, até que resolveu falar, de repente:

— Vamos voltar para onde estão os outros.

Rosalina o observou confusa.

— Você sabe qual é o caminho? — ela perguntou.

Teobaldo não respondeu, apenas se virou e saiu andando rápido pela trilha de onde tinha vindo, abrindo o caminho no mato com um pedaço de pau. Rosalina correu atrás dele. Tentou falar de muitas coisas, mas não conseguiu, pois Teobaldo parecia não a ouvir; então, eles caminharam pelo restante da trilha em um silêncio apreensivo, interrompido apenas pela melodia do canto de um melro que parecia uma flauta.

Rosalina deitou-se sobre um tapete na clareira, sonolenta, dando tapas nos mosquitos que surgiam à medida que a luz filtrada pelas folhas ia perdendo força, passando do verde ao dourado. Julieta passou a ela outro copo de hidromel, e Rosalina o bebeu depressa, esperando que Catarina não percebesse. Observou as pilhas descartadas de conchas de ostras e cascas amareladas de presunto, agora cheias de formigas. O vento balançava as árvores como uma chuva ausente, e o canto de um cuco ecoava pelo bosque.

Julieta se agachou ao seu lado. Os criados acenderam lamparinas, gemas brilhantes no escuro.

— Beije-me, Julieta — disse Rosalina. — Diga-me que me ama, pois eu a amo, minha doce prima.

Julieta segurou o rosto dela e a beijou rápido.

— Oh, Rosalina, você e eu somos uma só. Sou grata todo dia pelo fato de as deusas do destino terem me enviado você.

— Ah, neste ponto, você está enganada; não foi o destino, foi Teobaldo que me convenceu a vir com você.

— Então, eu agradeço às generosas deusas do destino e a Teobaldo, que não é nem cego, nem mulher, mas é generoso.

Ao ouvir seu nome, Teobaldo olhou para as duas garotas do outro lado da clareira, cruzando um olhar com Rosalina e logo depois olhando para outro lado, com o rosto tenso de tristeza.

Rosalina suspirou, desconcertada e aborrecida. Ela tinha tão pouco tempo para se divertir que não permitiria que Teobaldo estragasse o que restava, e mesmo assim ela não conseguia ficar feliz se ele não estivesse. As horas estavam escorrendo pelo vidro da ampulheta, cada vez mais rápidas. Por que ele não se juntava à alegria do feriado?

Havia um alaúde sobre um tapete. Rosalina o pegou, dedilhou as cordas e começou a cantar, e as outras garotas se levantaram para dançar. Como sempre, o tom melancólico do alaúde a acalmou, embalando-a para outro espaço, entre o dia e a noite, feito todo de música. Havia algo selvagem no ar, ela sentia estalar a escuridão ao seu redor.

Debaixo das árvores no bosque.
Quem ama se deitar comigo,
e virar essa nota feliz
na garganta do doce pássaro,
venha até aqui, venha até aqui, venha até aqui.
Aqui ele deve encontrar
nenhum inimigo,
apenas o inverno e o mau tempo.

A voz dela, que em geral era tão clara quanto o canto de uma cotovia, agora, oscilava e falhava. Aquelas pessoas faziam parte de sua família, e mesmo assim ela e Teobaldo nunca tinham se encaixado muito bem entre eles: eram Capuletos de segunda categoria, menos preciosos, exceto um para o outro. O que aconteceria se todos esses Capuletos soubessem que ela amava um Montéquio?

Enquanto ela tocava, Julieta dançava entre os teixos negros, com os olhos fechados, o vestido meio desabotoado e erguido até os joelhos. Ela havia perdido os chinelos e estava pulando descalça entre as folhas caídas e a celidônia, com lóbulos escuros de violetas e lanças fantasmagóricas de ervas da feiticeira esmagadas sob as solas de seus pés. Deixando seu alaúde, Rosalina se levantou para se juntar a ela, arrancando os sapatos e segurando a mão de Julieta. Outro músico pegou o instrumento e a substituiu. Rosalina e Julieta continuaram dançando. Outras garotas se juntaram a elas, enquanto os jovens batiam palmas e gritavam, embalados pelo vinho.

Enquanto Rosalina girava sem parar, as árvores se transformaram em um borrão verde, negro e dourado. Ela sentia o cabelo se soltar das tranças e fazer cócegas em seu rosto quente. Tudo era música, gritos e barulho, e a tagarelice dos pássaros.

Sussurros ecoavam em meio à escuridão de que o próprio príncipe de Verona estava entre eles, observando a dança. Ele também havia cavalgado pela floresta e os encontrou se divertindo sob a luz das lamparinas. Havia trazido um amigo abastado com ele. Um bem bonito. As garotas ao redor delas giravam ainda mais rápido, rindo muito alto.

Rosalina viu o príncipe. A capa que ele usava era forrada de arminho, apesar do calor, e ele também usava um chapéu de palha garboso, aparentemente como testemunho da rústica expedição ao bosque. Havia dois criados uniformizados o vigiando, um de cada lado dele. Eles não pertenciam àquele lugar verde. Tinham trazido a cidade e suas regras e hierarquias com eles, e não entendiam que no bosque, ao entardecer, tudo era música, dança e vinho. E eles não paravam de olhar para elas. Representavam a discórdia, e a presença deles a perturbava.

O amigo do príncipe era um homem de meia-idade, alto e bem constituído, cuja jaqueta não conseguia mais conter seu estômago. A noite estava quente, e o suor brilhava em sua testa. Os criados corriam de um lado para outro, trazendo ostras e garrafas de hidromel que tinham sido resfriadas no rio.

O homem não conseguia parar de olhar para Julieta, como um cão pastor cuidando de seu rebanho, sem piscar. Não, ele a olhava como se quisesse devorá-la. Rosalina estremeceu, apesar do calor.

Ele falou com o príncipe num tom de voz muito alto; era um homem que gostava de ser ouvido.

— Quem é aquela garota? — ele perguntou. — A pequena?

— De quem está falando, Páris? Aquela criança ali? — perguntou o príncipe, apontando para Julieta.

As vozes dos homens não eram bem-vindas. Não naquele momento, não naquele lugar. Rosalina afastou Julieta antes que pudessem falar mais sobre ela. Ouviu o latido de uma raposa e viu a cauda vermelha entre os troncos das árvores e, então, em algum ponto mais distante, o uivo de um lobo, a resposta de outro. Alguma parte dela, selvagem e que já havia sido perseguida, estremeceu. Mas ela não tinha medo do lobo; tinha mais medo do príncipe e de Páris.

Páris ainda olhava para Julieta, esquecido de sua bebida, lambendo os lábios já umedecidos.

Rosalina viu Teobaldo sentado um pouco distante, observando-a, triste, e ela tentou não prestar atenção nele. As duas se afastaram ainda mais, ficando longe de todos eles. Do príncipe, do amigo dele, de Teobaldo, de todos os olhos; longe da luz e na escuridão amigável do bosque.

CAPÍTULO 5

Meu coração está aqui

O tempo desacelerou e parou. Não eram mais os grãos de areia fluindo pela ampulheta, mas um melaço espesso; o espaço de tempo entre cada toque do sino da torre não marcava mais quinze minutos, mas um ano inteiro. Rosalina não conseguia mais aguentar. Não era possível que ele a tivesse abandonado agora que só faltavam nove dias. Oito noites. Sete. Ela não podia acreditar. Não podia.

Por que ele não veio? Teria dúvidas sobre o amor deles? Ela amaldiçoou o fato de ter nascido uma Capuleto, e sua respiração foi preenchida por muitos suspiros. Por que tu, Romeu? Ele não mandara nenhum recado.

Toda noite ela deixava a janela aberta, mas ele não a procurou mais. Não deixou nenhuma rosa em sua varanda. Ela sofria com o silêncio. Tinha tanta certeza do amor dele...

Não havia nada que pudesse consolá-la. Apenas o próprio Romeu. A ausência dele a fez lamentar a morte da mãe. A tristeza era uma dor de estômago que a tomava em ondas, às vezes, deixando-a paralisada. O fantasma da mãe era o único a quem ela poderia confidenciar seu amor secreto, mas era uma confidência vazia, pois Emília não responderia, nem para repreendê-la nem para censurá-la. A fúria dela seria melhor do que essa indiferença mortal.

Desesperada, Rosalina procurou o pingente da mãe em busca de algum conforto. Era tudo o que restava dela. No entanto, para sua tristeza e confusão, a joia não estava dentro de sua caixa de cedro; no espaço onde deveria estar, só havia os diversos tesouros de sua infância: uma variedade de seixos e conchas coloridas; uma pena amarela de um pintassilgo; um ovo de pintarroxo manchado; uma cópia das histórias de Ovídio, que Teobaldo roubou de Valêncio e deu de presente para ela. Por hábito, Rosalina folheou as ilustrações que adorava tanto: Tisbe esperando Píramo na tumba; Dafne meio transformada, metade ninfa e metade livre, metamorfoseando-se para fugir da perseguição de Apolo. Por mais adoráveis que fossem essas coisas, a corrente e a esmeralda tinham sumido. Ela verificou o baú de madeira e a bandeja ao lado de sua cama, mas não havia nenhum brilho verde nem dourado. O quarto dela não continha muitos móveis, então, havia poucos lugares onde procurar. Histérica agora, Rosalina rastejou pelo chão e olhou debaixo da cama para ver se havia caído entre os espaços das tábuas.

Foi assim que Catarina a encontrou: rastejando de quatro, com as unhas sujas. As duas vasculharam o quarto, olhando em cada fenda, mas não encontraram nada.

Catarina passou da simpatia à irritação.

— Você deveria ter sido mais cuidadosa! Aquele pingente era boa parte do dote da sua mãe. Agora, vá para a casa de Julieta. Pare de chorar, antes que seu pai pergunte o motivo e descubra o que você perdeu.

Rosalina foi para a casa da prima com os olhos úmidos de tristeza. Como pôde ter sido tão descuidada? Mesmo assim, em seu coração, sabia que estava mais triste pelo silêncio de Romeu do que pelo colar perdido. A vergonha disso a deixava ainda mais infeliz.

Durante toda a manhã, Julieta brigou com Rosalina pela falta de atenção em seus jogos, mas esta pouco considerava os suspiros ou as repreensões da prima.

— Vamos, prima, quer que eu cante para distraí-la? — perguntou Julieta.

— Você não sabe cantar — disse Rosalina. — Você tem muitos dons, meu amor, mas não a música.

— De fato, minha voz é dissonante, mas isso pode diverti-la e fazer com que ria — disse Julieta. Os olhos dela se arregalaram de preocupação. — E, se não puder fazê-la rir, então, deixe-me compartilhar suas tristezas. Não sofra suas dores sozinha, doce Rosalina.

Julieta olhou para ela com uma expressão franca e sincera, um cacho dourado fazia cócegas em seu rosto. Por um instante, Rosalina quis confessar seu amor por Romeu, o Montéquio. Suas mãos estavam inquietas sobre o colo, uma nova dor ardia em seu peito. Ela queria vê-lo, abraçá-lo, ouvir como sussurrava seu amor. Ele era tanto a infecção quanto a cura para sua doença.

— Vou visitá-la no convento, prima — disse Julieta, segurando a mão dela. — Sempre que puder.

Rosalina assentiu e piscou, virando o rosto para que Julieta não visse seus olhos se encherem de lágrimas. Julieta não sabia qual era a fonte de sua infelicidade. O corpo dela conspirava em sua traição, já que cada suspiro e cada lágrima se tornavam um sinal a ser mal compreendido. Entretanto ela não conseguiu confessar a verdade e renegar o juramento a Romeu.

Rosalina se recusou a descer para almoçar dizendo que estava cansada e que não havia dormido bem. Julieta se ofereceu para ficar com ela, mas Rosalina, desejando ficar sozinha, convenceu-a a ir.

Enquanto estava deitada na cama, perdida em seus pensamentos e em sua tristeza, um mensageiro bateu na porta e pediu para entrar. Sem levantar os olhos, Rosalina deu ordem para que o mensageiro entrasse.

— Tenho uma carta.

— A senhorita Julieta não está aqui. Coloque o que for sobre a mesa.

— É para a senhorita Rosalina. A criada disse que eu a encontraria aqui. Devo entregar a ela, e a mais ninguém.

Ela se sentou.

— Sou Rosalina.

De imediato, ela pegou a carta e o dispensou, sentindo o sangue correr acelerado em suas veias. A carta era escrita com a letra de Romeu.

Peça permissão para se confessar. Encontre-me em São Pedro, às 18 horas.

Quando Julieta voltou, trazendo pão, peixe salgado e recheado e pêssegos com ela, encontrou Rosalina transformada, com seu rosto corado de novo e pronta para voltar a sorrir.

Elas jogaram um pouco mais, as horas foram se arrastando, até que, enfim, às cinco e meia, Rosalina pediu permissão à tia para ir se confessar na volta para casa. A permissão foi concedida.

Rosalina queria correr para a igreja, como se o espírito a movesse e tivesse pecados para jogar sobre a água. Mas o que ela tinha a confessar, além do amor? O calor do dia estava apenas começando a diminuir, e moscas negras se juntavam nas sarjetas e ao redor do estrume no meio da rua. As barracas e lojas estavam fechadas e protegidas contra o sol; agora, as persianas estavam se abrindo de novo como olhos turvos, mas Rosalina passou apressada, ansiosa para chegar à igreja de São Pedro.

As ruas ficaram mais estreitas quando ela chegou à basílica; as paredes da igreja estavam iluminadas pela luz da tarde, transformando a pedra em um rico amarelo-ocre. O ar estava perfumado com os aromas do céu e da terra: incenso e a efluência remanescente da cidade — merda, lama do rio e peixe. Tudo isso roçava o fundo da garganta de Rosalina, mas ela não se importava, pois iria ver Romeu.

Ela subiu correndo os degraus, passou o par de leões de pedra agachados que montavam guarda e entrou na quietude da nave. Ignorou os altos pilares, os arcos de mármore listrados e o teto estrelado, vasculhando os cantos escuros, procurando Romeu. Um monge acenou para ela e apontou para as escadas que levavam até a cripta. Passando o manto ao redor dela, caminhou rápido e desceu pela caverna debaixo da igreja, Perséfone mergulhando no Hades.

Apesar do calor, fazia frio no sepulcro. O ar estava espesso, e o mofo deixava marcas nas paredes. As tochas estavam acesas em suas arandelas. Essa cripta era onde os Montéquios guardavam seus mortos e outros tesouros. Rosalina tinha ouvido falar que o poder dos Montéquios podia ser vislumbrado por meio da quantidade de objetos sagrados, mas ela nunca havia tido a chance de vê-los. Nunca tinha se aventurado nessa cripta. São Pedro pertencia à cidade, mas a cripta pertencia aos Montéquios.

Enquanto espiava os armários, ela se sentiu coagida e revoltada, e um pouco amedrontada. Um par de anjos dourados agarrava uma caixa de relicário de vidro que continha o crânio cinza e sem mandíbula de um santo — seus dentes e sua mandíbula deviam ser a bênção de outra família abençoada. Em um caixão de cristal, viu uma mão dessecada enrolada em contas de rosário, os ossos do pulso amarelados e encolhidos na morte para o tamanho de uma criança, a borda do caixão em forma de mão incrustada de rubis e esmeraldas. Viu o relicário em uma concha dourada adornada de pérolas, até perceber que eram dentes, feios e rachados com a idade. E um frasco de cristal com terra, mas, quando se aproximou, percebeu que era, na verdade, sangue seco e desidratado. Franziu a testa. Ajoelhar-se diante dos frascos de sangue e dos restos de santos e orar por bênçãos sobre sua vida não lhe parecia um ritual sagrado que a aproximaria de Deus; ao contrário, ela achava horrível aquilo tudo.

Ela sabia que o pai e os padres não concordariam com seus pensamentos e que seus conceitos estavam bem próximos da heresia. Cada uma daquelas relíquias era um objeto de poder real. O primeiro poder era místico, e o outro, de fé. Seu pai acreditava que objetos como aqueles continham o poder de aliviar uma doença ou conceder boa sorte ao devoto, mas o outro poder que cada item possuía era tangível e absoluto, e nem mesmo Rosalina ousava questioná-lo; as relíquias eram tesouros cobiçados por papas e príncipes, e manter tais coisas preciosas demonstrava que os Montéquios eram uma família de riqueza e influência.

No entanto, a ideia de se tornar uma Montéquio não trazia muita alegria a Rosalina. Ela amava Romeu e esperava se tornar sua esposa, mas queria poder manter o próprio nome. O nome Montéquio parecia pertencer a essa cripta, com seus mortos maravilhosos que sibilavam de poder e seus santos e sua decadência.

Além dos dentes cravejados de joias, ela viu a efígie de uma dama Montéquio branca como a neve, deitada como se dormisse em uma cama esculpida na pedra; sua cabeça parecia descansar sobre o travesseiro de mármore. Ela parecia ter algo entre a idade dela e a de Julieta.

Montéquio ou Capuleto, nomes não importavam mais na morte.

Rosalina ouviu passos suaves atrás de si e, virando-se, viu Romeu. Com um murmúrio de felicidade, correu até ele, pressionando-se contra os seus braços, procurando seu abraço. Ele ficou parado e virou o rosto. Ela recuou de imediato, ferida e perplexa; então, se aproximou uma segunda vez, desejando que ele olhasse para ela, para dentro dela. Ele não olhava para ela. Estava pálido, com as mãos inquietas na lateral do corpo.

— Por favor, Romeu. — Ela estendeu os braços e o beijou.

Ele hesitou e, então, logo depois, também a beijou. A língua dele forçou os dentes dela querendo entrar em sua boca. Os crânios de relicário em suas caixas de vidro olhavam para eles com os olhos vazios.

— Minha raiva desaparece quando a vejo — ele falou, com um suspiro.

— Raiva, meu senhor? — perguntou Rosalina, perplexa.

— Falei com nosso príncipe de Verona. Nosso bom e nobre príncipe. Ele a viu dançando com outros homens na floresta.

Rosalina sacudiu a cabeça.

— Eu dancei mesmo, e não tenho culpa por eles terem nos admirado. Não pedi que fizessem isso. Nem desejei que isso acontecesse. — Ela pegou a mão dele. — Só amo você.

Romeu olhou para ela em silêncio, com o rosto marcado pelas sombras. Ele acariciou seus braços. Ela podia perceber que o havia ferido ou machucado de alguma forma, mas não entendia como. Era por isso que ele não tinha ido ao quarto dela por duas longas e solitárias noites?

— Você tem um olhar convidativo — ele falou, testando-a.

— Um olhar convidativo? — perguntou Rosalina, confusa.

— É uma dama linda com um olhar convidativo e, assim, convida os homens a olhar para você.

— Eu não os convidei.

A pele sob os braços dela umedeceu. O ciúme dele era algo novo e estranho, que Rosalina desconhecia. Ela devia agradá-lo e acalmá-lo, convencê-lo de que estava errado.

Ele a observou de um modo minucioso, virando seu queixo de um lado para o outro. Rosalina se esquivou do olhar inquisidor dele.

— Mas você dançou?

— Sim. Mas com meus primos.

— Com Teobaldo?

— Com Julieta.

— Julieta. Então, me perdoe, querida Rosalina.

Ele a puxou e beijou o topo de sua cabeça. Ela sentiu o perfume da pele dele e se inclinou. Não estava acostumada a amar, e o ciúme e a dúvida eram tão novos para ela quanto suas paixões. Tudo o que sabia sobre cortejo vinha dos livros, dos poemas e da música, e ela entendia por intermédio deles que o amor era repleto de tormento, e que deveria esperar por isso. Mesmo assim, ela desejava as rosas do amor, não os espinhos.

— E ainda assim você foi para o bosque com aquele idiota, o Teobaldo. Ficou ali por horas, pelo que fiquei sabendo — reclamou Romeu, beijando seu pulso.

Rosalina se desvencilhou dele, pois não gostou de ouvi-lo falar mal de Teobaldo. Ainda assim, ela também sentiu um alívio. Se era isso que o havia irritado, então, era algo que poderia ser resolvido com facilidade.

— Meu primo Teobaldo? Somos amigos desde que éramos crianças. Eu o amo como a um irmão.

— E ele? — perguntou Romeu, com um olhar astuto. — Como ele a ama?

Rosalina piscou e se inquietou, sabia que nesse momento ela deveria dissimular.

— Não posso afirmar como ele me ama, pois não posso ver com os olhos dele nem falar com a língua dele. Só posso dizer como eu o amo. Com o amor de uma irmã.

Romeu riu.

— Isso já é amor demais. Eu quero tudo para mim, bela Rosalina. Sou ganancioso, tenho uma fome que não pode ser saciada. Ninguém vai amá-la como eu. — A expressão dele se tornou mais séria. — Você não deve falar com ele de novo. Pode me prometer isso?

Ela olhou para Romeu tentando acreditar que ele apenas a estava provocando.

— Eu não posso prometer isso.

— Então, você o prefere, em vez de preferir a mim?

Romeu estava tão perto que ela podia sentir a respiração dele em seu rosto. Suas pupilas eram um par de bolas de fogo faiscando, refletindo as chamas das tochas no escuro. Era um jogo, afinal. Devia ser. Ele não deveria desejar que ela jurasse uma coisa tão boba. Rosalina se sentiu aliviada, de repente.

— Você. Sempre você. No entanto, ele é meu primo e meu amigo mais antigo. Ele seria seu amigo também, se você permitisse.

Romeu riu baixinho.

— Como se eu pudesse perdê-la para Teobaldo, o Idiota.

Rosalina se afastou dele.

— Eu o quero bem tanto quanto quero bem a mim mesma. Ele é um irmão do coração.

De imediato, Romeu viu que a tinha ofendido e se repreendeu, inclinando a cabeça.

— Perdoe-me. Teobaldo é de fato seu amigo e seu primo e, quando nos casarmos, ele será meu primo também.

Rosalina observou com atenção enquanto Romeu continuava:

— Tenho ciúme da lua porque ela brilha sobre você e olha para seu rosto quando eu não estou por perto. — Ele retirou a luva de pelica dela e a sacudiu. — Tenho ciúme desta pequena luva, pois ela pode acariciar seus dedos quando eu não estou com você. — Ele passou a mão por baixo das dobras do vestido dela e encontrou a carne macia de sua coxa. — Tenho ciúme da larva que fez a seda para esta saia, pois ela ficou envolvida dia e noite nas fibras que agora acariciam o lugar onde desejo estar.

Ele retirou a mão, deixando cair o tecido da saia dela, e colocou as palmas das mãos nos ombros de Rosalina.

— Pode me perdoar?

Rosalina deu de ombros, começando a gostar do jogo.

— Talvez sim. Talvez não.

Ele fez uma reverência e se afastou, e então ficou rondando entre as tumbas e as reluzentes caixas de relicários, as riquezas dos mortos. Rosalina inalou o incenso e o cheiro da sepultura. Por fim, ele se virou de novo para olhar para ela e, ao se aproximar, inclinando-se sobre um joelho, abaixando a cabeça, disse:

— Por favor, eu imploro, meu amor, perdoe meu ciúme. Meu amor corre muito quente. Como pode ser que todos os homens não a adorem, quando eu a idolatro tanto?

Segurando as mãos dela, Romeu a virou várias vezes, beijando-as. Rosalina sorriu para ele.

— Eu o perdoo, então, meu senhor.

Ela se ajoelhou diante dele no chão da capela e ele segurou com delicadeza seu rosto, então a beijou, com suavidade no início e, depois, com determinação. A pedra em que se agacharam estava fria e úmida, e ela estremeceu tanto de desejo quanto de frio. Queria que eles pudessem estar em outro lugar; ao lado dos salgueiros na curva do rio, talvez, onde o martim-pescador se aventurava e o ar era azul e limpo. No entanto, desde que estivesse com Romeu, ela estaria feliz.

Ele deitou a cabeça no colo dela e, enquanto passava os dedos pelos cachos grossos do cabelo dele, Rosalina tentou vislumbrar a margem do rio e imaginar que o gotejar que eles estavam ouvindo era a música de um riacho, e não a água escorrendo pelas paredes repletas de musgo.

— Enviei uma carta ao frei há alguns dias, e ele enfim respondeu — disse Romeu. — Está rezando missas para os mortos pela peste em Mântua, mas vai voltar a Verona dentro de três dias, e vai nos casar em São Pedro.

— Nesta cripta? — murmurou Rosalina, desejando que pudesse ser em um lugar mais auspicioso.

— É a capela da minha família. Dez gerações de Montéquios se casaram, foram batizados e enterrados no mesmo lugar.

Rosalina fechou os olhos para não ver esses Montéquios mortos havia tanto tempo. Ela sentiu a respiração fantasmagórica como uma névoa gelada em seu pescoço.

— Vou mandar buscá-la quando ele chegar, e você virá me encontrar aqui. Então, iremos para Mântua — disse Romeu.

Perturbada pela perspectiva de se casar com ele na cripta, Rosalina demorou para expressar sua felicidade, então, Romeu se sentou, desapontado pela quietude dela.

— Temo que seu coração não esteja pleno de alegria com isso. É o Teobaldo? Ou algum outro homem? — Ele fez uma pausa, sentindo a voz pesada com o desânimo. — Pois você engana seu pai e pode me enganar.

— Eu engano meu pai ao te amar. Como pode dizer essas palavras? Minha alma está dividida em dois pedaços.

— Eu desatei minha alma e a entreguei a você.

Rosalina não podia compreender como Romeu ainda conseguia duvidar da devoção que ela sentia por ele.

— De que outra forma posso provar meu amor, doce Romeu? Eu me entreguei a você, entreguei minha honra.

— Acredito em você, doce dama — disse Romeu, acariciando o rosto dela com os dedos.

O sino da basílica começou a repicar e Rosalina se lembrou de que precisava se apressar. Catarina estaria esperando por ela, portanto, seria repreendida com severidade se chegasse tarde.

— Mais um pouco! Esse beijo... — Ele deu um beijo carinhoso nos lábios dela. — Pode não haver cerimônia de noivado para nós, mas isto, meu amor... — sussurrou Romeu. — Não podemos festejar e dançar entre os convidados transbordando de lágrimas de alegria. Então, devemos comemorar, nós dois. — Ele enfiou a mão em sua jaqueta e tirou dali uma romã. — Como você não tem romãs bordadas em seu vestido para nos trazer sorte, trouxe isto para a nossa festa de noivado.

Rosalina estava tomada pelo amor de novo. Romeu cortou a fruta pela metade com sua faca, as sementes pareciam ensanguentadas e molhadas; então, ele deu várias sementes para Rosalina com seus dedos. Eram doces e amargas ao mesmo tempo, explodiam na língua, o suco tingia os dentes deles de vermelho e roxo.

A única testemunha dessa cerimônia de noivado foi a estátua de mármore da garota Montéquio morta. Ela não iria traí-los. Quando Rosalina se afastou com relutância, baixando o véu de donzela, olhou para trás, para a efígie de mármore, e por um instante não quis deixá-la ali sozinha entre as relíquias e o bolor ou as sombras das tochas que lambiam as paredes.

Os dedos de Rosalina estavam tingidos de vermelho da romã, e enquanto ela olhava para a garota adormecida congelada em seu travesseiro de pedra, o branco imaculado dos lábios da garota lhe pareceram estar ensanguentados com o suco de romã, como se a estátua tivesse se metamorfoseado na própria Perséfone, que, por comer sementes de romã, foi forçada a se tornar a noiva de Hades. De repente, Rosalina teve o desejo frenético de fugir daquele lugar úmido, para não ficar presa na escuridão com os Montéquios mortos.

Naquela noite, Rosalina esperou que seu amor viesse ficar com ela. Ficou à escuta e à espera; a esperança tirava seu fôlego. Ele nunca tinha vindo tão tarde antes, mas quem sabe esta noite...? Não era o galo, era o ruído de uma coruja. Ainda havia tempo. Mas e se ele tivesse sido pego? E se estivesse morto ou sangrando, e ela não pudesse socorrê-lo? Ou, pior, será que ela o havia desagradado e era por isso que ele não tinha vindo? Os olhos dela queimavam com as lágrimas que não caíam. Ela se sentia febril com o desejo e não conseguia dormir. Ninguém tinha *reparado* nela antes dele. Ela não era nada para ninguém, a não ser uma criança inconveniente. Um gasto e um peso para o nome da família, por isso deveria ser trancafiada antes que pudesse envergonhá-los.

No entanto, mesmo para si mesma, ela não podia fingir que isso era verdade. Teobaldo era seu amigo mais fiel. Ele tinha até se oferecido para libertá-la dos confins de seu futuro. Era um tipo diferente do amor que demonstrava Romeu e, mesmo assim, ainda era amor: mais maduro, mais doce e que havia crescido da amizade, não da paixão. Inquieta, ela afastou os pensamentos de Teobaldo. Não queria pensar nele nem no modo como havia ficado quieto quando ela recusou sua oferta de casamento.

Então, de repente, a janela se abriu de súbito, ela viu um pé sobre o assoalho, e Romeu estava lá! *Oh, as estrelas brilharam mais forte no céu esta noite!* Ficou tonta de tanta gratidão por ele ter vindo. Ela o cobriu de beijos, meio envergonhada por demonstrar sua fome por ele.

— O frei voltou? Já faz tanto tempo...

Romeu sorriu.

— Eu disse três dias, pequena. O amor a deixa impaciente, mas há tantos mortos... No momento em que ele chegar, eu mando buscá-la.

Rosalina queria ir embora daquele lugar. O convento sempre aparecia, deprimente, em seus pensamentos. Ela teria apenas mais sete noites de liberdade. No entanto, Romeu a distraía com os lábios enquanto arrancava suas roupas. Ela tremia de prazer, e nesse momento ele a fez jurar sua devoção, e ela lhe obedeceu. Romeu gostava de ouvi-la dizer como o amava de infinitas maneiras.

— Minha paixão por você é mais quente que o sol e, do mesmo modo, inesgotável. Você é mais bela que a primeira manhã de junho — ele sussurrou.

Ela gostava desse jogo. Ainda que não conseguisse encontrar as palavras com tanta facilidade ou rapidez quanto Romeu, ele sempre a amaria, e não vacilava. Isso estava claro.

Então, ela se deitou nua sobre a cama, com os joelhos dobrados sob o queixo, sentindo o líquido dele entre suas coxas, espesso e vigoroso como ovos de rã. Abelardo em sua paixão por Heloísa ou Dante em seu fervor por Beatriz nunca mencionaram os ovos de rã, nem que depois de se deitarem nus; em vez de experimentar uma união arrebatadora e perfeita, ela se sentia sozinha, abandonada em seus próprios pensamentos, pensando mais na morte do que no amor. Romeu gostava de voltar a falar extasiado dos seus sentimentos por ela e ouvir como ela descrevia sua paixão e devoção por ele, mas, às vezes, parecia, para Rosalina, que ele nem sempre ouvia como ela se sentia a respeito de outra coisa além do amor deles. O mundo deles era formado apenas pelos dois. Qualquer coisa que se afastasse disso não importava para ele. Rosalina se deliciava com essa devoção, e se, por um breve momento, desejou algo mais, culpou os poetas por não a prepararem de modo adequado. Também, ela supôs, o amor de Dante por Beatriz continuava perfeito em sua falta de consumação. Ele caminhava atrás de Beatriz na rua, respirando o ar dela e admirando a forma como a luz do sol tocava sua pele, mas não ficara claro se o poeta já havia falado com ela, muito menos se havia acariciado sua coxa.

Rosalina e Romeu deitaram-se lado a lado, tomando goles da garrafa de licor que Romeu trouxera, que era melado e forte e fazia a cabeça girar com leveza. Quando ela bebia, não se sentia mais como uma criança. A luz da vela tremeluziu, e ela traçou as sombras sobre o abdômen dele com o dedo, e ele estremeceu, os pelos de seus braços e de seu peito se eriçaram como se fossem legionários em miniatura. Rosalina riu, maravilhando-se com seu próprio poder e beleza. A pele dele era tão macia e imaculada quanto o caroço de uma noz, parecia pálida ao lado da pele dela. Ele emitiu um som gutural de desejo, e Rosalina riu de novo.

Ouviu-se um ruído do lado de fora do quarto e, para seu espanto, Rosalina percebeu que, sob o efeito da bebida, eles tinham se esquecido de fazer silêncio.

— Quem está aí? — sussurrou Romeu, sentando-se de repente, com seu membro se encolhendo.

Rosalina meneou a cabeça e o abraçou. Ele se agachou debaixo da cama procurando sua espada, mas não conseguiu encontrá-la.

A porta se abriu.

— O que é isso? — disse uma voz, e o rosto de Catarina apareceu no meio da escuridão, iluminado por uma vela, com os olhos arregalados de medo e preocupação.

Rosalina pulou da cama e, bem rápido, fechou a porta atrás dela, trancando Catarina dentro do quarto. A criada olhava para os amantes desesperada e, então, se virou de costas enquanto eles se vestiam com dedos desajeitados e trêmulos.

Rosalina tentava implorar por misericórdia.

— Boa Catarina, não acorde meu pai. Eu amo Romeu. Vamos nos casar daqui a poucos dias. Por favor, Catarina. Não me traia. Eu imploro. Ele é um Montéquio, e você sabe que o nome dele significa morte nesta casa.

Catarina olhava para os dois com horror, com a mão cobrindo sua boca, e parecia prestes a chorar.

— Oh, Rosalina, o que você fez?

Romeu deu um passo, tendo agora eliminado todo o medo dele como se fossem gotas de água. Então, ele falou com suavidade, mas com determinação:

— Por favor, senhora. Que me matem, mas não permita que enviem minha Rosalina ao convento. Ela não merece ser trancada. Só quero libertá-la com meu amor.

— E o casamento? — perguntou Catarina, com a voz oscilante.

— No instante em que meu bom amigo, o frei, voltar para São Pedro... Espero que seja amanhã.

— Não, você não vai me convencer disso. Ela é muito jovem para se casar. Ela ainda não tem nem 16 anos. — Catarina se virou como se não quisesse olhar direto para ele, como se a beleza irreal de seu rosto pudesse enfraquecer sua determinação. A voz dela parecia instável. — Senhor, você já tem idade para saber o que é certo, e se realmente a amasse, deveria ter esperado doze meses, pelo menos.

Romeu baixou a cabeça, arrependido.

— Senhora, está falando a verdade. Eu não queria machucá-la. O amor me cegou a tudo, exceto à beleza dela e a minha própria impaciência. Ela é um anjo que me ama, e sou de fato abençoado. Se devo morrer agora, eu morrerei feliz e rico nas joias do amor dela.

— Oh, seu sedutor experiente! — A expressão de Catarina se contorceu de desgosto, e ela se afastou de Romeu com repugnância. — Você diz lindas palavras, e também é belo. Consigo ver como isso aconteceu... — Catarina se inclinou contra a parede, com o rosto entre as mãos, agoniada. — Eu deveria ter evitado que você fosse para a festa à fantasia, Rosalina. Sua mãe não me perdoaria. Ela não desejava isso para você. O que eu fiz?

Rosalina correu para onde estava a criada e a abraçou.

— De verdade, Catarina, meu amor por Romeu foi entregue com liberdade. E eu não posso... não vou viver sem ele!

— Quieta! Pare! Você é uma criança e não sabe o que está dizendo.

— Não sou uma criança, e sei que Cupido atira suas flechas sem olhar. O amor não é limitado pela idade de um amante nem pelo nome ou pelo tempo. Eu vi Romeu e, de imediato, nos apaixonamos.

— É verdade, boa dama. Eu vi esse anjo brilhante, esse mensageiro alado, e me apaixonei.

Catarina bufou.

— Talvez seja amor, afinal, se você acredita que esta garota obstinada, este lindo fardo, é um anjo.

Rosalina continuava a observá-la com ansiedade. Os olhos de Catarina migravam de um para o outro. Romeu meneou a cabeça.

— Estou enfeitiçado. Não poderei ter paz enquanto ela não for minha e se não estivermos casados. Juro para a senhora que serei um marido bom e fiel.

Catarina se moveu para se sentar em um banco de madeira baixo. Olhou para os lençóis amarrotados sobre a cama e virou-se infeliz. Parecia mais velha do que Rosalina já tinha visto, com o rosto marcado pela preocupação; então, o coração de Rosalina foi tomado tanto pela ternura quanto pelo medo. Ela pegou a garrafa da mão de Romeu e a entregou a Catarina, que deu um gole.

— Será o dever e a honra da minha vida fazer com que ela seja feliz — continuou Romeu. — Minha única tarefa será merecer a filha de sua falecida amiga.

Catarina piscou, mas não disse nada. Parecia confusa, mas, se aquilo era suficiente, Rosalina não saberia dizer. Ela não podia mais suportar essa dúvida, então, exigiu saber:

— Você vai contar para o meu pai? Pois então Romeu vai morrer e você terá sido a responsável pela morte dele.

— Calma, Rosalina, meu amor — Romeu tentou tranquilizá-la. Ele voltou sua atenção de novo para Catarina. — Você virá morar conosco, gentil Catarina. Não como nossa criada. Vejo como Rosalina gosta de você, e sei o que ela perderia. Você será uma mãe para ela, e eu cuidarei de vocês duas. — Ele se ajoelhou na frente dela e beijou sua mão, com seus olhos negros firmes nela.

Catarina não disse nada, mas, então, por fim, assentiu, e Rosalina viu, para seu alívio, que ela também estava perdida nos encantos dele.

Catarina deixou os amantes se despedirem. Rosalina transbordava de felicidade agora, com a perspectiva de que tinha uma amiga com quem poderia dividir sua alegria. Tornava a relação deles mais substancial, menos um deleite imaginado.

Ao ver a expressão dela, Romeu riu.

— Até amanhã, doce Rosalina.

Ele se inclinou e segurou o queixo dela em suas mãos. Ao fazer isso, um brilho verde, resplandecendo como a grama na primavera, oscilando na manga dele, chamou a atenção dela. Um belo pendente de esmeralda, de formato oval e envolto em ouro. Rosalina percebeu na hora que era o pendente dela.

Suas entranhas se contorceram como se estivessem repletas de cobras.

— Isso é meu. Era da minha mãe.

Romeu sorriu para ela, confuso.

— Sim, meu amor. Você me deu, como prova de sua afeição. — Ele riu. — Acho que estamos brincando!

Rosalina sacudiu a cabeça.

— Eu não o dei a você.

— Claro que sim. Eu pedi uma prova de seu amor, e você me deu isso de presente. É maravilhoso, e eu a amo por isso.

Rosalina continuou olhando para ele perplexa, com o coração batendo descontrolado. Ela não tinha dado o pendente para ele. Ou tinha? Ela se lembrava, agora, de que ele havia pedido um presente como prova de amor, mas não se lembrava de ter lhe entregado nada. Ele estaria certo? Ela havia esquecido? Mas ela não teria dado isso de presente a ele e depois esquecido, teria? Rosalina estava tomada de dúvidas.

Romeu olhava para ela com as feições rígidas em virtude da decepção. Ele mexeu na manga e puxou o pendente de sua presilha e o atirou de volta para ela. Ele não estava mais sorrindo. A expressão de Romeu era séria, pesada de arrependimento.

— Aqui. Tome. A única joia de que preciso é sua consideração.

Rosalina queria pegar o pendente da mão dele. Os dedos coçavam de vontade de o agarrar. Ela já conseguia sentir o peso dele na palma de sua mão. As sobrancelhas dele estavam franzidas. Ela sabia que não podia aceitar. Pegar a joia de volta significaria perder seu Romeu.

Ela engoliu em seco e jogou a cabeça para trás. Sorriu. Seus dentes doíam.

— Fique com ele. Um símbolo do meu amor. Até nos casarmos.

O rosto dele se transformou, suas feições se tornaram radiantes como o sol no alto verão; a tempestade tinha seguido para o mar.

— Prenda-o de volta na minha manga.

Ela fez isso com os dedos trêmulos e louca de vontade de arrancá-lo. Ela o amava. Devia ter cometido um erro.

CAPÍTULO 6

Eu amo uma mulher

Rosalina encontrou Julieta de mau humor, com olhos vermelhos de lágrimas raivosas. Ela havia discutido com a mãe. Não contou nada sobre a briga, mas tinha um vergão vermelho no rosto, uma estrela de cinco dedos que só agora começava a desaparecer. A ama estava com dor de cabeça e não havia conseguido evitar a discussão, e até agora estava em seu quarto com um cataplasma amarrado à testa. Rosalina tentou distrair e acalmar Julieta, mas ela se agachou ao lado de sua cama com os joelhos dobrados sob o queixo e não queria se mexer.

— Vamos sair. Vamos nos sentar embaixo das macieiras por um tempo. Vou ler para você.

— Não quero saber de livros.

— Vou cantar ou tocar o alaúde.

— Não quero saber de música.

Rosalina estava tomada pela culpa; ela deveria ter ido lá mais cedo. Talvez a briga não tivesse acontecido. Mas, mesmo agora, ela estava distraída em virtude da saudade de Romeu. Do calor de seus braços. Do brilho do seu olhar. Como a voz dele se iluminava com prazer quando ela o agradava... Quando era afastada da presença dele, ela se sentia como um croco que fecha suas pétalas no brilho frio da lua. Às vezes, ela se perguntava se, caso não a tivesse conhecido, ele teria simplesmente desaparecido do mundo como Eco, a ninfa esquecida.

Então, vislumbrou diante dela a gema dura da esmeralda, com seu brilho exuberante, presa na manga da camisa dele.

De baixo das camadas de sua saia, ela tirou a garrafa de licor de Romeu. Ele havia esquecido de levar consigo, deixou-a no quarto dela. Rosalina cutucou Julieta, que cruzou os braços e chupou seu lábio inferior. Isso iria distraí-la e animar a prima.

— Vamos nos sentar sob a macieira e beber um pouco disso — disse Rosalina, mostrando a garrafa para Julieta. — Vamos nos esquecer de nossas preocupações. Nada vai parecer tão ruim que não possa ser remendado. É como beber a luz do sol.

Julieta sorriu e pegou a garrafa dela, virando-a.

— É do Valêncio?

— Não.

— Do Teobaldo?

— Não. Não faça perguntas, apenas venha.

Rosalina puxou-a pelo braço, e as duas garotas desceram as escadas, já agarradas uma à outra, rindo e torcendo para não serem pegas enquanto se apressavam para sair ao brilho da tarde. Instalaram-se aos pés da macieira, passando a garrafa uma para a outra. Julieta tomou um gole e cuspiu. Um sorriso lento se espalhou por seu rosto. Ela empurrou a garrafa de volta para Rosalina, que bebeu e riu. O líquido era fresco e doce e tinha o gosto dos beijos de Romeu.

— Você acha que vai amar alguém um dia, Julieta?

— Definitivamente, não algum homem que minha mãe encontrar para mim — respondeu Julieta, com uma nota de teimosia furiosa em sua voz.

Rosalina não a pressionou. Estava uma delícia na sombra sonolenta. As folhas giravam e dançavam. Julieta tentou pegar uma e, ao agarrá-la, caiu de onde estava direto na terra abaixo. Rosalina riu tanto que os pontos em seu corpete se abriram.

Logo a garrafa estava vazia. Julieta subiu de volta e se postou ao lado de Rosalina, se espreguiçando.

— Me diga a verdade, prima... Você já beijou um homem? — perguntou Julieta

Rosalina balançou a cabeça e sorriu.

— Não posso responder. Você se esqueceu, vou ser freira.

— Oh, sua provocadora, ainda não prestou juramento às ordens sagradas.

— Chega, não vou responder. Me dê um castigo.

— Então, a resposta é sim. Mas, se não me contar quem foi, não tem graça. Imagino que deve ser Teobaldo. Ele tem um rosto bonito. Embora sua barba não seja boa.

— Qual é o problema da barba dele?

— É muito fina, e o formato é feio, mas, se você gosta, isso mostra que é parcial. Sim, na verdade, acho que você beijou o Teobaldo.

Apesar de sentir as folhas girando acima de sua cabeça e da agitação da grama abaixo, Rosalina não seria enganada por Julieta. Ao negar que fosse Teobaldo, ela estaria admitindo a possibilidade de que fosse outro. Julieta se inclinou, ansiosa por uma confissão. Rosalina sacudiu a cabeça: não iria contar. Sua prima fez um beicinho, chateada, e Rosalina suspirou

Teobaldo a pedira em casamento, e Julieta teria ficado encantada se Rosalina tivesse aceitado. Teria sido um feliz segredo, um tesouro compartilhado entre amigas. No entanto, seu noivado ilícito com Romeu estava tão repleto de tristeza quanto de alegria.

Julieta a cutucou, impaciente.

— Pode me dar um castigo, prima — disse Rosalina.

Julieta suspirou. Ela ficou quieta, pensando.

— Tire a roupa e corra três vezes ao redor do pomar — ela disse, por fim.

— Eu poderia ser pega e, se fosse vista, seria punida! — Rosalina gritou.

Julieta deu de ombros e bocejou, mostrando o interior da boca, macio e rosa como o de uma cobra.

— É por isso que se chama castigo — ela disse.

Resmungando brava, Rosalina desabotoou o vestido, deixou a anágua e, tirando os chinelos, correu pelo pomar. Por um instante, ficou aterrorizada, com medo de que alguém pudesse estar espiando — os criados, sua tia, seu tio Capuleto —, então, se moveu entre as árvores, morta de vergonha. De repente, notou como as folhas criavam padrões diferentes sob sua pele nua e como a grama na sombra era musguenta e macia sob seus pés. Sem fôlego e com calor, ela diminuiu a velocidade, sentindo o sol quente em suas costas e ainda mais agradável em outras partes que ele não havia tocado antes. Ela estava tonta com o efeito do hidromel e da corrida, e o calor era muito elevado. Ficou parada e arrastou um dedo do pé pela poeira, observando a carapaça polida de um besouro da cor de mogno encerado enquanto andava por um monte de estrume.

Tomando uma decisão, descartou sua vergonha como se fosse um manto; era agradável estar nua no pomar entre as macieiras e o zumbido das abelhas.

— Prima?

Rosalina olhou para trás e viu Teobaldo parado ao redor do pomar, com um olhar de perplexidade em seu rosto. Rosalina riu para ele. Ele era uma mistura de vergonha e curiosidade, consciente ao mesmo tempo de que deveria olhar para outro lado e incapaz de fazer isso. A cabeça dela estava tonta do zumbido causado pelo hidromel, por isso ela se virou de costas a fim de observar o besouro e fingiu ignorá-lo. Sentiu como ele olhava para ela parado, mas não iria se esconder. Tinha aprendido com Romeu que havia poder em sua nudez.

Teobaldo esperou que ela se cobrisse e, então, quando percebeu que Rosalina não faria nada, ele correu e colocou sua capa sobre os ombros da prima. Ela se livrou da capa e começou a dançar nua. Estava embriagada, e fez uma reverência a ele, rindo, dançando uma sarabanda[1] com uma solenidade fingida acompanhando uma música que ninguém ouvia.

— Não quer dançar comigo, primo? — ela perguntou. — O baile do nosso tio será no domingo, e eu só quero praticar alguns passos.

— Prima, que loucura é essa? O sol a deixou doida? — Ele balançou a cabeça enquanto se aproximava.

— Deve ser meu último baile dos Capuletos. Eu quero desfrutar e dançar o máximo que puder.

— Prima. Rosalina. Eu imploro, pare.

Rosalina não prestou atenção e continuou a dançar ao redor dele, até que Teobaldo se rendeu e começou a rir também com o absurdo dela, juntando-se, tocando os dedos dela. Julieta comemorou e aplaudiu.

Enquanto riam, Rosalina pensou, levemente influenciada pelo hidromel, que ela ria muito com Teobaldo.

Tentou se lembrar de quando havia rido com Romeu. E não conseguiu.

— Que lindo par! — falou Julieta.

— Nossa, obrigada — respondeu Rosalina. — Você, senhor, está vestido demais — ela disse.

— Não, Rosalina. Você já me convenceu a fazer muitas travessuras, mas não vou tirar minha capa.

Cambaleando com o efeito do hidromel, Rosalina decidiu que era uma das coisas mais engraçadas que já tinha ouvido e tropeçou nos próprios pés. Teobaldo, aparentemente preocupado que a brincadeira tivesse ido longe demais, aproveitou a oportunidade para colocar sua capa de novo nos ombros de Rosalina.

---

1. Sarabanda: dança renascentista em compasso ternário de andamento (tempo) vivo e caráter lascivo, que, com o tempo, se tornou nobre e majestosa. (N. da P.)

— Você está com cheiro de bebida. Venha, antes que os criados ou nossa tia a vejam.

Julieta caminhou na direção deles, seguindo uma linha sinuosa pelo pomar e se apoiando em uma árvore.

Teobaldo estalou a língua aborrecido.

— Você também, pequena? — Ele procurou as roupas descartadas de Rosalina e, vendo-as perto da macieira, aproximou-se e juntou-as; então, jogou o volume para ela. — Fiquem aqui, vocês duas. Dê-me essa garrafa. E você, prima, precisa se vestir, e rápido, há pessoas aqui perto.

Ele se virou de costas e continuou a discutir com ela.

— Rosalina, isso é coisa sua. As duas serão açoitadas se forem pegas.

Ao ouvir isso, Rosalina começou a colocar as roupas, com algum auxílio de Julieta, que, depois de várias tentativas, conseguiu ajudá-la a fechar os botões, metade deles no buraco errado.

— Onde conseguiu o hidromel? — quis saber Teobaldo.

— Com Rosalina — respondeu Julieta.

— A garrafa — respondeu Rosalina, astuta.

— Por quê? — perguntou Teobaldo, irritado, percebendo que não iria obter uma resposta apropriada das duas garotas bêbadas.

— Eu estava infeliz. E o pouco ânimo que ela tinha, deu para mim — falou Julieta.

— Bom ânimo não se encontra em uma garrafa de bebida — disse Teobaldo. Ele sacudiu a cabeça. — Vamos ficar aqui ao ar livre um pouco, até vocês duas se sentirem melhor para voltarem para casa.

Os três se acomodaram debaixo da macieira, como se fossem conspiradores, onde ninguém poderia vê-los. Julieta desapareceu furtivamente para vomitar na grama alta e depois voltou para perto deles.

— Me desculpe — disse Rosalina, arrependida. — Teobaldo está certo. Não deveria ter deixado você fazer isso. Como você está agora? Isso é tudo culpa minha.

Julieta sorriu e fechou os olhos.

— De fato, é, prima, e estou feliz por isso. Estou cansada de ser paparicada.

Rosalina estava grata pelo perdão dela, mas não tinha certeza de que o merecia. Ela se levantou e quase caiu. Teobaldo segurou seu braço e a ajudou a se firmar. Ela olhou para ele.

— Não zombe de mim — ela falou.

— Eu não ousaria — ele disse, com um sorriso.

Julieta rastejou ao lado de Rosalina e colocou a cabeça no colo da prima. Ela acariciou seus cachos dourados. Os três ficaram em silêncio por uns minutos, ouvindo o vento mover a grama e os criados se chamando em casa. Os olhos de Julieta foram se fechando, e ela parecia tão pacífica, como se não fosse deste mundo. Algo sobre a palidez de sua pele e sua imobilidade perfeita fez Rosalina se lembrar da criada Montéquio na cripta. Apesar do calor da tarde, ela estremeceu.

Então, Rosalina se virou para Teobaldo e disse, sussurrando:

— Quero saber de tudo sobre a rixa com os Montéquios.

Teobaldo franziu a testa.

— Por quê?

— Isso me interessa em uma tarde quente. Ouvi dizer que uma donzela Capuleto e um senhor Montéquio iam se casar. E que ele a abandonou para receber as ordens sagradas. Ele escolheu Deus em vez do amor?

Teobaldo riu baixinho.

— Sua visão é muito doce, toda plena de poesia.

— Como assim?

Ele se apoiou sobre o cotovelo.

— Eles estavam noivos. Mas, então, o noivo Montéquio teve a chance de se tornar cardeal. Não foi por amor a Deus, mas por amor ao poder, que ele a abandonou.

— E aí começou a briga?

— Os Capuletos ficaram indignados. Então, menos de um mês depois da ordenação dele, o novo cardeal Montéquio morreu. Os rumores foram de que tinha sido envenenado. Pelas mãos dos Capuletos.

— Nós o envenenamos? Ele deve ter merecido.

Teobaldo riu e balançou a cabeça.

— Para dizer a verdade, não sei. Faz muito tempo. Não posso afirmar que alguém ainda vivo saberia dizer o que de fato aconteceu.

Rosalina olhou para ele.

— E o que aconteceu com a noiva Capuleto?

Teobaldo bocejou.

— Ela não é importante.

— Como pode dizer isso?

Ao perceber a indignação de Rosalina, Teobaldo ergueu as mãos.

— Em algumas versões, ela se casou com outra pessoa. Ou morreu com o coração partido. Ou tornou-se freira.

— Essas são todas as possibilidades — disse Rosalina, chateada. — Não escolher um final para ela é o mesmo que afirmar que ela não é importante.

Julieta abriu os olhos.

— Acho que foi ela que o envenenou — ela disse, baixinho. — Ela mesma se vingou.

Teobaldo acompanhou Rosalina quando ela voltou para a casa do pai. Sem Julieta, eles se sentiram estranhos; a antiga despreocupação agora fora maculada e transformada. Teobaldo parecia irritado e caminhava tão rápido que Rosalina ficou sem fôlego ao tentar acompanhá-lo, mas não pediu que andasse mais devagar. A cabeça dela doía muito, e sua boca estava seca e com um gosto ruim.

Quando chegaram à casa, ele, enfim, se virou para ela e disse, com a voz repleta de mágoa:

— Você está muito infeliz; roubou bebida e fez sua prima passar mal, mas não quer pensar em fugir comigo para escapar de seu destino! Você sente tanto desprezo assim por mim, Rosalina?

O rosto dele estava tenso de tanta tristeza. Tomada pela vergonha, Rosalina quis pegar na mão de Teobaldo, mas ele já tinha ido embora; desapareceu entre a correria dos transeuntes.

Rosalina soltou um gemido, batendo a porta do corredor e fazendo com que tremesse como um dente solto.

Mentir para os amigos era um sofrimento que ela mal conseguia suportar. E, mesmo assim, ela sabia que, quando soubessem que amava um Montéquio, a verdade seria pior do que a mentira. O casamento dela seria como sua morte para eles. Ela seria proibida de ver Julieta e Livia e as crianças. Nenhum Capuleto pronunciaria o nome dela exceto como um aviso para outras garotas rebeldes. Teobaldo a odiaria como um inimigo.

Mas ela já não era o inimigo, cheia de mentiras e dissimulações? Ele só não sabia ainda.

Rosalina encostou-se na parede fresca, sentindo a aspereza da pedra nas pontas dos dedos, e por um instante não conseguiu respirar. O que ela havia feito?

Por um tempo, Rosalina desejou que Romeu não viesse aquela noite. Como poderia abandonar Teobaldo? Pensar nele sofrendo por ela, desprezando-a, fez com que sentisse cãibras no estômago. E Julieta? Ela a amava também. Mas não havia cor no mundo sem Romeu. Tudo era cinza quando ele não estava por perto. Não poderia viver sem ele. Então, quando ouviu seus passos no assoalho, ela saiu da cama e o abraçou, cobrindo-o com beijos enquanto ele ria e a acariciava. Todas as dúvidas, todos os outros foram esquecidos. Não havia mais ninguém. Apenas Rosalina e Romeu.

Os dois se deitaram na cama dela. Ele acariciou suas costas, as sardas em seu rosto.

— Depois que nos casarmos, devemos fugir logo. O ódio entre nossas famílias exige isso.

Rosalina engoliu em seco. As lágrimas de que ela havia se esquecido voltaram como uma chuva de primavera. Imaginou Teobaldo e Julieta olhando para ela, silenciosos, censurando sua traição. *Eu amo os dois*, ela pensou. *Eu te amo também.*

— *E ainda assim você se deita com um Montéquio* — disse Teobaldo.

— *E nos abandonou por ele* — disse Julieta.

Rosalina piscou, seus olhos estavam tomados pelas lágrimas, enquanto a visão dos amigos ia desaparecendo aos poucos. Romeu estava deitado ao seu lado, falando, e demorou um tempo para ela prestar atenção no que ele dizia.

— Não posso pedir a meu pai Montéquio os costumeiros presentes de casamento — ele estava dizendo. — E você não receberá nenhum dote. Nós dois seremos expulsos de nossas casas.

Ele viu a expressão no rosto dela e, sorrindo, passou os dedos por sua clavícula.

— Não fique triste, pequena. Seremos livres. Os dois embriagados de alegria e esperança. Do que mais precisamos deste mundo confuso?

— Nada — disse Rosalina, tentando sorrir, desejando que fosse verdade.

— Mesmo assim — disse Romeu, beijando o lóbulo de sua orelha e descendo por uma linha até chegar à pele intumescida de seu mamilo —, se você pudesse conseguir de seu pai os ducados que ele vai dar ao convento para aceitá-la, nossa vida em Mântua seria mais fácil com algumas moedas.

Rosalina olhou para ele horrorizada.

— Você quer que eu roube o dinheiro do meu pai?

Romeu riu, como se estivesse surpreso que ela pudesse considerasse isso um roubo.

— Não. É o seu dinheiro, pequena. Ele ia dar para o convento como pagamento para mantê-la. Mas, como você não vai para lá, as freiras não precisarão dele. É para nossa vida juntos, doce Rosalina. As freiras não vão precisar. E o dinheiro não é delas. É seu.

— É do meu pai — ela falou, com uma voz suave que era quase um sussurro, como se não gostasse de contradizê-lo.

— É o seu dote. Ou deveria ser. Uma beleza como a sua não deveria ficar escondida em um convento. É uma crueldade com o mundo.

Rosalina franziu a testa e enrolou seu dedo no cabelo. Romeu beijou seu nariz.

— É uma questão pouco importante. Pense nisso — ele disse. — Um pequeno ato de amor para facilitar nossa vida em Mântua. E, se você decidir... pegar os ducados emprestados, envie-os para mim e vou guardá-los. Envie-os para mim junto à boa Catarina.

Rosalina não respondeu. Ela não iria fazer isso. Claro que não. A ira caminhava por baixo de sua pele como um enxame de abelhas. Como ele podia pensar em pedir isso a ela? Ainda assim, Romeu não considerava aquilo um roubo. As palavras dele eram tão sensatas. Então, por que pensar nisso a indignava tanto? Ela *não* faria aquilo... No entanto, imaginou o olhar de gratidão e amor dele. E destinava-se ao dote de freira dela no convento. Será que Rosalina poderia de fato roubar o que já era dela?

Ela sabia que, se fizesse o que ele estava pedindo, nunca enviaria as moedas com Catarina. A consequência, se fosse pega roubando de seu mestre, seria a morte. Romeu não sabia disso? Ele não podia, ou melhor, o doce Romeu não sugeriria isso.

Na manhã seguinte, quando Catarina veio acordá-la, Romeu tinha ido embora.

Rosalina estava desolada. Permitiu que a criada a ajudasse com as roupas e desceu as escadas, parando a cada degrau enquanto Catarina gesticulava para alguns móveis.

— O tapete com danos de traça. Ou esta parede onde está pendurado o cervo caçado. Sua mãe nunca gostou disso, então, seu pai decidiu que ele não gostava também, apesar de ser valioso. Ou este desenho mouro? — perguntou Catarina. — Você precisa escolher. Seu pai mandou. Eles serão enviados para o convento, sua cela está sendo preparada para sua chegada.

— Não me importa — respondeu Rosalina. — Não é para meu conforto. É para a reputação dele. Deve parecer que Masetto Capuleto está sustentando a filha de forma decente. E você sabe, tão bem quanto eu, que não vou. Estarei em Mântua com meu amor.

Catarina ficou pensativa por um instante.

— Muito bem. Mas devemos fingir que estamos escolhendo. — Ela parou e sorriu. — Talvez essas coisas possam mobiliar sua nova residência, se Romeu puder encontrar uma forma.

Rosalina balançou a cabeça vigorosamente.

— Não quero nada disso.

— Como quiser. Mas você deve escolher uma ou duas coisas, ou seu pai vai ficar descontente.

Rosalina sabia que era bom ouvi-la. Deixando isso de lado, Catarina voltou para a cozinha e suas várias tarefas enquanto Rosalina andava pela casa. Se ela pudesse escolher, levaria algo com ela para sua nova vida? Aquela pintura da *Madonna* petulante? O sofá esculpido no qual sua mãe costumava cochilar às tardes sobre vários travesseiros? Não, nem mesmo aqueles. Em vez disso, ela queria ser como um pintinho recém-nascido e descartar tudo o que tinha antes e entrar nua em sua nova existência. No entanto, as palavras de Romeu a incomodavam. Eles não teriam dinheiro em Mântua. Pelo menos, não no início. Ela já se sentia como uma ladra andando pela casa de seu pai. Talvez ele não a amasse — havia uma noz murcha onde deveria estar o coração dele —, no entanto, apesar de toda a sua repulsa e raiva, não queria roubar seus bens nem seu ouro. Ela ainda era a filha dele, e poderia tê-lo amado.

Olhando para baixo, viu que suas mãos tremiam. Apesar de o deleite de Romeu ser radiante, o descontentamento e o desapontamento que ela sentia agora eram frios como o inverno. Ela tinha medo de dizer que não podia fazer aquilo. Talvez se ela pegasse um pouco... seu pai era rico e não perceberia. Então, quando se estabilizassem em Mântua e Romeu estivesse estabelecido em seus negócios, eles poderiam devolver os ducados. Assim, não seria um roubo, mas um empréstimo, ainda que involuntário.

Mesmo assim, Rosalina não sabia se estava enganando o pai ou a si mesma.

Ela tinha sido dispensada de passar o dia com Julieta para fazer as malas, então, voltou para seu quarto. No entanto, não arrumou suas coisas, ficou andando pelo quarto, roendo as unhas. Ela não queria fazer isso, embora o pai nunca fosse descobrir.

Ela se deitou na cama sentindo um peso em sua barriga como se tivesse bebido leite coalhado. Não desceu para comer, nem tocou na bandeja que Catarina deixou do lado de fora do quarto.

No fim da tarde, Rosalina ouviu o pai sair e soube que ele tinha ido para a cidade a fim de visitar comerciantes, como sempre fazia. Ele ficaria fora por algumas horas. Catarina estaria ocupada na cozinha e as duas empregadas estariam ocupadas com a limpeza e outras tarefas. Como se estivesse sonâmbula, Rosalina saiu da cama e desceu. Ela era um fantasma em sua própria casa. Estava tudo quente e parado. Nada se mexia — só havia o clique e o tique do besouro nas vigas.

Esperando ser pega a cada instante, Rosalina esgueirou-se pela passagem de pedra e entrou no quarto do pai. A porta estava entreaberta. Ela hesitou, esticou a mão para tocar a maçaneta. Poderia se virar e correr escada acima e dizer não para Romeu, não poderia fazer aquilo, não faria.

Ela abriu a porta. O quarto estava arrumado e tinha sido limpo havia pouco tempo. As empregadas tinham esfregado o chão com cera de abelha, mas nem isso conseguia tirar o cheiro de velho. Não importava se a lareira estivesse acesa, o quarto sempre estava úmido e frio. Ela viu um pouco de bolor crescendo em um canto, verde como alface.

Masetto havia deixado um retrato de Emília sobre a mesa. Ela censurava Rosalina do mata-borrão. Com dedo trêmulos, ela virou o retrato para que a mãe não fosse testemunha do crime da filha e de sua horrível queda para a perversidade.

— Vou pagar por isso — sussurrou Rosalina.

Ela se agachou e pegou a chave do baú de onde o pai sempre a mantinha, atrás da lenha para a lareira. A chave era pesada e feita de ferro forjado, e não girava na tranca do baú. Aliviada, ela decidiu que podia voltar a Romeu e contar com sinceridade que havia tentado, mas que a fechadura estava emperrada. Ele iria acalmá-la e perdoá-la. Encontrariam outra forma. Ela voltou a respirar. Puxando com força, tentou retirar a chave. O baú se abriu.

Ela só tinha olhado dentro do baú uma ou duas vezes antes, havia muitos anos, e se lembrava de que brilhava repleto de ouro — pilhas, um brilho amarelo refletindo no rosto pálido do pai. Nesse momento, no entanto, Rosalina levantou a tampa do baú morrendo de medo. Mas não havia nenhum brilho amarelo. Ou, pelo menos, não o suficiente para encher uma cama, apenas umas poucas panelas. Para onde tinha ido o ouro? Masetto deveria ter guardado seu tesouro em um dos bancos da cidade.

Ela não podia levar muito, ou ele descobriria no ato. Pegando a pequena bolsa que havia escondido para esse propósito, contou trinta ducados, esperando que sobrassem moedas suficientes para o pai não perceber quanto ela havia pegado.

Ela fechou a tampa, trancou o baú e subiu correndo para seu quarto. Deitou-se na cama, o suor escorria sobre seus lábios. Ela cerrou os olhos e sentiu que queria dormir, mas o sono não vinha. Sabia que Romeu ficaria satisfeito com o que ela tinha feito e a cobriria de beijos. Não se sentia ela mesma.

Rosalina enviou uma mensagem por intermédio de Catarina para seu amor, dizendo que precisava vê-lo, mas, quando a criada voltou, foi para contar que Romeu tinha sido mandado por seu pai para a casa deles nas colinas. Ele só voltaria para Verona à noite. Em vez de aguardar, ele mandou perguntar se Rosalina poderia ir vê-lo no lugar onde tinham se encontrado pela primeira vez.

— O jardim dos Montéquios? Mas como vou chegar lá? — perguntou Rosalina, cheia de apreensão.

Catarina fez uma pausa, pensando.

— Meu irmão é cavalariço de outra família. Ele pode levá-la e esperar por você ali —ela disse. — Não devemos pedir a nenhum criado daqui. É muito perigoso.

Rosalina concordou com o plano de Catarina; o medo e a culpa pelo que havia feito cediam à ansiedade pela perspectiva de ver Romeu. Ela não confessou seu crime a Catarina. Era melhor que ela não soubesse.

À medida que as horas avançavam e quando o restante da casa já estava na cama, Rosalina se deitou em uma pequena carroça sob uma cobertura de sacos que tinham cheiro de mofo e grãos. Os olhos dela coçavam. Ela apertava forte o pequeno saco de moedas.

— Você pode sair, estamos quase lá — falou o irmão de Catarina. — Não há ninguém por perto.

Aliviada, Rosalina tirou os sacos de cima e respirou fundo o ar fresco da noite. Milhares de estrelas tinham sido lançadas contra a cortina negra do céu e brilhavam tão fortes e claras que pareciam tremeluzir. A única outra luz era da casa dos Montéquios, cada vez mais perto a cada galopada dos cavalos. Não havia tochas acesas dessa vez, apenas o brilho fraco de algumas velas nas janelas.

— Aqui é o mais próximo que posso chegar — disse seu acompanhante, parando a carroça. — Vou esperar perto dessas árvores. Devemos voltar para a cidade antes do amanhecer.

Rosalina assentiu e pulou no chão, espalhando grãos que estavam em seu cabelo e em seus ouvidos.

Ela correu pela trilha que levava ao jardim do outro lado da *grand villa*. Estava bem escura, com apenas uma fraca luz esparsa vinda da lua fina e pálida que a espiava do alto, meio escondida atrás das árvores. Seus pés pareciam fazer eco no cascalho do caminho, cortando o silêncio. Ela imaginava que, a qualquer momento, um bando de criados poderia vir correndo atrás dela. Então, ouviu vozes altas e, caindo de joelhos, se escondeu ao lado da sebe, sentindo o sangue pulsando alto em seus ouvidos.

Apareceram dois homens, no meio de uma discussão que não tinha nada a ver com ela.

— Você é um pretensioso e um idiota — gritou um homem, com a voz profunda e cheia de raiva.

— Não sou, meu senhor — respondeu uma segunda voz familiar.

Rosalina olhou do fundo da escuridão para as duas figuras andando na *loggia* na frente da *villa*. Ela reconheceu imediatamente Romeu. Ele parecia um pouco magro ao lado da figura corpulenta do outro homem, que imaginou ser o pai dele. A luz da lua mostrou o cabelo grisalho, fazendo-o brilhar e se enrolar na parte de trás como mercúrio derramado.

— Você é o que eu digo que é. E digo que é um tolo, um malandro e um belo patife. Sim, mais bonito que sua irmã, pobre miserável — falou *Signior* Montéquio, com a voz impregnada de desprezo.

— Repito, não sou nada disso.

— Nada disso? — ele zombou. — Você realmente não é nada. E, rapaz, nada pode ser produzido do nada.

Ao dizer isso, ele empurrou Romeu com as duas mãos. Para sua surpresa, Romeu não resistiu, apenas cambaleou para trás. Rosalina queria poder se mover, ou recuar mais para o fundo do jardim, mas não podia se mexer, pois temia ser vista. Seus pés fariam barulho no cascalho. No entanto, ficar ali e presenciar essa discussão já era uma invasão.

O *Signior* Montéquio rosnou para Romeu, cutucando o peito dele com um dedo.

— Nossa... Você já está muito grande para ser chicoteado. Se fosse meu cachorro ou minha filha, eu o colocaria no canil ou o mataria de fome. Mas o destino quis que fosse meu filho.

— Eu tento agradá-lo...

— Não é verdade! Você só quer agradar a si mesmo. Não me contradiga, a não ser que ache que *sou* um tolo. Está achando que sou um tolo?

— Não, meu senhor.

Signior Montéquio murmurou algo que Rosalina não conseguiu ouvir e se afastou, expressando seu desprezo. Ele caminhou para a *loggia*, antes de dizer em voz alta:

— Não gosto daquele franciscano, Lourenço. Ele se aproveita de você. Livre-se dele.

Ao ouvir isso, Romeu respondeu com a voz mais forte:

— Você não escolhe meus amigos, meu pai.

— Não, mas fecho os cordões de sua sacola de dinheiro.

Falando isso, ele puxou as orelhas de Romeu, antes de arrastá-lo pelo terraço como se fosse um menino. Romeu tentou se libertar, procurando não machucar o velho, até que, enfim, perdendo a paciência e sentindo-se humilhado, ele o empurrou com força, com tanta força que *Signior* Montéquio cambaleou até a balaustrada de pedra da *loggia*.

O velho caiu no chão, gargalhando, limpando o sangue que apareceu em sua boca.

— Então, você tem coragem! Sabe lutar, não apenas chorar e beber vinho.

Rosalina queria fugir. O pai de Romeu era um tirano, não muito diferente do pai dela. No entanto, apesar de compartilharem isso, Rosalina sentiu que ele não gostaria que ela o visse assim.

Logo depois, o velho se levantou e uma porta bateu quando desapareceu dentro da casa. Romeu praguejou e ficou murmurando, amargurado, para si mesmo, e então, enquanto ela observava, ele atravessou rapidamente o terraço na direção da trilha. Rosalina não ousou chamá-lo e, em seguida, ele desapareceu pelo portão do ogro.

Ela saiu de seu esconderijo e o seguiu. Hesitou no portão do ogro antes de passar pela boca do inferno e entrar na clareira dos deuses caídos. O silêncio era absoluto. Ela se perguntou para onde Romeu tinha ido. Um dragão rugiu na escuridão quando um cão rasgou seu flanco e os altos pinheiros encobriram as estrelas. Proteu, vestindo a máscara da loucura, abriu a boca e gritou em um desespero sem fim, enquanto, um pouco mais adiante, Vênus a encarava.

Rosalina olhou ao redor da clareira procurando Romeu. Então, mãos deslizaram ao redor da cintura dela e uma voz murmurou em seu ouvido:

— Não tenha medo, meu amor.

Ela o beijou.

— Venha — disse Romeu, pegando em sua mão e a puxando. — Vamos para outro lugar. Mais alegre, talvez.

Rosalina permitiu que ele a puxasse.

— Eu vi seu pai.

Romeu ficou rígido.

— Não acho que ele seja gentil ou bom — falou Rosalina. — Meu pai é pouco gentil também. Ele tratava minha mãe muito bem, mais ninguém.

— Meu pai trata mal minha pobre mãe acima de todos — gritou Romeu. — E é um tolo rico também, acostumado com pessoas rastejando para ele. Eu não vou me rastejar.

Rosalina decidiu não mencionar mais o *Signior* Montéquio; a ferida era muito sangrenta e não havia cicatrizado.

Ele a guiou até uma clareira, para uma espécie de teatro com tufos de grama onde cabeças esculpidas olhavam para eles com desdém de altos pedestais. Para Rosalina, pareciam cabeças decapitadas de reis e rainhas.

— Os atores vêm nas noites de verão para nos entreter aqui — contou Romeu. — Mas, esta noite, somos os únicos atores neste palco gramado.

A plateia de cabeças de pedra decepadas olhava de um modo imperioso para eles. Romeu tinha preparado um cobertor e uma cesta de guloseimas, mas Rosalina percebeu que não tinha fome. Esse lugar, que a havia encantado e intrigado, agora a perturbava. O cheiro dos cedros e a cachoeira distante a faziam se lembrar da cripta com seu incenso e o gotejar constante. No entanto, quando Romeu se inclinou e a beijou, com os dedos quentes em seus cabelos, ela se sentiu perdida de novo. Com ele, sentia-se mais leve que uma semente de dente-de-leão. Não havia nada além dele. Sua respiração tinha o gosto de vinho adocicado.

Ela só queria se deitar ali, debaixo das árvores, beijá-lo e conversar um pouco, mas Romeu tinha dedos insistentes.

— Vamos conversar um pouco. Ou me conte uma história.

Ele sorriu.

— Vou contar a história de Romeu e sua Rosalina.

Romeu a abraçou e ela tentou se esquivar, mas percebeu que não conseguia. Seu corpo não se movia segundo sua vontade. Ela descobriu que estava imóvel, e se viu como as estátuas que olhavam para eles, sem piscar. Deixou que ele desabotoasse seu vestido e a deitasse nua sobre o cobertor. Ele pesava sobre ela, e isso a incomodava, mas ela não podia confessar seu desconforto, pois ele poderia rir e pensar que seus medos eram infantis. Em vez disso, se pegou fingindo uma alegria que não sentia.

No final, quando estavam sentados enrolados nos cobertores, bebendo taças de Vin Santo, Rosalina pegou o saco de moedas e o entregou a ele, corada de orgulho, ansiosa para ver como ele ficaria satisfeito.

— Minha senhora... Você fez isso? — ele disse, enlaçando os dedos dela e beijando sua mão.

Ela assentiu, satisfeita. Ele a abraçou, e ela caiu de costas no cobertor, derramando o vinho.

— Como eu a amo — ele declarou.

Ela riu, empurrando-o para trás. Sentando-se, ele abriu a bolsa e examinou o conteúdo; seu sorriso e seu bom humor foram desaparecendo como a luz ao entardecer.

— Isso é tudo? Esses trinta ducados é tudo?

Rosalina franziu a testa.

— Tinha pouco no baú, meu amor. Se eu tivesse pegado mais, meu pai teria descoberto o roubo de imediato.

— Não importa. Você deve tentar de novo.

— Não! — A voz dela saiu estridente e alta no ar suspenso da noite.

Romeu olhou para ela, surpreso com sua veemência.

— Calma. Se não quiser, não vou obrigá-la. Só gostaria que tentasse de novo. É uma vergonha terrível, e vamos sofrer em Mântua com tão pouco. Mas, se está dizendo que é o melhor que pode fazer, eu acredito.

As veias de Rosalina estavam cheias de besouros correndo por dentro dela. Ela não estava brava — mas isso não seria justo. Romeu não entendia o que o roubo tinha significado para ela.

Uma brisa veio e moveu os galhos das árvores indicando que iria chover. As estátuas olhavam para ela, com piedade. Ela queria que olhassem para outro lado, e virou de costas. Se isso era ser uma atriz no palco, ela não estava gostando, mesmo com um público silencioso e nenhum aplauso.

— Não posso.

— Aqui — disse Romeu, enchendo o copo dela de novo. — É verdade que meu pai me chamou para a *villa* do campo, mas eu também queria que nos encontrássemos aqui, neste jardim, onde vi seu rosto pela primeira vez. Tenho notícias. Meu velho amigo, o frei, vai voltar a Verona e nos casar amanhã à noite.

Ela olhou para ele com alegria e êxtase, todas as dúvidas e os medos foram levados pelo vento.

— Em um dia, estaremos em Mântua. Nós dois — ele disse.

— E Catarina — disse Rosalina, embora soubesse que ele não iria se esquecer dela.

— Como quiser. Tudo o que quiser — ele falou, segurando os dedos dela.

De repente, tudo estava bem de novo. As estátuas eram benevolentes; não eram pesadelos, apenas sonhos estranhos. Esses deuses e aquelas deusas concederiam suas bênçãos e seus favores ao seu amor proibido.

Rosalina se escondeu sob os sacos mais uma vez para a viagem de volta à cidade. O noivo ficou descontente. Era mais tarde do que ela pretendia quando voltou ao ponto combinado, e o primeiro sinal do amanhecer já surgia no céu. Ele não disse nada, mas ela conseguia perceber que o homem estava com medo. Ela, no entanto, se sentia feliz demais para ter medo. Era uma folha carregada pelo vento, pronta para deslizar para dentro da floresta e se unir à companhia de Titânia. Não conseguia pensar em mais nada além de Romeu. Estava inquieta, incomodada. O cansaço tomava seus membros, mas, apesar do constante solavanco da carroça, ela não conseguia dormir. Por que iria sonhar quando poderia pensar em como ele era perfeito?

Os dois se encontrariam na cripta amanhã à noite, às onze. E, então, partiriam para Mântua. Romeu tinha amigos lá.

Ela não devia pensar em seus próprios amigos. Em Julieta, em Teobaldo ou Livia. Não devia pensar no que perderia, apenas no que iria ganhar. No entanto, em meio à sua alegria, ela percebeu que estava chorando um pouco ao se lembrar dos semblantes deles. Ela amava Romeu, mas amava seus amigos também. Estava tão cansada que sentia dores. Acima dela, gansos cinzentos grasnavam enquanto voavam, a luz do sol já incendiava suas asas, transformando-os, por um instante, em uma revoada de Ícaros.

Não poderia haver um começo sem um fim. Esperava que os amigos não a odiassem.

— Estamos nos portões da cidade — disse o cavalariço. — Você precisa se esconder agora, senhorita.

Ela puxou os sacos, ouvindo as batidas rápidas de seu coração. Logo a carroça parou e ela ficou quieta, esperando. Mesmos através dos buracos nos sacos de juta, conseguia ver que estava quase claro.

— Venha, rápido. Pelo portão lateral. Catarina está esperando.

Rosalina desceu, o cavalariço pegou sua mão olhando por cima do ombro, ansioso. As ruas ainda estavam vazias exceto por um rato, que a olhava da sarjeta. Ela colocou algumas moedas no bolso do cavalariço, agradecendo com pressa, e correu pela passagem de paralelepípedos na lateral da casa.

O vigia não estava em seu posto; no lugar dele, à meia-luz, ela podia ver que uma mulher a esperava. Catarina. Enfim, ela ficou mais calma e deixou escapar um suspiro que nem sabia que estava segurando. No entanto, ao se aproximar, ela viu que a mulher era menor do que Catarina, mais magra também. Quase uma criança, exceto pelo perceptível inchaço em seu estômago.

Rosalina parou e tentou recuar.

— Por favor, senhorita — disse a menina. — Esperei muito tempo aqui. Eu imploro, não se vire nem vá embora.

Rosalina hesitou. A voz da criança tinha um tom de desespero. Mesmo na sombra, ela não parecia ter mais de 11 ou 12 anos, embora pudesse ser mais velha. O rosto era fino e esquelético. O enorme inchaço em sua barriga parecia dolorido e pouco natural em uma garota tão jovem. Rosalina se aproximou, relutante e insegura.

— Não sou eu quem você procura — ela disse. — Posso levá-la para a cozinha. Alguém vai lhe servir uma refeição apropriada.

A garota olhou fixo para Rosalina. Ela tinha os mesmos olhos azul-profundos de Julieta.

— Você é Rosalina Capuleto?

Rosalina assentiu.

— Então, senhora, é você quem eu vim ver. Você será a esposa de Romeu Montéquio. Ao menos, foi isso que ele prometeu?

Rosalina olhou para ela, surpresa. Como era possível que essa menina soubesse seu segredo?

— Eu era criada na casa dos Montéquios. Mas não se preocupe. Eu sei quando devo falar e quando devo ficar em silêncio.

— Mas o que você quer comigo? Dinheiro para manter meu segredo? — perguntou Rosalina, com um tom áspero, causado pelo pânico.

— Não — disse a menina, negando de forma veemente com a cabeça. — Por favor, não fique com medo. Não de mim. Venho implorar sua ajuda. Ele e eu — ela acariciou o enorme inchaço em sua barriga —, bem, este bebê que espero é filho de Romeu Montéquio.

Rosalina se apoiou na pedra da passagem.

— Eu não acredito em você — ela disse.

O coração rugia em seus ouvidos. Rosalina tentou passar pela garota, mas ela estava bem no caminho e continuou a falar.

— Ele me disse que me amava. Oh, senhorita. Ele me disse tantas palavras que não passavam de uma brisa. Que nunca tinha visto uma verdadeira beleza até me encontrar. Que, no momento em que nos conhecemos, tínhamos sido marcados pelo destino. Ou foi por Vênus? Sempre me esqueço. — Ela deu uma risada triste. — Deixou de ser importante. Ele jurou que nos casaríamos e que fugiríamos para Mântua. Ele conhece um frei, sabe, um velho amigo, que iria nos casar, que não hesitaria nem pela minha juventude, nem por minha posição inferior. Mas, então, ele sempre adiava. O frei estava viajando. Não poderíamos nos casar no meio da epidemia de verão. Então, veio a praga. Mas, sabe, boa senhorita, na verdade, eu temia que o interesse dele pudesse diminuir. Ele não gostou de saber que eu estava com uma criança em meu ventre. Gostava mais de mim quando eu era magra e pequena.

Rosalina olhou para a menina em estado de choque e sentindo repulsa. Ela fechou os olhos e piscou, esperando que, quando os abrisse, a criada tivesse desaparecido no vento como um cheiro ruim ou bom, mas não, ela ainda estava lá, falando, vomitando suas blasfêmias sobre Romeu.

— Ele trouxe todos os tipos de remédios para se livrar da criança, mas eu não quis tomá-los, e ele ficou bravo comigo. — Ela meneou a cabeça, em negativa. — Não queria me livrar dele. Isto — ela acariciou sua barriga de novo — é um bebê. Não tenho nenhuma família, além dele.

Então, Romeu a conheceu. Ele a amou. Eu não era mais nada para ele. Fui descartada. Uma louça quebrada sobre a pilha suja da cozinha.

Por fim, Rosalina não suportou mais.

— Pare! Isso não pode ser verdade! Nada do que você diz é verdade! — Rosalina bateu o pé e colocou as mãos sobre os ouvidos. Ela não iria ouvir nenhuma outra palavra. Era algo despeitoso e absurdo. A garota queria dinheiro, era tudo. Um ato de crueldade mesquinha, alimentado pela amargura — por quê, ela não sabia dizer. Talvez a beleza de Romeu alimentasse essa loucura. Ela não iria ouvir mais nada, não queria.

A garota ficou lá, imóvel e pálida, não saiu do caminho, apenas esperava e olhava para ela com aqueles olhos azuis.

— Desculpe. Vejo que você o ama. Como eu o amei antes. — A voz dela estava repleta de piedade.

Como essa menina infeliz e miserável ousava sentir pena dela? Rosalina olhou para ela, se segurando para não chorar.

— O que você quer de mim?

— Quero olhar para você. Ver quem ele ama agora. E avisá-la, embora eu já soubesse que você não iria me ouvir. Eu também não teria ouvido. Quando ele nos ama, o mundo parece estar pleno de coisas boas. Eu estava sozinha, sem nenhum amigo, e então eu o encontrei. Ele me queria, mesmo eu sendo uma tonta. Ele é encantador demais. Como hidromel em uma noite de verão, ou aquelas flores de marzipã que ele traz.

Rosalina engoliu em seco. A garota tinha estudado bem suas mentiras. Ela se sentia quente e fria, como se estivesse sendo tomada por uma febre. Uma camada de suor se formou sobre sua testa como se fosse o orvalho sobre uma planta.

Mesmo assim, a garota não se moveu.

— Por que não vai embora? — perguntou Rosalina, dando um grito exasperado.

Pela primeira vez, a garota pareceu constrangida; então, baixou os olhos, ficou olhando para o chão.

— Preciso de dinheiro. Cada vez que eu o vejo, ele me sussurra que eu deveria morrer por causa da vergonha da minha situação. Mas eu não quero morrer, senhorita Rosalina. Não estou envergonhada. Se eu morrer ao trazer esta criança ao mundo, então, esta será a vontade de Deus, e que assim seja, mas não vou morrer pelas minhas próprias mãos. — Ela estendeu a mão para Rosalina. — Você vai me ajudar?

Rosalina olhou para a pequena mão se estendendo na direção dela, a pele áspera pelo trabalho duro. Ela se esquivou dos dedos da menina.

— Não é verdade. Nada disso é verdade. Não acredito nisso.

A garota assentiu com a cabeça.

— Não fui a primeira, sabe... — ela disse, logo depois.

— Como você sabe? — Rosalina exigiu saber, desdenhosa. — Ou ouviu um rumor?

A garota hesitou, engoliu em seco, e Rosalina experimentou um minúsculo triunfo.

— Rumores... — a garota admitiu, enfim. — Rondando sobre as vigas como arranhões dos ratos quando você está tentando dormir.

Rosalina cruzou os braços e balançou a cabeça. Ela não queria acreditar em nenhuma palavra.

— Mântua. É para lá que ele levou uma delas. Ou foi o que ouvi. Longe de Verona, assim, as fofocas ficam distantes do príncipe e dos amigos dele. — A garota engoliu em seco. — Ela desapareceu. Como cinzas ao vento.

— Chega! Quieta! Afaste-se de mim!

Diante disso, a garota, enfim, deu um passo para o lado, de modo que Rosalina pudesse passar, mas não sem antes esbarrar em sua barriga dura e esticada.

Rosalina correu pela passagem sentindo o olhar da garota, com medo de se virar. Ela bateu a porta do pátio em sua pressa de se afastar

163

dela. *Devo trancá-la do outro lado. Trancar a garota e suas mentiras no corredor do lado de fora.* Meio que esperava que a maçaneta girasse e a menina,
com sua barriga enorme, entrasse.

Mas tudo estava quieto no pátio. Apenas Catarina a esperava do
outro lado, caminhando com uma fúria silenciosa.

— Você está atrasada! E ainda fica fazendo barulho? Seu pai logo
vai se levantar. Você está colocando a todos em risco. Rápido, agora.

Abalada e consternada, Rosalina não disse nada enquanto Catarina
a fazia subir depressa pela escada dos fundos até chegar à paz de seu quarto. Quando se sentou na cama, a empregada começou a importuná-la
com perguntas.

— O que aconteceu? Você está pálida. Vocês brigaram?

— Não. Vamos nos casar amanhã. Quer dizer, esta noite.

Catarina franziu a testa e olhou bem para ela.

— Então, por que não está feliz?

Rosalina hesitou. Não falou nada sobre a menina. Era tudo mentira. Não era preciso repetir a calúnia. A garota havia admitido que queria
dinheiro. Era um truque, só isso. Ela ficou tentando imaginar de novo
quantos anos ela tinha.

Com um esforço quase físico, arrancou aquele pensamento de sua
mente.

— Estou feliz. Fiquei acordada a noite toda, por isso eu estou
cansada.

— Bem, durma um pouco. Eu volto logo mais, para acordá-la.

Catarina acariciou seu rosto e a acomodou na cama.

Depois que a criada foi embora, Rosalina ficou acordada, sussurrando baixinho, muitas vezes, como se quisesse provar aquilo para si
mesma: *Mentira, é tudo mentira.*

Tarde demais, percebeu que não tinha nem perguntado o nome da
garota.

Rosalina ficou mordiscando o dedo e não dormiu. *Mântua*. Aquela palavra tinha se tornado uma oração para ela. O lugar em que ela e Romeu viveriam juntos, e felizes. Ela não gostou que a criada tivesse falado esse nome e violado sua santidade. Era como se tivesse pronunciado um segredo do coração de Rosalina e o transformado em algo obscuro. Tudo o que a garota tinha dito era mentira e, mesmo assim, Rosalina precisava de confirmação.

Se a verdade estivesse escondida em Mântua, então, Rosalina deveria encontrá-la. Ela se vestiu e, assim que ouviu o pai descendo a escada, correu para falar com ele.

Ele estava ocupado com suas devoções matinais e pareceu surpreso.

— Quero ir a Mântua. Para visitar o convento em Sant'Orsola. Se vou ser enviada para lá, quero ver o lugar que será meu lar antes de ir morar lá.

Ele a examinou por um momento e, então, assentiu satisfeito.

— Muito bem. Vamos amanhã de manhã.

— Não! — Rosalina forçou um sorriso. — Eu gostaria muito de ir hoje, se for do seu agrado, pai. Posso me unir às suas orações matutinas?

O pai olhou para ela por um longo instante, desconfiado de que a filha o estivesse provocando; então, vendo que sua expressão era sincera, fez um gesto para que ela se juntasse a ele, contente.

— Pode. Enquanto oramos, vamos pedir que coloquem seus pertences na carruagem. — Ele balançou um sino. — Que os criados tragam as coisas de Rosalina! — Ele se virou para a filha. — Pode ser que já tenham preparado a cela para sua chegada, que será daqui a alguns dias. — Ele chamou os criados. — Partiremos para Mântua depois do café da manhã. Voltaremos esta noite.

Um medo começou a crescer dentro de Rosalina — e se o pai decidisse que deveria levar consigo alguns dos ducados para o dote de freira e descobrisse que havia sido roubado? O pavor se transformou em uma dor tamborilante por trás de seu olho esquerdo. Mas nenhum criado veio sussurrar nada no ouvido do pai, e nenhum grito repentino ou alguma acusação perturbou o sol da manhã. Mesmo assim, a culpa pelo que havia feito não desaparecia. Esse não era um pecado de que ela poderia se livrar com uma confissão.

Queria devolver as moedas para o baú, mas as havia entregado a Romeu.

Quando estava tudo pronto, Rosalina entrou na carruagem com o pai. Ela se sentou ao lado dele, com as mãos cerradas cruzadas no colo, as unhas brancas de tanta tensão, o véu cobrindo o rosto, escondendo suas olheiras. Pela primeira vez, não precisaram pedir que ela parasse de falar.

Em quatro dias, se eu cruzar os muros do convento, ou fugir para Mântua, não verei Verona de novo.

Cada vislumbre da cidade tornou-se precioso. O cheiro do mercado de peixes. As pontes de pedra que atravessavam o largo rio com os barcos passando por baixo, os lodaçais.

Rosalina esperava descobrir, no convento, que não havia nenhuma verdade na história da menina criada. O convento poderia ficar fora da cidade, mas palavras eram como a respiração e, como correntes de ar, ainda encontravam frestas entre pedras e paredes. Se uma garota tivesse ido de Verona para Mântua e tivesse desaparecido, com certeza, as freiras teriam ouvido falar nisso. Não estavam tão distantes do mundo. A criada havia falado em "rumores", mas o que ela queria dizer com isso? Suas palavras não eram mais do que rumores, o que não fazia mais sentido do que o farfalhar das folhas, e, no entanto, eram incontroláveis.

A triste história da criada nada tinha a ver com seu Romeu; com certeza, tinha sido outro homem que a desonrara e abandonara. No entanto, se Rosalina acreditava nisso com tanta certeza, por que estava indo ao convento para averiguar rumores em um dos seus últimos dias de liberdade?

Rosalina começou a se sentir tonta e meio enjoada. Ela fechou os olhos; entretanto, o chacoalhar e o ruído das rodas pareciam unhas arranhando dentro de seu crânio.

Depois de quase duas horas, eles chegaram ao convento. Masetto acordou a filha. A dor em sua cabeça piorava com a luz, e sua língua parecia pegajosa e estranha. O cavalo os levou pelos portões, os cascos ecoavam em meio às pedras. Ali, pelo menos, estava fresco, o convento murado era uma fortaleza rochosa empoleirada no topo da colina. Rosalina não o havia visitado desde que as tias morreram, muitos anos antes. Quando ela era criança, o lugar parecia vasto, e mesmo agora dominava a cidade abaixo, espiando as almas rebeldes.

Pai e filha cruzaram a calçada até a porta do convento, onde uma criada deixou que entrassem no parlatório. Masetto explicou à criada que Rosalina gostaria de ver a abadia que seria seu lar e pediu para levar Rosalina até a abadessa. A sala de visitas era toda branca e tinha um único crucifixo de madeira na parede e uma tigela de laranjas sobre uma mesa. As cascas das laranjas eram muito brilhantes. Uma travessa de sóis em uma sala pálida. A cabeça de Rosalina latejava. A criada desapareceu por uma porta lateral baixa.

Um banco não muito alto estava colocado diante da janela gradeada, acima da roda com o barril, em que Rosalina se lembrava de ter ficado presa quando era criança. Alguns minutos depois, a criada voltou.

— Por favor, espere aqui — disse a criada para Masetto fazendo uma pequena reverência. — Rosalina deve vir comigo.

— Tenho negócios em Mântua — Masetto beijou o rosto de Rosalina. — Volto para pegá-la à tarde.

Pela primeira vez, Rosalina observou a partida dele com relutância; então, seguiu a criada pela porta e para o coração secreto do convento.

Em geral, ninguém tinha permissão para entrar ali, mas ela imaginou que a deixaram entrar porque logo ela se uniria à ordem — ou era o que elas acreditavam que aconteceria.

A dor em sua cabeça estava afetando sua visão. O lugar era todo luz e sombras, com pontos coloridos vermelhos, pretos e verdes. Ela cambaleava de um lado para outro, como se estivesse a bordo de um navio, então, a criada estendeu o braço para equilibrá-la, mas, quando ela percebeu, não era mais a criada, era a própria abadessa. Ela se sentia tão mal que esperava não vomitar nas vestes da boa freira.

— Venha, criança, sente-se. Não, aqui, ao ar livre.

Rosalina foi conduzida para o claustro. Havia uma brisa fresca, com o aroma de alecrim e pinho. Ela não esperava encontrar tanta luz, apenas pedra fria e escuridão.

— Você está sentindo alguma dor? — perguntou a abadessa. — De que lado da sua cabeça? Nas têmporas?

Rosalina assentiu, mas percebeu que aquilo enviava faíscas para seus olhos. Ela esfregou as têmporas, mas a dor não diminuiu. A abadessa murmurou algo para outra freira. O tempo parecia desfocado e lento. Só havia a dor, a luz e as velas brancas das nuvens contra o agitado céu azul. Colocaram um frasco em suas mãos.

— Beba — disse a abadessa, de um modo gentil. — Um gole vai deixá-la melhor.

— O que é isto? — perguntou Rosalina, meio assustada.

— Ervas. Somos herboristas. Você deve beber tudo de uma vez e, então, dormir um pouco. Conversaremos depois. O gosto não é muito agradável.

Rosalina bebeu. Sentiu um tremor. Era amargo; no entanto, o cheiro era aromático. Engoliu o resto de uma vez; estava debilitada demais para desobedecer. Havia perguntas que precisava fazer, mas o cansaço e uma necessidade desesperada de dormir tomaram conta dela. Mãos ternas a puxaram para a grama verde, onde um tapete havia sido colocado para ela debaixo de um teixo. Com delicadeza, a própria abadessa a arrumou. Ela tinha mãos como as de Emília. Alguém soltou o coque apertado de seu cabelo e o esticou sobre outro cobertor ao redor dela. Então, ela dormiu.

Rosalina não soube dizer por quanto tempo tinha ficado sob o teixo dormindo um sono sem sonhos, mas, quando abriu os olhos, a dor e o mal-estar tinham desaparecido. A luz havia mudado do brilho forte da manhã para a luminosidade amarelada da tarde.

Ela se sentou e percebeu que estava sozinha no gramado do claustro. Mais além, onde a grama terminava, avistavam-se a cidade e o campo, bem abaixo. Ela estava navegando no topo do mundo. As estreitas faixas de campo abaixo estavam salpicadas de girassóis, que, dali de cima, pareciam folhas de ouro polidas, costuradas às fileiras de videiras. Os telhados alaranjados da cidade brilhavam ao sol como brasas. Uma águia surfava nas altas correntes de ar, com as asas abertas, procurando uma presa.

A abadessa atravessou os claustros cerrando os olhos e foi se sentar ao lado de Rosalina no tapete.

— Está melhor agora, Rosalina?

— Estou.

Rosalina sentia-se mais leve. A dor havia desaparecido e deixado o ar fresco em seu lugar. Uma noviça trouxe frutas, pão e queijo e os colocou sobre uma toalha. Nada de carne. Rosalina percebeu que, com o som do vento, ela conseguia ouvir uma música distante. Vozes femininas. Imaginou, em virtude da hora, que deveriam estar cantando a Sexta ou mesmo a Nona. E não foi só o canto que ela conseguiu ouvir, mas também o som de um alaúde, de uma viola e, pelo que se deduzia, até uma flauta... e as notas graves de uma viola *contra basso*? Ainda que, dali, ela não conseguisse distinguir as palavras, percebeu que havia uma melodia — e uma harmonia. Emocionada, Rosalina percebeu que não era uma canção comum, era música de verdade. Ela não estava totalmente convencida de que era música sagrada.

— Roma não baniu toda a música em nossas igrejas?!

— Mas não estamos em uma igreja, estamos em um jardim. E Roma está tão longe... — disse a abadessa, dando um sorrisinho.

Olhando para ela, Rosalina viu que o convento não era o que ela esperava. Era como uma avelã: sua casca dura e escura era uma contradição com seu interior claro, doce e macio.

— O que fazem aqui?

A abadessa riu.

— Somos freiras, Rosalina. Estamos dedicadas ao serviço de Deus. Mas podemos servir a Deus de muitas maneiras. E, como seu pai vai pagar pelo seu sustento com muita generosidade, isso vai liberá-la de muitos deveres. Você não precisará se levantar à noite para observar as Matinas.

Rosalina observou a abadessa de Sant'Orsola. Parecia ser uma mulher santa e sábia, mas também travessa. Ela a fazia se lembrar da mãe e das tias: seu semblante tinha o mesmo tom dourado-escuro e seus olhos eram castanhos.

Em seguida, a abadessa apontou para os pomares de ameixeiras e nespereiras e para os muros baixos que levavam a uma série de jardins conectados. No primeiro jardim, várias freiras estavam capinando a terra com enxadas e plantando sementes.

— Além de cuidarmos de nossas devoções, somos excelentes jardineiras. Cultivamos nossas ervas medicinais em nosso próprio jardim, e nós mesmas as secamos e moemos para produzir nossos remédios. Mulheres de toda a Mântua e até de Veneza nos procuram em busca de conselhos e curas para suas doenças.

— Por mais notáveis que sejam suas habilidades, abadessa, e sou realmente grata, não quero moer pastas de caracóis e sementes de mostarda para os doentes em nome do Senhor.

Rosalina olhou para a abadessa, que reprimiu um sorriso. A severidade de seu hábito de freira tornava difícil definir sua idade.

— Eu mesma ensino as noviças a escrever. Toda abadessa, nos últimos mil anos, manteve um diário de nossa história e da nossa ordem.

— Uma história sobre mulheres e freiras? Mas quem iria ler tal obra?

A abadessa riu.

— Nós. Preferimos nossa própria história à dos homens.

Rosalina tinha certeza de que, se o seu pai conhecesse a personalidade inusitada da abadessa, insistiria em enviá-la para uma das ordens franciscanas mais estritas em Mântua ou até para Veneza.

O convento poderia não ser o que esperava, mas, de repente, ela se lembrou de que não tinha ido até lá por isso. Ela passou a língua pelos lábios secos e olhou de esguelha para a abadessa.

— Ouvi rumores de que uma garota de Verona veio para Mântua e desapareceu — ela disse.

A abadessa franziu a testa e ficou rígida.

— Não escuto rumores nem maledicências. Há mais sabedoria no borbulhar de um riacho.

— Então, não veio nenhuma garota para cá? — insistiu Rosalina.

— Não, falei que não dou ouvidos a rumores. Garotas vêm para Mântua toda semana, de Verona e de toda a República Veneziana, esperando encontrar algo melhor. Talvez algumas encontrem. No entanto, a maioria não. Elas não desaparecem, Rosalina... são engolidas inteiras. Devoradas totalmente. Elas não querem ser encontradas.

Ao dizer isso, a abadessa se levantou emitindo um suspiro, encerrando a conversa. Um alívio tomou conta de Rosalina. Os rumores que a criada tinha ouvido provavelmente não tinham fundamento, eram apenas o diabo falando. Meninas infelizes escolhem fugir. O desaparecimento delas não tinha nada a ver com Romeu.

Quando pensou em sua viagem até ali, sentiu-se irritada e ressentida pela acusação e pela insinuação da criada.

A abadessa estendeu a mão para Rosalina, que a tomou surpresa. Sabia que as freiras eram proibidas de qualquer contato físico entre si. As celas eram individuais por um motivo.

Elas caminharam um pouco e entraram em um edifício de pedra que abrigava o dormitório com suas celas individuais, algumas apertadas e pequenas, outras, com lindos afrescos. A abadessa parou na porta de uma cela, abrindo-a e revelando, no chão, o tapete otomano decorado da casa do pai de Rosalina e uma tapeçaria com cenas de caça com uma cabeça de veado na parede. Uns poucos livros de Rosalina — ela só tinha enviado os menos importantes, mas precisou mandar alguns para não levantar suspeitas — estavam agora em cima da única mesa ao lado de um castiçal. Um galho de lavanda tinha sido colocado em um pequeno jarro para tentar disfarçar o cheiro de umidade e pedra. Havia uma janela quadrada mostrando uma vista da paisagem, do topo do mundo. Na parede, um afresco de um Cristo ferido chorando lágrimas de sangue, mostrando seus pulsos cortados.

Rosalina apreciou a gentileza das freiras e entendeu que elas desejavam que fosse feliz. No entanto, apesar de todo esse conforto, ainda era um quarto pequeno e solitário que seria muito frio no inverno.

Rosalina saiu do dormitório como um nadador subindo atrás de ar; então, inspirou fundo o aroma de erva-doce e da grama cortada no jardim de ervas medicinais. Os muros altos protegiam as plantas mais delicadas do vento e das geadas, e galinhas bicavam a sujeira ao redor de seus pés.

Rosalina sentiu-se aliviada por não ter encontrado nada ali. Logo ela estaria nos braços de Romeu.

Enquanto a abadessa continuava com a visita obrigatória ao convento passando pelo galinheiro, pelos pomares, pelo brilhante refeitório de janelas altas, pelos sótãos cheios de gaiolas de bichos-da-seda, pela biblioteca, pelo jardim herbal, Rosalina falou pouco, proferindo apenas algumas palavras de admiração. Cada freira olhava para ela com uma curiosidade benigna antes de correr para seus afazeres.

A abadessa lhe mostrou uma capela muito úmida. Quando Rosalina entrou, notou vagamente que todas as santas adoradas ali eram mulheres. Não havia nenhum Pedro, nem Paulo, nem José naquele lugar. Havia esculturas e afrescos incomuns diante de cada altar das santas. Rosalina examinou um afresco dedicado à Virgem. Então, passou para outro: um afresco vermelho e dourado de Santa Ana. Havia pedaços de pergaminhos no altar, e Rosalina pegou alguns e os leu, percebendo que eram orações rabiscadas de gestantes e de suas amigas implorando para Santa Ana cuidar delas no parto. Uma constelação de velas brilhava na escuridão ao redor do altar de Santa Ana, e havia fitas e oferendas de flores amarradas no corrimão de madeira do altar.

Na capela ao lado, ela viu uma imagem de Santa Catarina, santa padroeira das solteiras e, Rosalina imaginou, das freiras.

— Vou deixá-la aqui — disse a abadessa. — Uma das irmãs vai lhe trazer chás e bolos, depois, você pode voltar para o seu pai.

Rosalina agradeceu e se despediu. Ela saiu da capela e se sentou em um banco no jardim ao lado das sebes baixas de erva-doce e lavanda ouvindo o zumbido das abelhas. No lado oposto do jardim, entre um emaranhado de flores vermelhas e centáureas, havia um trio de colmeias, como mitras de bispo. Rosalina observou, intrigada, que uma freira nervosa e infeliz carregava um prato fumegante, que, por seu cheiro horrível, parecia conter esterco de vaca queimado. A jovem freira estava tossindo, com os olhos lacrimejando, enquanto ela se aproximava das colmeias por insistência de outra freira.

As freiras usavam visores de telas sobre seus hábitos, aventais e luvas de couro compridas. Rosalina observava fascinada, inclinando-se para a frente, a fim de enxergar melhor. A noviça segurava a fumaça o mais próximo que conseguia, enquanto a outra abria a tampa de uma das colmeias e lentamente retirava um quadro pegajoso que pingava cera e mel. Abelhas cobriam suas luvas de couro, mas ela não vacilou; apenas colocou o quadro em uma bandeja, deixando o mel dourado escorrer. Mas uma abelha deve ter picado a noviça, ou entrado em seu hábito, e ela começou a entrar em pânico, gritando, se debatendo e movendo os braços. A outra freira gritou para ela se acalmar, mas era tarde demais. O esterco já não era suficiente para acalmar as abelhas, e elas saíram da colmeia formando uma nuvem negra, de modo que, em um minuto, encheram o céu como fumaça, escurecendo o sol. Um rugido de trovão tomou conta do jardim, e Rosalina percebeu que era a reverberação do enxame agora furioso.

Ela se virou e correu para dentro do convento, recuando cada vez mais, por segurança; os gritos de pânico das duas freiras foram desaparecendo atrás dela. Depois de alguns minutos, ela se viu sozinha no corredor que levava aos dormitórios. Ali estava deserto e silencioso. Rosalina passou pela cela que seria dela, mas não sentiu nenhuma vontade de entrar de novo, por isso continuou andando. Quanto mais avançava pelo dormitório, mais as celas se tornavam apertadas e escuras, e um cheiro de umidade começou a crescer.

Rosalina diminuiu a velocidade e olhou para uma sala estreita. A cama estava bem-arrumada, uma cruz de palma em uma parede, um hábito extra pendurado em um prego como um fantasma. Afastando-se com um leve estremecimento, notou que a porta da cela em frente estava entreaberta, revelando uma cama sem nada em uma cela tão estreita que Rosalina quis entrar e estender seus braços, com os dedos roçando as paredes de pedras úmidas de cada lado.

Curiosa, olhou ao redor. Alguns poucos livros estavam colocados sobre uma mesa de pinho: um livro de missal e uma Bíblia com uma capa de couro azul em alto relevo. Tudo estava bem limpo. Ela passou o dedo pelo brasão de armas na capa da Bíblia quando a pegou. Abriu e a folheou.

— Esta cela pertencia a uma das garotas perdidas — disse a abadessa em voz baixa, aparecendo atrás dela.

Rosalina deu um pulo e fechou a Bíblia.

— Onde ela está agora? — ela perguntou. — Foi embora?

— Ela morreu. — A abadessa hesitou por um instante antes de continuar. — É por isso que a cela está vazia. Ninguém veio reclamar as coisas dela. Vamos retirá-las quando a cela for necessária, mas ninguém quer dormir aqui. É tão triste.

— O que aconteceu? — perguntou Rosalina.

— Nós a encontramos encolhida do lado de fora do portão, uma manhã. Algumas amigas devem tê-la ajudado a subir até aqui. Estava muito doente. Não conseguia falar. Só descobrimos seu nome de batismo, escrito em sua Bíblia. Ela definhou e morreu.

Rosalina olhou para a pequena Bíblia azul que ainda estava em suas mãos e abriu na primeira página. "Para Cecília" estava escrito no frontispício. Ela levantou a cabeça e suspirou, observando a pequena cela triste, tentando imaginar que sofrimento e luta tinham forçado Cecília a ir para lá. As paredes pareciam sufocá-la. A garota não tinha um pai para dar um presente ao convento. No entanto, a janela estreita ainda exibia a mesma visão magnífica e um feixe de luz entrava no pequeno quarto, iluminando-o. Ela esperava que tivessem significado um pouco de alívio.

— Acredito que Cecília era de Verona, como você. As roupas dela tinham o estilo das moças da cidade — falou a abadessa.

— Do que ela morreu?

— Ela sofreu um tipo de paralisia que enfraqueceu suas faculdades mentais e fez com que perdesse o poder da fala. Foi muito triste. Isso não a matou... ou não de imediato... ela definhou antes de morrer. Temo que não fomos as primeiras a tentar curá-la. Ela reagia com terror a qualquer bebida que dávamos a ela.

Rosalina franziu um pouco a testa.

— Quem a senhora acha que poderia ter tentado ajudá-la?

A abadessa deu de ombros.

— Não tenho certeza. Os irmãos frades, talvez. Eles também acreditam no poder e nos usos das plantas, mas, nas mãos erradas, esses remédios podem deixar o corpo ainda mais doente. Nós nos dedicamos às plantas e sabemos como elas afetam os humores. Somos especialistas aqui... Não é à toa que ela é conhecida como "mãe" natureza, afinal, e tais coisas são assuntos das mulheres.

Rosalina notou um rosário de madeira, polido pelos dedos da garota morta, na mesa ao lado do missal. Esse era o resumo de uma vida. Ela se virou para ir embora. Então, viu uma pequena caixa de papel na mesa de cabeceira. Estendeu a mão e a pegou, abrindo as abas de papel.

Dentro havia uma rosa vermelha de marzipã. As pétalas estavam desbotadas e o açúcar havia cristalizado como gelo. Não, era impossível. Como Cecília podia ter a mesma rosa de Rosalina, só que murcha pelo tempo? Rosalina sentiu uma dor acima dos olhos pulsar e estremecer outra vez.

Cecília achava essa rosa preciosa, nunca tinha sentido a tentação de comê-la; abria a caixa para admirá-la e depois voltava a fechar a tampa, escondendo-a entre suas poucas posses.

Ela sabia que Cecília tinha feito aquilo, pois Rosalina fizera a mesma coisa todas as noites, lembrando-se do rosto de Romeu enquanto repetia o gesto.

A respiração de Rosalina tornou-se irregular e estranha. Sua pele foi perdendo o calor e as palmas das mãos ficaram úmidas. Ela tinha uma rosa que era quase igual, escondida em uma caixa de papel semelhante, ao lado de sua cama, com o mesmo selo vermelho do confeiteiro de Verona. Ela fechou os olhos e ouviu as palavras de Romeu: *Mandei fazer especialmente para você... e o confeiteiro me prometeu que nunca mais faria outra.* O que mais ele havia dito? *Toda rosa na natureza é única. Assim como você.* Só que parecia que ela não era única. Ali havia outra, no quarto de uma garota morta.

Era possível que Romeu tivesse dado aquela flor a ela? Essa outra garota de Verona? Rosalina estremeceu e se sentiu enjoada, como se tivesse se empanturrado com muitos doces. Mas não era o açúcar que a estava deixando mal; era a possibilidade de Romeu ter mentido. Era algo tão pequeno: uma flor de pasta de amêndoas e açúcar, enrolada e modelada, e a mentira também minúscula, pouco maior do que a rosa. Ela poderia esmagá-la com os dedos.

Rosalina temia que Romeu *tivesse* mentido, de uma maneira ou de outra. Ou o doce não era único, afinal, e havia sido comprado por pretendentes por toda a Verona, ou havia a possibilidade pior, de que apenas Romeu Montéquio tivesse encomendado e fosse comum que presenteasse suas amantes com flores de açúcar, cada rosa em um tom diferente de vermelho.

E que ele tivesse sido amante de Cecília, antes de ela ir para aquele lugar, definhar e morrer.

Se Cecília tinha sido amante de Romeu, então, a criada também *tinha* sido? A criança na barriga dela era de fato dele? A sensação pesada e doentia cresceu dentro de Rosalina. Ela tinha se perguntado se ela era a primeira garota que ele havia amado, mas Romeu havia jurado que ela era a pessoa que ele mais tinha amado. Era o anjo brilhante dele, o amor de seu coração. Nenhuma mulher importava antes dela. O amor deles era inigualável e extraordinário, inscrito nos céus com Vênus como testemunha. Agora, ela começava a se preocupar de novo, achando que as palavras dele saíam com muita facilidade, bem ensaiadas e moldadas por seus lábios em sons que imitavam o amor, como o confeiteiro moldava a pasta em forma de uma flor que imitava a vida.

Ela segurou a flor em sua mão, mas agora ela parecia frágil e suja. A tinta tinha estragado e desaparecido. Duas das pétalas tinham se partido.

— Você está se sentindo bem? — perguntou a abadessa. — Está pálida de novo. É esse quarto e sua triste história... — Ela abriu a porta. — Venha, vamos sair daqui. Não devemos insistir em coisas melancólicas.

A pulsação acima de seu olho aumentava. Romeu a amava. Ela precisava do amor dele como precisava do ar para respirar. Sem ele, ela voltaria a ser invisível. Ele era um bom homem, apesar de ser um Montéquio. Nunca teria abandonado uma jovem garota com uma criança na barriga. Cecília tinha sido afetada por outro homem, talvez alguém que ela havia conhecido em Mântua. Rosalina estava errada. Ela tinha que estar. Havia escolhido amar e ser amada. Essas dúvidas eram apenas o efeito das sombras brincando em uma mente inquieta, incomodada pelas mentiras que uma criada havia contado a ela.

Rosalina respirou fundo e tentou se acalmar enquanto voltavam para o jardim. Vinha uma música da capela, sendo levada pelo vento e flutuando acima da cidade. As colmeias agora estavam tranquilas e pacíficas, entre as flores silvestres, enquanto as mesmas duas freiras de antes, aparentemente ilesas, rotulavam potes de mel.

Rosalina olhou para baixo e viu que estava com a Bíblia de Cecília em suas mãos trêmulas. Ela relutava em deixá-la.

— Posso ficar com isso? Vou orar por ela.

A abadessa deu um triste sorriso.

— Sim. Eu gostaria disso. E imagino que Cecília também.

Elas caminharam por um tempo em silêncio.

— Somos felizes aqui — disse a abadessa com a voz suave, fazendo uma pausa. — Acho que você também poderia ser. Se jardinagem, apicultura ou cura não é o que você quer, então, acho que talvez a música... Ou poderia me ajudar a escrever a nossa história.

Rosalina suspirou. O convento era mais iluminado do que ela esperava, e a abadessa a intrigava; no entanto, ela ainda não conseguia se imaginar vivendo ali.

— Consigo ver que a senhora está feliz e fico contente. Mas uma prisão, por mais que seja mobiliada com objetos bonitos, ainda é uma prisão. — Ela meneou a cabeça, negando. — Não quero ficar presa atrás de um muro. Quero ser vista. Quero amar.

— Há o amor de Deus. O amor de suas irmãs.

— Não tenho nenhuma irmã.

A abadessa observou o semblante dela por um instante, mas não disse mais nada.

CAPÍTULO 7

O mel mais doce é repugnante em
seu próprio excesso de doçura

Masetto tentou fazer perguntas à filha na volta para Verona. O que tinha achado do convento? A cela dela estava bonita? Ela respondeu com grunhidos e monossílabos e, para seu alívio, ele desistiu. O casamento dela com Romeu aconteceria naquela noite; no entanto, ela não sentia nenhuma alegria nem tinha expectativa alguma. Estava atormentada pelos pensamentos de Cecília, uma garota que ela não havia conhecido, e pela jovem criada com a barriga inchada. Será que Cecília também estava grávida? Será que um frei tinha tentado curá-la e a deixara mais adoecida, por pura maldade? A mente de Rosalina se agitava com possibilidades infelizes enquanto os cavalos puxavam a carruagem com vontade, revigorados. Era fim de tarde, e faltavam poucas horas para o casamento. Logo ela deveria se encontrar com Romeu.

Ele acalmaria a inquietação dela. Rosalina desejava que ele a convencesse de que estava errada. Que dissesse que havia outra verdade. Tinha que haver.

Rosalina comunicou ao pai que gostaria de se confessar em São Pedro; que a abadessa tinha sugerido que procurasse limpar a alma antes da admissão no convento. A mentira fluiu fácil, como água despejada de um jarro. Masetto consentiu de imediato, satisfeito e grato pela aparente piedade recém-descoberta da filha.

Rosalina saiu de casa pouco antes do anoitecer. Enquanto caminhava apressada pelas ruas, puxou o véu firme sobre seu rosto.

A pedra branca da basílica de São Pedro parecia brilhar na luz da tarde como osso. Rosalina olhou para a janela rosa na fachada superior acima da porta. Estava dividida em segmentos, com um sol brilhante no meio, e havia pequenas figuras de homens contando quinze minutos ao longo da vasta roda giratória do destino.

Ela havia caminhado debaixo dessa imagem da roda milhares de vezes e nunca prestara atenção, mas, nesse momento, quando olhou para cima, Rosalina se perguntou em que parte da Roda da Fortuna ela estava. Era a alma feliz, presa pouco antes da meia-noite, a ponto de se casar e desfrutar dos felizes presentes do destino? Ou a roda tinha girado e ela já estava prestes a cair?

Apesar do calor da noite, a catedral estava fria, malcheirosa de tão velha e úmida. Seus olhos demoraram um pouco para se ajustar à escuridão. Ela caminhou rápido pela nave, onde, no momento, se rezava uma missa e o ar estava repleto de orações, então desceu os degraus para a cripta da capela. Ali, estava ainda mais escuro, a única luz vinha das tochas amarradas em suas arandelas que derramavam cera. As paredes eram viscosas, verdes como espinafre. À frente da capela, ao lado do altar, estava Romeu. Ela entrou de um modo delicado, com seus chinelos de pele de cordeiro, e ele não a viu.

Embora tivesse chegado com um nó de lágrimas preso na garganta e estivesse tomada de dúvidas e medo, ao vê-lo, ela ficou sem fôlego. Esse tipo de beleza em um homem era algo raro. De imediato, ela desejou que ele eliminasse todas as suas dúvidas. Claro que um rosto tão bonito do lado de fora não poderia esconder um núcleo podre. Os olhos dele eram tão belos quanto honestos; seus lábios, tão vermelhos e arqueados com tanta perfeição quanto seus beijos eram doces; as palavras que aqueles lábios emitiam deviam ser verdadeiras. Deus não seria assim tão cruel para que fosse de outra forma.

Quando Romeu a viu, todo o seu semblante se iluminou de prazer. O estômago dela revirou. Ela não conseguia mais controlar o próprio corpo. Era uma marionete comandada pelas forças do amor e do desejo. Sem saber o que fazer, se atirou nos braços dele. Romeu a abraçou com força até ouvir suas articulações estalarem. Quando ele se inclinou para ela, Rosalina o beijou, eliminando todos os pensamentos, só desejando pensar nele e naquele momento.

Depois de alguns minutos, ele a afastou e repousou o queixo na cabeça dela. Ela sentiu o cheiro dele. Couro, suor e madeira de cedro. Rosalina engoliu em seco e sentiu o mundo correndo por suas veias de novo.

Deixe estar, Ros.

Ela não precisava dar voz àquela pequena dúvida. Poderia beber em sua adoração e se casar com ele, e tudo ficaria bem. Passando a língua por seus lábios secos, Rosalina brincou com o tecido de sua manga, puxando um fio solto. Acima deles, a deusa Fortuna girava a Roda. Ela olhou para ele. Se encontrou com os olhos negros dele.

Não diga nada. Não diga nada.

— Uma garota veio me ver — ela disse. — Uma criada. Pouco mais que uma criança. E gorda, com uma criança dentro dela.

Romeu franziu a testa, impaciente.

— O que isso tem a ver conosco?

— Ela disse que o bebê é seu.

Ele se afastou e olhou para ela.

— E você acreditou nela? — Romeu perguntou, parecendo incrédulo e magoado.

Rosalina hesitou e, então, balançou a cabeça, com o rosto vermelho. Ela mordeu o lábio, confusa.

— Não, achei que ela estava mentindo. Ela queria dinheiro.

— Aí está a sua resposta — disse Romeu. — Por que, então, comentar isso no que deveria ser nossa noite de casamento? — A voz dele se elevou com indignação.

Por quê? O semblante dele era de severidade e, apesar de tudo o que estava sentindo, Rosalina não conseguia parar de falar. Ela observou o antigo piso de túmulos já gasto, os nomes quase apagados.

— A menina disse que trabalhava na casa dos Montéquios, aqui em Verona.

— E qual é o nome dela? — A voz dele era como um silvo de vapor.

Rosalina olhava para o chão.

— Não perguntei.

Toda a cor havia desaparecido do rosto de Romeu quando ele se afastou dela. Ele parecia branco como as efígies de mármore na cripta.

— Uma menina cujo nome você não sabe contou mentiras sobre mim, o homem a quem você professou seu amor, e parece, para mim, apesar dos seus protestos, que você acreditou nela!

— Não acreditei. Senti pena dela e de sua situação, mas achei que estava mentindo.

No início, ela havia pensado mesmo que a menina estava mentindo. Agora, não tinha tanta certeza. No entanto, se era verdade ou não, quando olhou para o rosto dele — para a inclinação imperiosa de seu queixo, a curva perfeita de sua garganta —, Rosalina queria pedir perdão, esfregar seu rosto no dele, sugar seu polegar. Mas, por algum motivo, ela não conseguia parar. Algo a fazia hesitar e continuar perguntando, embora os lábios de Romeu estivessem cerrados, embora ele demonstrasse estar chateado e estivesse olhando para ela através de seus grossos cílios, perplexo e ferido.

Olhando para baixo, ela viu que suas mãos tremiam. Rosalina colocou as mãos nas costas para que ele não as visse.

— No convento, eu vi a cela de uma garota que morreu por amor. Ela definhou. — Rosalina engoliu em seco. — Ela tinha uma flor de marzipã. Como a que você me deu. — As palavras saíam como se fossem uma torrente confusa.

Romeu balançou a cabeça, perplexo.

— E daí? Outra garota em um convento recebeu um doce?

Ela conseguia perceber como as palavras dela o machucavam. Eram como pontas de flechas.

— Foi feita em Verona. A caixa tinha o brasão da cidade, e você disse que o confeiteiro nunca faria um doce como aquele para mais ninguém. — Quando ela falava, sentia que sua acusação parecia frágil e absurda. Uma acusação infantil.

— Ele não faz, Ros, mas quem pode afirmar que outro confeiteiro não faz? Não falei com todos os confeiteiros da cidade.

As palavras dele eram sedutoras e plausíveis. Ela queria muito aceitá-las. O frei chegaria logo. Mas ela não conseguia afastar a imagem da barriga inchada da menina. Nem o silêncio sepulcral da cela da garota morta no convento. Rosalina acreditava que Romeu a amava, e ela o adorava — pensar nele era como degustar mel —, mesmo assim, uma voz a alfinetava: *Quantas outras ele amou antes de mim? Uma? Duas? Dez?* E então, a voz ficava mais alta: *Quanto tempo vai demorar para ele me descartar como as descartou?*

Aproximando-se, ela tocou a mão dele, passou os dedos ao longo dos nós de seus dedos, da pele gasta e calejada, esfolada e machucada pelo couro das rédeas de seu cavalo. Cada pedaço dele era precioso para ela. Podia traçar os hábitos dele a partir de sua pele e a história compartilhada dos dois em seu próprio corpo.

— Meu amor, você jura para mim que nunca deu uma rosa de mar-zipã a outra garota? E que a criança da menina criada não é sua?

Romeu olhou para ela, com os olhos arregalados, demonstrando mágoa.

— Você não me ama e não confia em nosso amor? — Ele segurou o queixo dela. — Quero me casar com você. Rosalina, para mim, você é o que a lua é para a noite.

Romeu olhou para ela com uma aparente sinceridade. Rosalina sentiu como se o tivesse chutado e, confusa com sua culpa, teve uma pontada de alívio. Claro que ele era um bom homem. Ele a cortejou com gentileza, não exigira sequer um beijo até ela estar pronta para oferecê-lo. Eram duas almas que tinham colocado a inimizade de suas famílias de lado para se unir em amor. Rosalina estava prestes a implorar o perdão dele quando, virando-se para olhar para ela, Romeu voltou a falar, com a voz repleta de arrependimento.

— Eu me casaria com você neste minuto, mas o frei se atrasou.

— Que justificativa ele deu?

— Os mortos, os mortos. Essa maldita praga.

Rosalina sabia que deveria compreender, mas seus medos volta-ram a tomar conta dela. Romeu parecia sentir isso.

— Ele estará aqui amanhã para nos casar — ele disse — e, então, iremos para Mântua e começaremos nossa nova vida, minha ratinha. O atraso só deixa os apetites mais aguçados, meu amor.

— Esse atraso será eterno? Afinal, você já se satisfez — disse Rosalina.

As dúvidas voltavam a crescer. Será que Romeu tivera alguma vez a verdadeira intenção de se casar com ela, ou tudo tinha sido parte de suas manobras ensaiadas? Ele sempre prometia tudo, mas nunca dera a ela nada mais do que um doce ou vinho — que fizera sua cabeça rodar e a levara a acreditar nas palavras dele.

— Suas promessas não são nada mais do que ar — ela disse, por fim.
Romeu olhou para ela perplexo.

— Como se atreve a dizer isso? Ou mesmo pensar? — Ele enfiou a mão no bolso, tirou uma caixa dali e a entregou a ela. — Aqui, eu ia esperar até nosso casamento, mas pegue agora.

Ele empurrou para ela a pequena caixa de madeira. Ela abriu e viu dentro dela um anel de ouro cravejado com uma esmeralda grande e brilhante.

A pedra da joia da mãe dela. Havia um nó de alegria preso em sua garganta. Ela devolveu a caixa para ele.

— Não, guarde-o em segurança e me dê quando puder colocá-lo em meu dedo.

Ele voltou a beijá-la.

— Você é minha — ele suspirou. — Nosso amor está inscrito nos céus. Fizemos nossos juramentos um ao outro. Vou cuidar para que não sejam quebrados nem nesta vida nem na próxima.

Romeu sorriu para ela com ternura e amor, recostando-se em um dos armários de relicários, cheios de fragmentos de mortos. O ar estava pesado com o cheiro de incenso e morte.

Rosalina sentiu frio. Ela olhou para a estátua da donzela Montéquio eternamente adormecida. Pela primeira vez, achou que não se parecia com Julieta, mas com ela mesma.

— Não temos que esperar por esse frei atrasado — disse Romeu com a voz baixa em seu ouvido.

— Não?

— Se preferir, podemos morrer juntos esta noite — ele disse com suavidade. — Este é o final correto e adequado para um amor como o nosso. Então, vamos nos deitar juntos na eternidade e ninguém poderá nos separar. Nem seu pai, nem o meu. Nem Deus, nem o destino.

Rosalina olhou para ele horrorizada e, então, riu.

— Isso é um péssimo humor, sobretudo em um lugar como este.

De um modo estranho, as palavras dele tinham parecido familiares para ela. Pois não fora isso que a criada dissera a ela? Ela não queria morrer. No entanto, ele estava sorrindo para ela agora; era uma piada de mau gosto. Ele estendeu a mão para acariciar seu rosto. Claro, era só um jogo, uma provocação. Ele não tinha a intenção de cometer nenhuma violência contra ela.

— Nos vemos amanhã, então, meu amor. Seu tio vai dar um baile na casa dele?

— Vai.

— Eu a encontrarei lá e, depois, vamos nos casar e ir para Mântua.

Rosalina olhou para ele, surpresa e confusa.

— O baile é para os Capuletos, nossos parentes. Sua presença ali significará um risco de morte.

— Não temo a morte. Só temo ficar longe de você.

— Eu vou procurá-lo, então — ela disse, ainda temerosa.

Ele sorriu.

— Com mais um beijo, nos separamos. — Ele ergueu o queixo dela e a beijou com carinho e delicadeza.

Rosalina ouviu um redemoinho causado pelo sangue que zunia em seus ouvidos.

— Jure para mim que será minha para sempre — ele disse.

Rosalina olhou para ele e piscou. Seu semblante estava mais belo do que nunca. As luzes das velas dançavam sobre a pele de Romeu.

— Sou sua para sempre — ela disse e, dando-lhe um beijo de despedida, saiu para o ar noturno.

Assim que Rosalina foi libertada da presença de Romeu, voltou a ficar inquieta. Enquanto caminhava pela basílica, percebeu que estava cheia de frades e monges. Eles não estavam tão ocupados com os mortos como o frei amigo de Romeu. E por que Romeu queria se casar com ela? Seria apenas por amor? Ela não tinha dote para oferecer a ele. Os trinta ducados do baú de seu pai logo acabariam. E, ela se lembrou, Romeu já estava com as moedas. Talvez fosse mais fácil mandar em uma esposa. Em Mântua, ela estaria longe dos amigos e da família — a família que não iria querê-la de volta. Rosalina suspirou e se censurou. Claro que ele a amava e queria se casar com ela. Amanhã estava quase chegando, e o atraso não era culpa dele.

Rosalina caminhou tão rápido que logo chegou à casa do pai. Ela respirou fundo várias vezes, arrumou o cabelo e ajustou o véu. A luz do dia desaparecia no crepúsculo. Ela abriu a porta para a passagem e correu. O pátio, no final, estava vazio. A bomba de água gotejava, as cigarras cantavam e um bacurau gritou de uma oliveira.

Para seu alívio, o salão também estava deserto, então, ninguém a viu subir as escadas até seu quarto.

Quando estava se preparando para dormir, a porta do quarto se abriu e ela deu um grito.

— Sou eu. Seu marido está aqui? — perguntou Catarina com a voz baixa, olhando ao redor do quarto.

Rosalina forçou um sorriso.

— Não. O frei se atrasou.

Catarina disfarçou rápido sua preocupação e a abraçou.

— Tudo ficará bem — ela disse.

Assim que Catarina a deixou, Rosalina fechou os olhos. Ela não havia falado de suas preocupações a Catarina. Havia alguém que iria ajudá-la sem vacilar nem questionar.

No dia seguinte, logo cedo, Teobaldo levou Rosalina até onde estava Julieta. Ela pediu a ele que lhe fizesse um favor. Ele ficou intrigado com o pedido, pois era estranho, mas concordou de imediato, como ela sabia que faria. Parecia que Teobaldo havia dormido pouco, e ela sabia que ele não a perdoara — mas sua dor tinha diminuído.

Caminharam juntos, pouco à vontade, mas desejando consertar a situação entre eles. Rosalina jurou para si mesma que iria cuidar muito dessa amizade, não importava qual fosse o seu destino.

Quando chegaram, toda a casa dos Capuletos estava um caos com os preparativos para o baile daquela noite. Criados corriam de sala em sala, ansiosos para parecer ocupados, mais com medo da senhora Lauretta do que querendo ser úteis. A fúria de Lauretta ia crescendo como um furacão — parecia que muitos dos convidados não tinham recebido os convites. Sua ira e sua consternação sacudiam a *villa*. A viúva de Vitrúvio, o *Signior* Placêncio e suas adoráveis sobrinhas estavam se sentindo insultados. Um criado fora enviado com uma carta e pedidos de desculpas. Em algum lugar, uma empregada chorava.

— Não diga a ela que nem seu irmão, nem Livia, nem eu recebemos o nosso convite também — disse Teobaldo, com um sorriso.

— Colocarei seu nome na lista. Quem escreveu as cartas negligenciou papai e eu também.

— Nossa tia inspira terror, mas não eficiência — disse Teobaldo. — Pegue as cartas! Vou entregá-las enquanto faço o que me pediu.

Ela agradeceu muito.

Durante todo o restante da manhã, Rosalina jogou tênis com Julieta. Já estava quente demais para continuar jogando, as folhas se envergavam nas árvores, ressecadas. O chão estava seco e rachado; um melro bicava desolado, procurando minhocas e larvas na terra.

Rosalina precisava se distrair. O suor escorria sobre seus olhos, lhe causando coceira, por isso ela sempre errava.

Julieta estava na beira do gramado, com a raquete solta ao seu lado. Ela soprou uma mecha de seu cabelo.

— Está quente demais, prima. Vamos entrar. Podemos nos sentar lá dentro, que está mais fresco, e tentar adivinhar quem virá e quem não virá ao baile.

— Logo, logo... — disse Rosalina, lançando a bola para cima, mas o forte sol do meio-dia a atrapalhou e seu golpe foi horrível, batendo na amoreira. Murmurando aborrecida, ela perambulou tentando encontrar a bola entre os tufos de folhas.

Pernilongos picavam seus braços, e ela tentava golpeá-los. Então, sentindo uma coceira no pescoço, Rosalina achou que alguém a espiava. Ficou rígida. As folhas se agitavam, apesar da ausência de vento. Um arrepio subiu por seu braço. Será que Romeu a estava seguindo? Pela primeira vez, não foi tomada por uma expectativa alegre, mas ficou apreensiva. Levantando a vista, ela notou os olhos escuros de um melro examinando-a, com uma amora gorda no bico. Por um instante, sentiu-se assombrada por Romeu. Esse cortejo não parecia mais uma dança alegre; era uma perseguição, e ela era a presa.

No entanto, ela ainda o amava.

CAPÍTULO 8

*Já abandonou tão rápido Rosalina,
quem você tanto amou?*

A extensa galeria era tão úmida que Rosalina sentiu-se como uma das violetas murchando em sua travessa de metal; as pétalas se enrolavam e caíam sobre a mesa. As ervas e as flores nos jarros também estavam inclinadas, formando uma camada de pólen sobre o bufê polido. Os rostos das pessoas estavam oleosos e engordurados, pareciam prontos para ir ao forno. Mesmo com todas as janelas abertas, as paredes ficavam escorregadias com a umidade, e o teto gotejava como se estivesse chuviscando. Num canto cavernoso da lareira, girava um javali num espeto, com as costelas expostas, a carne sendo devorada por pessoas famintas, a gordura e o suco pingavam sobre as brasas, produzindo um chiado constante.

A casa estava impregnada com o aroma de porco assado, tortas e especiarias — canela, cravo e noz-moscada —, mas as fragrâncias se misturavam com o cheiro das lagostas e das ostras, que tinham começado a feder, pois o gelo já havia derretido. Os mariscos flutuavam com suas conchas viradas na água gerada pelo gelo derretido. Rosalina esperava que ninguém comesse aquilo.

Ela procurou Romeu no salão sentindo um medo que lutava contra a sua alegria. Será que ele se aventuraria de fato no território dos Capuletos só para vê-la? E se os guardas o reconhecessem como um Montéquio e o matassem? Esse pensamento gerava uma agonia. Mesmo agora, ela queria que ele estivesse ali, sentia os lábios sedentos pelos beijos dele. Sem Romeu, a conversa era tediosa, a música era apenas barulho.

Em grande parte da sala, o teto era baixo e o som ecoava. Ninguém podia ouvir as piadas dos outros, então, os finais precisavam ser gritados muitas vezes, até perderem a graça. A música era frenética e, no calor febril, as cordas dos alaúdes e das violas ficavam desafinadas. No entanto, os dançarinos pareciam não se importar; eles iam para cima e para baixo, na galeria, com gritos alegres. Mesmo Livia e Valêncio dançavam de um lado para o outro, felizes.

Rosalina se recostou na parede e ficou ao lado do pai, que a examinou com aprovação.

— Muito bem. Essa diversão obscena não é adequada para uma noviça.

— Não sou freira ainda.

Do fundo do salão, ela observou Julieta se juntar a um homem suado para uma galharda animada. Ele ficava pegando um lenço de seda em sua manga para enxugar a testa e os lábios. Sua prima não sorria, e os pés dela se arrastavam pelo chão enquanto ela acompanhava a fila dos que dançavam. Mesmo assim, Rosalina concluiu, Julieta era a jovem mais charmosa do baile, e em alguns anos seria uma das mulheres mais adoráveis. Sua ama havia penteado e arrumado seu cabelo, e ela pareceria mais velha se não tivesse tirado os sapatos e não ficasse brincando com os laços de seu vestido, fazendo caretas pouco femininas.

Pela primeira vez, naquela noite, Rosalina sorriu animada. No entanto, logo depois, sua expressão mudou quando ela reconheceu o homem com quem Julieta estava dançando. Era o amigo do príncipe de

Verona, que havia cavalgado com ele na floresta, aquele dia. Ela tentou se lembrar do nome dele. Devia ter uns 30 anos, pelo menos, quase na meia-idade, e, com quase toda a certeza, procurava uma esposa. Bem, que ele fosse caçar em outro lugar. Páris. Sim, esse era o nome dele. O transpirante Páris. Ele enxugou o queixo de novo. Estava quente demais no salão. Até Julieta perdera o viço.

Percebendo seu desconforto, com cuidado e atenção, Páris a levou do salão de danças para um lugar mais fresco e lhe ofereceu uma bebida. Ele era solícito e gentil, mas Rosalina queria tirá-la das mãos dele e afastá-la daquela cacofonia febril.

A música ficou mais alta e mais dissonante. Vozes raivosas se elevaram entre os convidados, criando alguma confusão, e Rosalina quis ver o que estava acontecendo. Devia ser Romeu. Seu coração palpitava de prazer e ansiedade. Então, ela avançou e viu Teobaldo se vangloriando, rindo com uma caneca de cerveja na mão, abrindo caminho entre a multidão.

De imediato, ela se aproximou dele, serpenteando entre os dançarinos. Acenando, ela o afastou dos outros convidados e o levou para outra sala, onde havia uma porta aberta, de onde vinha uma brisa. Acima de seu olho havia um inchaço, e seus lábios tinham sangue.

— O que aconteceu? Você andou brigando — ela o repreendeu.

Ele olhou ao redor, com os olhos vidrados como os de um peixe.

— Eu os encontrei quando voltava, depois de fazer o que você pediu. Mas começou com os Montéquios. Eu não podia ir embora. Não sou covarde, Ros. Ninguém me insulta. Não aceito que digam que não tenho coragem!

— Calma! O que falta em você não é coragem, é bom senso. Fale baixo agora, pois nosso tio Capuleto está olhando para cá.

Teobaldo olhou ao redor, descontrolado. Mesmo com todo o barulho, os foliões tinham se virado para olhar para eles. Rosalina enfiou a mão na manga, pegou um guardanapo e o pressionou contra o lábio dele, que estremeceu. Tia Lauretta e o marido dela, Lorde Capuleto, começaram a murmurar, desaprovando aquilo.

Rosalina puxou o braço de Teobaldo e o levou para a *loggia*. Ficaram do lado de fora, onde estava fresco, longe dos olhares indiscretos.

— E, me diga agora, você encontrou o que eu lhe pedi? — ela perguntou.

— Sim — disse Teobaldo, franzindo a testa. — Embora não entenda. Eu visitei todos os confeiteiros de Verona. Só um homem faz rosas de marzipã como as que você descreveu, e ele só as faz para um homem. Para Romeu Montéquio.

Rosalina cobriu o rosto com as mãos. Ela se sentiu tonta e, de repente, as folhas das videiras abaixo pareciam girar em torno dela. Inspirando fundo o ar da noite, ela se forçou a perguntar:

— Quantas ele fez? Uma? Duas?

— Não tenho ideia! Uma dúzia delas, pelo que entendi. De todos os formatos e tamanhos. Vermelhas, cor-de-rosa, em tons de pêssego, escuras e claras, curvas e rechonchudas. Eu só sei que o Montéquio é o melhor cliente dele.

Um pequeno grito escapou dos lábios de Rosalina, e Teobaldo ficou espantado e intrigado com o fato de ela ter ficado tão aflita por causa de um doce.

Ele fez uma reverência e lhe ofereceu seu braço.

— Venha, Ros, você parece doente. Vamos esfriar os pés na fonte como fazíamos quando éramos crianças.

Fumaça de lenha e o cheiro de porco assado flutuavam do lado de fora sob a luz noturna. Rosalina olhou para as estrelas, sentindo-se arrasada ao descobrir a traição de Romeu. Parecia que ela não significava nada para ele, o amor tinha sido dado e retirado com rapidez, e os favores eram vazios. Ela era apenas mais uma na fila de garotas. Ele as amava e depois as deixava escorrer entre seus dedos, ressecadas como as pétalas das flores que mandava fazer.

Ela se sentia vulnerável e exposta, repleta de buracos. Queria gritar, mas ficou muda e perplexa com a agonia que sentia por conta da traição de Romeu. Ele não era o homem que Rosalina havia imaginado. Ela amava um fantasma.

Teobaldo segurou o braço dela, puxando-a para o fundo do jardim, na direção do riacho e da fonte. Estava tudo escuro, e a alegria dos foliões parecia distante. Tirando os sapatos, Rosalina caminhou na água rasa, com o vestido arregaçado, sentindo as pedras escorregadias sob os dedos. Teobaldo descansava na borda, jogando pedras na superfície da grande fonte. Elas pulavam, a princípio, sem peso, antes de afundar. Ele ria com uma alegria de menino.

Talvez, se ela fechasse os olhos, eles pudessem ficar ali escondidos debaixo das saias ondulantes do salgueiro sem serem encontrados. Aquele mundo era escuro e seguro. O único flagelo eram os mosquitos zumbindo em seus ouvidos.

— Ros. Por que você parece tão doente? O que importam essas rosas de marzipã?

Furiosa, Rosalina sacudiu a cabeça e apanhou uma pedra para atirar na água, mas seu medo se refletia em seu pulso, e ela afundou de uma vez.

— Não quero dizer nada!

Ela não iria contar. Não suportaria ver o olhar de desgosto de Teobaldo quando ele soubesse o que ela havia feito.

— Ros, venha aqui.

Ele se agachou ao lado dela e, quando Rosalina tentou se afastar, incapaz de olhar para o primo, com um rápido sorriso, ele aproximou seu nariz do dela para que Rosalina fosse obrigada a encará-lo. Mesmo assim, ela negou com a cabeça.

— Por quê, Ros?

— Se eu contar, você vai querer brigar comigo — disse ela. — E eu o amo como um irmão; não, você significa muito mais para mim do que Valêncio. E eu não quero que se machuque.

Ao ouvir isso, Teobaldo riu. Com habilidade, ficou em pé e tirou sua espada da bainha. Sacudindo um galho do salgueiro para que as folhas caíssem na terra como se fossem pequenos peixes escuros, ele as golpeou com a espada. Pulou de um lado para outro contra o inimigo fantasma, gritando:

— Não tema por mim! Em Pádua, me chamavam de "O Rei dos Gatos". Posso ser jovem, mas sou tão rápido quanto o próprio Mercúrio. — Ele se sentou no chão, sorrindo e guardando a espada. — E, se for minha hora, então, nada poderá ser feito. O destino é inevitável, como a própria morte.

Rosalina mordeu o lábio e ficou em silêncio. Ela não sabia se devia rir ou chorar do menino lutando contra as folhas. Teobaldo falou com determinação e solenidade, mas ainda assim não queria que ele se machucasse por causa dela. Rosalina estava tomada pela afeição e pelo medo.

— Por favor, prima. Eu a conheço e a amo desde sempre — ele falou, sentando-se ao seu lado na beira do riacho. — Se estiver infeliz, se tiver sido maltratada, então, eu também estou. Se um de nós estiver amaldiçoado, os dois estão.

Ela pensou em quanto aquilo era verdade. Os dois tinham apanhado juntos quando eram crianças por serem cúmplices em alguns crimes: por terem perseguido e maltratado as infelizes galinhas para que os ovos não formassem casca; por correrem atrás das cabras entre os montes de feno. Muitos desses pecados triviais tinham sido culpa de Rosalina, mas Teobaldo sempre foi um cúmplice ativo, procurando elaborar a maldade, sabendo que a punição era inevitável.

Quando ela ainda achava que Romeu era honesto e que sua paixão era pura, mentir para Teobaldo tinha sido o veneno no poço da afeição deles. Sentir alegria e não compartilhar com ele havia manchado a relação de ambos. Agora, sofrer tanto e não compartilhar sua situação com Teobaldo só fazia aumentar a dor que sentia. Mesmo assim, ela não poderia confessar. Ele já havia brigado com os Montéquios naquele dia. Ele fora mal-recebido por eles enquanto fazia algo que Rosalina havia pedido.

Sentando-se bem perto da prima, Teobaldo colocou um braço ao seu redor e, em seguida, deu uma cutucada afetuosa nas costelas dela com seu cotovelo.

— Não me obrigue a implorar, Ros. Isso não é muito viril.

Ele olhou para ela com seus olhos castanho-esverdeados, e a doçura de sua expressão a fez desviar o olhar. Talvez ela já tivesse mentido demais.

— Eu vou contar se você prometer não buscar vingança.

Ele assentiu.

— Eu... Eu amo... — Rosalina não conseguia dizer as palavras, não com Teobaldo olhando para ela com sua expressão inocente, cheio de ternura e preocupação.

Ela se lembrou de que ele havia se oferecido para se casar com ela, a fim de salvá-la do convento. Tinha oferecido sua vida, seu amor. Rosalina havia rejeitado com muita facilidade, passando por cima dos sentimentos dele como a água passa sobre uma rocha. As mãos dela tremiam. Ele aguardava.

— Eu amo... Eu amei... Romeu Montéquio. — Ela parou de falar, tentando se corrigir, querendo acreditar que isso fosse verdade. — Eu achei que ele me amava também, mas ele não me ama, e eu fui uma tonta e caí em desgraça. Minha honra foi perdida.

Ela olhou para ele, esperando que Teobaldo virasse o rosto enojado, mas o primo não fez isso. Ele recuou, e seu olho esquerdo começou a piscar, mas ele não disse nada. Incapaz de olhar para ele, Rosalina confessou tudo, contou a ele como havia começado a amar Romeu. Ela se sentou ao lado de Teobaldo, com os joelhos dobrados sob o seu queixo, e contou tudo sobre seu amor e sua vergonha.

Ele a ouviu sem a interromper, brincando com o punho de sua espada, com a testa franzida, demonstrando sua infelicidade.

— Achei que ele fosse honesto — ela falou com suavidade, quando terminou de contar. — Os homens deveriam ser o que parecem ser, mas ele não é assim. Tudo nele é falso, e eu fui enganada. — Por fim, ela olhou para seu amigo, através dos cílios encharcados de lágrimas. — Agora que você sabe o pior de tudo, acha que minha virtude está maculada?

Os olhos dele estavam abatidos; os ombros, caídos, ele parecia deprimido. Quando, enfim, Teobaldo olhou para ela, Rosalina ficou meio assustada por ver a aparente tristeza dele. Teobaldo parecia ter envelhecido em poucos minutos; algo nele estava partido, e tinha sido culpa dela. Rosalina havia demonstrado o que era ter um amigo, alguém que você ama, mentindo para você. Ela o havia traído. A vergonha escorria com frieza por ela. Rosalina não sabia como era possível ficar mais infeliz. No entanto, não queria mais guardar segredos, então, sentindo-se humilhada e arrependida, contou a ele como tinha sido convencida por Romeu a roubar os ducados de seu próprio pai.

— Minha alma está transformada em breu? — ela perguntou de novo.

Teobaldo segurou a mão dela e a levou a seus lábios.

— Não. Nunca, doce Rosalina. Conheço sua bondade. Aquele vilão Montéquio é a peste. Há uma praga sobre ele!

Ao dizer isso, ele soltou a mão dela, sentindo a raiva aumentando. Rosalina tentou acalmá-lo. Ficava triste ao ouvir falar de Romeu naqueles termos, por mais que ele merecesse. Como ela tinha sido tonta por ouvir a canção de um rouxinol e achar que era verdade... O ódio por si mesma era rancoroso e profundo. Sua carne tinha cheiro de azedo e estava quente, e toda parte dela que Romeu havia tocado agora parecia contaminada. A água da fonte era fresca, e ela tinha vontade de mergulhar até se afundar inteira, para se limpar, mas não havia água profunda nem fria o suficiente para purificá-la.

Quando Teobaldo olhava para ela, Rosalina temia que ele não conseguisse ver mais a garota que ela havia sido, mas, sim, a prostituta que havia se tornado. No entanto, para sua perplexidade, toda a raiva dele era direcionada a Romeu, e não a ela.

— Vou encontrá-lo neste exato momento e matá-lo! Aquele verme vil. Desonesto, sem honra! Aquele cão do inferno!

Ele se levantou e desembainhou a espada mais uma vez. Amaldiçoou os deuses acima e os demônios abaixo.

Foi necessária toda a força de Rosalina para impedi-lo de ir atrás de Romeu naquele exato momento e exigir um duelo.

— Você me jurou que não faria isso. Não fique assim! Seja sensato! De que servirá isso? — Rosalina agarrou os braços dele e o obrigou a olhar para ela.

Diante disso, Teobaldo praguejou de novo, mas Rosalina o acalmou.

— Você disse que minha alma não está manchada. Deve mostrar que é assim, não procurando se vingar.

Como um cão raivoso contido, aos poucos, Teobaldo foi se acalmando. Ele inspirou fundo o ar da noite. Então, cuspiu no chão, sentindo a raiva voltando a crescer.

— Da mesma forma que odeio o inferno, odeio todos os Montéquios — ele disse.

— Não sinta tanto ódio. Calma, eu lhe peço. — Rosalina segurou as mãos dele. — Largue sua espada, lave o rosto e se acalme, pois não pode voltar para dentro até ficar mais tranquilo e retomar seu humor. — Ela olhou de volta para a casa. — Preciso ir... Faz muito tempo que estamos aqui.

Rosalina o beijou e seguiu, cruzando os jardins, virando-se, às vezes, para olhar o desolado rapaz. Ela não deveria ter contado tudo a ele. Nada de bom viria disso. Teobaldo tinha muita cólera e sangue dentro de si. E, no entanto, tudo que o tornava intemperado e impetuoso também o tornava alguém leal. Mesmo Valêncio, que tinha pouco interesse em qualquer pessoa, a não ser em si mesmo, gostava muito do jovem Teobaldo.

Rosalina sentia-se atingida por uma flecha, pela traição de Romeu. Ela sabia que, nos próximos meses e anos, nas horas solitárias no convento, se arrependeria de ter perdido horas com Romeu, tanto na companhia dele quanto pensando nele, quando poderia ter passado essas horas com seu verdadeiro amigo. Não haveria fuga para Mântua; nenhum casamento amoroso. Apenas uma vida como freira. E, agora, havia pouco tempo para passar com Teobaldo, o melhor amigo e o melhor homem que ela conhecia. Seu coração estava partido de novo.

Ela voltou pela imensa galeria, e uma onda de calor tomou conta dela. Olhando para todos os lados do salão, tentou encontrar Julieta, mas não conseguiu. A música ia ficando cada vez mais alta. Um cachorro uivou.

— Bela dama, quer dançar? — perguntou uma voz.

Rosalina pulou como se tivesse sido perfurada por uma adaga. A voz era de Romeu.

— Você veio — ela falou.

— Se não vim, talvez seja um fantasma. — Ele estendeu a mão e tocou seu braço, dando pequenos beijos na pele nua de seu ombro, causando-lhe arrepios. Rosalina esfregou a pele, desprezando seu corpo por essa traição. — Viu... — ele disse, sorrindo. — Sou bem real.

Rosalina se afastou dele, não queria olhar para a beleza de Romeu.

— Eu não sou sua, Romeu. Não mais.

Ele a observou, perplexo.

— Afaste essas palavras cruéis.

Rosalina olhou ao seu redor, mas todos estavam dançando ou comendo, e ninguém a notou, nem notaram Romeu, o Montéquio. Franzindo a testa, ele deu um passo e cobriu sua mão de beijos, soltando-a com muita relutância.

— Por quê? Por que diria algo tão cruel, meu amor?

— Você mentiu para mim. Sei que houve outras.

Romeu afastou as preocupações dela com um aceno.

— Sombras. Eu não conhecia o amor até conhecê-la. Eram sonhos de amor, como só uma criança pode ter.

Rosalina olhou para ele, desejando que fosse verdade. Ele sorria. Algo no fundo dela parecia querer enganchá-la. Ela estava tomada pela confusão. Ele se inclinou; ela sentia o cheiro de mel em seu hálito.

— O frei chegou. Está aqui em Verona. Venha, vamos embora deste lugar! Vamos para São Pedro, agora mesmo, e depois para Mântua.

Ela sentiu seus pés se moverem. Ele a puxava pela mão.

— Deixe todas essas pessoas. Elas não são nada — ele disse.

Ao ouvir isso, Rosalina hesitou. Teobaldo não era nada? Nem Julieta, Catarina, nem Livia... A palavra "Mântua" era um sino que a trazia de volta a si mesma. Ela se lembrou do quarto da garota morta no convento. Da rosa esfarelada.

Ela queria muito confiar nele, mas sabia que não deveria.

Ela o afastou.

— Não — ela sussurrou. — Eu gostaria, mas você conta belas mentiras, mais tentadoras que os doces com os quais você presenteia as mulheres.

— Fique comigo, minha querida, e vou amá-la e protegê-la e sempre apreciá-la. Vamos nos esquecer disso como se fosse um pesadelo, lançado sobre nós pela Rainha Mab. — Ele segurou a mão dela, mas seus dedos apertavam muito a sua pele.

— Não — disse Rosalina, tentando se libertar.

Romeu a soltou, deixando marcas vermelhas nela.

— Você deve ir embora daqui antes que meus parentes o vejam — ela disse.

— Oh, que eles me matem, doce anjo, Rosalina — Romeu falou, elevando a voz o suficiente para que os outros foliões começassem a se virar e olhar para eles.

— Você é louco por falar assim — ela sussurrou.

— Louco de amor! Você me enfeitiçou quando a vi pela primeira vez. Não renegue seu amor por mim agora, ou eu já viverei na morte.

Até aquela noite, Rosalina havia se maravilhado com o discurso requintado dele e se incomodava por não ser tão experiente nas artes do cortejo, por isso achava que sua língua não era páreo para a de Romeu. Agora, quando ele falava, ela ouvia as palavras, mas, como flechas falsas, elas não atingiam o alvo.

Ele dissera coisas assim para diversas garotas antes. O amor dela era verdadeiro e tinha sido entregue com sinceridade junto à sua virgindade, mas, agora, Rosalina duvidava da afeição dele. Era usada com muita facilidade. Romeu amaria outra mulher de novo e com rapidez. Suas juras de amor surgiam como uma febre repentina e, depois, evoluíam rápido para morte e violência.

Ela engoliu um soluço.

— Não vou me casar com você, Romeu. Nem nesta noite nem em nenhuma outra. Seu cerco acabou.

— O amor não é terno — disse Romeu, amargurado, balançando a cabeça. — Ele machuca como um espinho. Vim aqui apenas para cortejá-la. Mas, em vez disso, eu termino cheio de desgosto.

Rosalina se virou para ir embora, mas ele bloqueou seu caminho. Ela mordeu os lábios para não gritar e não chamar a atenção para a presença dele. Mas, então, para sua surpresa, Romeu foi puxado para longe dela.

Teobaldo, com o rosto inflamado de indignação, havia derrubado Romeu e apertava sua garganta com a ponta de sua bota. Romeu afastou o pé dele com o punho e tentou se levantar, mas Teobaldo o manteve preso, com a bota de novo em seu pescoço, o pressionando.

— Este deve ser Romeu Montéquio. Tragam meu espadim! — gritou Teobaldo, apertando-o com mais força. — Agora, pela honra da minha família, vou matá-lo, golpeá-lo até a morte! Eu não acho que isto seja um pecado!

Cada vez que Romeu tentava se levantar, Teobaldo o derrubava de novo. Rosalina tentou afastar Teobaldo dele, mas o primo a empurrou, dominado pela raiva, e, virando-se, pediu que ela fosse embora.

Aproveitando a oportunidade da distração de seu inimigo, Romeu rolou para o lado, ficou em pé e se afastou, esfregando o pescoço.

Os convidados tinham começado a se reunir em torno deles, murmurando com interesse e curiosidade. Masetto e o Velho Capuleto atravessaram o salão, descontentes com a confusão no meio da festa.

— Então, jovem sobrinho, por que esta briga? — perguntou o Velho Capuleto.

— Tio, ele é um Montéquio. Um vilão que veio até aqui por despeito.

Rosalina sentiu o pânico subir por sua garganta com medo de que Teobaldo, tendo bebido muito, falasse demais a seu tio e a seu pai e revelasse a vergonha dela — que ela havia se deitado com Romeu.

— O jovem Romeu, não é? — perguntou o velho Senhor Capuleto.

— É este, o vilão Romeu — disse Teobaldo, tentando lhe dar outro chute.

Romeu se afastou de novo.

— Contenha-se, gentil primo, deixe-o em paz — falou o tio de Teobaldo, com uma voz que exigia obediência. — Para dizer a verdade, o príncipe de Verona diz que ele é um homem virtuoso. Nem por toda a riqueza desta cidade eu o desprezaria aqui na minha casa. Portanto, seja paciente e o ignore.

Teobaldo começou a se opor, mas o tio ergueu a mão.

— É a minha vontade. Tire essa carranca. Ela é inadequada para uma festa.

— É adequada quando um vilão como este é convidado. Não vou aguentar!

— Terá que aguentar, rapaz! Digo que fica. Vá embora!

No entanto, Teobaldo não se moveu.

— Sou o mestre aqui ou é você? Vá! — gritou o tio.

Para consternação de Rosalina, Teobaldo começou a falar de novo. O tio olhou para ele, tomado pela fúria.

— Fique quieto e vá embora! Que vergonha! Ou eu o obrigarei a ficar quieto — disse o velho, erguendo o punho.

Rosalina olhou com medo para o tio. Ninguém desafiava o anfitrião em sua própria festa. A desobediência de Teobaldo quase virou um insulto. Se ele não conseguia se controlar, ela devia pensar pelos dois.

Dando o braço para Teobaldo, Rosalina o afastou da confusão.

— Esse intruso faz minha carne tremer — ele murmurou.

— Quieto, primo, aqui não — ela disse. — Eles ainda estão olhando para nós.

Ela olhou por cima do ombro e viu, aliviada, que Romeu não deu sinais de segui-los.

Percebendo o olhar dela, como um cavalo resistindo ao freio, Teobaldo quis se virar para Romeu e lutar de novo, mas ela apertou a mão dele com força.

— Se não consegue ficar calmo, então, deve ir embora — ela disse. — Nosso tio não pode voltar a vê-lo esta noite. Sabe como ele é. Tranquilo, mas, depois que fica irritado com algo, torna-se perigoso. Não permita que ele fique irritado com você.

— Vou me retirar — murmurou Teobaldo, com a pele do pescoço vermelha de fúria. — Apesar de que isso me preenche com o fel mais amargo. Mas não quero deixá-la enquanto aquele vilão anda por aqui.

A simples ideia de falar com Romeu invadia Rosalina de terror. Ela olhou ao redor do salão, que voltou a ficar lotado. Os dançarinos estavam começando a preencher todos os espaços de novo, movendo-se no ritmo de um moteto. Julieta estava em um canto falando com sua ama. Na galeria dos menestréis, os músicos continuavam a tocar; um violinista estava debruçado sobre o balcão olhando para baixo, achando que a briga tinha sido o mais divertido da noite.

— Vou subir ali — disse Rosalina, apontando para o balcão. — Ninguém vai me ver. Estarei bem escondida. Agora, você precisa ir embora. Olhe, o tio Capuleto ainda está de olho, e sua expressão é severa.

Com grande relutância, Teobaldo beijou a mão dela e, depois de vê-la subindo as escadas até a galeria, desapareceu na noite.

No patamar entre os músicos o ar estava ainda mais quente, a respiração e o suor de cem corpos criavam um inferno. As rosas de gesso no teto estavam começando a se desfazer e parecerem leprosas. Rosalina ficou pensando se os menestréis conseguiriam tocar — os dedos deviam deslizar pelas cordas.

Ela se acomodou em uma saliência do outro lado, onde ficou escondida atrás de um suporte de madeira e podia espiar os foliões. Havia dois meninos brincando de perseguir com uma bola entre os dançarinos — alguém ia acabar escorregando e caindo e, sim, foi a boa viúva Vitrúvio, enquanto os dois meliantes foram levados ao jardim, para tomar uma sova. Em um canto, dois recém-casados olhavam um para o outro — com os dedos cruzados, narizes se tocando, como se a noite e as estrelas fossem criadas em especial para eles, enquanto, em outro canto, um galgo se aliviava debaixo de uma mesa em que havia bandejas de queijos, figos e uma tigela de ponche, deixando uma poça amarela no chão.

Esquadrinhando a multidão, ela não conseguia ver Romeu. Talvez ele tivesse fugido, enfim. Havia uma inquietação dentro dela que não tinha nada a ver com o calor. Ela procurou Julieta de novo, mas não conseguiu encontrá-la nem com a ama, que estava fofocando com os criados, nem pulando com os dançarinos. Ali estava Páris, sozinho, comendo desolado algumas uvas e observando a festa. Se ela tivesse que adivinhar, arriscaria dizer que ele procurava Julieta. Muito bom. Que ele a procure, mas não encontre. Mesmo assim, ela não conseguia ver nem Julieta nem Romeu entre tantos foliões.

As janelas e as portas estavam abertas, e Rosalina olhou para a *loggia*, que estava iluminada por uma dúzia de tochas. Então, para seu espanto, ela viu os dois: Julieta e Romeu, duas figuras, conversando debaixo da copa de videiras. Rosalina perdeu o fôlego. Ela se inclinou sobre a varanda para vê-los melhor. Julieta parecia tão pequena ao lado dele, ainda não era uma mulher. Por que Romeu estava com Julieta? Estariam falando dela? Ela não conseguia entender aquilo.

Ao vê-lo, ela sentiu uma fisgada no coração e seu pulso se acelerou. Uma parte traiçoeira dela ainda queria fugir com ele, sentir o calor de seus braços. Então, para sua consternação, Julieta parecia rir e foi se aproximando um pouco mais dele. Romeu entrelaçou seus dedos nos dedos dela e acariciou seus cabelos dourados.

Rosalina sentiu uma forte dor de barriga. Ciúme, frio e, claro, uma sensação ruim correu por dentro dela. Por um breve instante, ela só queria ser adorada de novo por Romeu, sentir-se radiante em sua afeição, banhada pelo amor dele. Juntos, Romeu e Julieta eram tão lindos. Só que ele era um demônio angelical.

Será que ele a tinha amado, afinal? O coração de Rosalina se endureceu contra ele. Não era um homem honesto nem bom. Ela sentiu tristeza pela traição dele e um pouco de raiva e mágoa. Sentiu na boca um gosto metálico como sangue.

Cada parte de Rosalina queria gritar para que Julieta fugisse, o mais rápido possível, para longe daquele homem. Queria avisar a ela que ele era pura malícia.

Mesmo que ela fizesse isso e gritasse tanto que seus pulmões e sua garganta ficassem roucos, sua prima não a ouviria, por causa do barulho da festa.

E ela iria querer ouvir? Rosalina conhecia o encantamento das palavras de Romeu. Oh, ninguém mais conseguia vê-los? Por que ela era a única plateia deles?

Onde estava seu tio Capuleto agora? Enquanto Rosalina assistia àquela cena com repugnância, Romeu segurou a mão de Julieta. Ele se inclinou para beijá-la. Rosalina gritou. Ninguém ouviu. Seu coração disparou de horror. Ela não podia mais suportar. Não fazia sentido se esconder ali entre os deuses enquanto ele causava estragos lá embaixo. Correndo pelas escadas com seus chinelos de couro, ela desceu pela galeria. Não podia deixar que Romeu se aproximasse de Julieta. Não deixaria. Ela sabia quem e o que ele era. Ninguém a salvara, e agora ela estava manchada pela lama e pela sujeira, e ninguém iria querê-la. Ela mesma não a desejaria. Sentia-se imunda, mas não deixaria que ele fizesse o mesmo com Julieta. Só ela poderia manter sua prima segura.

Havia um tamborilar sombrio em seus ouvidos, seu coração batia com um toque de advertência, enquanto ela tentava abrir caminho entre os foliões que resmungavam com ela, criticando irritados seus modos e seus cotovelos afiados. Alguém pisou em seu pé, de propósito e forte.

Tremendo, ela saiu pela porta aberta e correu para a *loggia*. Estava mais fresco lá fora e havia um cheiro doce de jasmim e madressilva ali. As mariposas voavam ao redor das chamas das tochas. Por um segundo, ela achou que não havia mais ninguém ali, que já era tarde demais. Que eles tinham ido embora.

E, então, ela o viu. Ele estava sozinho debaixo de uma árvore de flores lilases, que parecia negra no escuro.

Ela se forçou a ser resoluta.

— Não brinque com ela por despeito e para me atormentar — Rosalina disse, tentando manter a voz firme. — Julieta é uma criança.

— Julieta! O nome mais lindo que já ouvi. Sou indigno até mesmo de repeti-lo com estes lábios profanos — respondeu Romeu, demonstrando sentir um prazer ofegante.

— Nisso, nós concordamos — Rosalina disse, olhando para ele.

Os olhos de Romeu brilhavam com êxtase, fosse por estar dominado pela beleza de Julieta ou por estar se divertindo por ferir Rosalina, ela não sabia dizer.

— Ela é um anjo — ele disse.

— Não. Ela é uma criança. Não tem nem 14 anos ainda. É mais jovem do que eu. Deixe-a em paz.

— Nossa... Eu não posso. Quando a beijei, todos os meus pecados foram expurgados.

Rosalina olhou para ele sentindo nojo.

— Seu amor não está em seu coração, mas em seus olhos. Logo, o abandona.

Romeu riu amargo.

— Você me pediu para enterrar meu amor por você.

— Em uma sepultura. Não na minha prima, que ainda é uma criança.

Romeu parecia imperturbável pela repreensão dela.

— O meu coração amou até agora? Eu o renego. Pois nunca tinha visto a verdadeira beleza até esta noite.

Rosalina se obrigou a sorrir, para lembrá-lo de que, pouco antes, ele a queria, jurava seu amor, era por ela que estava disposto a morrer. No entanto, as palavras dele a machucavam, e Rosalina se perguntou se não deixariam uma marca em sua pele.

Ela se aproximou, segurou o dedão dele e lhe deu uma gentil mordida. Então, soltando sua mão, disse baixinho:

— Eu me caso com você esta noite, se deixar Julieta em paz.

Romeu a olhou com desprezo.

— Casar-me com você? Eu já até me esqueci de seu nome. Só amo Julieta. Meus suspiros são todos por Julieta. Você não é nada para mim.

Apesar de saber agora quem ele era, essas palavras ainda a machucaram, ficaram girando dentro de Rosalina. Ele havia deixado de amá-la e, para sua consternação, ela percebeu que ainda o queria, agora que Romeu pertencia à Julieta — ou era o que parecia.

Ele a olhou de cima a baixo.

— Julieta é o sol, e você é a lua invejosa, doente e verde. E não conte mentiras a Julieta. Ninguém gosta de sussurros indecentes e tagarelices. Vá para seu convento e pare de nos atormentar.

Sua respiração ficou presa na garganta, ela sentiu um nó de lágrimas a sufocando.

— Vou contar a toda Verona o patife que você é.

Ele ficou imóvel, sem sorrir — bonito, perfeito, monstruoso.

— Lembre-se, nenhum outro homem vai querê-la — ele falou, com suavidade. — Sua família vai expulsá-la como se você fosse uma prostituta qualquer, porque você se deitou comigo. Eles não vão pagar seu dote ao convento. Sou um Montéquio, afinal. A mácula por ter se deitado comigo é mais escura do que se fosse com qualquer outro homem.

Rosalina olhou para ele, sentindo-se aviltada por sua crueldade.

— Você não contaria a eles...?

Como o amor dele havia se tornado vingativo com tanta rapidez? Talvez sempre tivesse estado ali, debaixo da superfície, como lama e sujeira sob a crosta endurecida em um pântano.

Ele a observou por um momento e, então, disse lentamente:

— Pela antiga afeição que senti por você, acho que não conseguiria. Ver como todos a evitariam... Não, acho que não suportaria isso. Mas lembre-se: quieta, passarinho.

A voz dele era gentil nesse momento, então, Romeu se aproximou dela. Rosalina temeu vacilar. Por um instante, ela pensou que ele fosse tentar beijá-la, mas ele passou por ela e foi embora.

Rosalina ficou sozinha sob o jasmineiro e as videiras, vendo os morcegos voando abaixo da lua. Ela havia vislumbrado a alma tirânica por trás do rosto angelical. Ele nunca tivera a intenção de se casar com ela, ou tudo não passara de um estratagema cruel? Sentia-se aliviada por estar livre da prisão do afeto de Romeu e, no entanto, também sentia que ele havia sido tudo para ela. Sentia um pavor agora, mas, ao mesmo tempo, ele havia ensinado a ela o que era o desejo; e, quando a descartou, levou consigo um pedaço dela.

Sentia, quando começou a caminhar de volta para casa, que andava em um terreno irregular, que nada mais era como tinha sido antes. Rosalina não controlava mais seu corpo. O que ou como ela tinha sido antes de Romeu, antes que ele a tivesse separado em duas partes, a fatiado e reorganizado? Agora que ele não mais a desejava, que a havia desprezado, ela apenas desapareceria de suas vistas?

Não importava. Agora, ela só devia pensar em como salvar Julieta do vilão Romeu.

CAPÍTULO 9

Lindo tirano! Demônio angelical!

Incapaz de dormir, Rosalina se levantou cedo na manhã seguinte e ficou andando de um lado para o outro em seu quarto, mexendo nas mechas do cabelo. Ela se lamentava de uma forma tão amarga pelo homem que tinha amado, que era como se ele estivesse apodrecendo em seu túmulo. No entanto, Romeu havia fingido ser um homem que não era, e ela havia amado uma farsa. Fosse real ou imaginário, ela o adorava; contudo, ele havia ido embora. Pensar em Romeu, algo que outrora era uma alegria para ela, agora era um tormento. Oh, aquela falsidade que tinha um rosto tão lindo.

Rosalina esperava que sua reputação estivesse segura. Todavia, Romeu não poderia contar que havia se deitado com ela sem revelar para Julieta a infeliz história dos dois e sua verdadeira natureza.

Mesmo assim, um medo frio como o ar do inverno circulava dentro dela e a fazia tremer. Ela não achava que Romeu fosse procurá-la de novo; no entanto, cada rangido de madeira e cada ruído do vento a enchiam de inquietação.

Rosalina se sentia impotente e temerosa, como quando era criança e os espíritos barulhentos pareciam rondar os sótãos acima. Agora, eram os vivos que a assustavam.

Se, por maldade, Romeu revelasse que Rosalina era culpada do roubo dos ducados de Masetto, ela declararia a toda a Verona como e por que ela havia pegado as moedas de seu pai e confessaria quem mandou roubá-las. Talvez, ao ouvir a terrível história, Julieta ficasse revoltada e, assim, pudesse ser salva da sedução de Romeu. Um pensamento desagradável invadiu a mente de Rosalina — será que não era isso que ela deveria fazer? Ela pensou um pouco nessa ideia. Talvez não precisasse contar a toda a Verona. Apenas confessar a verdade para Julieta. Sim, ela confessaria seu crime a Julieta naquela mesma manhã e a convenceria da maldade de Romeu.

Logo cedo, Rosalina correu para ver a prima. A casa estava silenciosa. Até os criados pareciam relutar em se levantar, tendo ido dormir tarde depois da festa da noite anterior. O vigia sonolento abriu o portão para Rosalina, que correu pelo pátio, subiu as escadas e foi até o quarto de Julieta. O ar ainda estava tomado pela fumaça da lareira e pelo cheiro de porco assado.

Julieta não estava dormindo, estava bem acordada, sentada em sua cama, com o rosto rosado, os olhos febris. Ela cumprimentou Rosalina com um grito de felicidade e deu um tapinha no espaço na cama ao lado dela, indicando para que Rosalina se sentasse.

— Venha, me dê um beijo, prima! O dia não está brilhante? De fato, é o dia mais belo que já vi.

— Já está muito quente, e ainda não são nem nove horas — disse Rosalina.

— Não. É a perfeição. Não quero ouvir mais nada.

Julieta estava inquieta e continuou impaciente, sentia-se incapaz de ficar parada, como se os seus lençóis estivessem cheios de pulgas. Rosalina a examinou com crescente apreensão. Ela já parecia uma garota apaixonada, envenenada por um sonho de amor.

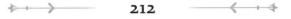

— Sei que não vai me trair — disse Julieta, retorcendo-se na cama e olhando por cima do ombro como se as paredes tivessem buracos. — Pois, se soubessem que eu o amo, iriam matá-lo.

— Por quê? Qual é o nome dele? — perguntou Rosalina, embora já soubesse.

— Romeu Montéquio. — Julieta sorriu para ela, com seus olhos azuis embriagados de amor.

— Oh, Julieta, mil vezes não! É cedo demais para falar em amor.

A expressão de Julieta se fechou e, por um instante, ela pareceu ansiosa.

— Nosso encontro foi como um raio, tão brilhante e repentino que o mundo todo se iluminou. Mas, então, assim como um raio, também desapareceu em um instante. Sinto alegria nele, mas não em nosso acordo.

Rosalina inspirou fundo, chocada.

— Que acordo, Julieta?

— Oh, minha alma já chama pelo nome dele, e logo o terei! Nos casaremos.

Rosalina olhou para ela surpresa.

— Você não pode se casar, Julieta. Não tão cedo. Não com alguém que conheceu há poucas horas. Isso não é amor, é loucura. Você tem 13 anos.

— Farei 14 no dia de Lammas, em duas semanas — disse Julieta, teimosa, com seu orgulho ferido.

Ela olhou para o chão e chutou uma bola de poeira com seus dedos sujos. Rosalina não sabia se queria abraçá-la ou sacudi-la.

— Oh, pequena... — disse Rosalina. — Isso não é amor, você apenas pensa que é.

Julieta olhou para ela.

— Quando você o vir, só conseguirá amá-lo também. Estou dizendo, Ros. É só o nome dele que é Montéquio.

— Não — disse Rosalina —, não é só o nome dele que eu abomino, mas todo ele. Sua aparência é encantadora, mas sua alma é perversa.

Julieta a encarou perplexa e com uma consternação cada vez maior. Rosalina engoliu em seco e respirou fundo. Ela pegou a mão de Julieta e a soltou de novo. Sua boca estava seca.

— Eu já amei o Romeu — disse Rosalina, com delicadeza. — Fui seduzida por sua língua hábil e sua beleza.

Julieta parecia confusa e, então, ela riu.

— Ele é de fato bonito. O homem mais lindo que já vi.

Rosalina tentou de novo.

— Nós também íamos nos casar. Eu era o anjo encantador dele.

Julieta olhou para Rosalina confusa e cheia de dúvidas, como se a mente da prima estivesse aturdida.

— Sou o anjo encantador dele, também, sua amada querida — disse Julieta.

— Eu também era, a mesma coisa. Eu o adorava e o venerava. O amor dele era o sol e a chuva para mim. Eu florescia ou murchava de acordo com suas afeições. Íamos nos casar e fugir juntos para Mântua. Contra toda a minha natureza, e para minha mais profunda vergonha, ele me convenceu a roubar os ducados do baú do meu pai, um dinheiro que seria dado ao convento para minha manutenção. Ele me disse que eu deveria pegar o meu dote e o entregar a ele. Para minha vergonha, fiz o que ele pediu.

Tinha sido terrível confessar o pecado a Teobaldo; no entanto, havia sido um alívio receber o perdão dele — melhor do que a absolvição de qualquer padre. Ela olhou para Julieta sem saber o que ela iria dizer, mas repleta de esperança.

Julieta ficou boquiaberta por um instante e, então, ela riu.

— Querida Rosalina... Você me ama muito. Até inventa histórias para me assustar e, assim, eu não vou fugir com meu Romeu. Mas, doce

Ros, não precisa temer por mim. Ele me jurou seu amor, e meu amor por ele é imenso e profundo.

Um pequeno grito de exasperação escapou dos lábios de Rosalina.

— Oh, Jule! Você mal o conhece... Você o viu pela primeira vez há doze horas! Não sabe o que ele é! Não sabe como ele é cruel e volúvel. O que disse sua ama?

Julieta riu e a abraçou, como se fosse um gato.

— Ela acabou de ir falar com ele, para lhe enviar um recado por mim.

Rosalina amaldiçoou a ama. Já deveria saber que não podia esperar nada sensato da mulher. Em todos os anos cuidando de Julieta, ela nunca tinha dito um "não" à menina; sempre querendo agradá-la, tentando mimá-la e recompensar a indiferença impiedosa e a crueldade mesquinha de Lauretta.

Rosalina se sentou por um instante, ouvindo os movimentos da casa, os bancos sendo arrastados, as portas de madeira pesada batendo, o cacarejar das galinhas no jardim. Teve um pensamento desagradável.

— Você falou com ele depois do baile?

Julieta enrubesceu de prazer.

— Ele subiu as videiras até meu quarto. Não teve medo de nossos parentes, queria me ver, falar comigo. Ele diz que há mais perigo em meus olhos do que em vinte espadas deles.

— Oh, Julieta, ele é um sedutor experiente. Ele falou as mesmas coisas para mim.

— Não, prima, eu não acredito. Você quer me assustar porque me ama, mas isso não é gentil. Queria não ter contado para você.

As duas ficaram em silêncio por um tempo. Rosalina se lembrou que, quando a criada fora falar com ela, ela também não quis ouvir, e ela era quase dois anos mais velha que Julieta. Claro que Julieta estava enfeitiçada; estava nas mãos de um sedutor esperto e talentoso.

Com grande esforço, Rosalina se forçou a falar com calma.

— Só me diga uma coisa, prima, você se deitou com ele na noite passada?

Julieta lançou um olhar de escárnio desdenhoso a ela.

— Nós ainda não nos casamos.

Rosalina agradeceu a firme moralidade da jovem. Havia deixado seu corpo a salvo de Romeu por pelo menos mais uma noite. Mas não seu coração.

Julieta deu um pequeno suspiro.

— Estou ansiosa por me casar. Conto as horas, os minutos, até a noite abençoada.

Rosalina estremeceu. Julieta tinha sido enganada pelo coração de serpente que se escondia por trás do doce semblante de Romeu. Em silêncio, ela prometeu salvá-la, apesar do que a própria garota desejava. Esse casamento deveria ser evitado.

Já estava quente quando Rosalina foi passear à beira do rio sob o sol da manhã. Frustrada, ela pegou uma pedra e a atirou na água, observando-a desaparecer. Queria confiar em Teobaldo. Eles eram melhores como dupla do que sozinhos. Ele tinha aceitado sua história com Romeu sem hesitar nem duvidar dela. Teobaldo. Sem considerar seu temperamento, ela podia confiar totalmente nele, mais do que em si mesma. Teobaldo correria ao lado dela e a ajudaria sem a questionar. Sua espada, seu humor e sua lealdade — era tudo dela. No entanto, era sua profunda afeição por ele que a impedia de procurá-lo agora. Ele já havia se envolvido em uma briga com os Montéquios, e Julieta não teria se encontrado com Romeu se não fosse por culpa dela; ele tinha ido ao baile dos Capuletos atrás dela e, assim, havia encontrado Julieta. Essa calamidade era culpa dela. Agora, se Teobaldo, ao saber do que havia acontecido, com a cabeça quente, entrasse em outra disputa e se machucasse ou fosse banido, então, toda a culpa seria dela.

Não, ela devia tentar salvar Julieta das garras de Romeu sem a ajuda de Teobaldo, sozinha.

Ela tinha pouca escolha além de pedir para a ama evitar aquela união. Julieta havia confessado que mandara a ama conversar com Romeu, que com toda a certeza ainda deveria estar na casa dos Montéquios a essa hora, então, era onde Rosalina iria procurá-la. Pelo menos, o coração da ama era honesto e bom. Seu único defeito era amar demais Julieta e se recusar a dizer "não" a ela por medo de desapontá-la. No entanto, quando Julieta era um bebê, a ama não teria deixado que brincasse com uma cobra só porque ela queria tocar o seu pescoço tão macio e quente com os dedos. Agora, ela precisava convencer a ama de que Romeu era a cobra, de que sua mordida era venenosa, e era dever da ama mantê-la segura, apesar dos apelos de Julieta.

O sol estava no alto do céu, como um prato de latão polido, lustrado com seu brilho. O rio corria por cima das pedras no canal e, ao som dele, Rosalina imaginou que poderia ouvir os minutos se tornando horas através da ampulheta do tempo. Ela se apressou.

Nunca tinha visto a casa dos Montéquios, em Verona, tão de perto antes. Depois do palácio do príncipe, era a residência mais grandiosa da cidade, maior que a do seu tio Capuleto. Um padeiro saiu de sua loja e colocou uma placa na calçada; depois que ele foi embora, ela ficou caminhando em frente à entrada, escondendo-se do sol e dos poucos transeuntes, esperando ver a figura familiar da ama indo para a casa. O cheiro de fermento e *cantuccini* de amêndoas a envolveu, fazendo seu estômago roncar. Ela tinha saído muito cedo e não havia tomado o café da manhã.

Olhando para baixo, percebeu que suas roupas estavam cobertas de farinha, por ter ficado na frente da padaria. Seu pai ficaria furioso se a pegasse ali, toda suja e sem um acompanhante.

Ela se escondeu nas sombras por mais quinze minutos, esperando. Enfim, viu a figura rechonchuda da ama saindo do beco.

Rosalina correu até ela, agarrando sua mão. A ama se assustou e gritou alarmada:

— Rosalina! Por que você está aqui?

— Por que *você* está aqui, ama?

A ama meneou a cabeça, em negativa.

— Não posso dizer. Jurei segredo. Não me pressione, pois, senão, eu acabarei contando.

A ama correu o mais que suas pernas permitiam, transpirando no calor. Rosalina acompanhava com facilidade o ritmo dela.

— Ama, seja honesta, com quem você falou?

— De verdade, não posso contar, querida menina. Jurei para Julieta. Embora, devo dizer, sua prima sabe escolher um homem. Ele é bonito. E cortês. E seu corpo, embora não deva falar isso, Rosalina, é incomparável. E tão bonito... Eu já falei isso? E eu garanto que é virtuoso. E, oh, seu rosto é melhor do que o de qualquer outro homem. E ele fala como um cavalheiro honesto.

Rosalina puxou a capa da ama, forçando-a a parar e encará-la.

— Por favor, ama, acredite em mim, ele só fala como um cavalheiro honesto, mas não é. Eu sei com quem você se encontrou. Foi com Romeu.

— De fato! Você o conhece? — perguntou a ama, surpresa.

Rosalina tentou engolir a saliva, sua boca estava seca.

— Conheço. Então, por favor, confie em mim quando imploro. Você não pode deixar Julieta se casar com Romeu.

Cansada por seus esforços, a ama parou por um instante e olhou para Rosalina.

— Ah, pobre criança. Você está prestes a entrar no convento e ela vai se casar. Mas, mesmo assim, ela irá vê-la. Ela ama você.

Rosalina mordeu os lábios frustrada.

— Não é a inveja que me faz lhe pedir isso, mas a preocupação. Ela é muito jovem, e ele é perverso. Não consegue ver? Foi tudo muito rápido. Ela é jovem, e o comportamento dele é nojento. Ele fez o mesmo comigo. Ele me amava até ontem.

A ama emitiu um som de condescendência.

— Romeu a amava? Ele está louco de amor por Julieta. — Ela afagou uma mecha do cabelo de Rosalina e, pegando seu lenço, tentou limpar um pouco de farinha do rosto dela. — Temo que isso seja uma horrível tentação para vocês, garotas que estão destinadas a se casar somente com Jesus e com Deus. Isso provoca coisas estranhas em suas mentes. Ouvi dizer, mas nunca havia presenciado até hoje.

Afastando-a, frustrada, Rosalina limpou o suor que escorria sobre seus olhos. Ela pensou em outra tática. Não podia deixar que Romeu tocasse em Julieta. Pensar nos dois juntos era como um veneno. Nem deixaria Julieta ser tomada por esse autodesprezo.

Lambendo seus lábios secos, ela forçou um sorriso.

— Talvez seja verdade o que você está dizendo. Boa ama, diga-me onde eles vão se casar. Deixe-me ir junto, para que eu possa desejar felicidades ao lindo casal.

A ama franziu a testa e pareceu perturbada. Ela não disse nada por um tempo, como se hesitasse diante do pedido de Rosalina; olhou para os dois lados e voltou a caminhar. Então, parecendo mudar de ideia, ela se virou e voltou.

Rosalina achou estranho esse comportamento. Com a mesma expressão em seu rosto, a ama disse baixinho:

— Na cripta em São Pedro, esta tarde.

Ela deu um beijo em Rosalina, que ficou ali parada, chocada pelo fato de ser tão breve. Esperava, pelo menos, mais algumas horas, ou um dia. Romeu havia adiado tanto o casamento deles... Ela abriu a boca para protestar de novo, mas a ama a interrompeu:

— Chega. Minha cabeça já está latejando, não posso mais ouvir sua tagarelice. — Ela esfregou as têmporas. — Chega! Você deveria ir para casa.

Abatida e magoada com seu fracasso, Rosalina ficou parada na rua, observando a ama seguir seu caminho de volta para Julieta.

Ela não iria para casa. Não cederia ao destino nem a Romeu.

— Você não ficará com ela, demônio — murmurou.

No entanto, todos os caminhos pareciam bloqueados. Ela caminhou pelo beco, tentando ficar na sombra e longe da vista, para o caso de algum Capuleto estar nas ruas. Não havia ninguém que pudesse ajudá-la a não ser Teobaldo? Ela queria falar com ele, mas tinha medo de colocá-lo em perigo. Já sentia muita culpa, e isso a deixava mal. Deve haver outra pessoa. Falar com Romeu não resolveria nada — ele só queria atormentá-la. No entanto, com uma súbita esperança, ela se lembrou de que havia alguém conectado a ele: o frei amigo de Romeu. Era o único homem que tinha o poder de impedir aquele casamento, se fosse de fato acontecer. Quem sabe, o homem santo estivesse mais disposto a ouvir a razão e a lógica do que a ama?

Apressando-se, Rosalina se virou e correu para a casa que ficava perto da basílica de São Pedro onde se alojavam os frades, determinada a convencê-lo de que ele deveria impedir essa união.

Rosalina olhou para cima quando passou pela entrada em arco de um prédio baixo de pedra. Ela se viu no primeiro jardim de uma série de canteiros de plantas medicinais. Havia um pedaço de grama coberto de trevos brancos que vibravam e zumbiam, com suas flores tomadas por abelhas. Em um canteiro de flores, dois monges arrancavam ervas daninhas e outro estava ajoelhado, regando as mudas com um cuidado paternal.

Ela caminhou até onde eles estavam e perguntou se sabiam onde ela poderia encontrar o Frei Lourenço. O monge ajoelhado apontou em silêncio, com o regador, para um arco de louros no outro jardim. Rosalina agradeceu e saiu correndo.

O jardim seguinte era mais selvagem e descuidado, repleto de relva, perfumado pelo aroma de alecrim, lavanda e sálvia, que balançavam com o vento. Ela avistou um homem idoso, curvado como as folhas do salgueiro de que ele estava cuidando; observou as pencas de trepadeira ao redor dele e viu que havia um bastão apoiado ao seu lado. Ele continuou com sua tarefa, mas, sentindo a presença de Rosalina, mesmo de costas, disse baixinho:

— Eu arrasto a trepadeira para cá, para que não estrangule a arruda. É melhor do que arrancá-la. Ela cresce animada, e é inofensiva subindo pelos salgueiros, que são enganados por sua benevolência.

Ele pegou uma tesoura de uma bolsa ao redor de sua cintura e cortou um pouco da arruda e, depois, um pouco de outra planta que continha pequenas flores que pareciam estrelas brancas; ele as colocou no cesto de vime a seus pés. Então, se virou a fim de olhar para ela, enrolando o caule de uma das pequenas flores nos dedos.

— Devo encher esta cesta com flores de sumo precioso. Há muito poder e graça nas plantas, ervas e pedras, e elas abrigam verdadeiras qualidades. Usadas do modo correto, produzem remédios. Mas, sem o devido cuidado, pode ser um abuso.

Rosalina examinou seu rosto.

— O senhor conhece tais assuntos, padre?

Ele deu uma risada.

— Somos todos crianças diante da natureza. Mesmo eu — ele disse, mexendo em sua barba, grisalha e branca como dente-de-leão. — Venha!

Ele ficou em pé e caminhou até uma árvore que havia sido derrubada, próxima ao jardim. Ele se sentou e colocou o cesto aos seus pés. Apoiando o bastão ao seu lado, ele a observou. Então, ele indicou com a mão um lugar para que ela se sentasse ao seu lado.

— Sente-se um pouco — ele disse.

Rosalina hesitou, a princípio, mas, depois, se sentou. Ele parecia cordial e agradável, mas ainda assim ela estava cautelosa. Fazia muitos anos que ele conhecia Romeu, e ela se perguntava se ele sabia qual era sua verdadeira natureza. O frei cultivava sua amizade como cultivava o funcho e a sálvia que floresciam ao redor deles.

Ela fez uma pausa e, então, perguntou:

— Você me conhece, padre? Sou Rosalina.

Ele franziu a testa e, então, olhou para ela como se tivesse se lembrado. Sua expressão se alterou.

— Sim, minha pobre criança... — Ele suspirou e deixou os ombros penderem como se tivesse sido abatido por uma simpatia e um desânimo por sua situação. Então, ele pigarreou e balançou a cabeça, murmurando infeliz: — Bendito São Francisco, que mudança... Rosalina, a quem Romeu amou tanto e de quem se esqueceu tão rápido... — A voz dele era baixa e morosa, como se sentisse um arrependimento pelo que havia dito. — Oh, minha querida... Todo ele e todo o seu pesar eram por você, por sua Rosalina. Entretanto, agora, ele mudou de ideia, e você não. É por isso que está aqui?

Ele cofiou a barba, com um olhar de imensa compaixão no rosto.

— Santo padre, não, eu não o amo — ela disse.

— Jesus Maria! — Ele declarou, parecendo aliviado. — Ele me obrigou a concordar em casá-lo com outra.

Rosalina respirou fundo e agarrou a ponta de sua batina.

— Minha prima, Julieta. Frei, eu imploro, não. Ela é uma criança. Tem 13 anos. Essa união é muito precoce. Será rancorosa e podre.

O frei parecia preocupado, sua boca estava franzida.

— Consigo ver que essa aliança também o incomoda. É muito precipitada. Muito repentina — ela continuou.

— Como foi a sua com Romeu — lembrou o frei, com a voz afiada; o avô benevolente havia desaparecido. Então, ele sorriu mais uma vez

222

e continuou, com uma expressão indulgente: — Ele me escrevia cartas duas vezes por dia, me apressando para que eu voltasse logo a Verona, para que ele se se casasse com você, de tão apressada e tão louca que você estava por Romeu, naquele momento.

— Até eu descobrir quem ele é. Romeu é muito inconstante. Muito incerto. Como o senhor diz, até ontem, o amor dele era por mim.

O frei pareceu perturbado de novo e, então, ele se levantou, alisando suas vestes e passando as mãos em seu rosto. Ele deu um amplo sorriso.

— Dei a ele minha palavra, filha. E esta aliança entre Capuletos e Montéquios, se for feliz, poderá unir suas famílias e agradar o príncipe de Verona.

Então, era verdade! Romeu queria mesmo se casar com Julieta. O frei continuou a olhar para ela com um sorriso ansioso, demonstrando uma aparente preocupação. Rosalina sentiu sua raiva crescer, mas a reprimiu.

— Por favor, santo padre, o senhor é um homem de Deus. Se ouvir os votos de casamento dela aos 13 anos, fará orações sobre seu túmulo em pouco tempo.

O frei se movimentou sentindo-se desconfortável. Os longos e pálidos dedos dele repousavam sobre sua batina. Ele não olhava para ela.

Rosalina se levantou e ficou de frente para o frei.

— Se esse botão de amor estiver destinado a desabrochar, então, case-os, padre, mas daqui a dois ou três anos. Assim, esse amor vai florescer como uma poderosa e bela rosa que agradará a toda a Verona, até nosso orgulhoso príncipe. A união não será apressada, mas forte, com raízes suficientes para resistir às tempestades que serão trazidas por nossas famílias em guerra. — Rosalina fez uma pausa. — E, então, Julieta será uma mulher adulta e uma parceira adequada para o seu Romeu.

O frei meneou a cabeça, surpreso com o poder do discurso dela.

— Nesta mesma manhã, mal amanheceu, Romeu me encontrou aqui e me implorou para casá-lo hoje com Julieta. — Ele emitiu um gemido.

— Quando ontem mesmo Romeu era seu... Ele jurou que seu coração era todo para Rosalina. O amor dos jovens, eu temo, não reside de verdade em seus corações, mas em seus olhos.

Ele olhou para baixo com tristeza.

— Não zombe de mim — disse Rosalina, sentindo-se insegura.

Ele ergueu a mão.

— Dou minha palavra que não estou zombando de você, minha amada. Fui persuadido. Apesar de sua juventude e de ser mulher, você fala com bom senso, e também com paixão.

— O senhor impedirá essa união, então? — perguntou Rosalina, mal ousando sentir esperança.

— Farei o que estiver ao meu alcance.

Rosalina olhou para ele surpresa e incrédula. Ele sorria para ela com passividade, como um reflexo em um espelho.

— O senhor jura para mim? — ela disse.

Ela precisava garantir que era verdade e que Julieta estava segura.

O frei deu um sorriso irônico.

— Não pode pedir a um homem santo para jurar. — Percebendo que Rosalina não estava satisfeita, ele pegou sua Bíblia e disse, de um modo gentil: — Vamos rezar juntos pela segurança e pela felicidade da doce Julieta.

— E para que o casamento dela com Romeu seja adiado.

O frei sorriu.

Apaziguada, Rosalina se ajoelhou ao lado dele na grama. Havia muitas formigas vermelhas saindo de um tronco caído, em uma procissão, passando por seus sapatos. Ela as afastou antes que pudessem mordê-la.

O frei colocou seu rosário em volta da capa de couro da Bíblia e juntou as mãos em oração.

— Deus perdoe o pecado...

O frei continuou a rezar, mas Rosalina não estava mais ouvindo; ela observava a pequena Bíblia com capa de couro azul nas mãos dele. Era igual à que ela havia encontrado na cela de Cecília: a mesma capa de pele de cordeiro macia, azul-cobalto, com um brasão em relevo. Agora, enquanto a observava, ela percebeu que o brasão era o símbolo da Ordem Franciscana: um escudo com uma cruz, um corvo e uma flor. Por que Cecília tinha uma Bíblia franciscana na cela em que havia morrido?

Algo parecia espetar a pele de Rosalina e, apesar do calor, os pelos de seu braço estavam arrepiados. Poucos minutos antes, o Frei Lourenço havia se vangloriado de conhecer as plantas, disse que elas podiam ser usadas para curar ou para adoecer. Rosalina tentou se lembrar do que a abadessa havia dito: que, quando Cecília estava doente, era possível que tivesse sido tratada antes por... *"irmãos frades, talvez. Eles também acreditam no poder e nos usos das plantas, mas, nas mãos erradas, esses remédios podem deixar o corpo ainda mais doente".*

De repente, Rosalina percebeu que eles estavam sozinhos no jardim. Os outros monges tinham se retirado para outra parte do mosteiro. Ela não sabia com exatidão dizer como, mas o Frei Lourenço e os franciscanos pareciam ter alguma conexão sobrenatural com Cecília. Ela não acreditava nesse frei; ele não parecia muito santo. Nem acreditava que ele impediria o casamento. Só havia sussurrado o que ela queria ouvir; ela se perguntou se ele mentia com tanta facilidade quanto rezava. Queria fugir daquele jardim, sua beleza não parecia mais serena.

Frei Lourenço se balançava para a frente e para trás enquanto murmurava súplicas ao céu, com as contas do rosário deslizando entre seus dedos, mas não dava um sinal de que fosse evitar aquela tragédia.

Para seu alívio, logo depois, um grupo de monges entrou no jardim e, enfim, o frei terminou suas orações. Levantando-se e pegando sua cesta, ele caminhou lentamente até um ponto em que havia várias rosas. Ele se virou para ela de repente e disse:

— Devo voltar às minhas rosas, doce Rosalina.

Então, tirando a tesoura de um bolso em sua cintura, ele começou a cortá-las.

Levantando-se, ela o observou por um instante. Ele cortou uma rosa e a entregou para ela. Rosalina a pegou. À primeira vista, parecia uma flor perfeita, de um puro branco, mas, então, quando ela a olhou de perto, viu que havia um besouro gordo e preto enfiado dentro das pétalas mais internas.

Ela se despediu do frei. Esmagando a flor e jogando-a fora, se afastou, escutando o zumbido das abelhas reverberando em seus ouvidos.

Não havia outra escolha para Rosalina. Ela precisava encontrar Teobaldo. Mordeu os lábios, se segurando para não chorar. Ele iria ajudá-la assim que ela pedisse, mas temia que Teobaldo, por detestar todos os Montéquios, estivesse mais disposto a encontrar outro motivo para odiá-los. Ela devia esperar que a Fortuna sorrisse para eles, pois, sozinha e sem ajuda, estava claro que não poderia salvar Julieta. Como mulher, poucos lhe davam atenção, e como uma garota que estava prestes a entrar no convento, sua voz era pouco mais que o trino de um estorninho. No entanto, com a ajuda de Teobaldo, talvez pudesse convencê-los. Ela não queria a espada dele, queria sua voz. Talvez, juntos, os dois pudessem evitar a calamidade desse casamento malfadado.

Rosalina tentou imaginar onde estaria Teobaldo a essa hora. Na casa de Valêncio. Ele jantava todos os dias com o irmão dela.

Correu pelas ruas até a casa de seu irmão; a maioria dos moradores da cidade tinha se refugiado para escapar do forte calor do dia. Tentou não pensar no que Valêncio diria se visse a aparência desgrenhada dela.

Contudo, quando chegou ao grande portão de madeira cravejado de pregos de latão que decorava a entrada da casa de Valêncio, ela hesitou antes de levantar a aldrava de cabeça de leão. Não queria entrar;

se fizesse isso, Valêncio iria repreendê-la por sua aparência desleixada e mandá-la de volta para a casa do pai de imediato. Seu irmão não ouviria nada do que tinha a dizer e, mesmo que ouvisse, não teria nenhuma empatia por sua desgraça. No melhor dos casos, Rosalina seria enviada para o convento bem rápido, e ela ainda iria temer pela segurança de Julieta. Não, ela não podia confiar em Valêncio.

Olhou ao redor e viu um menino esfarrapado todo enrolado num cobertor, cochilando sob a sombra de um pinheiro-manso. Ela o acordou e colocou uma moeda em sua mão. Ele abriu os olhos.

— Pegue esta moeda, bom menino, e bata naquele portão. Diga que Petrúquio está chamando Teobaldo com urgência, que ele deve ir bem rápido. Diga exatamente isso, e lhe darei outra moeda e ficarei muito agradecida.

O menino olhou para ela e piscou, escondendo a moeda em seu justilho num instante.

— Sim, minha senhora.

Ele se levantou e, enquanto Rosalina se escondia atrás do tronco do pinheiro, ele bateu com força no portão e repetiu a mensagem conforme havia sido pedido.

Rosalina mal conseguia respirar. Será que funcionaria e Teobaldo viria? E se, por preocupação com Petrúquio, Valêncio viesse junto? E então?

Os minutos se passaram e a areia da ampulheta se arrastou. O menino voltou ao seu lugar na terra debaixo da árvore. Ela lhe pagou sua segunda moeda e ele se acomodou e voltou a dormir em sua cama de pinhas descartadas.

Teobaldo não apareceu. Ela não sabia o que fazer. Não havia esperança, Julieta estava perdida. E Rosalina precisava urinar. Ela teria que se agachar na rua e urinar como uma mendiga. Escondendo-se atrás de uma árvore, ela levantou a saia e se agachou. O alívio foi instantâneo.

De repente, o portão se abriu e se fechou. *Teobaldo!* Bem rápido, ela arrumou sua anágua e correu atrás dele, arrastando-o para uma praça pequena e deserta que saía de uma rua estreita. A praça estava ressecada pelo calor, as persianas das casas tinham sido baixadas por todos os lados, como olhos fechados.

— Teobaldo, pare!

Teobaldo franziu a testa, e Rosalina ficou envergonhada enquanto ele observava seu rosto queimado de sol, seu vestido desleixado e seu ar frenético e agitado.

— Você está sozinha de novo, sem permissão, Rosalina — disse Teobaldo, resignado.

Rosalina começou a responder, mas Teobaldo a interrompeu.

— Petrúquio me chamou. Estou com pressa. De fato, não sei o que aconteceu.

— Nada. Não aconteceu nada com Petrúquio. Ou melhor, eu sou Petrúquio.

Teobaldo olhou para ela confuso.

— Eu mandei a mensagem — explicou Rosalina. — Precisava que você saísse e me encontrasse aqui sem que meu irmão soubesse.

Teobaldo observou de novo sua aparência desgrenhada.

— Romeu a machucou? — ele perguntou baixinho. — Você não parece bem. — Ele franziu a testa com preocupação.

— Romeu se esqueceu de mim...

— Isso é uma boa notícia! — O semblante de Teobaldo se iluminou, mas a expressão de Rosalina permaneceu séria. — Por que você continua tão mal-humorada? — ele perguntou.

— Agora, ele ama Julieta. Quer se casar com ela.

— Nossa Julieta? — ele perguntou, chocado e sem acreditar. — Nossa pequena Julieta?

Rosalina abaixou a cabeça. Ela estava repleta de remorso por não ter feito mais para proteger a prima de tal monstro. Estivera tão embriagada de amor que não tinha visto que aquele pombo era, na verdade, um corvo. Todos os seus temores egoístas giravam em torno da possibilidade de eles serem descobertos.

Juntando as mãos, ela orou com fervor atípico para que não fosse tarde demais. Olhou para Teobaldo através de suas pálpebras avermelhadas e empoeiradas.

— Ele a viu no baile, chamou-a de anjo encantador e diz que a ama agora.

Teobaldo ficou parado, aparentemente incapaz de acreditar nessa notícia.

— E ela o ama também? — ele perguntou.

— Ama. Muito. Ou acredita que ama.

Ao ouvir isso, Teobaldo começou a praguejar. Rosalina estremeceu, temendo que ele fosse culpá-la — era só por causa dela que Romeu havia se aventurado a entrar no baile dos Capuletos e encontrado sua nova presa. Ela tinha agido de forma terrível e fora cegada por Cupido nesse romance infeliz.

No entanto, para seu alívio, toda a ira de Teobaldo se direcionou a Romeu.

— Oh, aquele janota! Aquele ser desprezível! Aquele imbecil, patife! — Ele cuspia as palavras passando as mãos pelos cabelos, tremendo de raiva. — Deixe-me ter com ele, antes que a leve ao paraíso dos tolos! Ela é muito jovem para isso!

O alívio de Rosalina deu lugar à irritação. A ira imediata desses homens não era útil.

— Seja mais moderado — ela disse. — Isso impede seu julgamento e não pode nos ajudar. Não contei isso para ouvi-lo esguichar sua raiva como se fosse o vapor de uma chaleira. — Ela estendeu a mão e segurou o queixo dele, tentando fazê-lo olhar para ela. — Sim, primo, devemos evitar essa união, mas usando a razão e ideias inteligentes. Eu procurei o frei que vai casá-los e falei com ele. Ele prometeu que não realizaria o casamento. Mas algo em minha alma me diz que ele estava mentindo.

— Então, eu sei que é assim — disse Teobaldo, com segurança.

— Eu tentei falar com Julieta e com a ama, mas elas não me ouvem, ou apenas não ouvem a mim.

A vergonha dessa confissão fez com que as lágrimas arranhassem sua garganta.

Teobaldo colocou as palmas de suas mãos com firmeza sobre os ombros dela. O peso de suas mãos era reconfortante.

— Então, juntos, vamos evitar essa união profana. Onde vai acontecer? — ele perguntou.

— Na basílica de São Pedro. Esta tarde.

— Tão rápido, nossa! Venha, então, devemos ir lá agora. Mas, se a razão e o diálogo fracassarem, lutarei com ele e restaurarei a honra das duas.

— Não! — insistiu Rosalina. — Não quero que use sua espada! A honra é inútil para mim sem você! Quero que faça os dois ouvirem. Se eles souberem que você acredita em mim, então, talvez Julieta também seja convencida. Se não puder evitar a violência, então, não venha.

Rosalina queria poder desafivelar a espada de Teobaldo e atirá-la no rio. O desejo dele de decidir cada disputa lutando a deixava furiosa e aterrorizada. A vida significava tão pouco para esses homens a ponto de eles estarem dispostos a deixá-la de lado?

— Jure ou vá embora! — ela disse, com a paciência já esgotada.

Teobaldo resmungou em uma concordância relutante. Ansiosos e irritados um com o outro, eles caminharam alguns minutos em silêncio. Aos poucos, o aborrecimento de Rosalina e de seu primo passou. Ficar brava com Teobaldo era como tentar segurar a fumaça.

Perto do rio, ao lado do largo vão da ponte, havia mais sombra onde os comerciantes se juntavam vendendo peixes, e algo a fazia se lembrar da paleta de um pintor, formada por vegetais e frutas — limões enrugados, melões partidos com sementes que pareciam dentes de criança, tâmaras murchas. Olhando com avidez para esse cenário, Rosalina tropeçou, então, Teobaldo segurou seu braço para apoiá-la.

Ele a examinou preocupado.

— Quando foi a última vez que você comeu, Ros? Bebeu algo hoje?

Ela o afastou.

— Não me lembro. Não é importante. Devemos nos apressar.

Ignorando suas objeções, ele comprou para ela uma caneca de cerveja e meio melão, que estava muito maduro e cheirando entre doce e podre, e linguiça de tripa, forte e picante. Eles dividiram o melão em silêncio, enquanto caminhavam num ritmo acelerado.

Os dedos de Rosalina logo ficaram pegajosos, então, ela limpou a gordura da linguiça e o melado do melão em sua saia. Lembrou-se da última vez que havia comido no mercado — com Romeu. A lembrança do beijo dele com o sumo de laranja a fez estremecer.

Ela olhou de soslaio para Teobaldo.

— Você acreditou em mim quando contei sobre os crimes de Romeu?

Ele deu de ombros e cuspiu um pedaço de casca na sarjeta.

— Claro, gentil Rosalina. Eu sempre confio em você. Você é tudo para mim.

Teobaldo falou com sinceridade, não com vergonha, mas terno.

— Mas... — ela o pressionou. — Você odeia os Montéquios, e sempre procura um motivo para brigar com eles. Você acreditou em mim por causa de seu ódio?

Ele suspirou e parou de caminhar a fim de poder olhar para ela.

— Não, Ros, acreditei em você por amor. Eu sempre te amei. Desde que éramos duas crianças apostando quem chupava mais limões. E você me contou que havia amado Romeu e que ele a enganou, então, eu acreditei em você. Não por ódio dele, mas por amor a você.

Ele atirou a casca do melão na sarjeta e limpou a boca na manga. Parecia tão jovem diante dela, esperançoso e inocente.

Ele se aproximou dela e, então, parou de repente, inseguro de si mesmo.

— Você diz que sou um irmão para você. E assim serei, até você decidir outra coisa.

Rosalina apenas olhou para Teobaldo.

— Você pode me amar como um irmão, Ros. E eu também a amo; mas não como uma irmã.

Teobaldo continuou a olhar para ela. Rosalina sentiu vergonha; sentia algo pegajoso debaixo dos braços e estava ciente da sujeira sob suas unhas e dos pingos de gordura em sua saia. Havia algo emaranhado e coçando em seu cabelo. Mesmo assim, ele ainda a olhava como se não visse nada, apenas ela.

— Rosalina, eu te amo, pela minha vida, eu te amo.

Ela percebeu que não conseguiria falar. Ele continuou.

— Você achou que eu tinha sido altruísta quando pedi sua mão em casamento e tentei salvá-la do convento. Mas foi egoísta, pois eu te amo mais do que amo a mim mesmo.

Teobaldo beijou a mão dela de um modo afetuoso e a segurou como se fosse uma joia. Rosalina suspirou — se apenas a palavra dele e a afeição fácil pudessem restaurá-la como a comida havia satisfeito sua barriga... Ele a conhecia a vida toda, sabia das coisas boas e das ruins, no entanto, ele a amava mesmo assim. Ela nunca fingia ser diferente de quem era quando estava com Teobaldo. Um músculo em sua mandíbula palpitou, e ela se encolheu, sabendo que não merecia a afeição nem a aceitação dele. Se Teobaldo pudesse ver dentro dela, entenderia que ela estava contaminada, suja com sangue e obscenidade. A garota que tinha sido, a que ele havia conhecido, não existia mais.

Teobaldo não entendia. Ele se aproximou. Os olhos dele eram tão afetuosos e repletos de amor que ela não podia suportar; precisava piscar e desviar o olhar. A garota que ela fora um dia poderia tê-lo amado como ele desejava e merecia; aquela outra Rosalina, Romeu a deixara desfeita. Ela amava Teobaldo. Sempre amou. Se ela poderia amá-lo como marido, isso era mais duvidoso; havia muitas camadas de sangue, dor e sujeira. Ela queria. E talvez o fato de querer pudesse transformar isso em verdade.

Com tempo suficiente, será que esse amor poderia lavar a sujeira e a dor?

— Seu silêncio me dá esperanças. Minha vida, minha alma, minha Rosalina.

Enfim, ela resolveu falar.

— Estou admirada e não sei o que dizer.

Teobaldo sorriu.

— Diga que vai se casar comigo. Podemos ficar em Verona e viver aqui até ficarmos velhos, ou você pode fugir comigo...? Depois que isso terminar, vamos fugir. Escapar juntos pela floresta e viver em Veneza. Roma. Atenas! De fato, não me importa onde vamos viver se você estiver comigo.

Algo na expressão dele fez Rosalina rir. Parecia que era a primeira vez que ria em meses. Teobaldo era seu companheiro de brincadeiras. Eles eram dois frutos que tinham brotado no mesmo galho.

Teobaldo sorriu. Pressionou seu nariz contra o dela e a beijou hesitante e incerto. Ela permitiu e percebeu que gostava. Ele não era tão experiente quanto Romeu. Tinha tempo para aprender. Sua barba era macia no queixo. Seria possível? Ela não sabia se poderia voltar a ser completa. Teobaldo a ajudaria. Ele sabia como ela costumava ser.

— Como você está agora? — ele perguntou, recuando, incerto.

— Repleta de alegria e tristeza.

Ela olhou para aquele rosto familiar, conhecido e desconhecido. Companheiro de brincadeiras, amigo e agora amante? Descobriu que gostava de pensar nos beijos dele, embora qualquer coisa mais que isso a enchesse de medo. No entanto, eles não precisavam se apressar, apesar da ansiedade de Teobaldo. Rosalina estava consciente de sua própria incerteza, de que mudava de ideia de um momento para o outro. Sabia que a profunda afeição de Teobaldo o ajudaria a ser paciente. Logo, ela teria todo o tempo que quisesse.

Ela olhou para o céu.

— A luz do sol está elevada e quente. Devemos ir rápido para São Pedro, a fim de encontrar Julieta e Romeu.

Teobaldo segurou a mão dela e, lado a lado, os dois correram pela rua até a basílica.

Quando chegaram à igreja, ela brilhava na luz da tarde, como se estivesse iluminada por folhas de ouro. Havia um bando de pombas pousado nos degraus, preenchendo a praça com seus arrulhos suaves e salpicando a frente da catedral com fezes.

Rosalina estava pronta para abrir caminho entre os leões de pedra que guardavam a porta da frente, mas Teobaldo a segurou.

— Espere um instante, Ros — disse ele, tirando várias lascas de pinhas do cabelo dela com seus dedos gentis.

Rosalina arrumou sua saia, e eles subiram os degraus de dois em dois. A nave estava vazia e silenciosa, tranquila como uma floresta. Ela vasculhou os corredores procurando a prima, mas só havia um monge ajoelhado rezando.

— Eles não estão aqui — Teobaldo disse baixinho.

— A capela fica na cripta — disse Rosalina, correndo na frente, fazendo com que o barulho dos passos invadisse toda a tranquilidade do silêncio.

Eles desceram no escuro. Rosalina sentia sua respiração irregular. Quando chegaram ao pé da escada, Teobaldo e Rosalina se esconderam entre as efígies de pedra adormecidas e os crânios cravejados de joias, os dois eram as únicas testemunhas vivas daquela cerimônia clandestina.

Na penumbra das velas pontiagudas, havia um casal diante do altar e um frei unindo suas mãos. Muito concentrado no ritual, o pequeno grupo nupcial não percebeu a presença deles. A garota era alta e magra, uma dedaleira flutuava sobre seu vestido cor de esmeralda; o noivo estava embebido de amor quando colocou o anel em seu dedo. O cheiro de incenso se misturava ao odor de mofo e umidade.

Teobaldo empurrou Rosalina e começou a avançar, mas ela o segurou, dizendo:

— Teobaldo, não. Não são eles! Veja, a garota não é Julieta. Nem aquele noivo é Romeu.

Por um instante, Teobaldo ficou tão enlouquecido que não enxergava a realidade; depois, quando se acalmou, voltou para o lado de Rosalina, reclamando em um sussurro:

— Por que eles não estão aqui? Que truque é esse?

Rosalina se sentou sobre um dos túmulos de mármore e baixou a cabeça. Ela imaginou que talvez tivesse conseguido convencer o frei a impedir o casamento, mas, quando se lembrou da Bíblia franciscana na cela de Cecília, teve certeza de que ele havia mentido quando disse que iria tentar.

O casamento estava acontecendo em algum outro lugar.

Ela respirou fundo.

— Romeu deve ter convencido a ama a informar para mim ou para qualquer outra pessoa o lugar errado. Ela nunca teria pensado em me enganar por conta própria.

— Aonde mais eles podem ter ido? — suspirou Teobaldo, agitado. — Ou será que já é tarde demais?

Rosalina passou a língua pelos lábios rachados e tentou pensar.

— Só há um lugar que acredito ser possível. A cela do Frei Lourenço. Não é longe de São Pedro.

Com nojo, Teobaldo examinou a capela úmida.

— Não gosto deste lugar, onde as únicas testemunhas são os que partiram. É morte em vida. Se você concordar em ser minha esposa, não nos casaremos em um lugar como este, nem na cela sombria de um frei qualquer.

— Onde, então? — perguntou Rosalina, curiosa, quando começaram a voltar pelas sombras para a escada.

Eles tentavam não roçar nas paredes gotejantes nem nos círios, de onde escorria cera. Ela também não gostava daquele lugar, e se lembrou de que a afeição de Romeu por ele a havia incomodado.

— Gostaria que nos casássemos na margem de um rio entre os martins-pescadores ou num bosque verde com um coro de rouxinóis.

Rosalina ainda não sabia se queria se casar. Ela parou por um instante, observando as folhas frescas regadas pela chuva recente, ouvindo o sussurro das árvores. Se pudesse escolher ficar ao lado de Teobaldo para sempre sem se casar com ele, então, faria isso sem hesitar; talvez pudesse ser sua "não esposa" para sempre. Eles podiam viver juntos em algum lugar como irmão e irmã — ninguém que não os conhecesse questionaria o arranjo, eles eram tão parecidos. Teobaldo a amaria e ela o adoraria, e eles já eram melhores amigos; do que mais precisavam? No entanto, uma voz a incomodava, sussurrando que, para Teobaldo, o prazer da amizade não era suficiente. Ela estremeceu. Não via como poderia desejá-lo ou desejar qualquer outro homem depois de ter caído na armadilha de Romeu, de ter sido ensanguentada e maculada. Teobaldo poderia não ver agora, mas as marcas estavam ali. Um dia, ele as veria e a desprezaria.

O que Romeu dissera era verdade — ela era uma coisa estragada e quebrada. No entanto, Rosalina entendeu que Teobaldo a amava o suficiente para esperar. Ela havia amado Teobaldo antes de amar Romeu, talvez pudesse amá-lo depois. Ela já o amava como irmão, quer dizer, como seu irmão gêmeo. Tudo o que desejava era que uma afeição se transformasse em outra, como uma maçã verde fica rosada sob o sol do outono. Com o tempo, era possível que suas feridas fossem curadas e desaparecessem, passando de vermelhas a brancas. Eles ainda tinham 15 anos, então, não havia pressa. Ela podia fugir com ele e, talvez na primavera do ano seguinte ou do próximo, ela conseguisse o amar como ele desejava. Ela desejou Romeu. Um dia, poderia desejar Teobaldo. As sementes do desejo tinham sido semeadas. O amor traria chuva. Ela ousava ter esperança.

O pé de Teobaldo já estava na escada.

— Rosalina, venha! Ele a puxou, e os dois subiram correndo juntos.

CAPÍTULO 10

Aquele vilão Romeu

Rosalina conduziu Teobaldo por baixo dos arcos até os jardins de plantas medicinais. Os dormitórios dos frades se localizavam em volta do gramado, suas janelas eram gradeadas e pintadas de preto. Ela não sabia qual daquelas celas estreitas pertencia ao Frei Lourenço.

Percorreram o primeiro claustro procurando algum sinal. Estava tranquilo ali — uma brisa morna, quente como uma respiração em seu rosto, levantou as extensas folhas de um salgueiro-chorão, e os canteiros de flores estavam tomados por erva-doce verde, seu forte aroma de anis tomava conta do ar.

— Como vamos saber qual é a cela dele? Ou se foram para a capela? — gritou Teobaldo, impaciente.

Rosalina meneou a cabeça. Ela não sabia. Temia que fosse uma causa perdida. O sino da basílica badalou três vezes. Ela vasculhou o jardim de novo e, surpresa, avistou o próprio frei cortando margaridas em outro canteiro.

Ela correu pelo gramado para alcançá-lo, sentindo o estômago lhe apertando por conta de sua antipatia por ele.

O frei notou que se aproximavam e ergueu a mão para cumprimentá-los. Quando sorriu, ela notou que seus dentes eram tão amarelos quanto as margaridas aos seus pés.

— Que bom vê-la, doce Rosalina — ele falou.

— Chegamos tarde demais? — perguntou Rosalina. — Você os casou, afinal?

Ela não o chamaria de "santo padre" agora.

Ele riu, havia uma nota de triunfo em sua voz, enquanto se virava para cuidar das suas flores.

— Pela Santa Igreja, eu transformei dois em um.

Rosalina sentiu-se mal. Aquela notícia queimava em sua garganta. Eles tinham chegado tarde, e Julieta estava perdida. Por um instante, não houve nenhum som, exceto o grito agudo do melro enquanto puxava uma minhoca da terra meio enrolada, com seu trinado alto e insistente.

Teobaldo virou-se para o frei com o rosto contorcido de dor e raiva. Rosalina conseguia perceber que ele estava se controlando para não jogar o velho sobre a terra e o arrastar entre suas violetas e beladonas.

— Por favor, sagrado confessor — ele disse, com os dentes entrecerrados. — Para que direção eles foram?

O frei sorriu para ele com uma falsa serenidade.

— Ah, o dia está quente, e todos os Capuletos estão do lado de fora.

— Não adianta — disse Rosalina, irritada, virando-se para Teobaldo. — Ele não vai nos contar. Não é nosso amigo, é apenas amigo de Romeu.

O frei inclinou sua cabeça.

— De fato, ele é como um filho para mim. E, agora, Julieta também é minha filha! — Ele sorriu satisfeito consigo mesmo.

Rosalina recuou. Ela nunca havia odiado um padre nem um frei antes, mas esse homem parecia se deliciar com o sofrimento dela. Havia uma acidez ferina nele.

— Como pôde fazer isso? Você mentiu para mim!

— Eu tentei, Rosalina, juro que sim. Prometi que faria tudo que estivesse em meu poder. — Ele ergueu as mãos em sinal de rendição.

— Mas, em todo o meu tempo como padre, nunca vi uma noiva tão bela, uma donzela tão radiante de alegria e tão tomada pelo amor. Depois que terminamos, ela correu daqui para esperar a chegada de seu noivo, de tão ansiosa que estava por ser apreciada por ele.

Rosalina sentiu o conteúdo de seu estômago coagular e endurecer. Tinha certeza de que o frei estava imaginando Julieta, jovem e impaciente, correndo para sua cama com seu novo marido. Esse homem santo precisava de um confessor. Ela conseguia ver a aura de sujeira ao redor de sua alma.

— Chega dessa luxúria sórdida — disse Teobaldo, pegando sua espada e se aproximando do frei.

Este tossiu, fingindo fragilidade, e apoiou-se em seu bastão.

— Vai golpear um santo frei, garoto?

Rosalina ficou entre eles e empurrou Teobaldo para trás.

— Não faça besteira! Há frades e monges por perto. Tudo o que ele precisa fazer é chamá-los, e eles virão ajudá-lo. Se você for preso, não poderá nos ajudar!

Aceitando a contragosto a verdade, Teobaldo embainhou sua espada e se afastou.

Rosalina se virou para o Frei Lourenço.

— Pelo que você diz, Romeu e Julieta não estão juntos, frei — ela falou com rispidez, o cheiro de rosas estava travado em sua garganta. — Julieta está esperando por Romeu. Sozinha.

O frei resmungou; parecia irritado por ter dado alguma informação útil. Teobaldo ficou alerta, observando. Puxando o braço de Rosalina, ele a afastou do frei, levando-a para o outro lado do jardim de ervas medicinais, murmurando:

— Você deve ir atrás de Julieta, agora, e eu vou encontrar aquele demônio, o Romeu. Se eu puder encontrá-lo antes de esse casamento ser consumado, então, nossa prima estará livre dele.

Rosalina sacudiu a cabeça com força. Ela sabia o que ele queria fazer, e não permitiria. Talvez o calor infinito desses dias agitasse o sangue e fizesse os homens desejarem lutar e brigar. Ela odiava Romeu, mas não acreditava que o remédio para ele fosse a ponta de uma espada. Nenhum anjo nem resposta alguma estava ali — só a morte.

— Teobaldo, não. Eu imploro. Venha comigo, vamos conversar com ela juntos. Nós dois unidos poderemos ter sucesso. Ela não vai me ouvir sozinha.

Teobaldo olhou para Rosalina, seus olhos eram castanhos como a haste de uma avelã em maio. Ela sabia que ambos tinham a mesma idade, mas houve uma separação no caminho deles. Rosalina se sentia como uma mulher antiga agora, uma anciã por dentro, ferida e acuada. Não era mais a garota de Teobaldo, plena de luz e travessuras, mas algo mais sombrio, mais triste.

Como Teobaldo continuava a olhar para ela com seus olhos amendoados, Rosalina hesitou, sentindo-se desconfortável, pois nunca seria digna de tal consideração. No entanto, havia de novo aquela ponta de esperança. Enquanto estivessem juntos, os dois poderiam salvar Julieta. Ela estava convencida disso. Depois, haveria tempo para pensar em amor e em outras coisas. Rosalina deveria impedi-lo de ir embora, e só havia uma forma de fazer isso.

— Fique comigo — ela disse, segurando a mão dele. — Vamos até onde está Julieta juntos. E, quando tudo isso terminar, iremos para o bosque verde e não haverá mais Montéquios nem Capuletos, apenas Puck e Robin Goodfellow.

Ele parou, voltou e se aproximou dela, com uma expressão iluminada de repente por uma alegria inesperada.

— Muito bem. Vamos juntos, então — ele disse. — Por amor.

Teobaldo a beijou.

— Para que lado vamos? — perguntou Rosalina.

O cheiro de salgueiro-rosa flutuava no ar, e um raio de luz surgia nas flores azuis de um laburno, pontilhando o chão. A doce serenidade contradizia sua própria agitação, então, ela pausou incerta, com o coração batendo forte. Por um instante, ela não conseguia decidir.

Acima do jardim erguia-se o dedo branco da torre de São Pedro, apontando para o céu e o destino. Como ela saberia qual era a escolha certa?

— Por aqui — Rosalina disse, de repente.

Os dois saíram do jardim e pegaram a estrada que levava de volta para a casa dos Capuletos. Rosalina não sabia se estavam muito atrasados para encontrar Julieta — se haviam se passado apenas alguns minutos ou uma hora. A garota ainda poderia estar na casa. Romeu já poderia estar com ela, e o casamento poderia ter sido consumado. E, ainda assim, Rosalina sentiu-se confortável com sua suposição de que, como o espírito maligno que era, Romeu só procuraria Julieta à noite. Ele não se arriscaria a entrar na casa dos Capuletos enquanto não pudesse se esconder pela noite.

Eles andaram por algum tempo até o calor da tarde ficar menos feroz e, vendo que Rosalina estava cansada por seus esforços, Teobaldo ofereceu seu braço, e ela o tomou, agradecida. A sola de seu sapato tinha se soltado e batia no chão, havia uma bolha se formando no calcanhar; ela a esfregou com ternura. Julieta ia mancando pelo caminho. As lojas estavam começando a reabrir, mas nenhum dos comerciantes prestou muita atenção no casal. Eram uma garota e um garoto indisciplinados e rebeldes andando pelas ruas com a chegada do crepúsculo. Ela implorou aos santos impenetráveis que não encontrasse o pai nem ninguém que a conhecesse.

Depois de algum tempo, Rosalina avistou uma figura esguia à sua frente. Ela cutucou Teobaldo.

A luz estava ficando mais fraca, e era mais difícil enxergar, mas eles aceleraram e Teobaldo, incapaz de se conter, gritou:

— Julieta!

A figura parou e diminuiu a velocidade, hesitante.

Rosalina, reunindo todas as suas forças, correu.

— Julieta! É você!

Julieta se virou a fim de olhar para eles e expressou surpresa por vê-los juntos. Ela começou a correr na direção dos dois, pronta para se jogar nos braços da garota mais velha, antes de parar bem na frente de Rosalina, de repente, hesitante.

— Você contou ao Teobaldo, Ros — ela disse, a reprovando.

— Não tive escolha, prima. Acredite em mim, eu não queria.

— Por favor, venha conosco agora, pequena — disse Teobaldo. — Vamos encontrar algum padre bondoso, e ele anulará esse casamento repulsivo.

— Nós amamos você, Julieta — disse Rosalina. — Mais do que aquele vilão poderia. Por favor, faça o que Teobaldo está pedindo.

Julieta se afastou deles.

— Não quero brigar, Ros — ela falou, na defensiva. — Apenas me dê um beijo e me deseje o melhor.

Rosalina deu um passo à frente, pegou as mãos de Julieta e a beijou com verdadeiro afeto.

— Sempre te desejo o melhor. É tudo o que sempre fiz e quis. Mas, prima — Rosalina olhou firme para ela —, mendigos valem mais do que Romeu Montéquio.

Julieta ficou dura de raiva e mágoa.

— Não fale assim do meu marido! Não é verdade. Ele não é um mendigo. É rico de amor por mim. E tem moedas. Ele me mostrou. Trinta ducados de ouro. Vamos levar tudo isso conosco quando deixarmos a cidade.

Rosalina soltou um grito de raiva.

— Não consegue ver? As moedas são do meu pai! São os ducados de ouro que Romeo me obrigou a roubar do baú do meu pai.

Julieta chupou a ponta de sua trança e observou sua prima, que se sentia machucada.

— Tudo ficará bem. Não seja amarga nem rabugenta. Isso não combina com você, Ros. Encontre em seu coração a felicidade por mim, mesmo que a deusa da Fortuna tenha sido cruel com você.

Uma dor tomava conta da cabeça de Rosalina, pela vergonha e por ter corrido de um lado para o outro como uma peteca no calor o dia todo. Seu calcanhar estava dolorido e sujo. Ela queria chamar Julieta de volta à razão e para si.

— A causa ainda não está perdida — disse Teobaldo, fechando a cara. — Ela é pequena. Posso agarrá-la e encontrar algum lugar para escondê-la até que recupere a razão.

Julieta se afastou, com medo de que Teobaldo estivesse falando sério.

— Quieto — disse Rosalina, impaciente. — Não fale nada, se for para falar essas coisas.

Rosalina pensou em Cecília e na jovem criada com a barriga inchada. Quantas garotas tinham existido antes dela? Temia que logo a deusa da Fortuna fosse vingativa com Julieta e que Romeu a deixasse de lado. Ele a descartaria como algo sem valor.

Mas Rosalina queria que Julieta entendesse que ela tinha importância e que era amada.

O rosto de Julieta estava vermelho, corado com a alegria que Rosalina queria arrancar dela. Rosalina desejou que Julieta sofresse também, para que pudesse compreender, mas Julieta apenas a examinava com indisfarçável impaciência, apoiando-se em um pé e no outro, louca para voltar para Romeu.

Rosalina suspirou. Ela sentiu uma pontada de inveja — queria sentir aquela segurança, a felicidade, e contemplar a beleza de novo.

Então, ela percebeu um brilho verde, como se fosse o brilho de uma nova folha, sobre uma pedra num aro de ouro ao redor do fino dedo de Julieta. Por um instante, ela quase perdeu o fôlego.

— Deixe-me ver seu anel — Rosalina pediu a ela, tentando manter a leveza em seu tom de voz.

Relutante, Julieta estendeu a mão. Rosalina examinou o anel, virando a palma da mão de sua prima. O anel de ouro era fino, mas a joia continha uma grande esmeralda, mais brilhante que os primeiros botões de primavera ou da grama depois da chuva. Na mesma hora, Rosalina soube que aquela era a pedra do pendente de sua mãe e que aquele era o anel que Romeu havia feito para o casamento deles. Ela soltou a mão de Julieta como se tivesse tomado uma picada.

Julieta olhou para ela, confusa, mas Rosalina não explicou nada. Não valia a pena. Julieta não ouviria a verdade. Seus ouvidos estavam tampados com veneno.

Rosalina engoliu em seco e se esforçou para não olhar de novo para o anel. Parecia que, para Romeu, todas as garotas e seus anéis eram intercambiáveis. Agora não importava mais, pois Julieta não enxergaria isso, ela também estava embriagada de amor e havia bebido muito daquela fonte.

Para angústia de Rosalina, a garota nem perguntou o que a perturbava. Julieta apenas escondeu as mãos em suas mangas, dizendo:

— Devo correr para casa!

Estava impaciente para ir embora.

— Deixe-a ir — disse Teobaldo, colocando o braço ao redor dos ombros de Rosalina. — Seus ouvidos estão bloqueados pelas mentiras dele.

Rosalina assentiu, calada, e a deixou ir. Ela ficou parada com seu sapato quebrado e observou Julieta correr pela escuridão que se aproximava. *Que ela olhe para trás, mesmo por um momento, que sorria. Vire-se, Jule. Eu te amo, enquanto ele apenas finge.*

Ela não olhou. Rosalina mordeu o lábio para não chorar. Teobaldo a abraçou, murmurando palavras de afeto, e cobriu o topo de sua cabeça com beijos. Os braços dele eram cálidos e familiares. Ele tinha cheiro de salgueiro e primavera.

Depois de alguns instantes, Teobaldo a afastou com gentileza.

— Chegou a hora, Ros. Você deve permitir que eu procure o vilão Romeu.

Rosalina sacudiu a cabeça com força.

— Não.

— Sim. Já falamos muito, mas as palavras são apenas ar.

— Enquanto existirem palavras e ar, há vida e esperança. — Rosalina pegou o braço dele e apertou firme, mas Teobaldo se soltou dela.

— Deixe-me ir, Ros.

— Mas eu falei sim para você e o bosque verde.

— Quando essa coisa horrível terminar, eu a encontrarei. — Teobaldo sorriu, e a luz em seus olhos era de alegria, mas ele não iria ficar. Acariciou o rosto dela com os dedos e a beijou na testa. — Oh, o céu é aqui onde vive Rosalina. Aqui está meu coração.

Segurando a mão dela, ele a pressionou contra o seu peito para que Rosalina pudesse sentir como seu coração batia contra o tecido fino de sua camisa. Por baixo, havia carne macia e o contorno de costelas frágeis e juvenis.

Então, depois de beijá-la de novo, ele foi embora.

— Não! — ela gritou.

Com lágrimas escorrendo pelo rosto, Rosalina correu atrás de Teobaldo, mas ele era muito rápido. Ela correu o mais que pôde, sentindo sua respiração ofegante, mas não o alcançou. A rua estava deserta. Em um cruzamento, ela olhou para um beco estreito e depois para outro, mas não havia nem sinal do caminho que ele havia seguido. Ela amaldiçoou a escuridão. Só podia esperar e rezar para que ele não encontrasse Romeu Montéquio naquela noite.

Os sons do sino da basílica anunciavam a noite. Monges e andorinhas se reuniam para cantar as vésperas. Rosalina caminhou pelas ruas da cidade por tanto tempo que ouviu as mesmas vozes cantando a hora das Completas. A lua era uma lanterna elevada, redonda e brilhante, oscilando num céu repleto de estrelas.

O olhar de Rosalina estava muito abatido — ela não ligava mais para o deslumbramento da noite enquanto procurava Teobaldo pela cidade. Não era um, mas havia dois primos em perigo. Nenhum deles quis ouvi-la. Mesmo se encontrasse Teobaldo, não saberia como convencê-lo a ir para casa, e não sabia mais como ajudar a imprudente e adorável Julieta. Tudo o que sabia era o que deveria ter feito. Rosalina queria que alguém a tivesse salvado de Romeu.

Ela olhou para suas roupas sujas e concluiu que combinavam com ela. A sujeira do lado de fora combinava com a sujeira de dentro. Miserável e estúpida, ela não merecia nada melhor. Deveria ter percebido que Romeu era desonesto, deveria ter visto. Ela enfiou suas unhas sujas nas palmas de suas mãos até se ferir.

Assustou-se quando uma mendiga saiu por uma porta e puxou sua saia, implorando uma moeda. Mexendo em sua bolsa, ela encontrou uma moeda e a deu à mulher, perguntando se um jovem havia passado por aquele caminho. A mulher negou com cabeça, voltando para as sombras.

Depois de semanas sem chuva, o rio havia reduzido o seu volume e agora era apenas um canal estreito, fétido. A água estava baixa demais, e criaturas mortas flutuavam, batendo contra as pedras, ou tinham sido carregadas e estavam apodrecendo nas margens. Os mortos pela praga também fediam em suas covas rasas, mas Rosalina ainda se perguntava se o fedor vinha de dentro dela — que estava podre, de alguma forma. Antes de Romeu, ela temia que fosse invisível, mas agora sentia que seu corpo não estava mais ali e que não pertencia mais a ela. A bolha em seu pé se rompeu e começou a sangrar, mas nem mesmo seu calcanhar parecia parte dela. Romeu tinha reivindicado seu corpo enquanto o fornicava, e ela não sabia como retomá-lo. Ele havia levado sua virgindade e ela inteira. Rosalina não permitiria que Romeu repetisse essa história com outras garotas. Tudo devia terminar com Rosalina.

Ela viu outro mendigo agachado na beira do rio e o chamou, com a voz baixa.

— Viu um homem passar por aqui? Não faz muito tempo. — Ela fez uma pausa. — Um rapaz.

Ele balançou a cabeça e ela continuou. Então, uma voz a chamou, rouca e fina.

— Não vi um rapaz sozinho, mas vi um grupo de Montéquios algum tempo atrás.

Ela se virou, seu coração parou por um momento.

— Para que lado eles foram?

Ele apontou. Ela saiu correndo. *Por favor, que eu não esteja muito atrasada. Talvez o caminho de Teobaldo não tenha cruzado com o deles. A cidade é bastante grande.*

Então, um grito repentino calou seus pensamentos. Alto e forte, como uma faca cortando a barriga macia da noite. Rosalina parou, imóvel. Prendeu a respiração e ficou apenas ouvindo, como uma lebre sendo caçada. O grito de uma coruja, talvez. *Que tenha sido apenas uma coruja.* Então, ela ouviu o grito de novo, e não era um pássaro, era um grito humano, cheio de dor e angústia.

Pior que isso, ela conhecia aquela voz. *Teobaldo.* Ela correu, seguindo o som pelo caminho mais próximo. O suor se juntava entre suas omoplatas e escorria por suas costas. Outra voz respondeu. Ela não conseguia ouvir o que diziam — apenas os tons de raiva e ódio. Seus passos faziam ruído, a sola solta de seu sapato batia no chão enquanto ela corria por um beco deserto. Os gritos ficaram mais altos. Rosalina estava perto agora. Quase lá.

O pavor se instalou em sua carne como um vento frio de verão. Ela parou do lado de fora da entrada do cemitério que abrigava a tumba dos Capuletos. A luta acontecia dentro dos muros do cemitério. Pelo ruído, parecia que os próprios mortos haviam se levantado.

Abrindo os portões, ela entrou e ouviu os gritos que vinham direto de trás da tumba. Embora não tivesse chovido nas últimas semanas, o chão estava molhado e a lama manchava seus sapatos. Depois da onda de calor que veio, o cheiro era indescritível. A lama fedia e estava manchada de vermelho à luz do luar. Os mortos pareciam escorrer para a superfície, recusando-se a ser esquecidos.

Ela ouviu outro grito, não de Teobaldo, mas de outra pessoa que ela não reconheceu.

— Agora, nestes dias quentes, o sangue enlouquecido está se agitando!

— Você é tão quente quanto qualquer outro na Itália! — respondeu outra voz.

Então, ela ouviu o som abafado de uma luta. Empurrões e grunhidos. O ruído de metal sobre a pedra. *Por favor, que ele não esteja ferido.*

— Pela minha cabeça, aí vêm os Capuletos.

— Pelo meu calcanhar, não me importo!

Saindo de trás de uma tumba, no fundo do cemitério, ela viu Teobaldo e vários Montéquios — Romeu e dois outros, seu amigo Mercúcio e um outro que ela não conhecia — rodeando-se entre os túmulos, lançando insultos como lanças. Dois jovens escudeiros se escondiam mais distante, agarrados um ao outro, com medo. Ela viu Teobaldo posicionado em cima de uma tumba baixa de granito, empunhando sua espada, com os olhos iluminados por uma raiva enlouquecida. De uma ferida no rosto pingava sangue, um corte escuro que revelava um pedaço

249

de músculo. Sua jaqueta estava muito rasgada e solta, mas ele não parecia perceber os cortes em suas roupas ou em si mesmo; oscilava sobre as pontas de seus pés, pronto para saltar.

Abaixo dele, Romeu andava entre as sepulturas, segurando seu florete em uma mão, com a adaga na outra, olhando para Teobaldo com olhos de lobo. Ao contrário de Teobaldo, Romeu estava imaculado, como se estivesse pronto para se encontrar com o príncipe. Para desgosto de Rosalina, ela percebeu as diferenças entre os dois oponentes. Romeu era mais alto, mais largo, mais forte do que Teobaldo em todos os sentidos. Mesmo agora, sua beleza era perturbadora; mas, ao observar a crueldade de seu sorriso, ela se perguntou como nunca havia visto aquilo.

— Desça daí! — ela gritou. — O príncipe proibiu expressamente esse banditismo em Verona!

Os dois homens a ignoraram. Era como se não pudessem nem a ouvir nem a ver, tão entorpecidos que estavam por uma ira ensandecida um contra o outro.

Teobaldo cuspiu no chão e, saltando, investiu contra Romeu, tropeçando em uma sepultura quebrada em seu desespero para alcançar seu inimigo.

— Sei o que você é! — ele disse, ofegando. — Pela manhã, toda a Verona também saberá. Você é um vilão! Eu o verei enforcado.

— Teobaldo, pare! — gritou Rosalina, lutando para alcançá-lo, sem se importar com sua própria segurança, mas o primo, tomado pela fúria, não deu nenhuma atenção a ela.

— Vilão, eu não sou — gritou Romeu, enfurecido. — Portanto, adeus. Eu vejo que você não me conhece.

Ele correu na direção de Teobaldo, movendo sua espada de um lado para o outro, e, fosse pela selvageria de sua raiva ou pela indiferença que sentia pela segurança dela, ao passar por Rosalina, ele a empurrou contra um túmulo.

Ela caiu pesada sobre a pedra; depois, recuou depressa para um canto do cemitério, refugiando-se das lâminas cortantes atrás de um mausoléu em forma de arco. Atrás dela, uns pajens encolhidos choramingavam de medo, tanto que não conseguiriam nem fugir caso fossem arrastados para a briga. Espiando, ela viu que Romeu havia subido no topo de um sarcófago alto, fora do alcance de Teobaldo. Ele se mostrou embainhando o florete e a adaga e tomou um longo gole de sua garrafa. Ajoelhou-se em uma falsa solenidade e fingiu rezar, deixando Teobaldo ainda mais enfurecido.

— Isso não vai perdoar as feridas que fez em mim e em minha família. Vire-se e desembainhe — gritou Teobaldo, com sua voz rouca de tanto gritar; a ferida em seu rosto estava manchada e brilhante com o sangue.

— Eu protesto, nunca o machuquei — o provocou Romeu.

Ele levantou as mãos antes de beber outro gole. Então, pulando com cuidado para ficar fora do alcance, deu a volta por trás de Teobaldo, esquivando-se dele com agilidade, pulando de uma tampa de pedra de um túmulo para outro.

Rosalina pôde ver que Romeu sentia um prazer desprezível nisso, provocando Teobaldo e, então, se afastando rápido, brincando com ele como se o oponente fosse um filhote.

A inteligência de Teobaldo e toda a sua habilidade tinham sido perdidas por sua fúria. Ele gritou de um jeito selvagem.

— Oh! Seu falante desonesto e vil! — ele gritou. — Você feriu, com mentiras violentas e atos, a minha prima.

Esse ataque verbal acertou seu alvo quando todos os outros golpes tinham falhado, então, Romeu se aproximou de Teobaldo, num lugar onde Mercúcio e o outro Montéquio não conseguiam ouvir. Apenas Rosalina estava perto o suficiente para ser testemunha da troca de palavras.

— Estamos conversando aqui em público — sussurrou Romeu. — Ou nós nos retiramos para algum lugar privado e falamos com frieza de suas dores ou vamos embora. — A forma como tratava Teobaldo era meio agressiva e meio suplicante. Ele gesticulou para os outros. — Aqui todos os olhos estão voltados para nós.

— Não vou ceder ao prazer de nenhum homem miserável — cuspiu Teobaldo.

— Garoto desprezível e vil — zombou Mercúcio, agora chegando mais perto para ficar ao lado de Romeu, com a espada pronta para defender o amigo.

Para consternação de Rosalina, ela viu como Teobaldo estava em desvantagem. Ela não ficaria fora da briga vendo ele ser ferido. Deixando a segurança do mausoléu, escalou uma tumba quebrada e, agarrando a manga de Teobaldo com toda a sua força, puxou-o de lado. Ele iria prestar atenção nela.

— Teobaldo! Venha comigo agora — Rosalina implorou, agarrando o braço dele. — Deixe este lugar para os mortos e não se junte a eles! Não dê motivo para Romeu machucá-lo. Faça uma ameaça a ele ou à sua reputação, e ele vai matá-lo.

Teobaldo a afastou, era incapaz de ouvir seu aviso. Sua pele estava manchada no pescoço e no peito, seu temperamento estava muito inflamado. Ele pingava de suor. Um pouco distante, viu Romeu conspirando com Mercúcio, com um sorriso malicioso em seus lábios. Fosse o que fosse que estivesse planejando, não seria bom para Teobaldo.

Desesperada, ela tentou de novo.

— Venha, primo, você não poderá ajudar Julieta se estiver morto. — Sua voz parecia presa na garganta, e ela não conseguia respirar. — Por favor, volte comigo. Juntos, podemos salvar Julieta, e depois iremos para o bosque verde.

Ela beijou os lábios de Teobaldo e sentiu o gosto de sangue. *Ele precisa me ouvir, ele precisa.*

— Ou, se preferir, vamos para Veneza...? Ou até para a Inglaterra. De fato, não me importa para que lugar, desde que eu esteja com você.

Teobaldo hesitou ao ouvir isso; parecia tê-la visto pela primeira vez.

Rosalina aproveitou sua vantagem.

— Nada de um frei horrível ou uma cripta mofada para nós. Podemos descansar sob o sol e ler, ou discutir, como você quiser. Apenas se afaste deste lugar horrível e desses homens perversos.

Ela pegou a mão de Teobaldo e, para seu alívio, ele permitiu. Beijou seus dedos, sentiu o calor de sua pele e começou a conduzi-lo pelo cemitério. Um morcego voou acima deles, com suas asas finas e negras.

Então, uma voz o chamou, zombando dele; era Mercúcio.

— Teobaldo, seu verme, você vai embora?

Teobaldo parou, rígido. Rosalina puxou seu braço, mas ele estava imóvel.

— O que você quer de mim? — ele perguntou.

— Bom Rei dos Gatos, nada mais que uma de suas nove vidas. Quero dizer, destruí-la e depois dar uma surra nas outras oito. Vai desembainhar sua espada? Apresse-se, para que a minha esteja sobre suas orelhas antes que você a tire.

Ao ouvir isso, Teobaldo se perdeu de novo.

— Teobaldo! — gritou Rosalina, furiosa e, ao mesmo tempo, apavorada.

Ele olhou para trás com os olhos inexpressivos, nem parecia mais vê-la; então, logo estava pulando pelas tumbas rachadas, com sua espada e sua adaga em punhos, avançando na direção de Mercúcio. Antes que Rosalina pudesse evitar, Teobaldo tinha se atirado sobre ele, gritando:

— Estou aqui para você!

Romeu falou com deleite:

— Mercúcio, levante seu florete!

— Venha, senhor, com seu passado! — gritou Mercúcio, fazendo um gesto obsceno para Teobaldo.

Rosalina estava tomada de horror e desespero. Por que Teobaldo não parava? Por que nenhum deles parava? Então, ela gritou ao redor com raiva, chamando:

— Você não luta, Romeu? Usa Mercúcio como seu belo escudo?! Não vai duelar comigo? Pois eu sei como você gosta de jogos de luta com garotas. — Ela andou pelo meio dos túmulos e atirou pedras na direção dele, parando apenas para pegar um galho caído, apontando-o para Romeu. — Estou com meu violino aqui, você quer ouvi-lo de novo?

Romeu a ignorou. Os olhos dele brilhavam com um prazer selvagem, enquanto ele orquestrava a ação de uma cuidadosa distância, no alto de um sarcófago rachado, encorajando os outros a entrar na briga.

— Desembainhe a espada, Benvólio! Tire as armas dele! Segure Teobaldo, bom Mercúcio!

Benvólio e Mercúcio levaram Teobaldo para a cerca, onde ele tropeçou e esteve prestes a cair em uma sepultura aberta. Então, para felicidade de Rosalina, ele pulou para o lado.

O ar estava tomado pelo zumbido das lâminas. Os Montéquios eram um bando de caçadores e Teobaldo, a presa deles. Mas ele era rápido, e merecia o apelido de Rei dos Gatos: ele saltava e se defendia. Puxou a ponta de seu florete e segurou sua adaga no alto, grunhindo a cada golpe.

Rosalina não conseguia mais olhar nem desviar o olhar. Ficou parada nas pontas dos pés ao lado de uma pequena cruz de pedra, tentando ver.

Mercúcio se aproximou de um modo furtivo, e Teobaldo se desviou. A espada dele brilhou sob a lua.

Rosalina se arrastou para mais perto de Romeu, escalando uma tumba caída ao lado dele.

— Peça que parem — ela implorou.

Ele fingiu não ouvir. Ela não significava mais nada para ele agora; era apenas uma das mariposas ao redor das velas nos túmulos. O rosto de Romeu estava rosado de prazer. Ele apreciava aquilo como um esporte.

O ódio por ele aumentava nas veias de Rosalina.

— Eu vou fazer você dançar — gritou Mercúcio.

Todos se defendiam e se esquivavam.

Teobaldo pulava e se abaixava. A espada dele tremulava, entretanto, Mercúcio o golpeou. Lento demais. Teobaldo riu. Ele era mais leve e mais rápido, e Mercúcio estava cansado. Benvólio se moveu para ajudá-lo, mas Teobaldo era ligeiro demais para os dois, sua lâmina era como uma picada de vespa.

Rosalina não viu o golpe, apenas ouviu Mercúcio gritar:

— Estou ferido!

Rosalina avançou, depois parou. Ela olhou para Mercúcio, o viu ferido, viu o sangue escorrendo de seu corpo; então, ele caiu de joelhos na lama. O que Teobaldo havia feito? Ela não conseguia respirar. O ar estava muito pesado e já havia cheiro de morte.

Teobaldo ficou olhando para o homem caído, incrédulo e horrorizado. Era Romeu que ele queria, não esse outro homem, esse estranho. O rosto dele ficou pálido e branco, exceto pelo corte em seu rosto. Abaixo dele, Mercúcio se contorcia e rastejava no chão.

Romeu deu um passo à frente fazendo uma careta, blasfemando.

— O quê? Está machucado?

Ele se aproximou, estendeu o braço e ofereceu a mão a Mercúcio, tentou levantá-lo, mas o amigo não conseguia, seus dedos estavam escorregadios. Ele caiu para trás. Logo depois, ele sorriu e soprou uma bolha de sangue rosado e cuspiu, banhando seus dentes.

— Sim, sim, um arranhão, foi um arranhão. Já chega — ele disse.

Rosalina engoliu em seco. Não era seguro ali para os Capuletos. Desesperada, ela tentou puxar Teobaldo. Eles deviam correr, fugir daquele lugar, ir para longe dali, para qualquer outro lugar, mas Teobaldo não podia, não se moveria. Ele ficou parado no lugar como as efígies de mármore ao redor deles, silencioso e imóvel.

Ela se virou para um dos pajens encolhidos no fundo do cemitério, que estava batendo os dentes de medo.

— Chame um médico — ela pediu. — Vá!

— Coragem, homem. A ferida não deve ser nada — disse Romeu.

— Não, e não é tão profunda também, nem tão larga quanto uma porta de igreja, mas é suficiente, vai servir — respondeu Mercúcio. — Procure por mim amanhã e me encontrará deitado.

Ele bufou com sua própria piada, mas a risada fez com que bolhas de sangue saíssem por seu nariz. Ele se engasgou e começou a se afogar com seu próprio sangue e com a saliva.

Teobaldo deu um gemido de horror.

— Não quis matá-lo. Não Mercúcio. Romeu, sim, mas não este homem. Odeio todos os Montéquios, mas...

Rosalina se ajoelhou ao lado de Mercúcio, tentando reprimir seu pânico e sua repugnância, puxando um lenço manchado e sujo para conter o sangramento, mas, com surpreendente força, ele a empurrou; havia ódio em seus olhos.

— Uma praga sobre suas casas! Credo! — Ele apontou um dedo para ela. — Um gato arranhou um homem até a morte. — Ele caiu de costas no chão, sua energia o abandonava.

Romeu se agachou e segurou a mão do amigo, mas a sua mão também tremia. Mercúcio olhou para ele; havia ódio e traição em seus olhos.

— Um fanfarrão, um malandro, um vilão. O demônio — ele sussurrou.

— Achei que você fosse melhor. — A voz de Romeu parecia o lamento de uma roda de carruagem.

— Uma praga sobre suas casas! Eles me transformaram em carne de vermes. Suas casas! — sussurrou Mercúcio, suas pálpebras tremiam.

Rosalina estava trêmula de choque e culpa. Ela deveria ter adivinhado que essa história terminaria apenas com a morte, mas tinha sido tão cega quanto o destino. Sentia-se tomada pela culpa como se ela mesma tivesse enfiado a espada na carne macia daquele homem. Teobaldo continuava ali, ferido e imóvel, com a espada caída ao seu lado.

Mercúcio se debateu por mais algum tempo e, então, se esgotou, morreu. O silêncio parecia latejar.

Então, com um piscar de olhos, Romeu voltou sua atenção para Rosalina e Teobaldo, com as pupilas ardendo de animosidade. A respiração de Rosalina ficou presa em seu peito. Estava claro que ele queria matar os dois. Sua espada brilhava. Ambos se afastaram dele, que os perseguiu, tropeçando entre lápides e o solo lamacento e irregular na pressa de fugir.

Teobaldo puxou Rosalina para trás dele. Sua mão tremia e sua espada deslizava quando ele tentava segurá-la; não conseguia mantê-la firme e batia nas lápides, como se pedisse para entrar.

— Este é um dia negro — disse Romeu, com a voz baixa, perigosa.

Rosalina recuou de novo e quase tropeçou. Ela se agachou atrás de um túmulo, deixando Teobaldo livre para lutar.

Ele deu um passo para enfrentar seu inimigo, com a espada ainda tremendo em seu punho. Parecia fraco e jovem, um adolescente diante de um robusto carvalho maduro. Benvólio saiu do meio dos túmulos para ficar ao lado de Romeu, enquanto Teobaldo estava sozinho.

— Meu amigo sofreu essa ferida mortal em meu nome — disse Romeu. — Minha reputação foi manchada pela calúnia de Teobaldo. Teobaldo, que há uma hora era meu primo.

Teobaldo parecia estar se sentindo mal.

— Oh, doce Julieta, sua beleza me tornou afeminado e suavizou meu temperamento — disse Romeu, olhando para o céu.

Então, baixando de novo seu olhar, Romeu avançou contra Teobaldo.

Teobaldo ergueu a espada, mas não conseguia parar de tremer. Ele continuava olhando para Mercúcio caído no chão, como se este pudesse se levantar a qualquer momento e tudo pudesse voltar a ficar bem.

— E o furioso Teobaldo, vivo em triunfo, e Mercúcio está morto — continuou Romeu, avançando sem recuar, com a voz calma e firme, proferindo ameaças.

Ele começou a rondar o jovem, de forma lenta e deliberada, fingindo aqui e ali, brincando com ele.

Teobaldo estava entorpecido e mal conseguia se defender, toda a sua habilidade e sua rapidez anterior tinham se desvanecido. Ele agarrou sua arma com as duas mãos, então, desesperado para evitar o tremor.

— Agora, Teobaldo, retire a acusação de "vilão". Ou ele ou eu vamos segui-lo — gritou Romeu.

Rosalina correu desesperada.

— Peça misericórdia, Teobaldo, ou ele vai matá-lo! Você está em desvantagem, e ele está enlouquecido de raiva e é um homem cruel.

Amargurado, Teobaldo balançou a cabeça.

— Não! Ele é um vilão. Não vou cometer perjúrio, nem rastejar. E ele merece morrer!

— Talvez, mas mesmo assim eu prefiro que você viva! — disse Rosalina.

Havia lágrimas em seus olhos enquanto implorava, mas ela podia ver na expressão de Teobaldo que suas palavras eram fúteis. Ele parecia pronto para atacar, sua mão estava mais firme agora.

Ele pulou em cima de um monte de terra, mas Romeu era maior que ele, e a idade lhe trouxera experiência e a força da traição. Romeu se moveu de novo, e Teobaldo o seguiu, então, Romeu investiu com tudo contra ele. Teobaldo saltou para trás, mas não tão rápido, e foi atingido pela lâmina de Romeu. Impiedoso e frio, Romeu atacou de novo, enterrando sua lâmina entre as costelas de Teobaldo. Ela raspou contra o osso, então, houve um som desagradável e úmido quando rasgou o tecido mais macio. Romeu a retirou e, em seguida, enfiou a espada mais uma vez, cortando a barriga de Teobaldo e girando a lança dentro dele.

258

Rosalina ouviu o próprio grito, seguido pelo terrível barulho da espada de Teobaldo caindo de sua mão. E, então, ele a seguiu, caindo no chão, silencioso, sobre uma mistura de sangue e vísceras.

— Assassino! — gritou Rosalina. — Assassino!

Romeu olhou para ela. Rosalina correu para o lado de Teobaldo. Ele parecia pequeno e jazia imóvel, com as roupas encharcadas de sangue, suor e fezes.

— Fale comigo, Teobaldo! — ela implorou, agarrando a mão dele, que não tinha mais forças.

Ele olhou para ela, seu primeiro e último amor, com os olhos abertos de surpresa e dor. Teobaldo abriu a boca para falar e ela se inclinou, desesperada para ouvir, mas ele não disse nada. Então, ela o embalou, encharcada no sangue dele, que saía de suas entranhas. Em segundos, sentiu que ele ficava mole e morria.

Ela sacudiu a cabeça, negando aquilo. Não podia ser. Rosalina rogou por ele, as lágrimas corriam por seu rosto:

— Teobaldo. Não! Não me deixe agora. Não vá! — Mas, enquanto falava, ela sabia que era inútil: seu espírito já havia voado. Seus olhos estavam vazios; seu rosto, contorcido em agonia e choque. Ela agarrou a mão dele, escorregadia com o sangue.

Sentiu repugnância ao ver que o amigo de Romeu, Benvólio, correu até ele, preocupado.

— Romeu, vá embora agora! Os cidadãos estão acordando, e Teobaldo está aqui morto. Não fique aqui admirando esta cena! Vá embora! — ele gritou.

Com um esforço físico, Rosalina se virou para Romeu. Como se estivesse enfeitiçado, Romeu examinava a cena e os mortos.

— Oh, sou o tolo do Destino!

Ela viu seu rosto se contorcer com autopiedade, viu como balançava sua cabeça, como se não acreditasse. Revoltada com essa exibição, ela soltou a mão de Teobaldo e, levantando-se, correu até onde Romeu estava e o empurrou com força, tanto que sua espada caiu no chão.

— Isso não foi obra do Destino. Foi você! Você é um demônio do inferno!

Ele olhou para ela perplexo, como se todo o mal que havia causado tivesse acontecido em um sonho e ele houvesse acordado e descoberto que era real.

Benvólio o pressionou de novo.

— Por que está aqui ainda? Romeu, vá embora!

Através das pálpebras tomadas pelas lágrimas, Rosalina viu, revoltada, Romeu fugindo pelo portão do cemitério. Ela se deitou ao lado do cadáver de Teobaldo e, mais uma vez, o embalou.

Romeu tinha roubado Teobaldo dela, arrancou-o dela, seu amigo mais antigo, o homem que mais a amou. Romeu era um vilão, um assassino e o ladrão de toda a esperança.

Teobaldo a amava, e agora o coração de Rosalina estava tomado pelo ódio. Ela beijou a testa, o rosto e os lábios de Teobaldo — e sentiu um gosto de metal. Os olhos dele estavam abertos, mas não viam nada. Tentou fechá-los, mas eles voltavam a abrir, e os dedos de Rosalina estavam escorregadios com o sangue dele. A noite cheirava a carne, como um açougue.

Logo depois, ela percebeu que a escuridão tinha se preenchido de vozes. Capuleto. Montéquio. Eles estavam vindo. Tochas tremeluziam como uma abundância de estrelas cadentes.

Benvólio se agachou ao lado dela, com o braço sobre seu ombro. Ela o afastou.

— Rosalina? Esse é o seu nome? Eles não devem encontrá-la aqui — ele disse de um modo gentil.

Ela não se moveu, não se importava. *Deixe que me encontrem.* Mas Benvólio insistiu, suplicando de novo:

— Vamos, jovem Rosalina. Não devem encontrá-la aqui entre os mortos. E, quando eu contar a eles sobre esta luta sangrenta, não vou dizer que você estava aqui. Esta cena infeliz e fatal não é lugar para você. Juro pela minha honra, vou esconder que você esteve perto dessa briga, juro pela minha vida. Vá embora também. Pegue minha capa para esconder suas roupas ensanguentadas e corra para casa, bela Rosalina. Teobaldo não iria querer que você ficasse. Ele iria querer que você fugisse.

A verdade dessas palavras fez Rosalina hesitar. As vozes estavam ficando mais altas. Já estavam perto dos portões. Ela se levantou e, depois de lançar um último olhar para a carnificina no cemitério, virou-se e fugiu.

 # CAPÍTULO 11

Essas mágoas, esses infortúnios,
essas tristezas me envelhecem.
Que a vergonha caia sobre Romeu!

O grande sino da basílica vibrou à meia-noite quando Rosalina batia no portão da casa de seu pai. Todas as janelas estavam apagadas — como se o lugar já estivesse envolvido em uma cortina de luto —, exceto o pontinho de luz que vinha da lâmpada do vigia noturno.

Abrindo o portão, ele não notou as manchas em seu vestido, escondidas debaixo do manto de Benvólio.

— Procuraram você o dia todo, *signorina*. Deveria acordar seu pai, quando você voltasse para casa.

— Imploro que não. Por favor, Sansão, você me conhece desde criança.

Ele considerou por um instante e, para alívio de Rosalina, deu de ombros e voltou para sua choupana. Ela entrou na casa. Havia um silêncio mortal. O único som era de sua própria respiração. Pelo menos, sua punição por ter desaparecido durante o dia seria adiada até amanhã. Ela não poderia encarar o pai agora. Suas pernas estavam tão cansadas que ela quase não tinha energia para subir as escadas.

Quando chegou à porta do quarto, ouviu uma batida furiosa no portão da frente. Ela tinha voltado bem a tempo; o vigia já estava ali. Tinha ido despertar o pai e contar as terríveis notícias. Ela sentiu-se mal. Ouviu passos na escada, então, vozes urgentes e abafadas. Alguém passou por sua porta, mas, para seu alívio, ninguém entrou. Em meio a essa nova tragédia, ela fora esquecida.

Examinou o pequeno quarto com desprezo. Um ramalhete fresco de amores-perfeitos estava no parapeito; exceto isso, parecia igual ao que estava pela manhã. Mas a tragédia do dia deveria estar impregnada nas paredes. Em vez disso, as paredes continuavam brancas, imaculadas, sem marcas.

Nada no quarto tinha sido alterado, exceto ela. Seus dedos estavam dormentes com o choque, por isso, houve várias tentativas de desabotoar o vestido. A roupa estava escura com a lama e o sangue de Teobaldo. Precisava ser queimada. Seus chinelos também estavam encharcados de sangue. As lágrimas queimavam sua garganta, mas, se ela deixasse que caíssem, temia que nunca parariam. Tinha ouvido falar que o coração poderia inchar de amor, e que o dos pais crescia com cada novo bebê, mas será que o coração também inchava de dor e tristeza? Oh, Teobaldo, seu imprudente, apaixonado, gentil, estúpido.

— Oh, devolva-me meu Teobaldo — ela suspirou para o quarto vazio, com a voz instável. — Agora, ele está morto, leve-o e o transforme em pequenas estrelas. — Ela engoliu em seco tentando passar pelo nó em sua garganta. — Vou olhar para o céu e vê-lo ali.

Ela juntou alguns gravetos que estavam grudados no vestido, enfiou-os na lareira e, usando a chama da vela ao lado de sua cama, tentou queimar o vestido encharcado de sangue. Estava tremendo, apesar do calor da noite, e seus dedos se agitavam tanto que ela precisou se concentrar para fazer o tecido pegar fogo. Nua agora, e suja de lama solidificada e vísceras, ela abraçou as pernas, apertando a mandíbula para tentar evitar que os dentes ficassem batendo.

Aproximando-se da lareira, observou o pano queimar e as línguas de fogo tremularem. A fumaça era acre e cheirava mal.

Teobaldo tinha morrido para vingar sua honra e ninguém sabia. Ninguém deveria saber. A solidão e a fumaça amarga a sufocaram.

Ela acordou de manhã ainda deitada no tapete diante da lareira. Seu cabelo cheirava a cinzas e sua pele estava cheia de fuligem. Por um momento feliz, pensou que tudo tinha sido um sonho terrível; então, viu o couro destruído de seus sapatos preso no metal da grelha, as solas estavam retorcidas, e sentiu o cheiro de carne chamuscada. Com o brilho da manhã, o horror voltou todo de uma vez.

— Teobaldo está morto. Teobaldo está morto e Romeu o assassinou. — Ela voltou a murmurar as palavras como se, com a repetição, elas fizessem mais sentido, como um catecismo difícil estudado muitas vezes.

As palavras não faziam sentido. O mundo em si não fazia mais sentido. Sua ordem estava desalinhada e era mutável, suas esferas, partidas e estranhas. O fato de uma criatura como Romeu, sórdida e ultrajante, ainda estar caminhando por aí enquanto o nobre Teobaldo jazia frio e imóvel, com sua carne começando a apodrecer, mostrava como o mundo estava se despedaçando. Como ela poderia rezar para um céu ou um deus que governava uma Terra como esta? Sua cabeça doía, sua garganta estava ressecada e parecia que a própria alma estava em carne viva e latejando.

Ela ouviu uma batida na porta e Catarina entrou correndo. Ao ver Rosalina deitada de bruços no chão, ela correu e, se ajoelhando, abraçou-a.

— Você ouviu o rumor, então, mas não tema. Não pode ser verdade! Nosso Teobaldo não pode estar morto. Não quero nem ouvir isso.

— Oh, gostaria que não fosse verdade — gritou Rosalina, inspirando o perfume doce e conhecido da pele de Catarina.

Catarina abraçou Rosalina tão forte que ela lutou para conseguir respirar.

— Devemos dizer que ele está com São Pedro agora — declarou Catarina.

Ao ouvir isso, Rosalina começou a chorar sobre o ombro dela e percebeu que não conseguiria parar. Ela só conseguia pensar que Teobaldo ficaria entediado no céu e que sentiria saudade dela. Catarina chorava também e ainda a abraçava forte.

Depois de um tempo, quando as lágrimas de Rosalina começaram a diminuir, a empregada a soltou e, sentando-se, enfim, percebeu que Rosalina estava nua e muito suja.

— Onde estão suas roupas?

— Eu as queimei — disse Rosalina, sem se mover.

Ela esperou que Catarina perguntasse por quê, mas, incapaz de tolerar qualquer outro horror, Catarina apenas balançou a cabeça, seu nariz e seus olhos ainda estavam tomados pelas lágrimas. Limpando-os com o avental, ela se levantou.

— Seu pai quer vê-la — ela disse. Tomando a mão de Rosalina, Catarina ergueu-a do chão. — Ele está de muito mau humor. Devemos limpá-la.

Rosalina deixou-se conduzir até uma jarra com água. Ela ficou parada como uma criança enquanto Catarina a esfregava, resmungando sobre o estado absurdo da pele dela, do cabelo e das mãos.

Quando terminou, ela pegou um vestido limpo no baú e o colocou em Rosalina.

— Vá até o escritório de seu pai agora. E ele não sabe que você já ouviu a terrível notícia. Eu tinha ordens restritas de não falar nada. Ele mesmo quer contar a você.

Rosalina apertou a mão da criada, grata pelo aviso. Ela desceu as escadas, sentindo os pés pesados sobre os degraus. Nada importava agora.

Primeiro, Emília; agora, Teobaldo. Ela era perseguida pela Morte. Estava em seu cavalo negro, olhando para ela com seus olhos cadavéricos.

A casa estava silenciosa, os espelhos estavam voltados para as paredes e cobertos. Ela não podia ver a própria dor refletida, e sentiu-se grata por isso.

A porta do escritório estava aberta, e Rosalina entrou sem bater. Ficou parada na porta, observando o pai curvado sobre seu livro, rabiscando, por algum tempo, antes de perceber a presença dela. O escritório tinha o cheiro de sempre, úmido como uma tumba, as paredes no nível do solo estavam manchadas por um mofo esverdeado. A foto em miniatura de Emília olhava para ela com simpatia da mesa de Masetto; ela viu o baú trancado debaixo da janela, o símbolo da sua culpa.

Enquanto olhava para ele, o baú parecia vibrar e chacoalhar. Será que a tristeza e a infelicidade haviam atacado sua mente e ela tinha ficado louca? Fechou os olhos e voltou a abri-los, e o baú estava imóvel.

Masetto ergueu a cabeça e a viu; seu rosto se contorceu em desagrado. Ele largou a caneta.

— Filha, vejo que não posso confiar em você! Como você saiu? Isso foi uma traição do sangue. Achei que tivesse fugido. Ficou desaparecida durante todo o dia e boa parte da noite! Pensei que tivesse sido abusada. E se algum mal tivesse acontecido a você?

Enquanto ele falava, Rosalina sentiu uma surpreendente pontada de vergonha. Ela não tinha intenção de preocupar o pai. Em geral, ele não notava a presença dela, então, parecia provável que não ficasse incomodado com sua ausência. Ela baixou a cabeça, sentindo-se arrependida. Masetto se repetiu, batendo com o punho no livro aberto à sua frente, dizendo de novo:

— Sim, de fato, e se algum mal tivesse acontecido com você ou com seu hímen?

Quando Rosalina ouviu isso, seus olhos se fecharam e a bolha de seu remorso explodiu. Era a preciosa virgindade dela que o preocupava, não seu bem-estar. Era sua reputação — e, portanto, a dele — que tinha valor, não ela.

Ela não se explicou nem pediu desculpas, apenas permaneceu em um silêncio desafiador.

Ele resmungou aborrecido e fez um aceno de desdém.

— Você é indomável. Você e seu primo Teobaldo, os dois. E agora, infelizmente, preciso lhe dizer, filha, que ele está morto!

Embora soubesse da terrível notícia, Rosalina se ouviu dando um pequeno grito. As lágrimas começaram a correr por seu rosto.

O pai deu um suspiro e a observou com desconforto e piedade; depois, voltou a seus afazeres, reorganizando os papéis em sua mesa que não precisavam ser arrumados.

Rosalina percebeu que sua respiração estava irregular e que ela estava começando a suar. Havia um zumbido em seus ouvidos. Ela se controlou o suficiente para perguntar:

— Como isso aconteceu?

Como se ela não soubesse.

O pai olhou para ela.

— Teobaldo desobedeceu ao príncipe e quis lutar com os Montéquios. Ele matou Mercúcio e, por sua vez, foi assassinado por Romeu.

Ela não disse nada, pois temia que, se tentasse falar, pudesse passar mal. Havia um gosto acre em sua boca e, de repente, ela estava de novo no cemitério, com os pés encharcados de lama. Teobaldo caído a seus pés, com os olhos abertos e vidrados, como um passarinho morto no chão.

Masetto estalou os dedos na cara dela.

— Sua língua foi arrancada de sua boca?

Rosalina engoliu em seco, sentiu um gosto de vômito.

— Gostaria que, com essas pequenas mãos, eu pudesse vingar a morte de meu primo. Eu mesma assassinaria Romeu Montéquio.

— Na verdade — disse Masetto, com orgulho —, ele logo fará companhia a Teobaldo. Então, espero que fique satisfeita.

— Nunca ficarei satisfeita até voltar a ver Teobaldo! — ela gritou. — Meu coração está morto.

— Chega — disse Masetto, perturbado por tê-la provocado tanto. — Deus sabe que tentei ser um pai cuidadoso, mas, quando crianças, nem você nem Teobaldo aprendiam, nem pela regra da lei nem pela vara. E agora, já crescidos, os dois são tão ingovernáveis, tão indisciplinados, sujeitos apenas aos próprios caprichos e às suas fantasias. E, infelizmente, o pobre Teobaldo pagou um preço mortal. Temo que você seja a próxima. — Ele se afastou dela, sentindo angústia e arrependimento. — Bem, lavei minhas mãos. Quando este dia terminar, você irá para o convento.

Rosalina olhou para ele, pálida, mas não fez nenhuma objeção.

— O quê? Não vai fazer nenhum comentário emburrado? — Masetto disse, com as sobrancelhas erguidas.

— Sua decisão está tomada. Se eu me opuser, só confirmarei sua opinião de que sou problemática e petulante. Meu sofrimento é absoluto. Não me importa para onde eu vá.

O pai suspirou e esfregou as têmporas.

— Vejo que essa tristeza está pesando muito sobre você — ele disse, agora com gentileza. — Em reconhecimento pelo amor que sentia por seu primo, vou permitir que compareça ao funeral. Depois, partirá de imediato — ele falou. — Agora, vá para a casa de Julieta. Você e ela podem se consolar por essa perda cruel e prematura.

Rosalina se retirou sem dizer nada, mas, quando se dirigia ao pátio, escondido em sua manga estava o retrato de Emília balançando em sua corrente de ouro. Rosalina já era uma ladra. Na primeira vez, ficou relutante e precisou ser convencida a cometer o crime. Este, ela havia cometido sem ajuda e sem hesitar. Seus dias no convento poderiam ser passados em absolvição, mas esse pecado valia a penitência.

Julieta estava esperando por ela no pomar, embalada entre as ameixeiras. Havia um melro empoleirado em um galho alto, emitindo seu canto da manhã com seu bico amarelo. Já o sol era uma fornalha de ferreiro alimentada para que pudesse derreter e remodelar o mundo.

Julieta abriu os braços, e Rosalina correu para ela; as duas garotas se sentaram chorando sobre as sombras enquanto os pássaros cantavam e o sol brilhava.

— Aquele demônio matou nosso primo — disse Rosalina, quando, enfim, conseguiu dizer algo.

Julieta olhou para ela por um instante antes de examinar seus joelhos sujos.

— Não posso falar mal do meu marido — ela disse. — E Teobaldo o teria matado.

Ao ouvir isso, Rosalina se afastou de Julieta. Seu rosto estava vermelho.

— Seu marido! Você ainda o escolhe? Seu senhor por apenas um dia? Romeu, que matou nosso parente? Nosso companheiro de brincadeiras? Nosso Teobaldo? — Ela falava em meio às lágrimas. — Romeu o insultou e o matou como se ele não fosse nada. Para ele, a vida de Teobaldo não valia nada. Romeu enfiou sua espada entre as costelas de Teobaldo. Eu a ouvi entrar. Molhada e escorregadia. Eu estava lá quando Teobaldo caiu e quando ele morreu.

Julieta olhou consternada para a prima.

— E quando a vida do pobre Teobaldo se esvaía — continuou Rosalina —, Romeu não demonstrou nenhum arrependimento, nenhuma compaixão, exceto por si mesmo e por seu próprio dilema. Ele só pensa em si mesmo.

Cruzando os braços, Julieta se afastou dela.

— Isso não é verdade. Romeu é um homem honesto. Os dois lutaram, e ele não teve escolha a não ser se defender da espada do furioso Teobaldo.

— Eu digo que é verdade, pois eu estava lá como testemunha relutante da disputa fria e brutal. — A voz de Rosalina falhou e ela desviou o olhar, enxugando as lágrimas. Conseguia sentir o cheiro da lama do cemitério, do sangue, da podridão, e ainda podia ouvir os gritos de dor.

Julieta olhava para ela boquiaberta. Então, ela se aproximou, dizendo baixinho:

— Não sabia que você estava lá.

Rosalina a afastou.

— Ninguém sabe. Benvólio Montéquio jurou que não iria contar, e parece que manteve sua palavra. Mas de que adianta? De que adianta tudo isso, se você vai ficar com Romeu? Teobaldo lutou e morreu por nós.

— Ele matou Mercúcio, Ros! Teria assassinado Romeu!

— Sim, para vingar minha honra e a sua. Ele era estourado, isso era algo típico dele. Estava tomado por uma impetuosidade juvenil. Mas ignorar isso faz com que sua morte não tenha nenhum significado. Não faça isso, Julieta. Dê o sentido e o valor que ele merece. Eu imploro.

— Como?

— Me diga que não vai ficar com Romeu. Que não o ama.

— Não posso, prima. Não devo perjurar.

Rosalina balançou a cabeça.

— Então, você está matando Teobaldo duas vezes. Você mata a memória dele também.

— Pare, prima! Isso é muito cruel. Estou sofrendo também!

— Como assim? Você parece bem, apesar de ter chorado.

— Romeu foi banido pelo que fez. Sem ele, estou condenada à morte em vida.

— Ah. Esse jardim, essas frutas, esses amigos... — disse Rosalina, colhendo uma maçã e uma ameixa verde, atirando-as no chão. — Isto não é uma morte em vida. Um dia, se você quiser, pode fugir para ficar com ele.

Ela parou; sua angústia a deixava sem fôlego e com a cabeça zonza.

— No entanto, eu temo que, muito antes, descobrirá quem é de fato Romeu, e depois encontrará não só a morte em vida, mas a morte em si.

Julieta tapou os ouvidos com as mãos.

— Quieta! Pare. Não fale assim. Não vou ouvir.

Bolhas de raiva estouravam sob a pele de Rosalina e, no entanto, ela não queria se separar de Julieta brigada. Pelo menos, Rosalina entendia quem era o verdadeiro inimigo, mesmo que Julieta ainda não conseguisse. Respirando fundo, ela tentou soar moderada.

— Não falo para machucá-la, Julieta, mas por medo. A partir de amanhã, não poderei mais ajudá-la. Devemos nos separar hoje, e espero que seja como amigas. Vou para o convento esta noite.

— Oh, Rosalina! Nós duas estamos condenadas. Você ficará atrás dos muros e eu vou para o purgatório.

Quando Rosalina ouviu isso, sua raiva explodiu mais uma vez.

— Esperar para se juntar a seu amante em Mântua não é o purgatório! Teobaldo está morto — ela disse, quase gritando, esquecida de sua resolução de manter a calma.

Ela examinou Julieta com fúria, suas têmporas pulsavam. Julieta adorava Teobaldo, mas esse diabólico amor por Romeu pareceu aliená-la e torná-la imune à pior dor. Julieta poderia chorar e insistir em afirmar que seu coração estava partido, mas seu rosto estava da cor das rosas e do orvalho.

As duas garotas ficaram em silêncio, perdidas na infelicidade e incapazes de se reconfortarem. Elas continuaram embaladas pelos galhos da macieira, com os joelhos quase se tocando, mas Rosalina nunca tinha se sentido tão desolada, tão sozinha, mesmo na presença de uma amiga.

Não conhecia nenhuma palavra que pudesse convencer Julieta da maldade de Romeu. Esse amor monstruoso havia blindado Julieta contra ela.

Havia um alvoroço na casa, então, Rosalina viu Lauretta caminhar pela grama na direção delas, protegendo os olhos do brilho do sol. Ela as chamou no jardim.

— Ela contou as novidades? Há notícias alegres no meio da nossa tristeza. Ela não será a noiva mais bonita?

Rosalina ficou perplexa. A tia não poderia ficar feliz com o casamento de Julieta com Romeu. Claro que Julieta não havia contado.

Lauretta as encontrou no pomar usando um lindo véu de luto com um requintado bordado preso no cabelo e havia colocado uma capa negra de veludo sobre os ombros. Isso, Rosalina imaginava, demonstrava sua melancolia pela perda do sobrinho, embora sua expressão não exibisse nada disso. Seus olhos brilhavam e não pareciam nada abatidos, e ela sorria animada. *Um raio da roda da Fortuna deve realmente estar preso ou quebrado.* Lauretta exibia felicidade no dia seguinte ao assassinato do sobrinho. Mesmo Julieta passava da alegria à tristeza como um pássaro; seus pensamentos iam e voltavam de amor e casamento à morte prematura de Teobaldo. Rosalina só pensava em Teobaldo, e ela se ressentia da intromissão da felicidade de Julieta.

A menina murchou debaixo do olhar da mãe. Lauretta bateu palmas animada.

— Na próxima quinta-feira de manhã, o galante e nobre cavalheiro Páris, na igreja de São Pedro, fará dela uma noiva linda.

Julieta não disse nada. Rosalina a olhou com piedade, entendendo agora por que Julieta também se considerava condenada. Era uma notícia terrível, de fato.

Lauretta arrumou sua roupa, deleitando-se com a perspectiva do futuro casamento e falando sobre o esperado *contra-donora*, os presentes do noivo — um cavalheiro tão rico deve ter uma seleção magnífica de roupas e joias preciosas para presentear sua noiva, e, oh, a honra de se unir a um amigo tão íntimo do príncipe e, de fato, o ouro e o dinheiro... Lauretta continuou falando rápido e sem parar enquanto Julieta ia ficando cada vez mais pálida, minguando como a lua. Rosalina detestava Lauretta por estar sentindo felicidade em tal momento. Como ela poderia pensar em algo que não fosse Teobaldo? Seu amor era superficial como um riacho no verão, enquanto o de Rosalina era um rio, profundo e amplo.

Enfim, quando a tagarelice animada e egoísta de Lauretta parou, ela as deixou sozinhas debaixo das macieiras de novo.

Julieta se virou para Rosalina, com seu rosto pálido e ferido.

— Está entendendo agora? Como poderei evitar esse casamento? Você tem algo a dizer para me confortar?

Pela primeira vez, Rosalina não tinha. Julieta arrancou uma folha da árvore e a esmagou com os dedos.

— A ama quer que eu esqueça meu Romeu e me case com Páris. "Pois ele é um cavalheiro adorável." Mas meu marido está na Terra e minha fé está no céu! Diga algo para me confortar, me aconselhe, prima!

Rosalina passou o braço pelos frágeis ombros de Julieta.

— Nem tudo está perdido — ela disse, sabendo que era um consolo muito fraco.

Naquele momento, ela não conseguia pensar em muita coisa para dizer. Julieta estava sendo entregue a um homem rico, e ela, a Deus. Nenhuma delas tinha escolha.

— Páris é velho, gordo, e eu não o amo — disse Julieta, desgostosa. — Ele olha para mim como se eu fosse um bolo assado que ele deseja devorar.

Rosalina a abraçou.

— Se tudo o mais fracassar, eu tenho o poder de morrer — continuou Julieta, passando a mão pelo rosto para enxugar as lágrimas antes que caíssem no chão.

Rosalina estremeceu, apesar do calor.

— Não! É você ou é Romeu que está falando? Já tivemos mortes suficientes. Imploro que não faça isso.

Romeu era uma infestação. Ele se enroscava nas garotas e as arruinava com pensamentos de morte e automutilação. Antes de conhecê-lo e amá-lo, Julieta nunca tinha falado assim.

— Eu preferiria pular do parapeito de qualquer torre a ter de me casar com Páris — insistiu Julieta. — Ou, em vez disso, me acorrentar numa jaula de ursos. Ou me esconder em um cemitério ao lado dos mortos. E eu farei isso sem medo nem dúvida.

Rosalina a abraçou com força.

— Não a questiono, mas esperemos que não chegue a isso.

Julieta enfiou a mão em sua manga e tirou dali uma pequena adaga que estava com a lâmina enferrujada. Ela a mostrou para Rosalina dizendo:

— Eu tenho esta faca.

Rosalina tentou tirar a adaga da mão dela.

— Julieta, não!

Julieta a escondeu de novo em seu vestido, antes que Rosalina conseguisse tirar dela.

— Você é muito jovem e precoce para falar de morte — disse Rosalina, suplicante. — Tem tão pouca consideração pela vida?

— Por esta vida, prima, eu tenho.

— Você é a flor mais doce, e vou fazer com que Páris não a arranque — insistiu Rosalina. — Imploro para confiar em mim, e não em Romeu.

Julieta não respondeu, mas Rosalina viu um pouco de cor voltar àquele rosto branco.

Rosalina esperava que Romeu tivesse sido gentil com ela na noite de núpcias, que pelo menos naquelas horas ele tivesse sido amável e fingido amá-la o máximo possível. Ele tinha muita prática, afinal. Mas,

274

quando a adaga escorregou, aparecendo no punho de Julieta, fazendo com que a garota a enfiasse de volta no esconderijo, Rosalina notou feios arranhões vermelhos na parte interna dos pulsos da prima.

Furtiva, Julieta percebeu seu olhar e puxou as mangas rápido. Rosalina não disse nada, mas sentiu seu estômago revirar. Não importava se era Romeu ou Julieta que estivesse empunhando a lâmina, essas feridas tinham sido causadas por ele.

Cada poro dela que, antes, estava repleto de amor por ele, agora, ficara impregnado de ódio.

Pouco antes do meio-dia, enquanto Rosalina caminhava de volta para casa pelas ruas vazias, com o coração disparado, seus pensamentos iam de um para o outro. Julieta era a presa de Romeu, e apenas Rosalina sabia disso. A solidão desse terrível reconhecimento a assustava. Mas ela não podia contar a ninguém; se descobrissem, Julieta também seria colocada no convento, despojada e rejeitada.

Rosalina tinha certeza de que Romeu sabia como era perigoso o dilema de Julieta. Assim como tinha acontecido com ela, a vulnerabilidade de Julieta era o que atraía Romeu. Ele era um caçador vigilante. Escolhia garotas com diligência, garantindo que, enquanto Cupido atirava flechas cegas, as dele nunca erravam o alvo. Romeu não se apaixonava, apenas pisava com cuidado. Preferia garotas jovens, sem amigos e facilmente influenciáveis por sua língua ágil e sua bela aparência. Mulheres adultas não eram convencidas com tanta facilidade pela astúcia ou por seu belo olhar. Rosalina o considerava o pior tipo de predador, lindo, com dentes brancos limpos e um sorriso perfeito que prometia vida e entregava morte. O amor com ele era carnal e delicioso, consumindo-se tudo; ele não era apenas um caçador, também era um ladrão, que roubava a essência das garotas. Ela pensou nas marcas nos pulsos de Julieta. Ela podia não saber ainda, mas sua destruição já havia começado. Rosalina sentiu que, por dentro, agora, estava completamente vazia, como uma tumba saqueada.

Era aquela cidade podre que permitia que Romeu se movesse sem ser visto. Os dignos cidadãos, mães e pais, tinham permitido que ele se esgueirasse desimpedido, como os ratos e os cães selvagens. Essas boas pessoas se recusavam a ver quem ele era de fato, e era por causa da cegueira deles que Rosalina, Julieta e as outras garotas tinham caído em seus braços. Ele parecia oferecer uma fuga da invisibilidade e da indiferença, ou de um casamento arranjado por um pai que parecia uma cela de prisão. No momento, Julieta estava se empanturrando de Romeu. Só quando ela terminasse de se empanturrar que perceberia — tarde demais — que o banquete estava estragado.

A amargura de Rosalina em relação aos pais de Julieta se transformou em raiva. O que havia de errado com Lauretta e o velho Capuleto — até mesmo com a ama? Eles tinham nascido sob alguma estrela deteriorada. Como podiam insistir para que Julieta se casasse com Páris? Julieta tinha apenas 13 anos. O que ela dissera era verdade — Páris babava quando olhava para a prima; estava ávido por ela. No entanto, se Páris era velho demais para Julieta, Romeu também era. Rosalina ficou triste pelo fato de Julieta ter se deitado com Romeu, se casado com ele. Por que a ama a encorajou a fazer isso, permitiu esse romance terrível e não a alertou contra isso? Se os pais de Julieta soubessem desse amor clandestino, ficariam consternados e a rejeitariam, e, no entanto, com essa união política e conveniente com Páris, eles estavam contentes. Nada os distrairia disso, nem mesmo o cadáver de Teobaldo, ainda quente, seus rápidos olhos castanhos vazios para sempre.

Era por causa de Lauretta, da ama, do velho Capuleto e dos bons e honestos hipócritas de Verona que Julieta acreditava que seria correto se casar com um homem quando ainda era uma criança. Enquanto tentava convencê-la a se casar com Páris ou com alguém semelhante a ele, sua família havia permitido que ficasse aberta a alguém como Romeu. Os braços já estavam abertos e prontos para ele.

Ainda estava perdida em seu furioso devaneio quando entrou no jardim da casa do pai. Rosalina quase foi derrubada por Catarina, que voou sobre ela, dando-lhe um abraço, enquanto chorava:

— Que dia está sendo! Teobaldo era um menino tão bom. Não, não devo mentir, ele era o mais travesso, mas eu o amava.

Rosalina assentiu.

— Eu também o amava. Ele era meu melhor amigo. E agora só desejo vingança.

Catarina parou e olhou para ela com olhos inchados.

— Não. Deixe assim. A vingança não é para você.

Rosalina cerrou os punhos. Estava cansada de que dissessem a ela o que era e o que não era para fazer, mesmo por aqueles que a amavam. Se pudesse lutar contra Romeu, faria isso. Ela deu uma leve risada — estava ficando com o mesmo temperamento de Teobaldo. Talvez fosse aquele clima infernal que estivesse aquecendo seu sangue.

Ela seguiu Catarina até a cozinha. Sem pensar, Catarina começou a pegar os ingredientes e a cozinhar. Tomada pela angústia, sua mente não sabia o que fazer, mas suas mãos sabiam.

Rosalina se acomodou em um banco ao lado do fogão aceso e ficou olhando, como havia feito mil vezes antes, Catarina apertar pedaços de banha transparente entre os dedos antes de esfregá-la em porções de farinha branca. As lágrimas começaram a escorrer de seus olhos de novo. Quando eram crianças, ela e Teobaldo tinham se sentado ali, agachados debaixo da mesa de pinho, acariciando as orelhas de um cachorro, e ficavam olhando Catarina cozinhar, competindo com os cachorros por restos de comida. Agora, Rosalina sentia a ausência de seu amigo como um vazio sombrio ao lado dela. Queria o conforto de sua presença fantasmagórica, algum fantasma infantil de um Teobaldo criança lambendo a colher ou chupando um pau de canela açucarado, mas não havia nada. Apenas o ruído das cigarras e a farinha que caía rodopiando até o chão.

Desenganchando o grande rolo de massa de cima da mesa, Catarina começou mais uma vez a passá-lo sobre a massa, pressionando-a sobre um prato. De novo, havia várias enguias marrons enroladas e presas em um nó no bloco de madeira do açougueiro. Elas tinham cheiro de rios frescos, lama, peixe e verões da infância. Catarina pegou cada uma delas entre os dedos, tirando a pele com sua faca, extraindo e descartando os ossos; a lâmina deslizava cada vez mais veloz, mas nunca acertava-lhe o dedo; a pilha de pele escura e brilhante crescia enquanto ela colocava as enguias fatiadas na base da torta. Por fim, ela ralou noz-moscada antes de fechar a torta com a tampa.

Rosalina deu uma risada triste. Era sua última torta naquela casa. Seus dias ali tinham sido medidos em enguias, do começo ao fim.

— Vou embora amanhã, Cat — ela falou, baixinho. — Chegou a hora. Quando eu for, você virá comigo?

Catarina enfiou a torta no forno e se empertigou.

— Nunca me imaginei como freira, por mais que eu te ame.

Rosalina sorriu.

— Não, na cozinha do convento. Elas devem precisar de uma cozinheira como você. Você vem?

Catarina olhou para ela.

— Vou pensar nisso. Mesmo sendo freira, temo que vá precisar de alguém que cuide de você.

— Sim — concordou Rosalina. Ela observou Catarina e, então, disse: — E talvez, um dia, não agora, mas daqui a um mês ou até daqui a um ano, possamos encontrar uma forma de escapar de lá juntas e começar uma nova vida. Afinal, não sei o que você fazia ou o que era antes de vir para cá, mas acho que talvez possamos mudar, não?

Catarina parecia triste, e não respondeu.

— Vamos, é possível — insistiu Rosalina. — Vamos navegar até a Ilíria ou até a Inglaterra.

Ela já havia desejado fazer essa viagem com Teobaldo, mas isso não iria acontecer. Era um pensamento amargo planejar a aventura deles com Catarina. A criada não disse nada, não tinha a animação instantânea de Teobaldo.

Por fim, ela disse:

— Fale com sua abadessa e veja se eu posso entrar na cozinha. Desde que as criadas possam entrar e sair com liberdade... Vou pensar. — O cheiro da massa começou a invadir a cozinha, subindo até o teto. Catarina foi se sentar ao lado de Rosalina e esticou as pernas. — Enfim, você está livre de Romeu — ela disse, cautelosa. — Ele pode procurar alguma outra garota para desempenhar o papel de dama dele.

Rosalina mordeu o lábio envergonhada, lembrando-se de novo de que era culpa dela o fato de Romeu ter conhecido Julieta. Se não fosse por ela, Romeu não teria ido ao baile dos Capuletos. Queria remover sua culpa do mesmo modo como Catarina removera a pele das enguias para fazer a torta, mas a culpa continuava grudada nela.

— Ele já encontrou a atriz para esse papel — disse Rosalina, baixinho. — E se casou com ela.

— Pobre garota! Devemos sentir pena dela.

— É Julieta. Romeu se casou com Julieta.

Catarina emitiu um lamento triste.

— Ninguém sabe disso, apenas nós duas e Teobaldo. E meu primo levou isso com ele para o túmulo. A ama de Julieta sabe do segredo, mas não vai contar.

Catarina balançou a cabeça com uma expressão de desgosto.

— Ela é uma criança. Nunca gostou da minha torta... — ela continuou, inquieta: — Nossa pobre, querida Julieta. E ela não vai se casar com Páris?

— É o que os pais desejam. Mas ela diz que prefere morrer. Eu não sei o que fazer, Catarina.

Catarina se encostou e ficou olhando para a cruz de madeira presa na parede.

— Vamos rezar. Que a Virgem me salve, eu deveria tê-la impedido de ir àquele baile de máscaras. E agora Julieta, a pequena miserável... Se você contar a alguém, não vai ser bom para ela. — Catarina suspirou. — De verdade, vamos rezar por isso.

Rosalina queria que uma oração fosse suficiente para afastar Romeu, mas aceitava todo consolo que pudesse conseguir no conforto familiar da cozinha de Catarina. O cheiro da torta. A poeira levantada pela vassoura com penas de ganso quando Catarina começava a varrer. O zumbido e o ruído das cigarras na janela aberta.

Alguns minutos depois, houve uma batida na porta, e um menino maltrapilho espiou pela janela da cozinha.

— Não tenho nada para você — disse Catarina. — Só tenho pele de peixe hoje, e você terá que brigar com os cachorros para ficar com elas.

— Não quero suas sobras. Procuro a *Madonna* Rosalina Capuleto...?

— Para quê? — perguntou Catarina.

— Ela deve me seguir, boa dama. Uma criada a está esperando. Que está doente. A senhorita Rosalina deve vir rápido.

Rosalina o observou por um instante, perplexa; então, se levantou e quis ir com o menino, mas Catarina a segurou com força e a impediu.

— Não. De novo, não. Você não sairá sozinha para Deus sabe onde com um menino maltrapilho.

Rosalina bufou, frustrada.

— Então, venha comigo — ela disse.

O menino parecia inquieto e impaciente. Estava descalço e deixava marcas de sujeira no chão de tijolos.

— Venha sozinha, ou venham as duas, mas venham rápido.

Elas o seguiram.

Do lado de fora, fazia mais calor do que no forno da cozinha. A pele de Rosalina formigava. Seguindo o menino, elas se afastaram das partes abastadas e conhecidas da cidade e entraram na área que se localizava além do mercado de peixes, indo até os curtumes, para onde escoava toda a sujeira.

Eles caminharam em silêncio e, depois de algum tempo, Rosalina observou que muitas portas estavam pintadas com cruzes vermelhas, que sinalizavam a peste. Ali a peste ainda reinava.

— Quem mandou você me chamar? — ela perguntou ao menino, correndo para acompanhá-lo.

— Logo, você verá.

As casas estavam meio desmoronadas e arruinadas. A maioria das venezianas nas janelas estava quebrada. Não havia gerânios em vasos nem afrescos de *Madonnas* nas paredes; apenas peixes secos amarrados em barbantes como flâmulas murchas e fedorentas. Várias construções não tinham portas, e metade de seus telhados havia caído, produzindo um aspecto de abandono. Rosalina observou algumas roupas esfarrapadas, que tinham sido lavadas e penduradas nas varandas. As ruas ali eram silenciosas, e as poucas pessoas sentadas nos degraus, separando sujeira das lentilhas, estavam ocupadas demais com suas preocupações para notar Rosalina, Catarina e o menino franzino de dentes tortos.

Rosalina prendeu a respiração. O fedor do curtume se espalhava pelas ruas como uma névoa, e o cheiro do mercado de peixe velho tinha se infiltrado nas pedras por cem anos, o excremento e a urina fluíam ladeira abaixo pelas ruas até chegar ao rio e se depositavam ali. Não havia carroças de mulas nem cavalos elegantes, apenas o choro ocasional de bebês esquálidos aguardando para ser alimentados. O pináculo da basílica de São Pedro estava muito distante, seus sinos pareciam algo remoto e imponente. Aquelas pobres almas estavam além do alcance deles.

— Aqui dentro — disse o menino, apontando para uma porta.

Rosalina agradeceu e o pagou. A casa estava ainda pior do que as outras, se o que restava daquela dilapidada estrutura ainda pudesse ser chamado de casa.

— Eu trabalho muito para não ter que entrar em lugares assim — disse Catarina. — Por que não pode apenas esquecer-se disso? Por que deve seguir cada menino que bate em sua porta?

— Não sei. E me desculpe, boa Catarina, mas você não precisava ter vindo.

Rosalina abriu a porta com o ombro. O cheiro a atingiu primeiro. Era ainda pior do que o fedor na rua. Morte. Ela quase conseguia ver o cheiro da morte. Algo estivera morto ali e se decompondo durante dias. Ela olhou ao redor procurando um cadáver e viu um quarto pequeno, apertado e sombrio, em que havia um buraco aberto fazendo as vezes de uma lareira. Havia uma pilha de cobertores no chão e, ao lado dessa cama improvisada, um pequeno berço com panos escuros. Enfiada no meio dos cobertores estava uma garota morta.

Enquanto ela olhava para a cena horrorizada, o cadáver piscou e, com grande esforço, ergueu um braço. Rosalina olhou para aquilo com repugnância. Então, uma mulher surgiu das sombras num canto do quarto e, com um pano, enxugou a testa da garota que estava na cama improvisada.

Rosalina se aproximou. Catarina ficou na porta, como se tivesse medo de abandonar a luz do dia.

— Você veio — disse a garota, olhando para Rosalina.

Rosalina chegou mais perto, com as mãos apertadas e úmidas.

— É você? — ela perguntou. — Claro que é você.

A figura frágil e infantil era a criada que Romeu havia seduzido e abandonado. Quando Rosalina chegou perto dela, viu que os cobertores estavam duros e escuros com sangue seco. Tentou não olhar para o berço silencioso coberto com um tecido preto. Algo se moveu pelo chão.

— Não fique muito tempo, senhorita, ou vai exauri-la — disse a mulher segurando o pano.

— Que importa? — disse a garota. — Vou morrer de qualquer maneira.

— Como quiser, então. Não me ouça. Só fico aqui por caridade e piedade.

Quando a mulher deixou o triste quarto, batendo a porta, Rosalina ficou olhando consternada.

— Vá atrás dela e lhe dê isso — disse Rosalina, colocando uma moeda na mão de Catarina.

Aliviada por poder sair daquele quarto, Catarina foi correndo.

Rosalina se voltou para a pequena forma encolhida naquele ninho feito de cobertores manchados.

— Diga-me seu nome — ela falou, agachando-se ao lado da garota. — Eu não lhe perguntei antes.

— Laura. Eu era a Laura dele. Por um tempo, pelo menos.

Rosalina segurou a mãozinha frágil da garota. Seus ossos eram tão finos e delicados como os de um pássaro. Se ela apertasse muito forte, eles se quebrariam.

Laura estava deitada sobre cobertores imundos, com a barriga ainda inchada por baixo deles. Parecia ao mesmo tempo uma criança e uma velha abatida.

Rosalina percebeu, horrorizada, que o cheiro de podridão e morte vinha de Laura. Ela devia estar se deteriorando por dentro. Nem a abadessa, com toda a sua sabedoria, poderia aliviar o sofrimento dessa garota miserável. Ela não se levantaria mais da cama depois do parto.

— Estou feliz que pôde vir. Ele não veio — disse Laura

— Você o chamou?

— Sim. As dores do parto vieram cedo demais. E eu mandei chamá-lo. Eu achei que talvez ele se importasse comigo um pouco, já que mandou o Frei Lourenço. Ele se sentou comigo, orou e leu a Bíblia para mim.

Olhando para o lado da cama, Rosalina viu outra Bíblia com capa de couro, com o mesmo selo heráldico que tinha a Bíblia do frei e a que estava na cela de Cecília.

— O frei me deu um frasco de licor para beber quando a agonia se tornou insuportável — continuou Laura.

Ela apontou para um canto do quarto, perto da grade vazia, onde havia uma garrafa.

Rosalina apanhou a garrafa e a revirou em suas mãos. Era um vidro azul de Murano, da cor de um céu de junho. O único ponto brilhante naquele quarto incolor. Uma gota daquele líquido destilado brilhava no fundo do frasco.

— Isso a ajudou? — perguntou Rosalina.

— Meu filho nasceu morto. Que remédio existe que possa ajudar com isso? E agora também estou morrendo. Alguma parte dele ficou presa dentro de mim, apodrecendo. Eles não conseguem arrancá-la, embora, meu Deus, tenham tentado.

Rosalina apertou mais uma vez a mão da garota e fechou os olhos dela com os dedos. Sentia a morte ao seu redor naquele pequeno e fétido quarto. No entanto, a morte era impiedosa. Ficava sentada, esperando, e não a levava. Gotas de febre escorriam pela testa de Laura. Rosalina pegou seu lenço para enxugá-las, e Laura fechou os olhos, exausta.

Rosalina voltou a examinar a garrafa em sua mão.

— Posso ficar com isso?

— Pode levar.

Ela escondeu o frasco dentro da bolsinha bordada que levava pendurada na cintura.

— Ouvi dizer que você está livre dele agora...? — perguntou Laura, abrindo os olhos e a encarando. — É verdade?

— É verdade que não há verdade dentro dele — disse Rosalina, incapaz de evitar a amargura em sua voz.

— Ah, ele é verdadeiro quando está apaixonado, mas sua paixão segue o ritmo das marés.

Rosalina assentiu com a cabeça.

— Os beijos dele são crias do próprio Judas — disse Rosalina.

— Mas com um sabor mais doce — disse Laura, ainda triste por isso, mesmo agora. Ela fechou os olhos de novo e parecia dormir, mas, então, falou baixinho: — Sem uma vela, devo dormir no escuro. Reze por mim. E chore quando eu não estiver mais aqui.

— Juro por minha honra que farei isso — disse Rosalina, acariciando o cabelo emaranhado sobre o rosto da garota.

Logo depois, Rosalina deixou o quarto úmido e escuro tomada pela tristeza e sentindo-se aliviada, segurando a porta aberta para que a dona da casa pudesse entrar, incentivada a voltar pela brilhante moeda de prata de Rosalina. Na luz do dia, Rosalina olhou de novo para o frasco azul em sua mão. O conteúdo tinha servido para aliviar a dor ou acelerar a morte? A abadessa saberia, com certeza.

Rosalina e Catarina começaram a voltar, pelas ruas tomadas pelo sol, para a casa de Masetto; Rosalina sentia o cansaço pesando em suas pernas. Ela confessou a Catarina que Laura tinha ido procurá-la, e disse de quem era a criança que estava carregando em seu ventre.

Catarina ouviu em silêncio, revoltada com os crimes de Romeu.

— Poderia ter sido você ou Julieta naquele quarto horrível — ela falou, por fim.

Elas caminharam em silêncio, cada uma ocupada com os próprios pensamentos infelizes. Laura estava morrendo antes de ter a chance de viver. O bebê nunca tinha vivido. Rosalina esperava que Laura não sofresse por muito mais tempo. Como havia prometido, ela cuidaria para que Laura fosse enterrada de modo adequado com o filho, e não em um túmulo de indigentes.

As mulheres continuaram, com as costas aquecidas pelo forte sol da tarde. Catarina percebeu que estava errada. Apenas orações não eram suficientes para manter os vivos a salvo de Romeu.

CAPÍTULO 12

Romeu... louco, apaixonado, amante

Quando se aproximavam da casa do pai de Rosalina, viram que os portões estavam abertos, vários cavalos suavam e batiam os pés, e os cavalariços estavam parados na rua. Sentindo medo, Rosalina entrou no pátio, com Catarina ao seu lado. O cavalo do tio Capuleto estava sendo escovado e lavado na cocheira. O que havia acontecido ali e por que o tio tinha vindo? Quando Rosalina deixou Julieta, mais cedo, a tia e o tio estavam ocupados com os preparativos do casamento de Julieta com Páris. Será que o pai havia sofrido algum acidente ou uma doença súbita? Não era a praga, senão, tanto o medo quanto os vigilantes teriam afastado a todos. Não havia nenhuma cruz vermelha pintada na porta.

— Onde está meu pai? Meu tio? — ela perguntou ao cavalariço.

Ele apontou para a casa, e ela correu para dentro, deixando Catarina no pátio. Que nova catástrofe poderia ter se abatido sobre a família? Os criados caminhavam pelo corredor, mas todos desviaram o olhar e não ousaram encará-la. As portas do quarto do pai estavam abertas, e ela o encontrou sentado em seu escritório, pálido e desgrenhado, cercado de papéis e livros jogados sobre a mesa. Ele olhou para ela, com a expressão confusa e perdida.

— Você está doente? — ela perguntou, vendo seu estado desorientado e seu rosto pálido.

— Doente de má sorte. Levaram meus ducados e minha esposa. Emília foi levada de novo.

Olhando para o lado, ela viu que o baú de dinheiro estava aberto, com a tampa levantada, então, Rosalina entendeu que seu crime havia sido descoberto. Sua culpa teria sido descoberta também? Seu coração batia de modo frenético dentro do peito.

Masetto passou as mãos pelos cabelos, fazendo as poucas mechas ficarem de pé.

— Fui roubado. Todo o dinheiro que deveria ir com você para o convento foi roubado, Rosalina — ele disse. — Era uma soma já reservada que desapareceu. Fui roubado de moeda e dignidade... e da minha esposa.

Era evidente, por seu tom, que ele não sabia que fora ela que havia roubado. Rosalina voltou a respirar. Ele bateu no próprio rosto com as mãos.

— Fui um tolo por não ser mais meticuloso. E devo pedir seu perdão, pois, quando você for para o convento, não será com tanto conforto como eu queria. Vou enviar cada moeda que conseguir juntar. Pode perdoar um velho estúpido?

— Por isso, eu o perdoo — disse Rosalina, lentamente. — Embora, na verdade, talvez seja um sinal de que eu deva ficar em casa.

Ao ouvir isso, Masetto quase sorriu.

— Quieta, ou vou começar a achar que você me roubou para evitar que eu a mandasse para o convento.

Rosalina achou melhor não dizer mais nada. Quase sentia culpa por ter roubado a miniatura de Emília. Ela queimava encostada em sua pele por baixo do vestido.

Masetto se levantou e examinou seu escritório mais uma vez, aflito.

— Oh, perda após perda. O ladrão levou tanto. Meu ouro e sua mãe. O criminoso poderia não ter levado o retrato, o amado rosto dela não era a joia que ele queria, mas as esmeraldas e os rubis e o ouro que decoravam a moldura...

Rosalina sentiu outra pontada de vergonha, o suor escorria por sua coluna.

— Seus primos vieram aqui para me oferecer consolo — ele disse —, mas, na verdade, estão aqui para zombar da minha senilidade. Eles me insultam e me exultam ao mesmo tempo. Não quero a piedade fingida deles. Não há satisfação e nenhuma vingança a ser feita. Não vou encontrar o ladrão.

Vendo que a consternação do pai era verdadeira, Rosalina sentiu um pouco de remorso, mas não o suficiente para confessar nenhum dos roubos — se o fizesse, sua punição seria absoluta. Em vez disso, segurou a mão dele.

— Você não está senil. E o cabelo do meu tio é ainda mais grisalho. Não preste atenção neles, se acha que a piedade não é verdadeira, mas eu acredito que seja. Não se preocupe comigo. Não preciso de conforto no convento. Terei o que mereço.

O pai ficou surpreso e agradecido pelo afeto dela, então, deu um tapinha em seu braço antes de colocar um único ducado brilhante na mão dela.

— Eu tinha destrancado o baú a fim de pegar dinheiro para a mortalha de Teobaldo. Não deu tempo de encontrar um pano roxo ou dourado para enrolar o cadáver da sua mãe. Honre Teobaldo, não o mande para seu túmulo sem uma mortalha decente.

Rosalina examinou o pai surpresa, impressionada com essa última consideração por Teobaldo. Era mais do que o orgulho dos Capuletos ou temor a Deus; era algo próximo a uma ternura que ela não acreditava que o pai pudesse sentir.

Enquanto o agradecia, seu tio Capuleto passou por ela e entrou no escritório, querendo falar com o irmão.

— Nenhum dos criados sabe de nada, ou pelo menos é o que eles dizem — ele declarou. Então, ele começou a fazer várias perguntas ao irmão, que estava sentado, quieto, com a cabeça baixa por conta da humilhação, absorvendo a bronca. — A janela está sempre aberta? E por que você não pendura a chave no seu pescoço, meu irmão? É tão descuidado assim com sua riqueza?

O tio mandou Rosalina embora e fechou a porta quando ela saiu. Enquanto ela foi caminhando pelo corredor, ouvindo as vozes abafadas deles a perseguindo, desejou que nenhum dos criados fosse suspeito dos pecados dela.

A moeda que o pai lhe dera era pesada e queimava a palma de sua mão. Era uma tarefa melancólica a que ela deveria realizar. Já tivera a esperança de receber ducados de ouro de seu pai para escolher as roupas de casamento para seu enxoval, mas, em vez disso, teria de comprar um pano mortuário. O último ato de compaixão pelo homem que tinha amado com toda a perfeição.

Ela saiu do corredor que parecia um útero escuro para a luz forte da tarde. O ar estava adocicado com o aroma de madressilva e jasmim e o denso zumbido das abelhas. Ela pensou em Laura e em seu quarto sujo e escuro. Não havia ninguém para comprar um pano mortuário para ela quando chegasse a hora. Olhando para o lado direito da casa, viu lóbulos de uvas na *loggia* inchados pelo calor, as folhas sombreando o terraço, onde, para sua surpresa, estava Julieta, olhando para o jardim.

Rosalina se aproximou e parou ao lado dela. A prima parecia não notar, apenas continuou a olhar para o jardim, como se não enxergasse nada.

— Onde está você, minha amada? Não aqui, ao que parece — disse Rosalina.

Julieta se assustou e olhou ao redor.

— Meu pai foi roubado — disse Rosalina.

— Sim, fiquei sabendo.

— Você ficou sabendo disso antes de hoje, pois eu mesma contei para você. Sou a ladra. Eu peguei do baú do meu pai trinta ducados de ouro. Aposto que é a mesma soma que Romeu Montéquio mostrou para você, e proclamou, triunfante, que garantiria a nova vida de vocês em Mântua.

Julieta ficou quieta e imóvel.

— Talvez ele tenha me mostrado alguns ducados. Se era a mesma quantia, não me lembro.

— Mentirosa.

Julieta ficou corada.

— Você não faria isso, Ros. Sei que não roubaria dinheiro do seu pai.

— Ah, mas eu roubei. Você não faria tudo que Romeu pedisse? Não morreria por ele, se ele pedisse?

— Sim — respondeu Julieta, com um tom de voz solene.

— Então, doce garota, o que ele pediu não foi tão caro. Ele não queria minha morte, apenas umas moedas brilhantes. Ele me convenceu de que já eram minhas e de que eu pegaria o que me pertencia. — Ela esticou o braço e pegou uma uva. Era pequena, dura, e estava coberta por uma camada de poeira. — O que são trinta ducados comparados a uma vida? Meu preço foi baixo em comparação com o que temo que ele vá pedir a você.

— Não me importa. Eu o amo. Morreria por ele de bom grado.

— Então, não posso mudar o que você pensa. Mas sei que o homem por quem você morreria é um vagabundo e um ladrão.

Ao ouvir isso, Julieta sentiu raiva.

— Você foi a ladra. O pecado é seu.

— Disso, não posso discordar, e cumprirei minha penitência. Mas fui um instrumento de Romeu. Não tenho mais o ouro. Ele ficou com o butim do meu crime.

Julieta ainda estava irritada, com o rosto vermelho.

— Teobaldo era perfeito? — ela perguntou. — Ou era imprudente, destemperado e hábil em seu ódio? No entanto, você o amava.

— Amava, pois era meu amigo e uma alma gêmea. E era tudo isso que você disse, mas suas falhas eram corrigidas pelo meu amor, ou era o que parecia. No entanto, ele também era gentil e leal, e me amava de uma forma tão calorosa quanto a luz do sol e das estrelas. Seu Romeu é como a lua. Mutável e fria.

— Quieta! Não comigo. — Julieta respirou fundo, tentando se acalmar. — Não posso me casar com Páris, você não entende?

As finas sombras das videiras marcavam a pele do rosto e das mãos de Julieta como se fossem veias, fazendo-a parecer mais velha. Rosalina reconheceu a desolação da prima e percebeu que o medo a tornava imprudente. A ponta da adaga voltava a se projetar da manga de Julieta e, por um instante, Rosalina conseguiu imaginá-la sem sangue em seu túmulo.

Os olhos das duas se encontraram.

— Apesar das suas palavras, Ros, você não pode me ajudar. Fui falar com o frei hoje. Ele é nosso amigo, meu e de Romeu. Ele tem um plano para me unir a Romeu.

Num gesto de triunfo mesquinho, Julieta ergueu um pequeno frasco azul de Murano, tão brilhante quanto um céu de junho sem nuvens. À luz, parecia feito de lápis-lazúli, e o frasco brilhou quando ela agitou seu conteúdo, fazendo com que pequenas bolhas subissem.

— Esta noite, quando estiver na cama, devo beber este licor destilado e, então, depressa, pelas minhas veias correrá um humor frio e sonolento, e nenhum pulso, nenhum calor, nenhuma respiração vão testemunhar que estou viva...

— Julieta, não...!

— A cor rosa em meus lábios e em minhas bochechas se transformará em cinza, e meus olhos parecerão estar mortos. Cada parte deve endurecer, ficar rígida e fria, e se parecer com a morte.

— Parecer com a morte ou será de fato a morte? Oh, Julieta, eu imploro, não faça isso...

Rosalina colocou as mãos no ombro da jovem enquanto implorava, mas, resoluta, Julieta balançou a cabeça. Ela nem queria olhar para ela.

— Ele me prometeu, Rosalina, que, depois de quarenta e duas horas, eu acordarei de um sono agradável. E, pela manhã, meu noivo virá me retirar do meu caixão e do meu túmulo e me levar para Mântua e para uma nova vida, livre de toda esta vergonha do presente. O frei enviou um dos seus irmãos franciscanos para Mântua, a fim de encontrar Romeu, levando uma carta que descreve o nosso plano.

Rosalina balançou a cabeça lentamente.

— Não acredito que ele vai mandar essa carta para Romeu. Ele o quer seguro em Mântua, depois do decreto do príncipe. Se Romeu voltar para Verona, a vida dele estará em perigo, e sua morte será terrível. O frei não arriscaria trazê-lo para cá. Não por você. Ele não é seu amigo. Ele é apenas amigo de Romeu.

Julieta se recusou a olhar para ela, mas Rosalina não estava disposta a parar.

— Esse frei é falso e a alimenta com mentiras refinadas. Ele é astuto e cruel.

Ela enfiou a mão na bolsa em sua cintura e pegou a garrafa de Laura. As duas eram idênticas.

— O mesmo frei misturou ervas para outra das garotas de Romeu... Laura, que ele já amou. Eu fui vê-la esta tarde. Seu leito de parto também será seu leito de morte. Talvez ela tivesse morrido sem a ajuda dele, mas não acredito que seu santo frei, seu suposto amigo, tenha misturado ervas para ajudar a aliviar a dor dela, creio que tenha sido para acelerar a morte.

Julieta olhou para ela, sem acreditar.

— Não beba este licor — disse Rosalina. — E se for um veneno que o frei administrou com sutileza para matá-la?

Julieta observou a garrafa em suas mãos, incerta.

— Se eu beber e morrer, pelo menos não terei de me casar com Páris. Estarei com meu Romeu — ela disse, por fim.

— Ah, mas Romeu não vai morrer por você. Ele nem foi visitar Laura quando soube que ela estava morrendo, e com certeza também não morreria por ela. Ela morreria infeliz e sozinha se não estivesse com a mulher que foi paga para cuidar dela. E ele continua vivo. — Rosalina respirou fundo. — Por favor, meu amor. Não beba isso.

Ela tentou arrancar o frasco dos dedos de Julieta, mas a garota o apertou com força.

Rosalina tremia de fúria e frustração.

— Há outras pessoas que te amam além de Romeu. Ou eu não significo nada?

— Não é isso, claro que não. Eu te amo, Ros. — Julieta parecia aflita, mas ainda assim não quis entregar o frasco. Ela se levantou. — Ouvi meu pai me chamando da casa.

Ninguém a estava chamando. Só se ouviam o canto do melro e o movimento das folhas da videira.

Julieta começou a se afastar.

— Esta noite, devemos nos separar, Ros. Não há escolha para nós. Devo confiar no destino.

— Confie no destino, então, mas não confie em Romeu! — Rosalina disse.

Julieta hesitou e, depois, se afastou. Havia uma leve sombra de dúvida na mente de sua prima, Rosalina conseguia sentir. O amor dela por Romeu estava diminuindo, e isso seria suficiente por ora. Rosalina trabalharia para puxar o fio até que ele se desembaraçasse. Mas não havia muito tempo. Rosalina a observou se afastando pelo jardim, voltando para a casa, até desaparecer.

Aquele frasco azul não continha sono, apenas morte. Rosalina já tinha perdido muito. Não perderia Julieta. Não poderia.

Rosalina estava no mercado de tecidos com Livia, havia rolos de seda abertos na frente delas. O pai não permitiu que ela saísse sozinha. Disse que temia que ela não estivesse segura, pois havia um ladrão solto por aí. Rosalina tinha certeza de que isso era mentira e sabia que o que ele temia mesmo era que ela fugisse antes de ser mandada para o convento.

O comerciante abriu outro grupo sombrio de sedas em tom de cinza para elas. Livia apertou seu braço.

— Desculpe, Rosalina. Sei que Teobaldo era como um irmão para você.

Rosalina sentiu que não conseguiria falar. Sua voz estava presa na garganta.

Mais panos foram sendo empilhados no balcão. Camada sobre camada, sufocando-a.

— Você gostou de algum, Ros? — perguntou Livia, hesitante.

Rosalina balançou a cabeça. Teobaldo precisava de algo glorioso. Então, de repente, ela avistou um tecido no fundo da loja. Um manto para um príncipe. Era a mortalha mais luxuosa e linda que ela já tinha visto, feita de veludo carmesim, com o linho mais belo. Estampada na frente, com a melhor seda, havia uma grande caveira branca com ossos cruzados, com os fêmures quebrados e pontudos. A vida é transitória e breve, sempre perseguida pela morte.

Ela apontou para o manto.

Livia levou Rosalina de volta para a casa de seu tio, a fim de preparar o funeral. O corpo de Teobaldo havia sido lavado e colocado no pequeno salão. Ele parecia mais jovem e magro na morte. Suas feridas tinham sido limpas, mas os cortes endurecidos eram nítidos em contraste com a suavidade de sua pele. Jarros com alecrim, erva-doce e rosas repousavam sobre a lareira, para disfarçar o cheiro de morte. A roupa funerária era grande o suficiente, pensou Rosalina, para envolver os dois. Ela poderia deslizar para a escuridão pacífica com ele. No entanto, percebeu que, tanto quanto não estava pronta para ir ao convento, tampouco estava pronta para a morte.

Embalando-o com ternura, Rosalina, Julieta e Livia envolveram o corpo enrijecido de Teobaldo, colocando nele a mortalha para seu sono eterno. Era o último momento com ele antes que os homens viessem carregá-lo para a tumba dos Capuletos, e, de um modo intuitivo, Julieta e Livia se retiraram para um canto da sala, a fim de orar em silêncio, deixando Rosalina com ele.

Ao olhar para o corpo enfaixado de Teobaldo, Rosalina percebeu que não sabia o que dizer. Ele já não parecia o mesmo; estava mais pálido e mais amarelo do que tinha sido em vida. Ela se sentia desconfortável, como se ele fosse um estranho. Não quis tocá-lo.

— Onde está você? — ela sussurrou. — Devolva meu cavalheiro amoroso, de sobrancelhas negras. Eu não conheço você.

O silêncio dele era uma provocação.

Ela desfez um pouco a mortalha e colocou um livro nas mãos do corpo morto; não uma Bíblia ou um livro de orações, mas o volume dos contos de Ovídio que Teobaldo havia roubado de Valêncio muitos anos atrás.

— Para ler na sua jornada — ela sussurrou. — Não quero lê-lo sem você. Que valem esses contos sem poder compartilhá-los com você?

As outras duas rezavam mais alto a fim de dar privacidade para Rosalina, mas ela ouviu alguns outros sons, mais grosseiros, vindos da outra sala.

— Que barulho é este que nos perturba? — ela perguntou.

Julieta e Livia trocaram olhares.

— São atores se preparando para uma peça — disse Livia, relutante. — Depois da festa de casamento de Julieta e Páris, haverá uma apresentação. Seu tio deseja que seja parte da celebração.

Rosalina ficou boquiaberta.

— Ele não poderia esperar até que Teobaldo fosse enterrado? — ela disse, indignada. — São intrusos aqui, a presença deles é uma afronta!

— Não tenho nada a ver com isso — disse Julieta. — Não é culpa minha.

Livia caminhou em direção à porta.

— Vou pedir que falem mais baixo — ela disse.

— Não, eu faço isso — falou Rosalina.

Ela saiu da sala tomada pelo ódio. Como seu tio ousava permitir que os atores ensaiassem ali naquela noite, quando o cadáver de Teobaldo jazia sobre a mesa? Era um insulto cruel. A risada foi ficando mais alta. Os atores estavam bebendo o bom vinho de seu tio.

Então, ela ouviu outra voz. Parou, ficou ouvindo. Não podia ser.

— Ros! — a voz chamou.

Ela conhecia aquela voz. Era tão familiar para ela quanto sua própria voz.

Não era possível. No entanto, ela o ouviu.

— Teobaldo! — ela o chamou, incerta. — Onde você está?

Ele ainda não estava enterrado, então, talvez seu fantasma ainda caminhasse pelas sombras? Ela seguiu a voz, que a levou ao grande salão, onde vários atores estavam bebendo, cercados por cenários pintados pela metade, adereços de madeira e caixas de roupas. Um fazia malabarismos enquanto outro fazia palhaçadas; eles nem perceberam a entrada dela.

Ela olhou ao redor, confusa. Talvez tivesse se enganado. Um ator começou a recitar uma fala, e devia ter sido isso que ela tinha ouvido. Respirou fundo, pronta para repreender os atores, então, o ouviu de novo, chamando-a.

297

— Ros. Aqui.

Ela procurou pelo salão de novo. No início, não o viu, mas, logo depois, ali estava ele, parado na escada que levava ao patamar. Sorrindo para ela, molhado com as vísceras e o sangue que pingava de suas feridas, com os dentes brancos salpicados de vermelho. Ele se apoiava nas escadas.

Ela correu para ele. O rosto dele estava branco; ele não era desse mundo, mas isso não a assustou.

Três atores vieram caminhando pelo longo corredor, um deles usando uma peruca encaracolada, e todos estavam com canecas de cerveja e balbuciando suas falas.

— Boa noite, senhorita — disse um deles, erguendo o chapéu e fazendo uma mesura para ela.

Rosalina o ignorou no mesmo momento que, para sua frustração, Teobaldo se virou e subiu correndo os degraus e desapareceu de vista. Por que ele não incomodou esses outros? Mas ninguém entre esse grupo de atores parecia interessado em um morto. Ou eles não conseguiam vê-lo, ou só estavam preocupados com suas canecas de bebida e com a repetição de suas falas.

Teobaldo acenou de cima da galeria para ela. Rosalina subiu correndo a escada. Ficou se perguntando se estava de fato louca e entorpecida de tanta tristeza, ou se havia tomado muito sol; no entanto, percebeu que não estava tremendo.

Ele estava sentado no chão, esperando-a. Ela se acomodou ao lado dele.

— Teobaldo?! — ela sussurrou.

— Como está, Rosalina? — ele perguntou, com um sorriso triste mostrando seus dentes manchados de vermelho.

— Não sei. Feliz por você estar aqui. Mas infeliz porque você está morto e porque parte de mim vive com você.

— Você não pode viver na morte, Ros. Não é possível.

Ela tentou engolir em seco e percebeu que não conseguiria mais falar. Ansiosa, tentou segurar a mão dele, mas ela não estava mais lá. O primo olhou para ela triste, mas não disse nada.

Abaixo, os atores começaram a ensaiar. Era possível ouvir pedaços de frases.

Duas famílias iguais em dignidade.
Na Babilônia, onde montamos nosso cenário.

Rosalina lembrou-se de que estivera furiosa com a insensibilidade dos atores. Agora, enquanto olhava para o tão adorado rosto de Teobaldo, mais pálido na morte, percebeu que seu ódio havia desaparecido. Ela olhou para ele espantada.

— Estou louca — ela disse.

— Por quê?

— Por ver seu fantasma. Estou louca de dor e amor.

— Então, também estou louco — disse Teobaldo, sorrindo com delicadeza. — Ficamos loucos juntos.

Eles permaneceram sentados em silêncio por um tempo, e Rosalina desejou sentir o ar frio dos bosques, contemplar o verde silvestre e o cheiro de terra úmida. Talvez as pegadas de Teobaldo ainda pudessem ser encontradas nas camadas de pinhões sobre a terra e ela pudesse segui-lo até o submundo. O cheiro do sangue dele ainda estava em seu nariz, a sensação de sua pele, em suas mãos, quente e pegajosa, agarrando os dedos dela. Mas Rosalina queria se lembrar de como ele era nos dias que passaram ao lado do rio, com o cabelo para trás como se fosse uma lontra, com água, e não com sangue, marcando as pedras quentes com as pontas dos pés, a água brilhando, olhando para ela.

Houve um barulho no corredor abaixo e Rosalina se virou para Teobaldo, perguntando:

— Droga, que peça será apresentada?

— A tragédia dos amantes de Ovídio, Píramo e Tisbe — ele respondeu.

Rosalina pensou no precioso livro sob as mãos mortas de Teobaldo no outro salão. As histórias que eles não leriam juntos de novo. Suspirou. Abaixo, uma lua oscilante foi içada acima do palco improvisado, brilhando forte sob a luz. Um violinista começou a tocar, e o som era agudo e suave, como o vento através do pântano ao entardecer.

— Você está realmente aqui, Teobaldo?

— Sim e não — ele respondeu.

Ele não está aqui, ela pensou. *Ele é uma parte de mim, a parte que morreu. De alguma forma, eu o chamei de volta.*

Eles voltaram sua atenção para a ação do grupo abaixo. A peça era tosca e interpretada por atores novos, mas era estranhamente familiar para Rosalina.

Do antigo rancor ao novo motim...

Já li essa história centenas de vezes, e mais do que isso — conheço essa história, pois a vivi. E agora também a Julieta, concluiu Rosalina. A história que se desenrolava abaixo deles tinha uma familiaridade medonha: Píramo e Tisbe. Romeu e Julieta. Rosalina e Romeu. Duas famílias e um ódio mortal. Dois amantes, confessando seu desejo secreto um pelo outro. *Estou assistindo a uma peça, mas também estou assistindo à minha história.*

Ela observou os atores com o semblante sério, ajoelhando-se para poder ver melhor.

Um par de amantes infelizes tira a própria vida...

— Termina em morte. — Ela suspirou. — Sempre termina em morte. Píramo e Tisbe. Laura. Cecília. Você.

Teobaldo olhou triste para ela e disse:

— Eu morri. Mas, Ros, seu fim ainda não chegou. Há mais coisas. Ainda há esperança.

Ela balançou a cabeça e se virou para os atores.

— Como é esse Píramo? Um amante ou um tirano? — ela perguntou. — E o que é essa versão da peça? — ela acrescentou, intrigada. — Não parece muito com Ovídio.

— Ela muda cada vez que é contada. Vive na narrativa. A história está escrita no italiano de sua escolha. Ouça agora — disse Teobaldo, gesticulando para ela ficar quieta.

Eles assistiram em silêncio por alguns minutos, mas Rosalina estava realmente observando Teobaldo, seu rosto amado, a curva de suas bochechas, sua testa alta. O arco perfeito de seus lábios... Oh, por que ela não percebeu isso antes, quando não era tarde demais para beijá-los?

— O melhor neste tipo são apenas sombras — sussurrou Teobaldo, dando um sorriso.

— Deve estar na sua imaginação, então, e não na deles — ela disse.

No entanto, enquanto falava, ela se perguntava como poderia estar na imaginação dele. Os mortos podiam sonhar? Rosalina observou Teobaldo. O adorável fantasma dela. O amor dela. Os sonhos dela eram os sonhos dele. Se, como ela acreditava, parte de si havia morrido com ele, então, era sua própria alma que ela estava vendo ali, na sua frente.

Ele a observou com um olhar triste, mas não disse nada. Rosalina entendeu que a resposta para tudo isso estava no palco à sua frente: a parte de Teobaldo que morava em seu coração a havia levado até a galeria para assistir àquele ensaio. O que ele queria que ela visse e entendesse? Os olhos dela estavam cheios de determinação e cansaço. Por que não conseguia ver? Deveria enxergar, para seu próprio bem e o do fantasma de Teobaldo.

A história no palco abaixo chegou ao fim, e Píramo e Tisbe morreram.

— Viu...? — disse Rosalina, frustrada. — Sempre termina em morte.

— Não — respondeu Teobaldo. — Você compreende agora?

Depois de concluído o ensaio, os atores se levantaram, se espreguiçaram e bocejaram, ressuscitados. O próprio final de Rosalina e o de Julieta e o de Romeu continuavam inacabados do mesmo modo. Havia páginas numeradas que deviam ser lidas.

Ovídio havia invocado a história de Píramo e Tisbe, ou ao menos a capturado na tinta. Quem tinha sido o dramaturgo do amor de Rosalina e quem o havia transformado em ódio? Rosalina pensou em como algo insignificante, até um grão de poeira, poderia virar a balança. Romeu tinha tentado moldá-la e criá-la como o artista havia ordenado, mas ela não se encaixava na forma que ele queria. Um dia, em breve, nem Julieta se encaixaria. Então, viria o desastre. Ele se apaixonava por uma idealização de mulher e, depois, percebendo seu erro, a descartava. Ela podia sentir a horrível inevitabilidade de tudo isso. Suas vidas seguiam a arte de Ovídio como as carroças seguiam os sulcos gastos das pedras nas ruas de Verona talhadas nos caminhos que se enfiavam pelas colinas: por aqui eles devem passar e por ali não.

Rosalina não podia aceitar isso. Ela forçaria a grande roda do destino a sair de sua rota suave e entrar em outra trilha. Se Ovídio invocava sua história com o poder de sua imaginação, então, ela deveria fazer emendas com a imaginação dela. Se pudesse apenas agarrar sua pena e criar um final diferente para todos eles... Essa era a arte do dramaturgo, mas ela, Rosalina Capuleto, não era nenhuma dramaturga. Devia encontrar outra forma.

No entanto, e se Teobaldo estivesse certo, e parte do que havia acontecido até agora fosse apenas um ensaio? O próprio final de Rosalina não poderia mudar no momento da apresentação?

Era hora de Julieta e Rosalina se libertarem dessa história. Deveriam separar a vida da arte, a casca da laranja, e atirá-las nas chamas. Ela não queria terminar como uma sombra ou um fantasma. Era carne, e viveria. Assim como Julieta.

Cabia a Rosalina criar um novo caminho e um novo final. Ela olhou para Teobaldo e disse:

— Teobaldo! Um pingo, uma palavra vai virar a balança! Sei o que devo fazer.

Ele não respondeu. Será que ela havia libertado a sombra dele quando descobriu a verdade que Teobaldo tinha vindo mostrar? Ela sentiu um golpe físico em seu peito, desejando um último adeus antes que Teobaldo desaparecesse no submundo. Levantou-se e procurou por ele, inclinando-se e espiando até a ponta da galeria.

Ele não estava mais lá.

O sino badalou às cinco e quinze. Faltava apenas uma hora para o funeral de Teobaldo. Os atores recomeçaram a colocar as pinturas e o cenário no lugar, desempacotando adereços e se servindo de mais bebida.

Rosalina desceu as escadas e os observou por um instante.

— Gostei do ensaio — ela disse. — Desejo a vocês uma boa apresentação de "Píramo e Tisbe". Infelizmente, não poderei assistir.

Se tudo saísse conforme seu plano, o casamento não iria acontecer e a peça deveria ser cancelada, mas Rosalina não disse nada disso a eles. Mesmo assim, um ator olhou para ela de um jeito estranho.

— Obrigado, boa senhora. Mas não é "Píramo e Tisbe" que vamos apresentar, é uma comédia de verão. "Píramo e Tisbe" seria uma escolha melancólica demais para um casamento. — Ele fez uma pausa e, então, acrescentou: — Senhora, não começamos ainda a ensaiar. Só desempacotamos nossas caixas e armamos o cenário. — Ele balançou a cabeça.

— Temo que tenhamos nos intrometido demais em sua recente perda e peço desculpas por isso.

Com uma reverência, ele se afastou. Rosalina ficou olhando para ele. Tinha sonhado ou criado a peça na escuridão de sua imaginação, com Teobaldo? Eles tinham sido arrastados pela escuridão de sua mente inquieta? E, no entanto, o sonho, se é que tinha sido um sonho, apesar de toda a sua escuridão, a ajudara a se orientar para uma nova possibilidade.

Enquanto os atores estavam ocupados do outro lado do corredor, Rosalina escapuliu, vestindo-se com uma capa simples e um chapéu. Assim disfarçada, passou despercebida pelo portão dos fundos da casa. Havia algo que precisava fazer antes de beijar os lábios roxos de Teobaldo e se despedir pela última vez.

Julieta tinha dito que o frei ia mandar uma carta por intermédio de um de seus irmãos para Romeu em Mântua. Ela detestava o frei quase tanto quanto odiava Romeu. Pensar nele era ácido como o vinagre. Quando ela conversou com Frei Lourenço, percebeu que seu olhar e seu sorriso lascivo não eram de um homem santo, e, quando ele falava de Julieta, seus olhos se acendiam. Rosalina suspeitava de que os dois homens estivessem mancomunados nesse plano, só não sabia como. Será que Romeu descartava garotas que terminavam na cama do frei, ou este era apenas um sonho lascivo?

Ela estapeou no ar umas moscas negras que zumbiam ao redor dela, picando seu rosto e seus braços, multiplicando-se no calor e na sujeira. Enfiou na cabeça o chapéu emprestado, cobrindo a testa, e se dirigiu a São Pedro e à casa paroquial.

Quando chegou ali, Rosalina olhou para os jardins de plantas medicinais e sentiu medo. Os canteiros e os gramados do primeiro jardim estavam repletos de franciscanos descalços cuidando deles, andando nas pontas dos pés por uma passarela feita de tábuas. Para seu alívio, ela não viu Frei Lourenço entre eles, nem no primeiro jardim nem no outro.

Baixando o chapéu para proteger o rosto, ela se aproximou de um grupo de franciscanos que estava arrancando lesmas das folhas de couve rechonchudas no segundo jardim.

— Por favor, santos padres. Qual de vocês irá para Mântua a fim de levar uma correspondência do Frei Lourenço? Pois eu tenho uma carta para ser enviada junto. Eu só espero que não seja tarde demais.

Um dos frades, um homem grande com um nariz que parecia um dos bulbos roxos e finos que carregava em uma cesta de vime, examinou Rosalina.

— Quem é você, filha?

— *Madonna* Laura Montéquio, prima de Romeu. Frei Lourenço disse que eu poderia enviar uma carta para o meu primo.

— A carta foi enviada com o Frei João, mas ele já partiu.

— Não, não — disse outro. — Ele está visitando os doentes. Vai partir quando voltar.

— Então, você pode deixar a carta para o seu primo comigo — disse o frei de nariz bulboso. — Eu vou colocá-la na cela do Frei Lourenço. O Frei João levará as duas cartas com ele, quando voltar.

Rosalina forçou um sorriso e meneou a cabeça, discordando. Seu plano não funcionaria se esse gentil frei ficasse com sua carta — que ela ainda nem havia escrito. Ela precisava ir à cela do Frei Lourenço para procurar a carta que ele enviaria a Romeu.

— Agradeço, santo padre, mas, não, deixe. Não quero incomodá-lo com isso. Eu mesma levo.

O frei pareceu desconfiado, mas, para profundo alívio dela, o sino para as orações da tarde começou a badalar. Ele concordou relutante.

— A cela do Frei Lourenço é a que tem umas rosas brancas abaixo da janela — ele disse, apontando para um dos dormitórios.

Rosalina agradeceu ao frei e correu em direção à casa paroquial antes que ele pudesse mudar de ideia. O dormitório era um prédio de tijolos vermelhos, de um andar, com um teto de ladrilhos baixos. Havia corredores de portas simples de madeira e pequenas janelas com grades, e debaixo de uma delas havia uma roseira murcha. As pétalas onduladas com pontas amarronzadas tinham despencado e estavam no chão, por causa do calor, e o aroma residual delas era tão doce que enjoava. Apenas uma rosa ainda florescia; suas pétalas não eram brancas, mas tinham um tom sangrento, como se fosse um lenço salpicado de sangue. Sua beleza macabra deixou Rosalina perturbada.

Tudo indicava que aquela era a cela do Frei Lourenço. Rosalina abriu a porta e entrou. Então, aquele era o covil de um monstro. Não parecia sinistro. Não havia pilhas de ossos nem adagas brilhantes. Tinha cheiro de cinzas e o perfume das rosas da janela aberta. O quarto estava quase vazio. Um colchão fino. Uma cruz de madeira pendurada na parede. Um jarro de água e um copo de madeira. Um rosário. Nenhum cobertor nem uma cadeira — tais itens eram confortos mundanos desnecessários. Ela se lembrou, com dor no coração, do quarto de Cecília no convento, e soube logo o que deveria fazer. Precisava encontrar a carta que seria enviada para Romeu.

Ela percebeu que ao lado do jarro havia uma Bíblia azul, que tinha um brasão igual ao da Bíblia que estava nos quartos de Laura e de Cecília. Rosalina a apanhou. Parecia bem manuseada, com algumas letras já meio apagadas, como se as orações tivessem se desgastado pelo uso frequente. Ela já ia deixá-la de lado para continuar sua busca quando viu, escondida na borda da capa de couro, uma pontinha branca. A princípio, pensou que o tecido estivesse rasgado, mas, quando o puxou, descobriu um pedaço de papel, dobrado muito pequeno e coberto de letras minúsculas. Por um instante, pensou que havia encontrado a carta para Romeu. Mas por que estaria escondida em uma Bíblia? Desdobrando com cuidado, ela viu duas colunas. Demorou um pouco para entender que estava olhando para duas listas de nomes: de garotas de um lado e de homens do outro. Ela reconheceu vários. Os homens estavam entre os mais ricos e mais ilustres cidadãos de Verona. Havia nomes de homens das famílias dos Capuletos e dos Montéquios escritos ali.

Signior Martino. Baltazar Montéquio. Gregório Capuleto. E ali estava o Conde Páris. Para seu alívio, ela não encontrou o nome de seu irmão, mesmo depois de verificar duas vezes. Ficou feliz por isso.

Então, viu umas linhas pontilhadas ligando os nomes das mulheres aos dos homens. O nome de Romeu estava escrito ao lado do nome de todas as garotas: o nome dele era o primeiro a aparecer ao lado de cada uma. Às vezes, uma mulher estava ligada a dois, três ou até quatro ou cinco homens. Rosalina entendeu que essa devia ser uma lista que o frei mantinha de garotas caídas, e dos homens que as usavam para seus propósitos repugnantes. Sentindo uma pontada de dor, lembrou-se de que tinha ouvido falar de algumas dessas mulheres. Ela achou que todas elas haviam morrido. Ou era isso que tinha sido dito às famílias, ou as famílias tinham passado a contar quando suas filhas fugiam ou desapareceriam.

Rosalina se sentiu tomada por um suor frio e sua cabeça começou a girar. Alguns dos nomes da lista estavam assinalados em preto. Essas garotas, Rosalina concluiu, eram aquelas que tinham morrido — se de causas naturais ou não, ela não sabia. Percebeu que metade dos nomes estava riscada com tinta preta, então, um grito baixo escapou de seus lábios. Ela murmurou uma oração para elas e jurou vingança.

Enxugando as palmas das mãos escorregadias no vestido, ela analisou de novo o papel. Havia mais dois nomes que ela conhecia: *Cecília* e *Laura*. As duas estavam riscadas. Laura já estava morta, então. *Que seu descanso seja mais doce do que seu final.*

De repente, Rosalina sentiu um zumbido nos ouvidos e suas pernas ficaram moles.

Ela não devia ceder ao medo, embora fosse difícil aguentar toda aquela imundície. Romeu era o mel usado para atrair todas aquelas garotas? Esse devia ser o motivo de seu nome aparecer primeiro e ao lado de cada uma. Rosalina tinha certeza de que tudo era feito assim — afinal, havia funcionado de um jeito tão fácil com ela. Romeu devia saber que deixava uma trilha de garotas arruinadas e feridas para trás. E quando a empolgação do amor se desvanecia e ele se cansava de uma garota, o frei nada santo aparecia de um modo discreto para livrá-lo do incômodo, para que ele pudesse amar outra garota de novo sem nenhum estorvo. A garota, então, desaparecia — para ser entregue aos homens ricos de Verona, com toda a certeza, por um alto preço. E quando se cansavam dela ou se tornava muito perigoso mantê-la? O que acontecia, então? Rosalina ficou pensando nos frascos azuis de vidro de Murano e nas traiçoeiras linhas pretas riscando os nomes das garotas. Sentiu um tremor. Esse poderia ter sido o destino dela. E ainda poderia ser o de Julieta.

O frei não era um homem de Deus, mas alguém que não tinha consciência nem respeito pela alma humana. Um escorpião em vestes sagradas.

O sino de São Pedro badalou. Ela deveria correr e ir embora antes que os monges e os frades terminassem suas orações. Colocou a lista na bolsa em sua cintura, fechando a Bíblia e a recolocando ao lado do jarro, esperando que o frei não percebesse que havia sido tocada e que seu esquema desprezível tinha sido descoberto.

Seu coração disparou. Ela ainda precisava encontrar a carta. Com certeza, não estava escondida — talvez ela não tivesse procurado bem. Olhou de novo ao redor da sala e viu um pedaço de papel meio escondido debaixo de um jarro com água no chão, em que ela não havia reparado antes, só um pedacinho do papel aparecendo. Ela o apanhou e leu o destinatário: Romeu Montéquio. Estava selada com cera. Ela hesitou por um instante, mas depois rompeu o selo, abriu a carta e a leu rápido.

Benedito, *meu bom filho Romeu,*

Na manhã de quinta-feira, Julieta deve se casar com o Conde Páris. Juro para você que farei tudo o que puder para impedir essa união, mas você não deve voltar para Verona. Sua presença aqui significará sua morte. O príncipe está tomado pela fúria por essa disputa que ocorreu, então, você não deve voltar para a cidade. Rosalina, a megera, quer vingança e está cheia de ódio por você. Não venha aqui para morrer por Julieta. No amor, você é oscilante. Lembre-se, Romeu, antes, você estava louco por Rosalina. Então, em um dia, tudo mudou. Reze e se mantenha seguro em Mântua. O amor poderá surgir de novo.

Seu amigo,

Frei Lourenço

Rosalina se apoiou na parede. O reboco de cal era fresco, então, algumas lascas saíram em seus dedos. Claro, o Frei Lourenço havia mentido para Julieta. Essa carta não era a que ele havia prometido escrever. Não pedia para Romeu se apressar e voltar a Verona, acordar Julieta de sua tumba e levá-la de volta com ele para Mântua. E, embora garantisse a Romeu que impediria o casamento de Julieta com o Conde Páris, não disse como o faria. Rosalina temia saber como, ainda que Romeu não soubesse. Agora, ela já tinha quase certeza de que o pequeno frasco azul continha morte, e não sono.

Por que ele não contava seu plano para Romeu? Era por medo de que sua carta pudesse ser lida por olhos errados, ou porque sabia que, pelo menos por enquanto, Romeu ainda amava Julieta? Mas sua paixão não duraria, nunca durava. Ela se dissolveria como sabão na água quente.

Frei Lourenço sabia disso — sua carta transbordava acusações. Romeu, o vacilante, o falso e o volúvel. Quando ele se cansava de suas garotas, o frei as tirava de perto dele e as usava em prol de seus objetivos. Era assim que o acordo diabólico funcionava.

Para que seu estratagema desse certo, Rosalina precisava que Romeu voltasse para Verona. Essa carta não devia ser enviada. Se ela a roubasse, o Frei João simplesmente pediria que o Frei Lourenço escrevesse outra. Ela pensou por um instante, com a carta balançando entre os dedos. Onde os irmãos tinham dito que o Frei João estava no momento? Visitando os doentes. Isso serviria perfeitamente para seus propósitos. Rosalina recolocou a carta debaixo do jarro, fechando o selo o melhor que conseguiu.

Rosalina pegou o beco que levava à casa de seu irmão Valêncio, debaixo da longa sombra lançada pela torre de São Pedro. Havia pouquíssimo tempo. Ela começou a correr, sua respiração foi ficando irregular e ofegante. Quando chegou ao portão, ela bateu com o punho, e o vigia abriu com uma cara feia.

— Peço que me traga a ama das crianças — ela disse, quase sem fôlego. — Mas, por favor — ela implorou —, não conte à minha irmã ou ao meu irmão que estou aqui. Apenas traga a ama.

O vigia olhou para ela confuso.

— Por que não entra, *Madonna* Capuleto?

Rosalina sacudiu a cabeça.

— Por favor, eu imploro que se apresse — ela disse.

Então, ela colocou uma moeda na mão dele para eliminar sua curiosidade, e o vigia foi fazer o que ela havia pedido.

Curvando-se, Rosalina esfregou um ponto que estava incomodando entre suas costelas. Depois de alguns instantes, voltou para o portão e viu a ama ao seu lado. Ela parecia aborrecida por ter sido afastada de seus deveres.

— Rosalina?! — disse a ama, espantada.

— Senhora, antes de ser parteira e ama de leite, a senhora era uma inspetora, não era? — perguntou Rosalina, ansiosa.

A ama estremeceu com a lembrança.

— Como acho que já disse antes, prefiro a vida à morte.

A ama se virou como se fosse voltar para a casa, impaciente, mas Rosalina agarrou sua manga.

— Perdi minha mãe para a peste.

— Eu sei. Eu sinto muito por isso também.

— A senhora sabe onde encontrar os inspetores, não é? E eles a ouvem.

A ama franziu a testa.

— Espero que sim. Fui inspetora por doze meses e garanti que mais ninguém fosse infectado depois que fazia minhas visitas. Cumpri meu dever.

— Não duvido, boa ama. De verdade, não duvido. — Rosalina abaixou a cabeça. — É por isso que estou aqui. Pois ouvi, na casa paroquial, o Frei João contando para seus irmãos frades que ele esteve em uma casa atingida pela peste e pela praga visitando os doentes. Eu ouvi ele descrevendo com horríveis detalhes como as bolhas gotejavam em suas axilas, mas ele se afastou rápido para evitar a quarentena e não ter de ficar fechado em casa com a peste. Disse que vai viajar agora para Mântua. Temo que possa carregar a doença para lá.

A ama ficou tensa de raiva.

— Essas pessoas que acham que os deveres não se aplicam a elas! Nunca vamos eliminar essa peste enquanto elas tentarem evitar a lei! O clero está entre os piores. — Ela estalou a língua aborrecida e olhou para Rosalina. — Não sou mais uma inspetora, mas ainda posso chamar um oficial de guarda. Pode me mostrar quem é?

— Posso, se precisar — disse Rosalina, olhando para o chão, como se estivesse com receio.

A ama assentiu aprovando, dizendo:

— Vamos agora mesmo procurar o vigilante no caminho. Vamos garantir que esse padre canalha fique dentro de sua cela ao voltar, com uma cruz carmesim pintada em sua porta.

Rosalina conteve um sorriso. Esperaria até o Frei João ir pegar a carta na cela do Frei Lourenço e, então, apontaria para ele. O infeliz frei ficaria trancado com a carta para Romeu. Nenhum dos dois viajaria para Mântua esta noite.

CAPÍTULO 13

Essas delícias violentas têm finais violentos

Os cavalos sacudiam a carruagem, respirando ofegantes, com suas bocas espumando saliva. Mesmo a essa hora avançada, o ar parecia parado de tanto calor.

Rosalina arrancava mosquitos de seu cabelo. O rio fluía, suave e límpido, escuro como metal derretido à luz do entardecer. A lua, como uma fatia de limão siciliano, brilhava no alto da cidade, com seu reflexo iluminando a água.

Rosalina estava aliviada por fazer a viagem ao convento sozinha. Seu pai havia se oferecido para acompanhá-la, mas ela recusara sua companhia. O funeral tinha sido de Teobaldo, mas ela sentira como se fosse o dela. Depois dessa noite, ela não seria mais uma Capuleto. Deveria trocar de nome do mesmo modo como um lagarto perde o rabo e cria outro. Rosalina Capuleto seria enterrada, e Irmã Rosalina nasceria. Teobaldo agora repousava em seu túmulo, Rosalina Capuleto jazia ao lado dele. Ela era uma noiva de Cristo e, no entanto, sentia apenas a morte.

Talvez ela *pudesse* encontrar uma maneira de escapar de seu destino. Com Catarina trabalhando na cozinha, ainda havia a possibilidade de fugir do convento. Escondida nos barris de vinho ou nos sacos de grãos. Ela não seria a primeira noviça a tentar buscar outra vida do outro lado do muro. Em Verona, seria impossível, mas havia outras cidades. Ela podia mudar de pele de novo.

As tristes despedidas de mortos e vivos já haviam sido feitas. Livia chorando, beijando-a e abraçando-a tão forte que deixou os dedos marcados em sua pele. Aquelas marcas vermelhas eram mais preciosas para Rosalina do que rubis verdadeiros, e ela gostaria que não se apagassem. Livia e Julieta juraram que iriam visitá-la no convento. Livia disse que levaria as crianças. No entanto, para Rosalina, isso pouco importava, pois ela nunca mais poderia tocar em nenhum de seus sobrinhos. Ela não poderia abraçá-los nem beijá-los, nem enxugar suas lágrimas, nem os cutucar ao ouvir uma piada. A tristeza tomava conta dela, fria e profunda. Mesmo se viessem vê-la, ela estaria trancada atrás de uma parede, não apenas no âmbito físico, mas também no metafísico. Ela não seria mais a Rosalina das crianças, mas, sim, a Rosalina de Deus. Toda parte dela pertenceria a Deus agora, aquela palavrinha "irmã" agora era uma linha entre eles. Rosalina não era mais deles, mas *dele*, não desse mundo, mas do próximo. Entretanto, ela não queria pertencer a esse novo mundo. As alegrias celestiais não eram para ela. Eram os prazeres terrenos, por mais que fossem confusos, que ela almejava. Rosalina estava repleta de ressentimento.

O ritmo dos cavalos a fez dormir. Em seu sono, ela sonhou com deuses verdes dançando com Teobaldo, levando-o para o submundo, onde Hades esperava por ele com Emília em um braço e Laura no outro. Rosalina chamou o primo, mas ele não a ouviu, pois não lhe pertencia mais, e, enquanto ela o observava, todos desapareceram na escuridão.

Quando acordou, estava se iniciando o crepúsculo. Os cavalos bufavam, suspiravam e começaram a trotar mais devagar, esforçando-se para puxar a carruagem na subida de uma colina. O cocheiro tentava encorajá-los com palavras doces. Rosalina ficou em pé, tentando ver o que estava acontecendo.

Um rochedo íngreme se inclinava sobre eles, coroado pelo formato do convento, que parecia surgir da rocha como se tivesse sido esculpido no granito por alguma mão divina, e não construído, tijolo por tijolo. Então, no alto, despontou um facho de luz, laranja como âmbar polido. À medida que a carruagem se aproximava, a luz ficava mais próxima, mais brilhante e mais nítida. Os cavalos espumavam pela boca e transpiravam. As doces palavras do cocheiro foram substituídas por seu chicote. Então, por fim, eles chegaram aos portões abertos do convento, e os cavalos diminuíram o ritmo e pararam; a carruagem foi chacoalhando até chegar ao pátio de paralelepípedos.

O cocheiro estendeu a mão e ajudou Rosalina a descer. Ela riu daquilo. A menos que escapasse de sua prisão, aquele homem, com seus dedos sujos, seria o último que ela iria tocar.

A chama de uma tocha tremeluziu. Uma freira pálida de meia-idade saiu para recepcioná-la com uma lanterna na mão.

— Quem vem lá? — a freira perguntou.

— Sou eu, Rosalina.

— Venha, venha.

A freira dispensou o cocheiro, pedindo que refrescasse os cavalos nos estábulos, e guiou Rosalina para dentro do convento. Dessa vez, assim que cruzaram as vastas portas de madeira, elas não foram para o parlatório — Rosalina não era mais uma visitante —, mas direto para os claustros.

Mais uma vez, logo que Rosalina entrou, ficou impressionada ao ver como o exterior sombrio e austero era diferente do charme do ambiente que havia dentro. Jasmim e madressilva subiam pelos arcos dos pórticos, perfumando o ar com seu forte aroma. Eles se misturavam em um emaranhado displicente, fazendo Rosalina se lembrar do cabelo desgrenhado de Julieta. Os jardins estavam tomados por alfinetes de margaridas, suas pétalas fechadas lembravam cílios. Sebes triangulares baixas separavam os jardins dos claustros, suas folhas pareciam pretas no escuro. O céu estava tomado pelas asas dos morcegos, que voavam tão baixo que ela podia sentir a lufada de ar deles. O som estridente dos morcegos se misturava com a voz das mulheres que cantavam a Oração Noturna.

— Por aqui, por favor — disse a freira, mexendo no rosário que usava no pescoço.

Rosalina corria atrás dela. A noite tinha cheiro de orquídeas e lavanda; as vozes das mulheres ficavam cada vez mais altas. Rosalina procurava impaciente a abadessa. Ouviam-se as vozes femininas claras e fortes enquanto entoavam as orações noturnas, mas ela não reconhecia aquela melodia. O som das orações foi ficando mais alto — como um rio se transformando em uma torrente. Agora, a melodia não lhe parecia estranha — parecia algo que ela conhecia —, talvez alguma música que a mãe cantava para ela no berço.

— Por favor, devo encontrar a abadessa — disse Rosalina, franzindo a testa, puxando a manga da freira.

Dando um resmungo, a freira a conduziu por uma porta baixa no claustro; as duas foram forçadas a se curvar e, então, chegaram a um refeitório. A sala estava vazia; todas as outras freiras estavam na capela.

Um único lugar com um prato e um copo de estanho tinha sido arrumado em uma das mesas compridas e limpas.

— Sente-se aqui — disse a freira. — Você deve estar com fome.

Rosalina se sentou no banco, obedecendo à freira, mas, apesar de ter queijos e pêssegos frescos, ela não conseguiu comer.

— Perdoe-me — ela disse. — Eu realmente preciso falar com a madre abadessa.

A freira riu e, então, percebendo que Rosalina não estava brincando, respondeu:

— Ela ainda está nas Completas. Ela não recebe as noviças.

— Preciso ter uma audiência com ela — disse Rosalina, segurando a mão da mulher e a apertando tão forte que ela se encolheu.

— Ouça bem! Amanhã. Coma, e depois vamos encontrar um hábito para você usar.

Rosalina começou a entrar em pânico. Precisava falar com a abadessa aquela noite, ou tudo estaria perdido. Ela pegou em sua bolsinha a pequena garrafa azul brilhante como um céu de junho e a apertou na mão da freira, fechando os dedos dela ao redor.

— Leve isso para a abadessa e diga-lhe que preciso falar com ela agora. Eu imploro a você.

A freira analisou a garrafa por um instante e, então, resmungando, saiu para fazer o que ela havia pedido.

Rosalina ficou sentada sozinha em silêncio no refeitório. O lugar era iluminado apenas por uma vela — de sebo ordinário, não de cera. Soltava fumaça e emitia uns chiados, além de ter cheiro de banha de porco. Ela não conseguia comer nem beber. Havia maços de alecrim, sálvia, manjerona e lavanda no extremo de uma mesa, secando. Em outra mesa, ela viu algumas fileiras de conchas de caracóis mergulhadas em vinagre, como se fossem minúsculas fezes enroladas, um pilão pesado e um almofariz ao lado dele. Rosalina não fazia ideia de qual pasta ou unção poderia ser feita a partir daquelas coisas.

Depois de algum tempo, a abadessa entrou no refeitório. Rosalina se levantou, quase derrubando o banco em sua pressa.

— Por que me enviou uma garrafa contaminada com hebenon amaldiçoado? — exigiu saber a abadessa.

— Hebenon amaldiçoado? — perguntou Rosalina.

— Coloque isso em qualquer líquido que quiser, beba e, mesmo se tiver a força de vinte homens, isso vai matá-lo — respondeu a abadessa, segurando o frasco. Ela se aproximou de Rosalina e a examinou por um instante. — Que dor causou essas icterícias em seu rosto?

— Um vilão chamado Romeu. Um assassino. Um sedutor. Um tirano. E, agora, marido da minha prima. Foi um amigo dele, um frei, que preparou o conteúdo desse frasco.

— É dor suficiente. Um frei? — A voz da abadessa estava carregada de desdém.

Rosalina tirou de sua pequena bolsa a lista do frei e a deslizou pela mesa. A abadessa a pegou e leu em silêncio. Se o conteúdo a surpreendeu, ela não demonstrou.

— Onde você encontrou isso?

— Roubei da cela do Frei Lourenço. É a letra dele. Isso é prova suficiente da vilania do Frei Lourenço, de Romeu Montéquio e de metade dos homens de Verona. Eles são depravados, e suas almas estão maculadas com o pior dos pecados.

A expressão da abadessa foi se tornando sombria enquanto ela ouvia as palavras de Rosalina. Ela olhou de novo para a lista.

— As garotas riscadas com tinta preta estão mortas. Eu mesma enterrei algumas delas. Que o Senhor as abençoe e as guarde.

Rosalina respirou fundo e começou a contar a história de Laura e do bebê morto. A abadessa escutou com uma expressão séria, girando a garrafa de vidro em seus dedos.

— Isso significa que o bebê seria natimorto e que nenhuma desgraça cairia sobre Romeu e a família Montéquio — disse a abadessa. — A garota morreria depois de pouco tempo, dependendo de quando e como ela tivesse bebido. Se tivesse recebido uma poção para neutralizar o veneno, poderia ter sido salva.

Rosalina sentia-se enjoada e começou a suar frio. Havia imaginado tudo isso, mas agora tinha certeza. Pensou em Laura morrendo naquele quarto sujo, sem amor e sozinha, o berço coberto por um pano preto.

— O frei deu outra poção para minha prima Julieta. Ele afirma que é um filtro que a fará dormir, mas temo que o sono possa ser eterno.

A abadessa olhou de novo para a bela garrafa em sua mão.

— E você quer minha ajuda com isso? — ela perguntou.

— Quero. Julieta não foi a primeira a ser seduzida por Romeu, nem eu. Ele nos ama e nos descarta como sementes de flores ao vento.

Rosalina tentou não se envergonhar, mas, em vez disso, enfrentou o olhar firme da abadessa, embora, na verdade, seu sangue estivesse quente e viscoso em virtude da vergonha que sentia. Ela deveria entrar no convento para se purificar; entretanto, estava ali confessando um pecado mortal.

A abadessa a encarou com seus olhos castanhos, que Rosalina, pela primeira vez, quis que não se parecessem tanto com os de sua mãe. Ela se forçou a encará-los e, para sua surpresa, percebeu que não havia julgamento em seu olhar. Imaginou que a abadessa já tinha ouvido confissões piores.

— Vou ajudá-la a desarmar o que o frei e Romeu Montéquio estão fazendo — disse a abadessa. — Vou fornecer o filtro para fazer sua prima dormir.

— E a poção para bloquear o veneno?

— Se você acha que é necessário, posso fazer — disse a abadessa.

Rosalina gostaria de poder abraçá-la.

— Em você está a prova da bondade e da virtude dos homens — disse Rosalina, com a voz cálida de emoção.

— Das mulheres. E minha ajuda tem um custo — disse a abadessa, em tom de aviso.

— Eu o pago.

A abadessa se levantou e caminhou até um armário. Pegou uma garrafa de vinho e serviu duas taças. Bebeu, observando Rosalina.

— Você ainda não fez seus votos, então, esta noite, pode deixar o convento. Eu a enviarei com um cocheiro e nossa carruagem para Verona. Pode entregar o frasco para sua prima e fazê-la dormir. Mas, amanhã, quando tudo estiver finalizado, você deve voltar aqui.

Rosalina assentiu. Isso ela poderia fazer. A abadessa mandou que ela bebesse e continuou:

— Se já pensou em fugir deste lugar, deve fazer um juramento para mim aqui, neste momento, de que não fará isso. Deve jurar que vai voltar e fazer seus votos e viver sua vida mortal neste convento.

— Por quê? — gritou Rosalina. — No que eu poderia ajudar aqui?

— Eu quero você aqui. Vejo você e sua mente, hábil e inteligente. Você descobriu não apenas a maldade do frei, mas a prova disso. Há muito tempo suspeitamos da maldade entre alguns dos irmãos frades, mas não tínhamos descoberto como a teia estava organizada, apesar de toda a nossa atenção.

Rosalina absorveu seus elogios, mas continuava inquieta. A abadessa prosseguiu:

— Com o tempo, sei que você será feliz aqui ou, pelo menos, não será infeliz.

Rosalina ficou em silêncio.

A abadessa ficou pensativa por um tempo.

— Talvez eu a ensine a escrever nossas crônicas. Isso será bom para você e para nós. Ervas e jardins não a interessam muito, eu posso ver. E tocará música para nós, também. Nós lhe daremos conhecimento e compreensão. Não é uma prisão. Sua alma será livre.

— E meu corpo? — perguntou Rosalina, baixinho.

A abadessa sorriu.

— Bom, o convento tem paredes porosas. Roma está muito longe. Eles não podem ver em todos os lugares ao mesmo tempo. Às vezes, visitantes podem entrar. É algo sabido.

Rosalina inspirou fundo.

— Mas posso sair? Mesmo que seja por um dia?

— Depois de fazer seus votos? Sempre há um sacrifício, Rosalina. Quando você voltar para cá, amanhã à noite, não poderá deixar este lugar até sua morte.

Rosalina mal conseguia respirar. Uma prisão ainda era uma gaiola, por mais perfumado que fosse o jasmim noturno e bem cortada a grama.

Ela nunca mais faria parte do mundo, só poderia olhar dali do alto, como as pipas e as gaivotas cruzando o ar. Ela se tornaria um eco, uma canção no vento.

Mas, se ela recusasse a proposta, Julieta morreria naquela noite.

— Você vai pagar meu preço? — perguntou a abadessa com a voz suave.

Rosalina assentiu.

— Vou. — Ela ficou em silêncio por um bom tempo e, então, falou; suas palavras saíram cheias de angústia. — O que vai acontecer com o frei e com os homens da lista? Não haverá vingança para as garotas que eles prejudicaram nesta vida? Devemos deixar tudo para Deus resolver?

O semblante da abadessa assumiu uma expressão estranha. Ela olhou para trás, para as fileiras de tinturas em suas garrafas e, então, voltou a encarar Rosalina.

— Sinto que outra praga virá para os homens perversos de Verona.

A cidade estava toda escura. Tudo estava silencioso.

Na ponte Pietra, Rosalina mandou o cocheiro parar e desceu da carruagem.

— Vá para os estábulos aqui na cidade. E você sabe o que deve fazer?

O cocheiro assentiu.

— Mandarei um mensageiro quando precisar de você — ela disse.

O cocheiro assobiou para os cavalos e eles desapareceram pela ponte. Rosalina ficou sozinha em meio ao silêncio e puxou a capa sobre os ombros. Tocou no pequeno frasco de vidro dentro da bolsa pendurada em seu pescoço para ter certeza de que ainda estava lá, sentindo seu formato, sólido e curvo, como um osso de dedo. Então, verificou o anel de ouro em seu dedo indicador, que a abadessa havia emprestado. Era muito grande, e ela tinha medo de perdê-lo.

O sino da basílica marcou o quarto de hora. Era quase meia-noite. Ela fez uma prece. Julieta estaria em seu quarto. *Por favor, não deixe que ela beba a garrafa do frei, ainda não.* Ignorando os ruídos dos ratos nas sarjetas, ela caminhou rápido pelas ruas desertas até a casa do tio. Agradeceu a escuridão: era um disfarce melhor do que as roupas simples de viajante que a abadessa havia emprestado a ela.

Ao chegar à casa, ela hesitou. Poderia bater e se anunciar, e o vigia deixaria que entrasse, mas haveria um alvoroço por ter fugido do convento. Era melhor que todos acreditassem que ela ainda estava lá.

Olhou para o sólido muro; parecia impenetrável. No entanto, Romeu tinha conseguido encontrar uma forma de ir da rua à sacada de Julieta. Se ele havia conseguido, então, era possível.

Rosalina andou pela calçada em frente à casa, de um lado para o outro, tentando se lembrar de quais cômodos estavam atrás da fachada externa. Havia um grande salão onde tinha acontecido o baile dos Capuletos.

As janelas estavam posicionadas do outro lado, de frente para os jardins e a *loggia*. Depois do salão, havia a galeria dos menestréis, e acima dela ficava o quarto de Julieta, com sua sacada posicionada bem sobre o pomar.

Rosalina precisava encontrar uma maneira de chegar a essa sacada. Quando ela e Teobaldo eram crianças, ela sempre subia em árvores. Mas não havia árvores encostadas na casa. Nem um plátano, um freixo ou uma cerejeira. Com o coração disparado, Rosalina percebeu que não tinha escolha a não ser escalar a parede.

Caminhou para longe do vigia e encontrou um lugar onde havia hera agarrada ao muro com caules grossos como o punho de um homem. Esse era o lugar. Olhando para a basílica, ela percebeu que precisava correr contra o tempo: a lua brilhava no relógio da torre de São Pedro, a meia-noite se aproximava. Esticando o braço, procurou um ponto de apoio e, erguendo-se, começou a subir.

A pedra se soltou sob seus dedos, mas ela se recusou a desistir e forçou ainda mais, procurando, com seu pé, encontrar um ponto de apoio na hera. Arrastando-se e arfando, subiu alguns centímetros de cada vez, às vezes, agarrando a hera e, em outros momentos, procurando na superfície áspera do muro uma fenda para cravar seus dedos.

Em poucos minutos, no entanto, seus dedos estavam sangrando, suas unhas se quebraram. Sua respiração estava ofegante e o suor escorria por suas costas. Ela blasfemou por estar usando uma capa de viagem e uma saia. Romeu tinha feito isso de calça e camisa, com o auxílio de uma adaga para ajudar a soltar algumas pedras e conseguir apoio para as mãos.

Sua saia prendia nas hastes da hera com tanta facilidade que ela precisava se segurar com uma mão e inclinar-se para soltá-la, escorregando e quase caindo no chão, lá embaixo.

Ofegando, contornou a borda da mansão, mais alta agora, e se arrastou pelo canto até chegar a uma trepadeira. Contorceu-se sobre ela, arrancando uma camada de pele de suas coxas. Mordeu o lábio para não gritar de dor. Pelo menos, estava acima dos jardins agora, escondida do vigia e da rua. Esperava que ninguém estivesse fazendo uma caminhada tardia pelo pátio ou no jardim da *villa*.

As folhas se moviam com o vento, batendo contra uma janela. Todas as janelas estavam iluminadas, a maioria, escancarada, na esperança de que entrasse uma brisa; era uma torre de quadrados amarelos brilhantes um sobre o outro, e Rosalina não podia deixar de reparar como a casa estava bonita por dentro.

Ouviu vozes passando pela trepadeira e vindo na direção dela.

— Nós não temos provisões. Já é noite.

Sua tia, Lauretta. Endurecida de terror, Rosalina se esgueirou debaixo de um galho, batendo a cabeça.

— Tudo vai ficar bem, eu garanto, minha esposa — era a voz do tio. — Não vou dormir esta noite. Deixe-me sozinho, e vou bancar a dona de casa desta vez. Vá ficar com Julieta.

Ela ouviu o som de uma porta se fechando e imaginou que a tia havia saído. Esticando-se para poder espiar da ponta do peitoril, Rosalina viu o tio, Capuleto, parado sozinho em seu quarto. Ele não conseguiria vê-la ali no escuro. Então, seu pé deslizou e ela escorregou, agarrando um ramo para não despencar, causando um forte movimento de folhas e partindo galhos.

Seu tio foi até a janela.

— O que foi isso?!

Rosalina ficou congelada, certa de que ele iria vê-la ou ouvir as batidas frenéticas de seu coração. Ele ficou parado ali por um minuto, olhando para fora, depois, murmurou:

— Gatos, pombos, vai saber...

Então, se afastou.

Assim que ele entrou, Rosalina voltou a escalar. Ela devia chegar ao quarto de Julieta. Subindo cada vez mais, se esticou para chegar à saliência que marcava a sacada do quarto da prima. Em alguns lugares, a argamassa havia sido arrancada e havia marcas de rachaduras e arranhões na parede e pedaços remendados sobre folhas das madressilvas e magnólias onde outros dedos tinham se agarrado e deslizado. Ela se sentiu desconfortável por estar fazendo o mesmo caminho que Romeu fizera para chegar à Julieta.

Levantando a saia, saltou para a sacada do quarto da prima e caiu emitindo um baque suave, como se fosse sobre terra úmida. Ela se agachou, prendendo a respiração, com o coração disparado, temendo ter sido vista.

As portas da sacada estavam entreabertas, uma vela queimava dentro do quarto e ela podia ver a silhueta da figura rechonchuda da ama e, para seu profundo alívio, Julieta sentada em sua cama. O arranjo nupcial de Julieta estava espalhado no baú ao lado: um vestido de veludo verde bordado com romãs de seda e, sobre uma bandeja, Rosalina viu o brilho das joias enviadas pelo noivo.

A ama mexia no vestido, alisando-o e colocando-o no lugar de novo. Ela pegou um par de brincos, uns rubis que se pareciam com gotas de sangue, e os encostou no rosto de Julieta, mas esta deu um tapa em sua mão como se estivesse sendo atacada por um mosquito.

— Gentil ama, deixe-me sozinha esta noite, pois preciso rezar muito para que os céus sorriam para mim. Como você bem sabe, estou irritada e repleta de pecados.

Ao ouvir isso, a ama riu e mexeu no cabelo de Julieta, murmurando objeções.

A porta se abriu, e Rosalina viu Lauretta entrar. A ama e Julieta ficaram em silêncio.

— Tudo bem por aqui? Está ocupada? Precisa da minha ajuda? — perguntou Lauretta, quase sorrindo.

— Não, senhora — respondeu Julieta. — Então, por favor, me deixem sozinha, e espero que a ama vá com você, pois tenho certeza de que está muito ocupada com todo este evento tão repentino.

Lauretta assentiu.

— Boa noite — ela disse.

Então, ela se inclinou e deu um beijo na testa de Julieta, tão rápido que seus lábios mal devem ter tocado a pele da filha.

— Adeus — respondeu Julieta.

Rosalina se incomodou com a resposta da prima. Era como se ela soubesse que a garrafa continha uma morte que ela estava ansiosa por encontrar e disposta a abraçar.

Enquanto Rosalina espiava da sacada, a ama ajudava Julieta a se deitar na cama, enrolando o lençol ao redor dela, antes de fechar a porta e deixar Julieta sozinha.

— Deus sabe quando vamos nos encontrar de novo — disse Julieta, antes de empurrar o lençol e se levantar. — Vou chamá-la de volta para me reconfortar. Ama! — Ela voltou a se deitar, abraçando os joelhos. chorando: — O que ela faria aqui? Devo agir sozinha. Venha comigo, garrafa.

Rosalina se levantou e entrou no quarto bem no instante em que descobriu que sua saia havia ficado presa na grade da sacada. Tentou soltá-la com as duas mãos, mas o tecido estava totalmente preso, e ela não conseguia se mover. Puxava e o levantava, mas era inútil. Lágrimas de raiva ardiam em seus olhos — aquilo era absurdo! Ela colocara a vida em risco escalando todo o muro da residência apenas para ser derrotada por uma saia.

— Julieta! — ela sussurrou.

Julieta não ouviu.

Precisava gritar, mas, se fizesse isso, correria o risco de chamar a atenção de toda a casa para si. Então, ela puxou o estúpido vestido. O tecido se rasgou um pouco, mas não se soltou. Ela não tinha escolha.

— Julieta! Julieta! — Rosalina chamou baixinho.

No entanto, a garota não a ouvia.

Julieta levou a garrafa aos lábios e, então, voltou a baixá-la.

— E se essa mistura não funcionar? — disse Julieta. — Será que terei de me casar amanhã de manhã? Não, não! Isto vai impedir o casamento.

— Julieta! Pare! Não!

Então, horrorizada, Rosalina viu que Julieta tinha largado a garrafa e havia retirado a pequena adaga que estava dentro da manga de seu vestido. Ela a encostou em sua garganta, pressionando-a contra a pele, mas, antes que Rosalina pudesse gritar de novo, Julieta a largou, deixando-a cair ao chão. Sua prima estava em um estado de extrema angústia, lívida, com os olhos arregalados e cegos, então, por um instante, Rosalina pensou que já fosse tarde demais e que ela já tivesse bebido o conteúdo da garrafa.

— E se eu acordar antes de Romeu chegar? — continuou Julieta. — Não terminarei sufocada na catacumba em que o corpo sangrento de Teobaldo jaz apodrecendo em sua mortalha? Onde, como dizem, em algumas horas da noite, os espíritos usam...

Nesse momento, Rosalina soltou o vestido, atravessou as portas e entrou no quarto. Julieta olhou para ela perplexa, com o rosto pálido, os olhos negros.

— Oh, olhe... Acho que vejo o fantasma do meu primo procurando Romeu, que enterrou a ponta de um florete no corpo dele.

Rosalina estendeu os braços e tentou segurar as mãos de Julieta, mas ela puxou-as de volta.

— Fique, Teobaldo, fique!

— Julieta! Prima. Sou eu, sua Rosalina.

Julieta olhou para ela com os olhos desfocados e selvagens. Rosalina tinha medo de que ela perdesse a cabeça por completo. Ela avançou mais uma vez e, agora, Julieta não recuou.

— É realmente você, querida Ros. Você vai ficar comigo enquanto eu bebo este filtro? — perguntou Julieta. — Ainda que você não acredite que Romeu virá me resgatar.

— Eu garanti que ele viesse, mas não para resgatá-la. No entanto, não tenha medo, pois eu encontrei uma forma de mantê-la segura.

Julieta olhou para ela.

— Isso é possível? — ela perguntou.

— É verdade. Você confia em mim?

— Sim.

— Então, quando você acordar, estará livre. De Páris e de Romeu.

Ela observou Julieta, incerta de que ela ficaria satisfeita com essa última parte, mas o verme da dúvida havia entrado fundo em seu cérebro, e ela parecia aliviada. Então, Julieta franziu a testa de novo e disse:

— E meus pais e a próxima ordem deles? Estarei livre disso?

— De todas as cadeias terrestres.

Julieta parecia temerosa.

— Isso se parece com a morte — ela disse.

— Será um sono como a morte e, então, você se levantará de novo para desfrutar essa nova vida, eu juro. E vou ficar com você na tumba enquanto você descansa. Não vou abandoná-la entre os mortos antigos e recentes, nem com os espíritos da noite.

Rosalina ajudou a prima a voltar para a cama e arrumou os lençóis ao redor dela, beijando-a com ternura e ajeitando seu cabelo atrás de suas orelhas.

— Não vou deixá-la, pequena. Nem agora, nem depois.

Ela olhou ansiosa para Julieta, mas viu que o semblante da menina estava mais suave e relaxado.

— Onde está o frasco? — perguntou Julieta.

Rosalina tirou uma garrafinha azul da corrente ao redor do pescoço, do tamanho de um dedo.

— Aqui. Mas beba primeiro esta taça de vinho.

Rosalina mexeu no anel de ouro em seu dedo. Dentro do pequeno compartimento havia alguns grãos do pó que ela despejou no vinho antes de entregá-lo a Julieta, que segurou a taça e bebeu todo o seu conteúdo. Então, Rosalina destampou a garrafa azul e a entregou para a prima.

— Venha, feche seus olhos — ela disse. — Vou cantar para você dormir.

— Aqui, bebo por você — disse Julieta, engolindo o conteúdo do frasco.

Rosalina se sentou ao lado dela e se lembrou de uma canção. Era uma canção antiga que havia aprendido com a mãe. Ela começou a cantar. *"Você viu cobras com línguas duplas..."* Enquanto cantava, imaginou Romeu e suas palavras melosas.

Você viu cobras com línguas duplas,
ouriços espinhosos, não sejam vistos;
Salamandras e licranços, não façam nada errado,
não se aproximem de nossa rainha das fadas.

Aranhas tecedoras, não venham aqui;
então, suas aranhas de longas pernas, então!
Besouros pretos, não se aproximem;
verme ou caracol, não ataquem.

Quando parou de cantar, os olhos de Julieta estavam fechados como se ela tivesse dormido. Mas esse cochilo era de fato como a morte; seu rosto estava branco, toda a cor havia fugido. Julieta era uma estranha em outro reino.

Embora soubesse que isso deveria acontecer, Rosalina sentiu um nó no estômago. Inclinando-se, encostou o ouvido perto do nariz de Julieta e não conseguiu ouvir sua respiração. Será que ela tinha entregado o frasco errado? Mas ela viu que era a garrafa da abadessa que estava vazia e caída sobre o travesseiro. Bem rápido, guardou-a na bolsa. Tudo estava bem. Ela estendeu a mão e, dessa vez, amarrou a garrafa do frei ao redor do pescoço.

Ela tinha certeza de que Julieta iria acordar? Confiava na abadessa, mas ervas e fermentação eram uma arte; se ela tivesse deixado muito potente, poderia ser um veneno. Não, esse era o vício do frei.

A pequena adaga estava meio escondida debaixo do travesseiro, e Rosalina a pegou. Julieta não precisaria dela.

Saiu para a sacada e hesitou, relutava em deixar Julieta, que estava imóvel e silenciosa, uma efígie adormecida.

Preparando-se, Rosalina subiu no parapeito e caminhou pela balaustrada de pedra, tentando não olhar para a escuridão abaixo. As folhas faziam cócegas em seus braços e os galhos arranhavam sua pele. A maioria das janelas ainda estava iluminada, todas tinham ficado abertas, como bocas ofegantes em busca de ar. Enquanto ia descendo, espiou pela janela do grande salão, onde os criados faziam os preparativos para a festa do casamento que deveria acontecer no dia seguinte.

Seu tio estava ali, comandando tudo com bom humor.

— Meu coração está maravilhosamente leve! — ele declarou.

Rosalina se sentiu ferida e furiosa. Como ele poderia dizer isso? A morte de Teobaldo era recente e ele parecia já ter se esquecido; os pensamentos dele passaram de imediato da morte para o amor. Ela praguejou uma maldição entre os dentes. Ela e Teobaldo eram Capuletos inferiores, eram parte da família apenas no nome, foram descartados e desconsiderados com facilidade.

Eles eram menos importantes ou indignos de amor? O sangue deles era menos vermelho?

— Espere, pegue estas chaves e traga mais algumas especiarias, ama! — disse o tio Capuleto.

Os braços da ama já estavam cheios, então, ela passou por ele resmungando:

— Pedem tâmaras e marmelos para a massa.

Rosalina deixou-os com seus preparativos sentindo um desgosto e foi descendo para o jardim que estava envolto em escuridão. Ela precisava ficar de olho em Julieta. Quando descobrissem o cadáver vivo, ela deveria estar por perto.

Ela estava tão cansada de todas aquelas viagens e dos esforços, que desejou encontrar um lugar para se abrigar e dormir. Amanhã, ela procuraria Catarina. Caminhou pela grama até o pomar e chegou ao berço formado pelas macieiras, no lugar em que havia deitado muitas vezes antes com Teobaldo e Julieta, e se escondeu e dormiu ali.

O sol girou ao redor da Terra, expulsando a escuridão e levantando-se de novo, renovado e polido, mas Rosalina continuou dormindo. O galo cantou várias vezes, mas Rosalina não acordou. Por fim, despertou quando gritos de alarme e tristeza penetraram em seus sonhos. Por um instante, não sabia onde estava; então, se sentou de repente, batendo a cabeça contra o galho da macieira. Os gritos eram frenéticos e ferozes. Através do emaranhado de folhas, viu a ama correr para a sacada.

— Senhora, senhora, senhora! Socorro, socorro! Minha amada está morta! — ela chamou, correndo de volta para dentro e saindo de novo. — Um pouco de *aqua vitae*, oh! Meu senhor, minha senhora!

Rosalina precisou de toda a determinação para não deixar seu esconderijo, mas, sim, ficar como plateia daquela cena terrível e apenas observar todos os outros atores desempenharem seus papéis de modo involuntário. Ela tinha uma excelente visão da casa, e tudo acontecia diante dela como se fosse uma apresentação teatral. Viu sua tia Lauretta subir as escadas e seu rosto aparecendo rápido em cada janela aberta por meio da escadaria. Lauretta estava prestes a entrar em cena como a mãe que havia perdido uma filha.

— Que barulho é esse? — a voz de Lauretta era alta e parecia incomodada ao entrar no quarto de Julieta.

Rosalina não conseguiu entender a resposta da ama, mas, alguns minutos depois, Lauretta correu para a sacada de Julieta, ofegante e trêmula, inclinando-se tanto sobre a balaustrada que por um instante Rosalina pensou que ela iria cair. Ela se balançava para a frente e para trás:

— Oh, meu... Oh, meu Deus. Minha criança, minha vida.

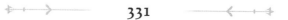

331

Lauretta se virou e entrou. Rosalina abraçou as pernas com os braços e empurrou um inseto de seu joelho, tentando não imaginar a cena dentro da casa. A morte de Julieta podia ser falsa, mas a dor e a perda deles era verdadeira. Pela primeira vez, ela teve pena da tia. Em sua mente, viu Lauretta ajoelhada ao lado da cama, levantando o braço flácido da filha e sentindo seu rosto frio. Havia certa crueldade nesse plano, e Rosalina sentia isso com profundidade. Essas pessoas tinham feito as duas sofrerem, ela e Julieta, mas a vingança não era algo agradável. Entretanto, ela não podia parar.

Para Julieta viver, primeiro, precisava morrer.

Então, de seu esconderijo, sentindo uma onda de medo, Rosalina espiou o tio subindo o caminho até a casa com Páris, que estava usando uma violeta presa na lapela de sua jaqueta, segurando um buquê com mais violetas em sua mão. O noivo estava sorrindo, pleno de alegria. Rosalina se lembrou do nome de Páris na sórdida lista do frei. Não sentia nenhuma pena dele pelo que iria acontecer. No entanto, o coração de Rosalina sofria pelos outros, e ela gostaria de poder desviar o olhar.

Quando chegou à *loggia*, o tio olhou para a sacada de Julieta e viu a ama parada ali. Então, ele gritou irritado:

— Que vergonha! Traga Julieta aqui. Páris chegou.

— Ela está morta! Faleceu, está morta — gritou a ama, com a voz falhando, e voltou a chorar.

Lauretta saiu pela porta da sacada e parou ali, tremendo e repetindo:

— Ela está morta, está morta, está morta.

Capuleto olhou para a esposa. Não disse nada, mas pareceu despencar, virando-se para dentro de si, com o semblante se tornando frio e cinza. Rosalina temia que ele caísse, pois de repente ele pareceu frágil e envelhecido em um instante. Sem falar nada com Páris, ele cambaleou oscilante na direção da casa.

Rosalina podia acompanhar seu avanço, viu o tio subindo lentamente pelas escadas. Gostaria de poder reconfortá-lo e contar a ele que não era verdade, mas, para ele, era. A partir desse dia, Julieta deveria estar morta para ele. Todos a tinham matado. Eles a vestiram, a adoçaram e a serviram com especiarias a Páris, que agora estava na *loggia* apertando tanto seu buquê de violetas que suas pequenas pétalas caíam sobre o chão.

Rosalina estava tomada de ódio. Esse sofrimento era, em parte, culpa dele. Se não tivesse desejado Julieta, se não tivesse pagado por ela com um bom dote, então, talvez ela não tivesse corrido para os braços de Romeu. E se, por ganância, Lauretta e Capuleto não a tivessem oferecido a Páris ou a outro como ele, então, ela poderia ter sido criança por mais tempo, não teria deixado os ouvidos tão dispostos e ansiosos por ouvir as mentiras de Romeu.

Páris caiu de joelhos sobre os degraus de pedra da *loggia*, com a cabeça entre as mãos. Estava perto o suficiente, então, Rosalina conseguia ver as manchas acinzentadas ao redor de sua testa e a gordura em excesso em sua barriga quando ele se curvava. Belo, mas maduro demais. E não era o homem que Julieta havia escolhido. Ela preferia morrer a ter de pertencer a ele.

Das portas abertas da sacada, veio o ruído de choro. O uivo de um pai cortou o ar, juntando-se aos lamentos das mulheres em uma canção triste. Machucava os ouvidos de Rosalina. *Não é culpa minha. Vocês são os culpados disso.* Julieta jazia como morta — poderia ser uma morte falsa, mas era bem real para eles. Seu tio ainda uivava.

Rosalina tampou os ouvidos, desesperada para que o ruído das lamentações parasse. Era triste demais, e ela não conseguia aguentar; por mais que eles merecessem tudo aquilo, ela não suportava ser testemunha desse tormento. Invejava Julieta, deitada tranquila em sua morte fingida, fria e indiferente como os monumentos de pedra na tumba dos Capuletos. A vingança não era doce, mas podre.

De seu esconderijo entre as macieiras, Rosalina viu o Frei Lourenço entrar pelo jardim e seguir na direção da casa. Ele se demorou um pouco, olhando animado para o céu sem nuvens. O ódio de Rosalina por ele crescia como as plantas que o frei cultivava em seu jardim de ervas medicinais. Seu sorriso, seu ar alegre — era tudo uma mentira bem-cuidada. Ele já sabia que esse lar estava destruído, que o seu coração fora arrancado, e tudo era culpa dele.

— Vamos! A noiva está pronta para ir à igreja? — ele disse, tentando parecer agradável.

— Mentiroso — murmurou Rosalina.

Seu tio caminhava para a *loggia*. Ele tinha envelhecido muito em alguns minutos. Sua boca estava aberta, tremendo. Ele se movia, parecendo perdido.

— Pronta para ir, mas para nunca mais voltar — disse o senhor Capuleto.

O frei pareceu surpreso, mas sua surpresa era ensaiada, como se tivesse praticado sua reação no espelho. Rosalina não enxergava nenhuma piedade verdadeira no olhar dele.

Seu tio cambaleou para a frente e agarrou o braço de Páris.

— Oh, filho, na noite anterior ao dia do seu casamento, a morte se deitou com sua esposa. — Ele apontou para o quarto dela com um dedo trêmulo. — Ali está ela, uma flor como sempre foi, deflorada pela morte.

Páris tentou levá-lo até onde havia uma cadeira, mas o velho o afastou, bravo.

— Oh, vida, oh, amor... — começou Páris, mas o velho o interrompeu.

— É a Morte, meu genro. A Morte é minha herdeira. — Ele se afastou pela *loggia*, pisando em figos caídos. — Com minha filha ela se casou. Vou morrer e deixar tudo para ela... Vida, tudo é dela.

Despencando sobre uma cadeira, ele ficou olhando para o jardim.

— Com minha filha, minhas alegrias serão enterradas.

O frei se agachou ao lado dele e falou com a voz firme, mas terna, como se estivesse falando com uma criança teimosa. Rosalina estremeceu ao ouvi-lo.

— Se acalme, por favor. Ela está no céu, agora. Você não poderia ter evitado a morte dela. Ela está melhor assim do que estaria se tivesse se casado, pois morreu jovem. Seque suas lágrimas e coloque alecrim em seu belo cadáver e, com suas melhores roupas, leve-a para a igreja.

Enquanto o pai de Julieta piscava e assentia, permitindo que o frei o abençoasse e oferecesse a ele um falso consolo, Rosalina desejou sair de seu esconderijo e contar a todos que esse frei profano era o suposto assassino de Julieta. Mas entregá-lo significaria estragar seu plano cuidadoso e astuto. Ela precisava ficar quieta, por enquanto — e conter seu ódio.

CAPÍTULO 14

Romeu está vindo

Ainda era cedo, e a névoa cobria as torres da igreja, além dos corações feridos dos Capuletos. Rosalina sabia que levaria algum tempo para que as mulheres preparassem o corpo de Julieta para o túmulo. Enquanto os enlutados entravam pelos portões, trazendo sua simpatia e flores para a infeliz família, Rosalina saiu despercebida.

Do lado de fora, ela se escondeu na sombra de um pinheiro e ficou olhando as pessoas entrarem e saírem. Catarina chegou, mas veio com o pai de Rosalina, portanto, Rosalina não poderia falar com ela. Uma hora depois, Rosalina a viu sair sozinha, então, deixou seu esconderijo e segurou o braço dela, puxando-a para baixo da sombra da árvore, pedindo que ficasse quieta.

— Por favor, sou eu. Fique quieta.

— Por que está aqui? Você não deveria fugir do convento! Oh, se a encontrarem aqui, nem quero pensar no que vai acontecer! Ai de mim, neste dia tão infeliz! — Catarina chorou confusa e angustiada, esfregando os olhos que já estavam avermelhados.

— A abadessa me deixou sair para salvar Julieta — disse Rosalina. Catarina suspirou.

— Então, infelizmente, pobre garota, você chegou tarde.

Rosalina sorriu aliviada por, enfim, poder oferecer consolo e esperança a alguém.

— Julieta não está morta; está apenas dormindo.

Catarina deu um gemido de desespero.

— Oh, Rosalina, depois de tudo o que você sofreu e de todas as suas dores, uma após a outra, temo que perdeu a cabeça com esta última tragédia.

Rosalina ficou tocada pela preocupação de Catarina, mas também se sentiu frustrada. Demorou algum tempo para conseguir explicar a ela como havia trocado as garrafas, e, mesmo assim, ela parecia relutante em acreditar.

Dando um suspiro, Rosalina tentou contar a ela o que deveria fazer para libertar Julieta de seu destino.

— Esta noite, devo ir à tumba dos Capuletos. Devo esperar por ela antes que a fechem dentro da cripta com os outros mortos.

Catarina balançou a cabeça.

— Rosalina, não! Eu não gosto desse seu plano. E se os vapores nocivos do cadáver forem fatais para você também? Não tenho muita certeza de que Julieta não está morta. Eu vi o corpo dela. Ela não respirava. E você não pode nem pensar em ficar no escuro com o cadáver de Teobaldo, pelo tanto que o amava... Ele está começando a... apodrecer.

Rosalina tentou parecer corajosa, embora esse pensamento a fizesse sentir medo e nojo.

— Não há alternativa. Deve ser feito. Mas devo pedir dois favores a você, Catarina.

— Qualquer coisa — ela respondeu, parecendo nervosa.

— Primeiro, me traga uma barra de ferro, velas e algumas lanternas. O máximo que puder conseguir.

— E qual é o outro...?

— Este é mais difícil. Pode seguir o Frei Lourenço, quando ele sair da casa do meu tio? Para ver aonde ele vai e o que vai fazer? Ele escreveu uma carta para Romeu; tentei impedir a entrega, e preciso saber se consegui.

Catarina murmurou uma oração.

— Farei o melhor que puder, e encontro com você no túmulo ao anoitecer — ela disse, por fim.

As duas se abraçaram e se separaram.

Receosa, Rosalina caminhou até o rio, onde os barcos balançavam com o vento, enquanto os pescadores arrumavam o pescado do dia. De repente, o ar foi tomado por uma rajada de vento e pelos gritos das gaivotas, o céu ficou branco de tantas asas.

Quando Rosalina cruzou a água, sentiu que sua boca estava seca como peixe salgado. Aquele era o território dos Montéquios. Onde será que se reuniam os homens da família Montéquio? Romeu havia dito a ela uma vez, e ela tentava se lembrar. Era um lugar que ela só conhecia de nome — o bosque de plátanos do lado oeste da cidade. Rosalina andou mais rápido, evitando tomar o caminho direto que passava pela *villa* dos Montéquios, onde haveria muitos olhos gananciosos, mesmo a essa hora.

Depois de quinze minutos, passou por baixo dos portões ocidentais da cidade, que ela praticamente nunca havia cruzado antes, e pegou a estrada deserta para fora de Verona. Exausta por não ter dormido o suficiente, e tendo apenas a urgência da tarefa como incentivo, andou um pouco pela estrada, que fazia uma curva nas colinas, e seguiu o caminho sob a sombra dos ciprestes. Não demorou muito para ver o esconderijo de plátanos à beira de um milharal, dourado sob a luz do sol. Hesitou. Os cidadãos respeitáveis estavam todos dentro dos muros da cidade. Ninguém com boas intenções estava fora. Não era seguro para ela ali, não era seguro para nenhuma mulher — muito menos para uma Capuleto.

— Julieta — murmurou Rosalina. — A pouca honra que me resta pertence a você.

Ouvindo vozes masculinas, ela atravessou o campo, sentindo o milho arranhando suas pernas, e se aproximou das árvores. Em uma clareira ao lado dos restos de uma fogueira, viu dois homens, desgrenhados e imundos, lutando entre as cinzas. À primeira vista, nenhum deles parecia ser um cavalheiro, embora um deles usasse roupas elegantes, meias de veludo e botas de couro finas, apesar de estarem empoeiradas e imundas. Eles lutavam em meio à sujeira, dando socos um no outro, meio bêbados.

— Seu canalha pustulento — disse um deles, chutando o outro com força.

— Um bubão na sua virilha, pecador — respondeu o outro, dando-lhe uma joelhada.

O que usava meias de veludo gritou de dor e se contorceu no chão. Rosalina se aproximou e postou-se na frente dele. Ele caiu de costas, e ela o reconheceu, apesar de sua aparência selvagem.

— Benvólio? Esta é uma posição infeliz para encontrar um cavalheiro — disse Rosalina.

Ela esperava que, ao pronunciar o nome dele, pudesse lembrá-lo de suas obrigações.

Deitado de costas no chão, Benvólio olhou para ela, que estava em uma posição privilegiada. Ele estava suando muito; havia um corte em sua testa e ele fedia a cerveja.

— Eu me lembro de seu rosto — ele murmurou, olhando para ela.

— Mas não sabe meu nome — disse Rosalina, aliviada pelo fato de ele estar bêbado demais para se lembrar dela.

— Já vou me lembrar — ele retrucou. Então, dando um gemido, ele se sentou. — Você é Rosalina! A bela prima de Julieta.

— Sou a prima dela. Mas não sou bela.

— Não, é verdade que todos elogiam mais a beleza de Julieta do que a da gentil Rosalina. Dizem que ela é bela, mas que você tem muito mais cor. No entanto, eu afirmo que, apesar de ter a pele marrom, você é muito bela.

Rosalina sentiu um calor subindo pelo seu rosto. Tinha ido ali com um objetivo, não para ser provocada por um bêbado. Ela tinha uma boa opinião sobre Benvólio, apesar de ele ser um Montéquio, mas por que ele precisava falar com ela daquela forma? Raiva e ressentimento tomaram conta dela. Sentindo que a havia ofendido, Benvólio mudou de assunto.

— Como está Julieta? Devo escrever para Romeu, para informar que ela está bem.

Rosalina olhou para seus pés, como se tentasse encontrar as palavras.

— Eu a vi deitada esta manhã. Seu corpo vai descansar na tumba dos Capuletos, e seu lado imortal está com os anjos.

Benvólio olhou para ela horrorizado.

— Desculpe por trazer esta má notícia — disse Rosalina.

Benvólio levantou-se cambaleando e cutucou o companheiro com o pé.

— Consiga tinta e papel, Baltazar. Vou escrever para Romeu e o informar.

Ele se sentou sobre um tronco como se estivesse pronto para escrever uma carta no meio do bosque usando um galho como caneta e um toco de árvore como escrivaninha.

Baltazar olhou para ele boquiaberto e hesitante. Rosalina o conhecia, por ser outro dos nomes da lista do frei, então, ela o examinou com desgosto. Também entendeu de imediato que Benvólio, que ainda estava muito bêbado, precisava ser convencido a cumprir seu papel. Ela se encostou em um tronco na frente dele e perguntou:

— Você não vai pessoalmente contar para Romeu? Arrume uns cavalos. Conte esta terrível notícia pessoalmente. Uma carta não é suficiente.

O rapaz olhou para ela com olhos arregalados e lacrimosos. Depois de um instante, assentiu.

— Sim, o que você está dizendo é verdade. Devo fazer isso.

Benvólio se levantou e, fazendo uma mesura para ela, começou a abrir caminho entre as árvores e o milharal, indo em direção à cidade.

— E não se esqueça de contar a ele onde está Julieta! No sepulcro dos Capuletos — gritou Rosalina.

Ele levantou uma mão, indicando que havia entendido.

— Estou indo agora. Baltazar, fique aqui e conte a todos para onde fui.

Rosalina tinha uma última tarefa melancólica a cumprir antes de a noite cair. Havia prometido a Laura um enterro adequado junto a seu bebê. Antes de voltar à tumba dos Capuletos, ela iria ver o corpo de Laura. Com um suspiro, começou a caminhar de volta para a cidade, sentindo as moedas tilintando em sua mão.

As cigarras estavam iniciando o coro frenético da tarde; para Rosalina, pareciam batidas de dedos acelerando o fluxo da areia através da ampulheta.

Ela ficou do lado de fora do sepulcro, em meio a um círculo de teixos. O sol poente banhava o mármore de Carrara com uma luz rosada, pintando a pedra dos túmulos de rosa e laranja. Gaivotas e corvos circulavam acima, o ar pulsava com seus gritos. Como ela detestava esse lugar com cheiro de morte... Quando fechou os olhos, viu a última luta de Teobaldo contra Romeu de novo, a dança macabra da morte entre os túmulos. Todos os caminhos que ela havia tomado a levaram de volta a esse lugar horrível.

Ela ouviu o som de passos e de uma respiração ofegante, então, se escondeu.

— Rosalina?

Alguém saiu de trás de um sarcófago.

— Catarina. Você veio.

A criada colocou uma cesta em suas mãos.

— Aqui estão as velas e os fósforos para acendê-las. E a barra de ferro. Não quero perguntar para que horrível propósito você quer isso.

— Não, não pergunte. E o frei?

Catarina se sentou em uma lápide para recuperar o fôlego, enxugando a testa com a manga.

— Ouvi de uma empregada que trabalha na abadia para os franciscanos que o Frei João não conseguiu levar a carta para Mântua nem mandar um mensageiro. Os vigilantes da cidade, suspeitando de que tenha estado em uma casa com peste, selaram as portas da cela dele e não o deixaram sair.

— Ótimo — disse Rosalina, batendo palmas aliviada. — Algo deu certo. O que ele está fazendo agora?

— Quando eu deixava a abadia, Frei Lourenço estava pedindo uma chave inglesa para abrir a cela dele. O Frei João tinha sido trancado dentro da cela com a carta, antes de poder partir.

— Não importa. Será tarde demais. No entanto, o Frei Lourenço, com toda a probabilidade, está vindo para cá junto ao cortejo fúnebre de Julieta. Devo correr e entrar no sepulcro. Entregue-me a cesta e a tocha. Dê-me um beijo e vá embora.

— Tenho medo de ficar sozinha aqui no cemitério, mas tenho pena de você, Ros, naquele sepulcro. Então, vou ficar aqui e esperar.

— Obrigada. Vou me sentir menos sozinha assim, sabendo que você está aqui.

Entre as sepulturas, ergueram-se as vozes dos carregadores. Dando um último e ansioso olhar para o sol poente, Rosalina entrou no sepulcro dos Capuletos.

Rosalina esperou até que a última pessoa tivesse ido embora antes de sair de seu esconderijo. A ama e Lauretta foram as últimas a sair, abraçadas e chorando. Mesmo depois que a porta do sepulcro tinha sido fechada, ela ainda conseguia ouvir o choro enquanto se afastavam pelo caminho.

A noite estava bem escura, mas, da cúpula de vidro acima, ela conseguia ver o céu de um modo tão perfeito, como se estivesse em um astrolábio. Com as mãos trêmulas, ela acendeu uma vela, depois de várias tentativas com os fósforos. As sombras pareciam olhar para ela, e as efígies de mármore pareciam muito realistas no escuro. Depois de tirar a barra de ferro da cesta, ela começou a abrir a abóbada que fora colocada na parede. Precisava liberar Julieta de sua prisão.

O ar estava viciado e quente, e num instante ela ficou ofegante, começando a sentir o fedor. A barra de ferro escorregava por causa da umidade em suas mãos e batia na pedra; o barulho ecoava muito alto na escuridão. Por fim, levantando e puxando a pedra na porta da cripta, ela conseguiu abrir.

Por um instante, ela olhou para dentro, nervosa e quase desistindo de entrar. A vela em sua mão se apagou. Tremendo, ela voltou a acendê-la.

Não havia alternativa. Ela não podia deixar Julieta sozinha naquela cripta sob a terra. As batidas de seu coração em seus ouvidos a lembravam de que estava viva, ao que parecia, a única coisa viva naquele lugar. Até os ratos tinham abandonado o sepulcro. Segurando a vela firme em sua mão, ela desceu as escadas para o núcleo dos mortos.

O cheiro de morte era pútrido, e ondas de náusea queimavam na garganta de Rosalina. Entretanto, ela não parou; continuou descendo os degraus. A vela iluminava paredes negras e verdes. Ela sentiu como se estivesse entrando no próprio inferno. Enfim, chegou à cripta, uma caverna cavada direto na rocha que abrigava gerações de Capuletos. Havia vários mortos colocados sobre camas de madeira, envoltos em suas mortalhas. Esqueletos esfarrapados observavam com seus olhos vazios. Dando um grito, ela reconheceu a mãe, por seus cabelos negros, mas seu rosto estava seco e havia desaparecido, roído pelos vermes, colapsado sobre si mesmo, os olhos tinham entrado em sua cabeça.

O pior cheiro vinha de Teobaldo. Ela reconheceu a mancha branca em sua mortalha carmesim. Não devia olhar mais de perto. Não podia. Se obrigou a virar a cabeça.

Então, lá estava Julieta, dormindo pacífica entre eles, imperturbável e perfeita. Rosalina hesitou, aflita. Não conseguiria ficar ali com Julieta, no meio daquele horror, mas, quando correu até ela e tentou levantar a menina, sentiu que o peso era demais para ela. Não havia como carregá-la pelas escadas estreitas sem que as duas se machucassem. Teria de esperar que a prima acordasse.

Sentou-se no escuro e fechou os olhos, agarrando forte a vela. Um pouco de cera escorreu por sua pele, e ela chorou de dor. Os minutos se passaram. Mesmo se esforçando, não conseguia ouvir nenhum som além de sua respiração e das batidas aterrorizantes de seu coração. Julieta estava tão quieta quanto os verdadeiros mortos. Rosalina esperava que, quando tudo acabasse, a abadessa pudesse ter algum remédio que a fizesse se esquecer daquela noite, daquela tumba; do contrário, todo sonho a traria de volta àquela hora e àquele lugar.

Houve um ruído repentino acima — o eco da porta exterior da tumba batendo e depois passos no chão de pedra. Os olhos de Rosalina se abriram. Ela estava alerta, cautelosa, segurando a vela; então, subiu as escadas para fechar a porta da cripta. Ninguém poderia saber que ela havia aberto nem suspeitar que havia alguém ali.

Quando chegou ao topo, não a fechou por completo; deixou uma fresta estreita, senão, ela e Julieta ficariam trancadas do lado de dentro. Esse pensamento a deixou atordoada de medo. Ela se agachou ao lado de uma pequena abertura e ficou ouvindo. Suas mãos começaram a tremer. *Por favor, que ninguém perceba que a cripta não está lacrada.*

No chão, logo depois da entrada, ela conseguia ver que havia um fio de luz de sua vela vazando pela abertura que iluminava o chão. Consternada, ela soprou a vela e mergulhou na escuridão.

— Estou com um pouco de medo de ficar sozinho aqui — disse um homem, com a voz contida.

Era *Páris*. Através da abertura, ela conseguia ver que ele havia trazido flores, as mesmas violetas e os amores-perfeitos que estariam no buquê de Julieta, os quais emanavam um doce aroma de ervas que se misturava ao cheiro de decadência e putrefação, mas não era forte o suficiente para superá-lo por completo.

— Doce flor, eu espalho flores em seu leito nupcial — ele murmurou, enxugando os olhos.

Então, ele se ajoelhou, deixando o buquê na entrada da cripta, bem ao lado do lugar onde Rosalina estava agachada, segurando a respiração, e murmurou uma oração.

Ela queria que Páris se apressasse e fosse embora. Não era seguro para nenhum deles. A presença daquele homem poderia arruinar tudo. Por que ele tinha vindo esta noite? Não era nem amado nem querido.

Logo depois, ouviu-se um barulho alto e o som da porta externa se abrindo de novo. A luz de uma tocha adentrou o recinto, iluminando as efígies de pedra, brincando com a superfície do mármore; assim, por um instante, elas pareceram ter acordado de novo. Então, a luz se moveu e elas voltaram a ser pedra. Em seguida, ouviu-se o som baixo de passos quando outra pessoa entrou no sepulcro. Os passos seguiam as rápidas batidas do coração de Rosalina.

— Que homem amaldiçoado caminha aqui? — disse Páris, se levantando. — Você perturba o rito do verdadeiro amor.

Rosalina abafou um murmúrio de susto e se encolheu contra a parede do outro lado da cripta. Ela não havia planejado isso. Por que Páris não tinha voltado com os outros depois do enterro?

— Viva, seja próspero e vá embora, bom companheiro.

— Adeus — disse outra voz.

Era uma voz que ela conhecia bem, a voz de Romeu.

Assim que ouviu Romeu falar, Rosalina perdeu o fôlego. Ela se esforçou para vê-los. Queria que Páris fugisse. Romeu estava oferecendo a ele a chance de viver.

— Você é o Montéquio banido! — gritou Páris. — O assassino de Teobaldo. É pela tristeza por seu primo que supostamente minha Julieta morreu.

345

— *Sua* Julieta? Como ousa chamá-la assim? Você me incita à fúria com essa afronta! Ela é minha na vida e na morte — disse Romeu.

Houve um resmungo e um suspiro quando Romeu acertou Páris com força, fazendo-o cair sobre o altar. Os castiçais despencaram e rolaram sobre o chão. Então, ela ouviu o som de uma luta e Páris gritou de novo:

— Homem vil! Pare!

Quando os homens entraram no campo de visão dela, através da fenda estreita na porta da cripta, ela viu Romeu tentando empurrar Páris de lado, mas este o empurrou de volta e pegou sua arma.

Romeu riu.

— Não provoque um homem desesperado. Fuja e me deixe. Eu imploro, seu garoto enorme. Não coloque outro pecado sobre minha cabeça — disse Páris. — Venha comigo agora. Você é um criminoso condenado.

Romeu sacudiu a cabeça.

— Não fique aqui. Vá embora e se mantenha vivo. De agora em diante, diga que a misericórdia de um louco permitiu que você fosse embora — ele disse.

— Vou pegá-lo.

— Você quer me provocar... Venha me pegar, então!

Romeu segurava sua tocha com uma mão e a espada com a outra, esperando quase prostrado que Páris o atacasse. Quando ele o fez, Romeu se defendeu com facilidade e rapidez. Nenhum dos dois era jovem, mas Páris era gordo e já estava transpirando; a espada deslizava em sua mão. Era um lobo brincando com um cachorro por diversão. Só havia um final possível.

Rosalina estava paralisada de medo. Ela não gostava de Páris, mas não queria que ele morresse ali, daquele jeito, na frente dela.

Romeu distraiu Páris com o brilho de sua tocha, sacudindo-a e atraindo seu olhar. Ele cortou a testa de Páris com a espada, para que o sangue jorrasse e ele não conseguisse enxergar direito. Então, o homem se lançou de um modo selvagem contra ele. Romeu riu, gritando e o provocando. Páris continuou avançando, movendo-se cada vez mais devagar. Romeu o perseguia ao redor da tumba, até que, por fim, ele tropeçou e caiu ao lado da entrada da cripta.

Romeu se ajoelhou em cima dele, com a espada espetando sua garganta.

— Peço que seja misericordioso — pediu Páris. — Permita-me deixar este lugar e viver.

— Não! Eu ofereci isso antes e você não quis. Sairia barato naquele momento. Agora, no entanto, será caro demais para você.

Enquanto Rosalina observava horrorizada, Romeu cortou a garganta de Páris. O sangue escorreu formando faixas negras, vazando pela rachadura sob a porta de pedra em que ela estava agachada, encharcando o chão e se esvaindo pela escada que levava à cripta. Ela olhou para seus pés agora banhados de sangue.

Era por sua culpa que Páris estava morto. Ela havia atraído Romeu de volta para Verona. Tinha invocado o demônio do inferno, e agora Páris havia pagado o preço. Quantas outras almas deviam perecer nas mãos de Romeu ou de seu maldito cúmplice, o frei profano? Meninas, famílias, homens arruinados... Ela precisava encerrar o ciclo aquela noite.

Então, ela ouviu um grito horrível de outro homem. Rosalina viu que Benvólio havia entrado no sepulcro e avistara o cadáver mutilado de Páris. Ele parou, tomado pelo medo. Ela viu que ele se afastava de Romeu.

— Vou embora e não o incomodarei — ele disse.

— Sim, fuja! — disse Romeu; então, ele parou, pegando as ferramentas que seu amigo havia trazido. — Espere! Dê-me aquela picareta e a barra de ferro.

Benvólio ficou parado por um instante, como se estivesse cravado no lugar por medo e nojo da visão à sua frente.

Romeu pegou a barra de ferro e começou a arrancar a porta da cripta, abrindo-a. Houve um som de metal sobre a pedra; cada golpe o aproximava mais de Rosalina e Julieta. Ele olhou para Benvólio, que estava atrás dele.

— Pela minha vida, eu exijo: não importa o que você vir ou ouvir, não me interrompa. Porque desço a este leito de morte, em parte, para contemplar o rosto da minha amada, mas sobretudo para tirar de seu dedo morto um anel precioso.

Triste, Rosalina entendeu que o anel do qual ele falava era o que tinha a esmeralda de sua mãe. Em silêncio, ele desceu a escada até onde estava Julieta; as pedras agora estavam escorregadias com o sangue de Páris. Com as mãos trêmulas, ele acendeu outra vela.

— Vá embora! — Ela ouviu Romeu falar de novo para Benvólio.

Ela se perguntou se Benvólio chamaria o vigia, ou se honraria sua antiga amizade com Romeu e só iria se afastar.

Em sua cama de madeira, Julieta continuava dormindo, cercada pelos mortos silenciosos. Olhando ao redor, Rosalina pegou a mortalha de um Capuleto que havia morrido muito tempo atrás e a colocou sobre seus ombros. Para seu alívio, o cheiro era apenas de mofo, mas ela tentou não olhar muito de perto para as manchas marrons que pareciam ferrugem.

— Ah, abram, suas mandíbulas podres — gritou Romeu, e então ela ouviu o barulho da porta.

Ele havia entrado.

Rosalina se encolheu na parede. Ela apagou a vela e foi engolida pela escuridão absoluta. Ele estava vindo.

Então, em sua manga, ela sentiu a ponta da adaga que havia tomado de Julieta.

Viu a luz amarela da lanterna dele, primeiro, na parede, e depois ela viu Romeu. Ele entrou na cripta olhando as pilhas de mortos, os ossos de seus inimigos enrolados em suas mortalhas, como se fossem gravetos.

348

— Ah, Teobaldo, você está aqui em seu lençol sangrento? — ele perguntou, cutucando a mortalha, e depois recuou, engasgando-se com o fedor que o corpo exalou.

Olhou ao redor, para a tumba sombria, e então parou de repente, espantado ao ver Julieta, perfeita, intocada pela morte e pela decadência, com o rosto quase rosado. Rosalina temia que ela acordasse a qualquer momento. Com os dedos, ele roçou os lábios e o cabelo dela. Ele largou a lamparina e se ajoelhou ao lado dela, com os olhos gentis, repletos de amor.

— Ah, querida Julieta, por que você ainda está tão linda? Eu devo acreditar que algum monstro abominável a mantém aqui para ser amante dele. No entanto, os vermes são suas camareiras.

Ele se inclinou e beijou seus lábios com delicadeza; então, começou a se levantar, mas mudou de ideia e se abaixou para beijá-la de novo. Quando, por fim, ele parou, segurou a mão dela.

— Você não precisa disto, meu amor — ele disse enquanto arrancava o anel do dedo dela.

No entanto, fosse pelo efeito da droga ou pelo calor da tumba subterrânea, o anel não queria sair do dedo de Julieta. Romeu blasfemou e, logo depois, passou a esfregar o sebo da lamparina nele, mas o anel não saía.

— Não importa. As portas da respiração estão seladas, isso não vai doer — ele disse.

Para horror de Rosalina, ele tirou uma faca de seu cinto e, segurando a mão de Julieta, começou a cortar o dedo dela.

Rosalina deu um grito. Em choque, Romeu deixou cair a faca no chão. Rosalina saiu das sombras com a mortalha ao redor de sua cabeça e de seus ombros como se fosse o véu de uma noiva fantasmagórica.

— Você violaria o corpo morto de sua esposa? Isto é uma vergonha e uma vilania, até mesmo vindo de você — ela disse.

Julieta continuou dormindo, sem se mexer.

Ele olhou para ela.

— Rosalina? É você ou algum fantasma que minha culpa invocou?

Rosalina não respondeu de imediato, mas, logo depois, disse, com a voz baixa:

— Acreditei que viria aqui por possessividade e por causa de um amor errôneo. Mas você veio apenas para roubar.

Romeu balançou a cabeça.

— Os mortos não precisam de ouro nem de joias. Eu voltei por amor, por um último beijo.

— Que amor é este? Seu amor dura menos tempo que a asa de uma libélula. As tumbas de Verona estão repletas de suas amantes descartadas.

Romeu se afastou e olhou para Rosalina.

— Por que Julieta se matou?

— Ela não se matou. Seu frei fez isso com ela. Fez a poção dele e mandou que bebesse. Ele sabia que você se cansaria dela. Ela bebeu, e você pode ver aqui a consequência.

— Não. O frei não é um assassino.

— Oh, seu imoral autoiludido! Ele é o cúmplice dos seus crimes! Você desfruta do amor, mas, quando ele fenece e acaba, o frei varre a poeira. Olha aqui, agora, a destruição que você causou.

Romeu cobriu o rosto com as mãos.

— Não chore com falsa tristeza. Seu amor logo vai secar, então, seque suas lágrimas também.

Romeu olhou de novo para Rosalina e viu que ela havia pegado a adaga de Julieta. Ele jogou a cabeça para trás e riu.

— Oh, Ros. Por favor, não me obrigue a lutar contra você. Pois já fizemos isso antes, e você não se saiu nada bem.

Rosalina correu na direção dele, dentro da cripta.

— Desgraçado! Vilão. Assassino.

Romeu deu um passo para trás, mas não sacou sua espada.

— O que você quer com isso? Já não houve muitas mortes esta noite? Quer colocar mais mortos nesta tumba? Você não pode me matar, Ros.

— Não. Pois não posso matar o que já está morto.

Ele olhou para ela por um instante, intrigado. Um sorriso se abriu nos lábios de Rosalina.

— Sente-se bem, doce Romeu? Vejo gotas de transpiração escorrendo por sua testa. E sua mão começou a tremer.

Pela primeira vez, Romeu parecia assustado.

— O que você fez, bruxa?

— Eu? Nada. Sua morte foi selada quando você beijou Julieta. O veneno do Frei Lourenço estava nos lábios dela.

Romeu olhou para ela por um instante, com o rosto marcado pela descrença. Rosalina o encarou, resoluta. Nenhum dos dois se moveu. De um ponto muito acima deles, o sino grave da basílica soou, como um golpe de martelo na bigorna.

Isso fez com que Romeu voltasse a si, então, ele avançou, tentando agarrar Rosalina, mas ela deu um passo para o lado. Ele se atirou contra ela de um modo desajeitado e, depois, começou a se engasgar; sua expressão ficou pálida e tomada pelo medo. Rosalina recuou ainda mais. Tentando sacar sua espada, ele percebeu que não conseguia agarrá-la. Ele caiu de joelhos e esticou as mãos na direção dela.

Ela se afastou, mas, dessa vez, não foi tão rápida, então, ele segurou seu tornozelo, puxando-a. Ela caiu e, sorrindo, ele puxou o rosto dela.

— Venha, vou beijar seus lábios... Talvez ainda tenha um pouco de veneno nos meus — ele disse, mas ela afastou a cabeça.

Romeu tentou de novo, mas sua força estava se esvaindo rápido, como a lua no amanhecer, então, ela conseguiu se livrar dele.

— Um brinde ao meu amor. Oh, Rosalina, você é uma verdadeira boticária, seus venenos funcionam rápido — ele disse, ficando cada vez mais pálido.

Enquanto ela se soltava das mãos de Romeu, ele agarrou os dedos dela e os beijou uma última vez.

— Com um beijo, eu morro.

Ele caiu aos pés dela e ficou ali, imóvel. Rosalina olhou para ele por um instante e depois correu para Julieta.

Olhando para ela, Rosalina viu que as pálpebras de sua prima estavam começando a tremer, suas mãos estavam se mexendo.

Tocando o rosto de Julieta, ela percebeu que sua pele estava quente ao toque, e ela estava com um leve sorriso em seus lábios. Ela não parecia mais morta, apenas adormecida. Rosalina passou os dedos pelos cabelos da prima.

— Onde está Rosalina? — perguntou Julieta, abrindo os olhos.

Rosalina pegou a mão de Julieta e beijou sua palma.

— Estou aqui.

A manhã estava despontando entre as árvores quando elas saíram da cidade pela última vez, a luz amarela foi ficando cada vez mais forte entre os troncos dos ciprestes. Catarina ia na frente da carruagem com o cocheiro, enquanto Rosalina e Julieta iam sentadas atrás; a menina descansava a cabeça no ombro da prima, sacudindo, sob o movimento dos cavalos que puxavam a carruagem, a cada buraco da estrada.

Juntas, elas tinham montado a cena de modo minucioso antes da chegada dos vigias, que foram chamados por Benvólio. Era uma cena escrita com sangue, com corpos no chão. Um duelo travado entre dois pretendentes, ambos loucos de amor e luto. Páris morto, em uma poça de sangue feita pela espada de Romeu. Então, Romeu se matou com veneno, ao lado de sua jovem noiva, incapaz de suportar a vida sem seu amor, com um frasco de vidro azul como o céu de junho estilhaçado aos seus pés.

Rosalina havia garantido que o veneno que matou Romeu tão rápido não atacasse Julieta — ela colocou o antídoto, entregue pela abadessa, na taça de vinho que servira a Julieta na noite anterior. Quando roçou os lábios de Julieta com o veneno do frei com o objetivo de envenenar Romeu, ela sabia que Julieta não seria atingida.

Ninguém percebeu que, enrolado na mortalha dos Capuletos, não estava o corpo de Julieta, mas o de outra garota, de Laura e de seu filho, que ficariam para sempre no lugar dela. O cocheiro do convento tinha levado os dois pequenos corpos para a tumba de acordo com as instruções de Rosalina, certificando-se de que o corpo de Laura estivesse deitado no lugar do de Julieta antes da chegada dos vigias. O cheiro era tão forte que ninguém a examinou de perto nem notou a troca. Rosalina tinha prometido a Laura que ela não seria enterrada na cova dos indigentes. Em vez disso, ela foi embrulhada com uma mortalha de seda com seu bebê nos braços. Um dos amores de Romeu no lugar do outro. Uma família secreta unida na morte.

No entanto, os cidadãos de Verona não sabiam de nada disso. Só viram a cena que havia sido montada para eles. Rosalina esperava que as pessoas de Verona espalhassem a história que tinham descoberto no túmulo, de Romeu e sua Julieta, e ela esperava que, com o passar do tempo, dos anos, o relato crescesse e mudasse com a trama e as distorções da história.

Quanto mais alto subia a estrada, mais ela sentia o cheiro de pinho e alerce, além da chegada da chuva. Partículas de poeira dançavam sob a luz ao redor delas, mas, para sua surpresa, Rosalina não sentia tanto calor. Em vez disso, ela notou que nuvens escuras estavam surgindo, prontas para chover. Enfim, o calor ia diminuir. As mulheres ficaram em pé na carruagem enquanto a chuva caía sobre elas; as gotas tocavam o solo nos campos dos dois lados delas e transformavam a estrada em um lamaçal. Verona foi encolhendo até desaparecer na nuvem, para nunca mais ser vista.

Rosalina e Julieta riram e se deram as mãos, logo encharcadas, com os cabelos parecendo cobras. *Eu a salvei*, Rosalina pensou, olhando para Julieta. *Um dia, se você quiser, poderá voltar para o mundo e viver. Viverá por nós duas. Eu te dei isso.* Não houve ninguém para salvar Rosalina e, mesmo assim, com esse ato, ela havia salvado alguma parte de si mesma. Havia dor no sacrifício — com olhos famintos, ela olhava para redemoinhos de pinhões girando ao vento —, mas também havia prazer.

Quando, por fim, chegaram ao convento, o ar estava frio e limpo. Os cavalos pararam do lado de fora sobre as pedras, o vapor estava subindo de suas costas. A abadessa esperava por elas.

NOTAS DA AUTORA

Antes de Romeu amar Julieta, ele amou Rosalina, mas, na peça, ela nunca fala. Só ficamos sabendo dela através do filtro dos homens: de Romeu, de seus amigos e do nefasto frei. O mais perto que chegamos de uma descrição dela foi pelo convite para o baile, em que ela é chamada como uma "bela sobrinha" dos Capuletos. Foi para vê-la ali que um apaixonado Romeu entrou escondido no baile de máscaras. Os amigos de Romeu — sobretudo Mercúcio — falam sobre ela em termos obscenos, mas nunca a vemos diretamente nem ouvimos sua voz. Ela está escondida entre a multidão, ou entre as extravagâncias genéricas do cortejo de Romeu ou entre as obscenidades dos amigos dele. Então, para construir minha Rosalina, decidi recorrer a outras Rosalinas de Shakespeare.

Há uma Rosalin(d)a em *Como gostais* (o nome é, em essência, o mesmo, as grafias variam durante esse período) e também outra Rosalina em *Trabalhos de amor perdidos*, e eu uso as duas personagens a fim de criar minha versão de Rosalina, para dar a ela uma voz e imaginar como ela seria. Rosalin(d)a em *Como gostais* é obstinada, espirituosa, e é definida pelo amor feroz que sente por sua prima, Célia. Rosalina, por sua vez, é banida, e as duas garotas fogem para a floresta de Arden, um bosque nos redores da cidade, que peguei emprestado e coloquei próximo a Verona. Como muitas mulheres shakespearianas, Rosalin(d)a se disfarça.

A Rosalina de *Trabalhos de amor perdidos* é uma das mulheres mais brilhantes, poderosas e inteligentes de Shakespeare. Essa é uma peça estranha e triste na qual vida e arte se confundem. Também, essa Rosalina é com certeza uma mulher negra. Ela é "tão bela como tinta" e uma "beleza escura" que "é nela as trevas o que a luz era antes / a moda agora vai mudar de aspecto". Shakespeare criou diversos personagens icônicos que eram negros, assim como personagens judaicos. Minha Rosalina é inspirada na notável

Rosalina de *Trabalhos de amor perdidos* tanto pelo temperamento — por seu prazer pelas palavras — como por sua aparência física.

Romeu e Julieta tem uma peça irmã, a comédia *Sonho de uma noite de verão*. O cenário é quase idêntico: uma jovem se recusa a se casar com o homem que seu pai escolhe para ela, e a punição, se ela insistir, é o convento ou a morte. A sombra de cada peça é sentida na outra — a escuridão em *Noite de verão* e o eco de *Romeu e Julieta* contidos na peça dentro da peça "Píramo e Tisbe", de Ovídio. Os amantes enlouquecem dentro da floresta. Em *Romeu e Julieta*, no intenso calor de julho — a peça se passa ao longo de quatro dias no final do mês —, o fervor selvagem agita o sangue, provocando o temperamento "louco", as lutas e a paixão.

Shakespeare adorava a Itália, tanto que ambientou treze peças lá, mas, com quase toda a certeza, ele nunca visitou o país. A Itália lhe parecia exótica e sedutora de um modo diferente, assim como a Igreja Católica com seus monges, seus frades e suas referências a santos e espíritos santos para uma, então, Inglaterra protestante. No entanto, embora a peça esteja ambientada em "Verona", a Inglaterra elizabetana pode ser bem reconhecida. Shakespeare queria que seu público se reconhecesse e também reconhecesse suas preocupações com os personagens — ele não estava tentando criar uma visão histórica precisa da Itália do século XIV, mas, sim, uma sugestão atraente de Verona. Os nomes de lugares como "St. Peters" (São Pedro) são anglicizados, assim como os nomes Romeu e Giulietta se tornaram Romeu e Julieta, e as famílias Montecchi e Cappelletti viraram Montéquios e Capuletos. Mulheres são "ladies" ou "madames", enquanto os homens são "*signiores*".

Meu romance se passa de forma semelhante em "Verona-Upon-Avon". É uma paisagem imaginada ou uma paisagem idealizada, como se fosse criada por alguém que estivesse encantado com a ideia da Itália, mas nunca tivesse viajado para lá. O jardim de monstros que criei para os Montéquios em sua *villa* no campo, por exemplo, foi concebido na Renascença, mas está em Virtubo, no Lácio.

Mesmo no universo da peça, os personagens ficam preocupados com a extrema juventude de Julieta; é a única peça de Shakespeare em que aparece a precisa idade de uma mulher, e ele nos diz não apenas uma, mas cinco vezes, que ela é uma criança que não tem nem 14 anos. É importante, e não devemos aceitar isso. Nas fontes que inspiraram Shakespeare, Julieta é mais velha (ela tem 16 anos no poema de Arthur Brook), mas Shakespeare a deixou ainda mais jovem. A ama e a mãe de Julieta se preocupam com o fato de ela se casar tão jovem — ela poderia morrer durante o parto, já que seu corpo era apenas pubescente. Shakespeare busca nos deixar inquietos com esse relacionamento. Não é o romance que parece. As ações de Romeu sempre foram transgressivas, mesmo na era elizabetana.

No entanto, por gerações, nos acostumamos a ver a história de Romeu e Julieta como definidora da ideia de amor para jovens. Foi a primeira peça de Shakespeare que li, e, como adolescente, ela definiu minha ideia de amor romântico. Eu pensava que era assim que as relações deveriam ser — furtivas, condenadas, e que estava tudo bem se os meninos fossem agressivos, quase violentos, nos pressionando para fazer sexo.

Só que Romeu não é nenhum adolescente, apenas é assim que ele é visto nas versões modernas. Não há nenhuma evidência em Shakespeare de que ele é um garoto. Shakespeare não especifica sua idade. Romeu poderia ter 20 ou até 30 anos (os homens cortejavam e se casavam muito mais tarde do que as mulheres) — ele simplesmente gostava de meninas jovens. A palavra "menino" na peça é frequentemente usada como um insulto. Os homens se chamam de "menino" quando querem menosprezar o outro. Não significa que eles *sejam* meninos.

Quando eu era adolescente, acreditei que o amor condenado entre Julieta e Romeu faziam dessa história uma tragédia. Relendo a peça como adulta — com minha irmã que trabalha com assistência à infância —, a entendi de uma maneira bem diferente. A verdadeira tragédia é que nenhum dos adultos protege as crianças. Os Capuletos são todos culpados. Como todos os pedófilos, Romeu tem um padrão, uma predileção por meninas, e Julieta é a mais jovem de todas. Ele escolhe meninas que são vulneráveis e estão desesperadas para fugir de algo, então, ele preenche sua necessidade com sexo, promessas vazias e, enfim, violência.

Rosalina é a garota que eu gostaria de ter sido quando era adolescente. A garota que está disposta a lutar contra Romeu, a única que se propõe a defender Julieta.

AGRADECIMENTOS

Comecei *A Bela Rosalina* durante a quarentena da pandemia de covid-19. Enquanto a maior parte do Reino Unido estava presa na tempestade, eu percorri Verona. No entanto, não escrevi o livro sozinha no meu escritório. Em geral, escrever é algo muito privado para mim. Ouço música, vejo o vento mover a copa dos salgueiros pela janela e trabalho. Trabalho melhor quando ignoro as pessoas. Essa fase do livro, no entanto, foi diferente. Eu tinha uma pequena e ruidosa companheira de escritório na forma da minha filha de 5 anos, Lara. Ela deveria ter aulas por Zoom com o restante de sua classe, mas os fones de ouvido "esquentavam suas orelhas" (e seu temperamento), então, ela se sentava em sua mesinha ao meu lado, gritando os exercícios de fonética para a tela. Boa parte deste livro foi escrita não ao som de Eric Satie ou de Brahms, mas de 25 crianças gritando em diferentes conexões de Zoom enquanto a professora tentava sinalizar para que ficassem quietas.

Não vou fingir que foi fácil. Não foi. Lara e eu falávamos alto e ao mesmo tempo. Eu queria trabalhar, e ela não queria que nenhuma das duas trabalhasse — o mundo é grande e não há tempo suficiente para brincar. E, no entanto, foi algo escrito com muito amor. Minha filha é brava, corajosa e terna. Rosalina ficou impregnada dela e do meu amor por ela. Não é surpreendente que o livro seja uma celebração e uma exploração do poder das mulheres jovens.

Minha irmã, Jo, me ajudou muito com este livro e se dispôs a pensar na peça de novo pela perspectiva de alguém que trabalha com assistência à infância. Ela respondeu a muitas perguntas sobre pedófilos e me indicou o que ler. Tenho muita gratidão e admiração por ela. Agradeço, como sempre, a meus pais, Carol e Clive, pela paciência e por cuidarem da minha filha. Agradeço minha Rosalin(d)a, Ros Chapman, por ser a melhor amiga possível. Minha agente literária, Sue Armstrong — você é uma maravilha, calma, paciente e sensível. Tudo o que não sou. Tenho sorte de tê-la ao meu lado. Um grande agradecimento a meus agentes Elinor e Anthony em Casarotto.

Este não é meu primeiro livro, e, como a maioria dos escritores, sobrevivi a algumas tempestades. E também aprendi a não dar nada como garantido — e, oh, meu Deus — a equipe da Bonnier, vocês são os melhores. A paixão, o entusiasmo e suas brilhantes ideias! Sinto-me com sorte todos os dias que trabalho com todos vocês. Agradeço a minha incrível editora Sophie Orme. Você é a melhor, e eu adoro trocar ideias com você — estou tão feliz por estarmos trabalhando juntas. Agradeço a Shana Drehs e à equipe notável da Sourcebooks nos Estados Unidos. Justine, obrigada por ser tão paciente e ler o livro tantas vezes com tanto cuidado. Agradeço às fabulosas equipes de publicidade e marketing — Ellie, Eleanor, Vicky e Clare —, é um prazer trabalhar com vocês. E agradeço à infatigável equipe de vendas — Stuart, Mark, Stacey, Vincent, Jeff e todos os maravilhosos representantes de vendas no país. Obrigada, Ruth, Stella, Ilaria e Nick por defenderem Rosalina pelo mundo. Agradeço a Emily Rough e Holly Ovenden pela capa mais bonita que já tive.

E sou muito grata a meu brilhante amigo Edward Hall, que leu os primeiros rascunhos deste livro, ouviu com paciência todos os meus medos e os abrandou com grande bondade e sabedoria. Também quero agradecer muito aos livreiros que conheci na turnê de lançamento do meu último livro. Comecei a turnê um pouco envergonhada — e a gentileza, o entusiasmo e a simpatia de vocês me ajudaram a me reconectar.

E, por fim, agradeço muito e envio um grande abraço à minha família, David, Luke e Lara. Obrigada por me aturarem. Desculpe se, às vezes, me esqueço de fazer o jantar. Amo vocês.